# 高門嫡女

參

# 目次

# 壹之章 ◆ 繼母產子生暗波

壽安堂門口，王嬤嬤被攔在外面，不管不顧地大聲哭訴著，聲音遠遠傳來，這裡邊李氏聽得心煩意亂，喝斥道：「趕出去！」

「老太太……」張嬤嬤覺得這樣做顯得有些不近人情，然而看到李氏突然沉下臉，便不敢再多言一句，快步出去吩咐人將王嬤嬤架出去。

王嬤嬤被趕出了壽安堂，只覺得陣陣絕望，老爺薄情，老太太冷酷，這家裡根本沒有一個人靠得住。她看著黑沉沉的天色一眼，咬咬牙，這些人不行，就不必求了，直接去找家中那些有接生經驗的嬤嬤們。夫人的積威還在，不怕她們敢不從。

她一邊想著，一邊擦掉了額頭上急出來的冷汗，迅速向下人們住的院子去了。

「趙嬤嬤、李嬤嬤呢？」

「她們都放假，早就出園子了。」小丫鬟回答道，目光閃爍。

王嬤嬤才不信，怎麼這麼巧放了假！

「那周旺媳婦兒呢？」

「她被李姨娘差遣出去了，說是去為夫人請香，祈禱她生個白胖的少爺。」小丫鬟回答得很溜，像是早就準備好了答案。

「還有黃大嬸！」王嬤嬤抓住她的袖子，像是最後一根稻草。

「她夫家剛剛有人去世，老太太怕她不吉利，衝撞了夫人肚子裡的小少爺，早就遣出去了。」

小丫鬟低下頭，掩住了眸子裡的冷意。

怎麼可能？家中有經驗的接生嬤嬤不是放假就是被差遣出去做事，怎麼會有這麼巧合的事情？一定是李姨娘在從中作梗！王嬤嬤拍著胸脯後悔不已，夫人啊夫人，早已經跟您說過，忍得一時之氣，退一步海闊天空，您卻非要在風尖浪口上害了李姨娘的孩子，她怎麼可能不恨透了您啊！

林氏早產的消息很快就傳到了聽暖閣，歐陽暖微微皺眉，「不是還有一個月嗎，怎麼會這麼早？」

「誰說不是呢，接生嬤嬤都還沒請進府來呢，突然就說要生了！」方嬤嬤道：「聽說王嬤嬤已經去請了老爺和老太太，卻沒人理會她，她又跑去找那些有經驗的嬤嬤們，誰知一個也不曾找到，現在許是回福瑞院去了……」

林氏突如其來的早產，歐陽暖總覺得和壽安堂裡那位慈眉善目的祖母李氏脫不了關係……這件事，著實有些出乎意料。

「大小姐，這回夫人可真是吃不完兜著走了！」方嬤嬤的臉上閃過一絲快意，她還記得當初夫人躺在病床上的時候，老爺和林氏是如何情深意重，溫柔纏綿的，原來的夫人就是活生生被他們兩個無恥的人氣死的，如今門庭冷落，無人問津的竟變成了林氏，當真是風水輪流轉。

「紅玉，」歐陽暖思忖了片刻，卻輕聲道：「替我更衣，隨我去壽安堂吧。」

「小姐，您這是要做什麼？」現在這個時候不是應該關起門來當作什麼都沒有聽到，什麼都不知道嗎？為什麼要跑到壽安堂去？紅玉有些驚訝。

歐陽暖淡淡地笑了笑，「娘半夜生產，我這個做女兒的，總是要盡一份力的。」

「大小姐，您要勸老太太去看她？為什麼呀，難道您忘記了當初她是怎麼對待您和大少爺的？」方嬤嬤不敢置信地驚呼。

這自然是有原因的，歐陽暖的臉龐上了一層薄薄的笑容，帶著淡淡的，若有若無的冷意……

歐陽暖進了壽安堂，李氏的口氣與方嬤嬤如出一轍：「妳讓我去看她？」對於這件事，她的心情比歐陽暖還要複雜，考慮的方面也多的多，李氏瞪圓了眼睛，「要不是她，咱們家會鬧騰成眼下這個樣子？」

「唉，娘也是為了歐陽家添香火呀……」

「什麼香火，她帶給咱們家的根本是個災星！如果不是這個孩子，可兒的腿不會瘸，妳和爵兒也不會遇襲，我的頭也不會每天疼得這麼厲害……」

李氏顯然把一切不好的事情都與林氏腹中的孩子聯想在一起了，歐陽暖美麗的臉上閃過一絲同情，輕柔道：「聽說王嬤嬤到處求卻四處碰壁，孫女聽了，著實有些心酸。」

「那叫活該！她往日裡真是爭寵有術，固寵有方，不知整死了多少人，現在沒人肯幫忙，足見她平日為人惡毒，引人怨恨！」李氏對林氏的惡感達到極點，一說到她，話就非常尖刻，充滿了鄙夷。

「祖母，您還是在忌憚天煞孤星嗎？」歐陽暖沉思片刻，才輕聲問道。

「不光如此。」李氏搖搖頭，攥緊了手中的佛珠，彷彿只有這樣才能保持心平氣和，她頓了頓，回頭認真地看向歐陽暖的眼睛，「那妳的意思呢？真要我過去看她？」

歐陽暖的口氣有一絲惋惜：「孫女尚無定見，只是祖母和爹爹是家裡的主子，娘生產這樣的大事，若是你們都不在場……」

李氏的眉頭一揚，「接生嬤嬤很快就到了，李姨娘也已經派了有經驗的嬤嬤們守著，這也就足夠了，還非要我去做什麼？」

「祖母，此事傳出去畢竟不好聽……」

李氏微微一愣，半晌才說：「是她不會挑生產的時辰，怪得了誰！」

「別人說什麼都無所謂，可是二舅舅若是藉此上門來責怪爹爹，只怕我們不好應對……」歐陽暖低語道。

「他敢怎麼樣！」李氏心中一頓，口氣卻看似很硬地說道。

「他與爹爹同朝為官，互為助力，生了嫌隙到底不好，終究是一家人呀，祖母！」歐陽暖憂心忡忡地低聲說：「祖母不喜娘，暖兒也知道，可是總不能被別人拿了話柄……」

李氏愣了愣，跟著用冷冰冰的聲調，板著臉說：「不去，我不去！這樣不知上下尊卑的兒媳婦，不能再這樣寵著她！」

就在此時，一陣匆忙的腳步聲打斷了她們的對話，玉梅滿頭是汗，氣喘吁吁地跑進來，表情十分緊張，李氏立刻意識到又出了大事。玉梅一頭跪倒在李氏面前，半天說不出話。

「究竟是怎麼了？」

「是……是夫人難產，王嬤嬤派人傳信說……怕……怕是不行了！」

李氏與歐陽暖對視一眼，這一回，不去也不行了。

福瑞院，歐陽暖扶著李氏進門，內室裡傳來林氏淒厲的尖叫聲。

「老太太，您可千萬救要救我們夫人！」王嬤嬤一頭撲倒在李氏的腳底下，李氏冷冷看了一眼，她猛地抬起頭，還要哭訴，歐陽暖卻溫柔地將她扶了起來，「王嬤嬤，這些虛禮都免了，祖母不會怪罪的！妳快去照應娘吧，可別讓她和弟弟有什麼閃失！」

王嬤嬤每次見到歐陽暖都膽戰心驚，此刻見她笑意盈盈，一臉溫柔，更是心中膽寒，在老太太面前卻半點不敢表現出來。

張嬤嬤看見室內一團忙亂，歐陽可只站在角落裡不出聲，丫鬟們則腳步匆匆，臉色發白，屋子裡亂成一鍋粥，她生怕李氏發怒，立刻拿出威嚴訓斥了一頓，安排她們各司其責，儘快將早就準備好的那些東西拿出來。

丫鬟們忙了一陣子，才匆匆忙忙湊了兩個朱紅漆描金的托盤出來：一個盤內盛著小孩子的鞋帽和幾套衣服；一個盤內盛著小孩子的金鎖金鐲、金帽子和金帽索，歐陽暖淡淡微笑，若非林氏失寵，這些吉祥的東西祖母早就會派人打點好的，怎麼會只有這幾樣。

就在這時候，屋裡的林氏又慘烈地叫了起來，李氏卻皺起眉頭，在外室坐了，道：「這就是妳說的難產？哪家婦人不是這驚天動地的情形，妳家夫人又不是第一天生孩子，慌什麼！」

王嬤嬤滿頭是汗，卻又不敢分辯，只能訥訥說不出話來。

丫鬟領著一個模樣周正的接生嬤嬤來了，那嬤嬤到了之後，先是向給李氏和歐陽暖行禮，王嬤嬤看在眼裡很著急，卻又不敢催促，李氏冷笑一聲，任由對方將禮行完，才淡淡地道：「進去吧。」

遠遠的，只聽見那接生嬤嬤大聲疾呼：「快提一桶熱水來，找個大水盆！」、「快擱上一塊漆紅板子，倒半桶熱水在裡面！」、「快，快讓孕婦『上盆』！」

王嬤嬤跟著忙前忙後，幾乎跑斷了腿，每次出來喊人都看見李氏一臉陰沉地在外面坐著，心中更加忐忑。

接著，王嬤嬤一手拿著催生符，梨香則拿著樟木在房間裡不停地燒，嗆得李氏眉頭直皺。

「老太太，可不可以請……老爺去家神面前磕頭，保佑夫人早生早養。」王嬤嬤猶豫了又猶豫，終究還是將這話說出了口。

李氏冷笑一聲，道：「女人生孩子跟男人有什麼關係？別整這些么蛾子，快去伺候妳家夫人趕緊把孩子生出來才是正經！」

王嬤嬤一愣，滿目憤恨地垂下頭去，旁人家的夫人生產，請丈夫去拜個佛又有什麼難的，偏偏到了夫人這裡，做什麼老太太都要嫌棄！

歐陽可面上一副緊張的樣子，死死盯著內室的方向，手上不停絞著手帕，歐陽暖柔聲道：「妹妹不必緊張，娘是有過生產經驗的，不會出什麼大事。」

歐陽可聽到歐陽暖的聲音，心頭火起，卻不敢當面頂撞，只好咬緊牙關，當作沒有聽見。
「妳大姊與妳說話，這是什麼態度！」李氏冷聲道，盯著歐陽可的目光十分惱怒。
歐陽可渾身一震，滿臉憤恨，卻看到歐陽暖嘴角微翹，帶著一抹笑，半點也沒有生氣的模樣，反而柔聲勸說道：「祖母，妹妹只是為娘心急，不礙事的。」
「唉，半點沒有大家小姐的樣子，像什麼樣子！」李氏嘆了口氣，狠狠地瞪了歐陽可一眼。
「怎麼回事？」就在這時候，歐陽治踏進門來，眉頭微蹙。
低沉威嚴的聲音讓在場的人俱是一滯。
歐陽暖上前行禮，「爹爹，娘早產了，情形似乎有些為難……」說著，語氣一頓，聲音裡就有了濃濃的擔憂，「爹爹，您看該怎麼辦呢？」
「大小姐不必著急，婦人生產這是常有的事情，當初我娘生弟弟的時候也是這樣，看著情況兇險，最後也是母子平安的。」王姨娘的聲音清脆又帶著幾分嫵媚。
看見嬌杏，歐陽可的眉宇間冷了幾分，冷笑一聲，心道真是貓哭耗子假慈悲，她自己是個丫鬟出身，她娘也不過是個下人，怎麼和自己的娘比？
話說完，嬌杏就感覺到有道刀般鋒利的目光牢牢地鎖住了她，立刻轉過頭，看見王嬤嬤面色陰冷地盯著她，想到之前自己想方設法阻撓王嬤嬤見到歐陽治，不由得心裡一跳，不再說話了，反而是身後的李姨娘看著歐陽治一臉陰沉，微笑道：「是啊，老爺不用擔心，夫人福大命大，必能母子平安。」
王嬤嬤心道：妳們這一個兩個狐狸精，要不是妳們絆住老爺，他也不會到這個時辰才來！想到這裡，她的眼神也就更加恐怖。
李姨娘卻半點也不怕王嬤嬤那種令人膽寒的神情，只輕輕低下頭，嘴角有了一個小小的甜美笑容，彷彿在享受內室裡林氏那種哀嚎的聲音。

歐陽可站在角落裡，看著屋子裡的每一個人，祖母李氏攥著手裡的佛珠念經，歐陽治沉著臉不說話，王姨娘語氣輕柔地安慰，李姨娘低著頭看不出是什麼表情……歐陽暖……歐陽暖卻是一直靜靜坐著，臉上看不出半點幸災樂禍的模樣，她突然想到，要是這一回弟弟活不下來，自己又該怎麼辦？

祖母是因為這個生來帶著天煞孤星命格的弟弟才這樣厭惡娘和自己，若是弟弟沒了，這一切也就過去了。她無數次想要勸說娘別留下這個孩子，娘卻一意孤行，現在才弄得眾叛親離的地步。若是這孩子沒了……一切也就會恢復平靜了……歐陽可忍不住這樣想，臉上的神情也就變得有幾分冷酷起來。

歐陽暖將一切看在眼中，冷冷笑了笑，這個屋子裡的主子們，唯一希望林氏活下來的人，只有一個，那就是自己。祖母顧忌天煞孤星，爹爹厭惡娘阻撓他的好事，妹妹自私自利只顧自己，只有她——這世上最恨林氏的人，才希望林氏活著。死了，一切就一了百了，而活著，才能品嘗到地獄的滋味，所以她希望林氏活下來，承受世上最深切的痛苦。

接生嬤嬤突然在裡頭探出頭來，「王嬤嬤，妳快進來！」

王嬤嬤一愣，快步走了過去，歐陽暖關切地問道：「怎麼回事？」

接生嬤嬤笑道：「沒事，沒事……」她想用冷靜而理智的聲音說話，誰知道說出來的聲音卻帶著無法掩飾的顫抖。

如果一切平安，就會歡天喜地地出來報信，怎麼會神色忐忑地將林氏的貼身嬤嬤叫進去？歐陽暖想了想，招來身邊的紅玉，輕聲吩咐了幾句。紅玉微微一愣，隨即看到歐陽暖神色肯定，便輕輕點點頭，快步走了出去。

屋子裡的氣氛冷凝，眾人都各有所思，這個異動，只有李姨娘不動聲色看在眼裡，她心中不禁升起了一絲懷疑。

內室，林氏一把抓住王嬤嬤的手，「怎麼回事，為什麼還生不出來？」

王嬤嬤看向接生嬤嬤，對方臉色越發難看，「羊水破得太早，現在小少爺生不下來！」

當真是難產！王嬤嬤沒想到自己用來騙老太太的話竟然真的應驗，不由得嚇白了臉。感覺到林氏的手越抓越緊，趕忙緊安慰她：「夫人，那也不一定的，只要孩子出來得快，這些沒關係的！」

「嬤嬤，湯藥來了！」梨香急匆匆地快步從外面走進來，王嬤嬤劈手奪過，惡狠狠瞪了她一眼：「小蹄子，竟然這麼慢，回頭再收拾妳！」

梨香咬住嘴唇，從接生嬤嬤吩咐下來到她準備湯藥的時間很短，她已經盡了全力了，但她們還是不滿意。她低下頭悄悄退到了一邊，看著王嬤嬤扶著氣喘吁吁的林氏喝掉了半碗催產的湯藥。

又是半個時辰過去，林氏哀嚎得幾乎快要斷氣，孩子卻還是沒有半點要出來的意思，王嬤嬤急得滿頭大汗。

這時候，紅玉捧著手裡的托盤進了福瑞院，剛到走廊便被人攔住了，「盤子裡是什麼？」

眼前的女子臉上敷了淡淡的粉，長眉杏眼，比平日更添幾分嫵媚，伸過來的手指上還戴著一顆蓮子米大小的藍寶石戒指。紅玉一愣，手裡的東西已經被人搶走，「雪參？」

李姨娘的聲音微微帶著一種凌厲：「好大的膽子，誰讓妳去取的？」

「是我。」一道柔和的聲音在她們身後響起，李姨娘回頭一看，卻是微微含笑的歐陽暖，「我的丫鬟，自然只有我才能吩咐。」

「大小姐這是要救她！」李姨娘的臉色一下子沉下來，看著歐陽暖的眼神生出了敵意。

歐陽暖聽著那聲音只覺得微微刺耳，臉上的笑容卻沒有半點改變，「姨娘說的沒錯。」

「為什麼？」李姨娘失聲道，臉上的神情幾乎變了一個人，目光陡然變得嚴厲，「大小姐，您別忘了，您有個親弟弟，如若那林氏生下兒子，您又當如何？」

歐陽暖微笑，「如今爹爹兒女雙全，娘再多生一個孩子，是錦上添花，李姨娘不必多慮。」

李姨娘瞪著歐陽暖，「妳……」

歐陽暖笑著望向她，「妳知道祖母為什麼會在這裡嗎？」

「不知道。」李姨娘心頭一震，「我也在想，她那麼忌憚天煞孤星的名頭，為什麼會坐在這裡？」她側望著歐陽暖，目光在黑暗中閃爍不明。

「是我請來的。」歐陽暖笑道。

李姨娘的臉色越發難看，「大小姐，我一直以為咱們有相同的目的。」

一樣痛恨林氏，一樣希望她胎死腹中，一樣恨不得將她置諸死地，所以才能結成同盟，可是到了這樣關鍵的時刻，歐陽暖居然在背後捅刀子，她竟然要救下林氏？這讓李姨娘完全無法理解。

黑暗中，歐陽暖的嘴角微翹，「李姨娘，祖母不是好糊弄的人，妳覺得她會因為我說幾句話就改變主意來到福瑞院嗎？」

李氏也十分厭惡林婉如，她會出現在這裡，只是不願意將來被人說歐陽家刻薄媳婦，造成她難產而亡，更不願意林文淵藉機發難，破壞了兩家在朝中的聯盟，損害了歐陽治的前程。李姨娘雖然對局勢並不瞭解，卻也知道自家老爺是個不中用的人，多年來在朝中對林文淵多有依仗……可是對於自己呢，林氏害死了自己的孩子，一屍兩命最好！

李姨娘攥緊了手中的雪參，眼睛裡的怨恨和怒火熊熊燃燒，半點也不準備退讓，彷彿那是她下半輩子的指望。

歐陽暖輕輕一笑，道：「李姨娘，我知道妳痛恨娘害了妳的孩子，只是妳也要想一想，若她一死，新人進門，妳又會是個什麼結局？」

李姨娘心中一凜，她一心只想要讓林氏和這個孩子一起死了，卻沒想到萬一林氏就這麼死了，歐陽家豈不是又要重新洗牌？她自己只是個妾，老太太和老爺再喜歡，也不可能被抬成夫人。歐陽治還年輕，若是他娶了身分高貴的新婦進門，對自己真的好嗎？林氏到底是失寵了，孩子就算生下來也是個天煞孤星，不得寵愛，但萬一換了個厲害得寵的主母，一切就都大不一樣了……

「姨娘，可想好了嗎？」歐陽暖看著李姨娘，臉上的笑容十分的柔和，像是在等著她做這個決定。

李姨娘看著歐陽暖，腦海之中在急速轉動，她說的對，若是林氏現在死了，對自己未必是什麼好事，只是歐陽暖又是為了什麼？林氏生下個兒子來，對歐陽爵可是一點好處也沒有，歐陽暖大可以讓林氏難產死去，為什麼非要在這個時候救下她？

「李姨娘？」歐陽暖又輕輕問了一聲。

李姨娘想了想，臉上露出笑容，「大小姐，這雪參是稀罕之物，由我親自來熬吧，很快就送過去給夫人，您放心！」

歐陽暖深深望了她一眼，笑容越發親和，「既然如此，就勞煩姨娘了。」

李姨娘神色不定地帶著雪參走了，紅玉看著她的背影，臉上露出一絲猶疑，「大小姐，她心懷怨恨，會不會從中做什麼手腳？」

「李姨娘是個聰明人，話說三分，點到即止，她知道什麼該做，什麼不該做，以及怎樣做對她最有利。」

手腳是肯定會做的，只不過不會藉機要林氏的性命罷了。

歐陽暖微微一笑，道：「我們進去吧。」

紅玉卻站在原地沒有動，歐陽暖看了她一眼，紅玉低聲道：「小姐，您真的要救下夫人嗎？」

歐陽暖笑：「我自然不能讓她這樣輕易地死了。」聲音不急不慢，帶著點鄭重的味道。

「夫人……使勁！用力呀……夫人，快用力啊！」林氏耳邊傳來接生嬤嬤的催促，讓她微微回神，劇烈的疼痛再次傳來。

王嬤嬤在一邊心急如焚，眼看林氏的叫聲慢慢低了下來，眼神也開始渙散。

「夫人，您一定要振作起來！」王嬤嬤緊緊抓住林氏的手，在她耳邊低聲道：「您還有二小姐，您捨得讓她一個人留下嗎？」頓了頓，繼續說道：「若是您有什麼萬一，這歐陽家可全是那些人的了！」

林氏的眉頭皺得更緊，臉上多了幾分恨意，手上的力氣用得更大，幾乎抓破了王嬤嬤的手背。

正在這時候，梨香手中端了一碗湯藥進來，低聲道：「王嬤嬤，這是大小姐命人送過來的雪參湯，您看……」

林氏惡狠狠地嚎叫了一聲，用力掙扎著要打翻那碗湯，王嬤嬤卻一下子驚醒過來，愣愣地看著那一碗熱氣騰騰的湯藥，神色變幻不定。

突然，她冷聲吩咐梨香：「妳先喝一口！」

梨香一愣，咬住嘴唇，終究還是不敢違抗，喝了一口，過了半天，沒有半點異樣，王嬤嬤才露出喜色，道：「夫人，這雪參可是好東西，對助產很有幫助的，大小姐手裡頭也只有半顆，您還記得嗎？當初那位夫人生大少爺的時候也是這個模樣，是靠了這雪參才挺過來的……」

林氏的神色變幻不定，一會兒看著接生嬤嬤，一會兒看著王嬤嬤，艱難地問道：「妳確定這湯藥……沒問題？」

「夫人，您怎麼糊塗了，眾目睽睽之下，若是大小姐送來的湯藥有問題，您出了事，誰都會知道她謀害嫡母，她哪裡會那麼傻！」王嬤嬤雖然也不知道歐陽暖為什麼會送這個來，可卻知道這一點，再者已經沒有其他辦法，只能把心一橫，這樣勸說道。

林氏咬緊了牙關，等著接生嬤嬤說話，對方卻只害怕地低下頭去，道：「夫人，孩子要是再出不來，大人孩子可都保不住了，如今之計，保住夫人的力氣才能生下孩子……」

沒有別的辦法了……王嬤嬤服侍林氏喝了湯藥，一股熱氣頓時蔓遍了全身，林氏咬牙切齒地發誓：「我一定要生下這個兒子！」

雪參的效果立竿見影，林氏的聲音大了許多，力氣也有了，周圍的人都鬆了口氣，又折騰了一個時辰，滿頭大汗的接生嬤嬤突然叫道：「夫人再用點力，快出來了！」

林氏心中一喜，猛地用力，只聽見一陣微弱的嬰兒啼哭聲，耳邊傳來接生嬤嬤驚喜的聲音：「是個小少爺！夫人，大喜啊！」

王嬤嬤的笑容掩都掩不住，林氏心裡一鬆，頓時被喜悅沖昏了頭，急聲道：「抱來我看！」

這一胎整整生了一夜，天色都濛濛亮了。坐在外面閉目養神的李氏聽見嬰兒的啼哭聲，不由得眉頭皺得更緊，天煞孤星居然還是平安出生了，這是老天爺要亡他們歐陽家嗎？

歐陽治也眉頭微皺，看來這孩子還真是命硬，這樣都能生下來；嬌杏神色滿是妒忌；李姨娘眉眼平和，看不出喜怒；歐陽可愣愣地站著，似乎還有些反應不過來，直到歐陽暖笑道：「妹妹，咱們家多了一個孩子了！」

歐陽可被這聲音嚇了一跳，從胡思亂想中反應過來，神情還有些失魂落魄的。

內室，林氏看著孩子，想到外面坐著的那些人，心裡只覺得出了一口惡氣，不由強撐著身體，扯起嗓子，用盡全身的力氣大聲地道：「賞！重重地賞！」

接生嬤嬤抱著個襁褓從內室出來，徑直來到李氏面前，將小少爺抱給她看。那孩子又瘦又小，看起來不過三、四斤的樣子，懨懨地躺在接生嬤嬤的臂彎裡，像霜打了的茄子似的，連哭聲都是有氣無力的。

李氏心中厭惡，只瞅了一眼就不再看了，淡淡地吩咐福瑞院的人好好照顧，就帶著張嬤嬤回去了，林氏到底如何，她竟然毫不關心，一句話也沒有問。

歐陽治看了看貓兒大的孩子，眼睛裡也難掩失望，淡淡地道：「倒是個秀氣的孩子。」說完便起身要走，王嬤嬤趕緊留住他，道：「老爺，夫人那裡……」

「還有什麼事？孩子的名字我不是之前都起好了嗎？」歐陽治口氣中有幾分不耐煩，陪在他身旁的李姨娘望著內室，心中冷笑，那雪參自然是大補，可惜她在裡頭加了一味藥，專用於女人小產後瘀滯腹痛、瘀血凝滯，這寒涼的藥一下去，林氏這輩子都別再想懷孕了。她不會讓林氏死，卻也不能任由她痛快地活著。李姨娘。臉上的笑容越發燦爛，對著王嬤嬤恭喜了幾句，便和嬌杏一起，陪著歐陽治回去了。

歐陽暖看了看那瘦弱的孩子，臉上露出些微的同情之色，「弟弟好像有些虛弱，還是趁早請大夫來看看吧。」

王嬤嬤趕緊把襁褓奪回來，像是珍寶一樣護著，生怕歐陽暖有什麼不利於孩子的舉動，歐陽暖卻淡淡地笑了，「王嬤嬤，妳好好照顧娘吧，明日我再來看望她。」

最終，內室只剩下了林氏、王嬤嬤和歐陽可。歐陽可看著剛出生的弟弟歐陽浩，臉上的神色頗有三分古怪，「娘，這孩子怎麼像是養不大似的，這麼瘦小！」

「不許胡說！」王嬤嬤趕緊道，又覺得自己語氣太凌厲，趕緊低聲道：「二小姐，剛出生的孩子都是這樣的，您是姑娘家，還沒有見過，養著養著就好了。」她心裡卻想，這孩子不足月出生，又是這麼個瘦弱的樣子，還不知道能不能養得活，只是這話卻不能在夫人面前說。

林氏十分疲倦，靠在床頭一句話都說不出來，從剛才聽說歐陽治和李氏都走了，她就一句話也不想說了，此刻只是看著襁褓裡的孩子，眉眼之中帶了三分得意。

「夫人，待會兒找錢大夫來看看吧，讓他開幾副調理的湯藥，讓小少爺養得強壯一些。」王嬤嬤小心翼翼地說道。

聽到歐陽浩微弱的哭聲和乳娘哄著他的聲音，林氏眉頭一皺，點點頭道：「妳立刻就去吧。」

錢大夫到福瑞院的時候，天色已經全亮了，林氏躺在床上昏昏欲睡，他先上前把過脈，王嬤嬤趕緊問道：「夫人沒事吧？」

錢大夫點點頭，問徹夜照料的梨香：「夫人精神怎麼樣？」

「精神還好，」梨香答道：「就是太累，所以睡著了。」

錢大夫「嗯」了一聲，對王嬤嬤道：「怕元氣太傷，得要進些溫補的藥。」這就是沒有大礙了，王嬤嬤喜悅得連連點頭，「錢大夫，請您趕緊幫著看看咱們小少爺！」

錢大夫走到搖籃邊上，仔細看了看啼哭不止的歐陽浩，臉上露出一絲古怪的神情，他伸出手摸了摸孩子的額頭，道：「怎麼在發燒？」

王嬤嬤一怔，頓時喝斥旁邊的乳娘高氏：「小少爺在發燒妳怎麼不知道？」

高氏嚇了一跳，慌忙跪了下來，「我……我……」她二十四、五的年紀，家裡的小兒子剛斷奶，自己的奶水又多，索性求了這麼一個差事。

當初來應選的乳母一共六個，林氏和王嬤嬤挑了又挑，覺得高氏年輕爽利，性子溫和，最要緊的是容貌普通，不容易招惹是非，這才留下了她，高氏暗地裡很是欣喜了一番，然而她卻沒想到，自己頭一天來照顧小少爺便出了岔子，登時嚇得面無人色。

「我看看……」錢大夫在一旁說著，彎下腰給嬰兒反覆檢查了片刻，才喃喃道：「不對……這孩子體內有熱毒啊！」

「是不是……夫人生產的時候用了雪參……」王嬤嬤聽到這話頓時一驚，眼睛裡滿是驚恐，難不成是大小姐害了小少爺？

錢大夫連連搖頭，道：「不、不，雪參是稀罕之物，不會對孩子造成這樣的損害，照現在的情形看，倒像是之前的……」他話沒有說完，只拿眼睛瞧著王嬤嬤，王嬤嬤心中頓時明悟，錢大夫說過，夫人的身體會留下後患，將來可能生下不健康的孩子，體內帶有熱毒，那就是老太太造的孽……她急切地抓住錢大夫的手臂，顫聲道：「那怎麼辦？」

錢大夫看了半天，對乳娘道：「小少爺的襁褓裹得太緊，如此不利於他體內的熱毒散出，妳將孩子鬆一鬆。」

乳娘一愣，目光中帶了三分疑惑：「這樣……小少爺會不會著涼？」

王嬤嬤卻喝斥了一聲，道：「還不快照著錢大夫的吩咐去做！」

乳娘不敢再辯解，趕緊鬆開了襁褓，手在觸及孩子的胸口時卻驚呼一聲：「小少爺他——」

錢大夫一看，孩子的胸口有一處紅腫，竟然像是個鼓起的大包，樣子十足恐怖，他一愣，立刻面色大變，低聲道：「這毒氣竟如此厲害！」

王嬤嬤在一旁看得心驚膽戰，幾乎要站立不住暈倒過去，然而她咬緊牙關死死撐著，心道老太太當真好狠毒的心思，她的毒計沒讓夫人當時流產，卻遺留至今，讓小少爺胎中帶毒。

「我開兩服藥，先和著奶水讓孩子服下，其他……明天再看吧。」錢大夫面色沉沉，聲音裡有一絲化不開的驚惶不安，「夫人那裡……」

王嬤嬤看了一眼不遠處已經熟睡的林氏，憂慮地輕聲道：「暫時不要告訴夫人……」

第二天，錢大夫一摸孩子身上紅腫之處，看見灌膿灌足了，於是揭開膏藥，輕輕一擠，但聽得孩子尖銳地哭了一聲，膿汁如箭一般，直向外射。錢大夫手下一抖，和王嬤嬤對視一眼，狠心擠乾了膿包之後，又親自為歐陽浩敷了藥。

王嬤嬤一直沒敢告訴林氏，只能輕聲問道：「錢大夫，小少爺年紀還這樣小，這藥……」

「只是輕粉、珠粉之類的藥物，比較溫和，應是無礙的。」話雖如此，錢大夫自己卻也沒有十分的把握。嬰兒天生帶有熱毒，這樣的事情他碰到過，卻從未有一例能存活下來。

他開給嬰兒內服的藥是黨參、肉桂、茯苓之類，等煎好服下，到了夜裡，孩子反而更加煩躁不安，啼哭個不停，喝下去的奶水全部吐了出來。錢大夫一直不敢離去，此刻看到孩子虛火滿面，再一把脈，越發心驚，陽氣過旺，陰液不生，會出大亂子，頓時改用了涼潤的方劑，然而這事情，卻是再也瞞不住了……

「什麼？」林氏一聽說孩子天生帶有熱毒，臉色刷的變了。

「夫人，大夫說溫補並未見效，反見壞處，如今唯有滋陰化毒，再觀察看看。」王嬤嬤不敢再隱瞞，小心翼翼把話說出了口。

她的語氣讓林氏升起一種不祥的預感，她放開王嬤嬤的手，強撐著從床上爬了起來。

歐陽浩躺在烏梨木小搖籃裡頭，乳娘高氏正拿著布巾在幫他擦身子，一旁錢大夫皺著眉頭低聲與梨香吩咐什麼。林氏走過去，雙眼眨也不眨地看著搖籃裡的歐陽浩。

旁邊的人注意到她，乳娘的神情變得驚恐，立刻拿著布巾退到了一邊，林氏走到搖籃邊上。

錢大夫看見她，臉上的神情很不好，「夫人，我已經盡了力，小少爺好像不大好……」

林氏轉過頭，看著錢大夫厲聲問道：「怎麼會變成這樣？到底是怎麼回事？」

錢大夫上前一步，臉色沉重地對林氏說：「夫人，請看這裡。」

林氏睜大眼睛，錢大夫將孩子身上的被子掀開，一股惡臭撲面而來，「夫人，您看……」

王嬤嬤之前說過一些，林氏心中有了些底，可是當她見到被子下的情況，仍然沒忍住，頓時發懵，一顆心像是浸在冰水裡，冰涼冰涼的。只見孩子的心口有一個膿包，卻已經爛得血肉模糊，微微發黑。

林氏雙腳一軟，癱坐在地上。

李氏原本是想讓林氏流產，可林氏終究身體強健，孩子也早已成型，所以才能暫時保住，可沒想到，竟然會是這樣的結果。

錢大夫低聲道：「夫人，小少爺天生體內帶有熱毒，我從昨日開始就用了不少的法子，可是小少爺氣陰兩虛，經脈瘀阻，血行不暢，加之熱毒血瘀，這才起了膿包，並且已經開始腐爛。我已經用盡所有的方法，可是小少爺年紀太小，不能用重藥，所以潰爛完全無法控制，以致於越來越嚴重，只怕是……」

林氏不敢置信，急切地說：「錢大夫，你一定有辦法救他的是不是？再想想法子！我千辛萬苦才能保住這個孩子，怎麼可以就這麼沒了？」她的眼圈微微發紅，目光中滿是希冀。

王嬤嬤哽咽著說：「錢大夫，您一定要想想辦法，再不然您指條明路，哪裡有名醫能治這種病，我們再去想法子……」

錢大夫看著一臉希冀望著自己的兩人，沉重地搖了搖頭，「夫人，此時便是華佗在世，也是回天乏術了。」

林氏死死地盯著錢大夫，幾乎將他看得害怕起來，不由自主道：「夫人，您要早有準備……不然，我這就去回稟了歐陽侍郎和老太太……」

「站住！」林氏冷冰冰地說道，錢大夫剛邁出去的腳步又收了回來，只覺得林氏一雙眼睛像是帶了火，又像是含了冰，她發出的那種聲音，彷彿有人在她心窩上捅了一刀一樣尖厲，又像是要發狂一般帶了一種狠辣。

林氏看了他一眼，又慢慢地環視四周，腦子像巨大的千斤石滾，笨重而吃力地轉動著，非常緩慢、遲鈍，她漠然的目光掃過默默無言站立著的錢大夫、乳娘高氏和戰戰兢兢的丫鬟梨香。

王嬤嬤乍一見她的樣子，嚇慌了神，臉也黃了，手也哆嗦了，大滴大滴的汗珠順著脖子滾了下來，跪倒著抓住她的裙襬，「夫人，求您一定冷靜下來……」

林氏像是被一道閃電擊破了腦海中混沌的迷霧，渾身猛烈地一顫。

她怎麼能夠這樣鎮定？她這是要幹什麼？所有的人都驚慌地望著她，害怕得不知道該怎麼說。王嬤嬤也不敢問她一句話，因為她臉上的表情實在冷得可怕。

「我不管你用什麼法子，必須用藥撐著，至少撐一個月！」林氏的眼睛裡有一絲奇異的火光，像是整個人都被賦予了一種可怕的力量，「還有，這裡只有五個人，今天的事情要是傳出去——你們一個也別想活！」

錢大夫臉上掠過一陣抽搐，低下頭不敢看林氏那張可怕的臉。

王嬤嬤閉了雙眼，兩顆沉重的淚珠從眼角滑過高高的顴骨，沿著豐厚的腮，滾落下來……

乳娘高氏渾身發抖，跪倒在地上也沒有人去攙扶，連爬起來的力氣都沒了。她沒想到會捲入這樣的事情中來，只覺得腦子裡空空的一無所有。

梨香看了一眼搖籃裡氣息奄奄的小嬰兒，頓覺心慌意亂，呼吸冰冷。

「我不能輸！絕不能輸！」林氏冷冷地說著，那神情帶了一種可怖的力量，震懾了所有的人，讓他們一時之間如同變成了啞巴，一個字都說不出來。

匆匆二十日過去，林氏一直藉口孩子體弱不能受風，拒絕任何人的探視，就連歐陽可都見不到這個弟弟，所有人的心中感到十分奇怪，卻都不敢說出口。

李氏剛開始對這個孩子半點也不關心，只是日子一長卻也生出疑惑，她唯恐天煞孤星剋了自己，從不踏入福瑞院半步，卻讓李姨娘以看望為名，去看看林氏究竟在做些什麼。

福瑞院，王嬤嬤剛從內室掀了簾子出來，就看見外間侍奉茶水的丫鬟畫兒一臉焦急，不由皺緊眉頭，開口訓道：「探頭探腦的做什麼，不知道夫人在午睡嗎？越來越不知道規矩了！」

畫兒極委屈但也不敢回嘴，只顫著聲音道：「王嬤嬤，李姨娘來了，說什麼也要見夫人！您快去看看吧，梨香姊姊攔不住她呢！」

王嬤嬤一愣，怒極反笑，「養妳們也不知道幹什麼吃的，攔個人都攔不住！改明兒回了夫人，把妳們全都趕出去！」說完也不待畫兒解釋，就急急地往外面走，才到了廊下，就看見李姨娘一臉冷漠地站著，梨香為難地站在她跟前。

「李姨娘。」王嬤嬤忍住怒火，強笑著向李姨娘福下去。

李姨娘連忙要上前攙住，卻不想王嬤嬤動作迅速地避開，來到梨香面前，抬手重重揮下，便是一記極為響亮的耳光。

李姨娘一愣，臉色突然變得難看起來。

王嬤嬤卻不看李姨娘，只掐著腰指著梨香罵道：「府裡的規矩都不知道了？這裡是什麼地方？夫人又是什麼身分？她剛剛生產完，是歐陽家的大功臣，身子骨又弱得很，偏偏妳還要在這時候來吵鬧，當真是平日對妳太寬容了，竟然完全忘了自己的身分，敢在這裡撒潑放肆！妳還真以為自己是從正門大紅花轎抬進來的正經主子，呸！」

梨香的臉上頓時紅腫一片，只別過臉去無聲流淚。

王嬤嬤轉頭又對在門口的丫鬟婆子道：「看著幹什麼，還不把她拖出去，留在這裡礙眼嗎？」

門口處的嬤嬤們面面相覷，梨香卻立刻反應過來，飛快地扭頭走了。

王嬤嬤也不去管她，轉臉冷笑望著李姨娘，開口道：「李姨娘，您找夫人有什麼事？」

這樣的指桑罵槐實在是厲害，讓她想要張口斥責都不知道說什麼好。李姨娘白了一張臉，半天說不出話，轉身就走，走到了院子裡又住了腳步，強笑著回頭對王嬤嬤道：「我原也不想打擾，只是老太太吩咐了，要我過來看望夫人。既然夫人午睡，我就不打擾了，告辭。」說完，轉身就快步出了院子。

王嬤嬤看著她的背影，狠狠往地上啐了一口。

李姨娘吃了悶虧，一口氣便跑到壽安堂告狀，碰巧歐陽暖正陪著李氏飲茶，瞧見這情形，李氏對歐陽暖道：「既然如此，便辛苦暖兒跑一趟吧，順便問問這滿月酒到底還辦不辦了。」

李氏哪裡是真心想要給歐陽浩辦滿月酒，是想要讓自己去探測林氏的虛實才是真的。歐陽暖微垂下細密的睫毛，唇線一抿，輕應了一聲道：「是。」

一個時辰後，歐陽暖到了福瑞院，卻看到林氏已經午睡起來了，穿著一身粉色窄袖上裳、玉色羅裙，披著高領繡花雲肩，濃黑的頭髮高高挽起，神色鎮定地坐在庭院裡。她懷抱著一個紅錦緞繡百子圖的襁褓，不時親暱地把臉貼上露在襁褓外的小帽，神情很是溫柔。

然而歐陽暖卻看見，林氏雖然一副嚴妝濃粉，卻掩不住鳳目下的深重黑影，分明是十分憔悴的模樣。況且一個本該躺在床上坐月子的女人，現在卻坐在庭院裡，倒是有點欲蓋彌彰之嫌。

看見歐陽暖過來，林氏淡淡地笑道：「暖兒，今日怎麼有空過來？」說著，對旁邊的高氏道：「小少爺餓了，去餵奶吧！」

「是。」高氏低下頭，鄭重地接過孩子，遠遠在旁邊的青花瓷墩上坐定，立刻解襟開懷餵奶，林氏目不轉睛地注視著。

「弟弟好些了嗎？」歐陽暖剛走近一步，林氏卻迅速站起來，恰好擋在她身前，眼中似乎流露出一絲警戒之色。

她該不會以為自己會在眾目睽睽之下傷害歐陽浩吧？歐陽暖微微一笑，不禁覺得林氏很有意思，自己若是想要這孩子的命，又何必用雪參救下她，讓她一屍兩命豈不是更快？

林氏依舊很是忌憚的模樣，對一旁的高氏交代道：「眼下的天氣雖然已經暖和，但是涼風還是有的。妳趕緊把小少爺抱回去吧，小心別讓風吹著了。」

高氏低著頭道：「夫人放心，奴婢知道。」說著，抱著孩子快步走進屋裡去了。

歐陽暖看著她微微發抖的肩膀，露出淡淡的笑容，道：「這個乳娘看起來倒是很和氣。」

「木訥得很，說一下動一下！夜裡孩子哭了也不知道照看，當真廢物得很！」林氏冷冷地道。

歐陽暖笑道：「既然如此，何不換一個聰明可靠的人？」

林氏一愣，臉上突然帶了一點笑容，道：「算了，她照看浩兒也還算盡心盡力，現在去找，只怕也沒有更合適的人選，等等再說吧。暖兒今天來有什麼事？」

「祖母讓我來問您一聲，浩兒的滿月酒要請些什麼客人。」歐陽暖笑道。

「滿月酒？」林氏的眼中閃過一絲冷芒，臉上卻一副笑模樣，「他身子虛弱，擺滿月酒的話，要抱出來給大家看，到時候怕受風反而不好。」

歐陽暖仔細瞧了瞧林氏的神情，心中掠過一絲疑惑，卻只是微笑道：「弟弟滿月的大日子，怎麼可以不辦酒席呢？這兩日，二舅舅特意雇著成衣，替弟弟做了很多的衣服呢！待會兒李姨娘會著人給您送過來，二舅母還說，滿月酒的時候她要好好看看弟弟，您若是不肯辦，只怕他們會傷心呢！」

林文淵很高興妹妹生了兒子，特意派人製作了很多小孩子的衣物送過來，不論是單的、夾的、棉的、皮的、鞋子、帽子、袍子、小襖，都從孩子剛剛落地時候的尺寸做起，直做到十歲左右的尺寸為止，為了隆重起見，更配著金鎖金圈，擇了好日子好時辰，奏著鼓樂，繞轉好幾條街，一直送到歐陽府。

這麼一來，滿月酒還真是非辦不可了！林氏微瞇的眼映著陽光灼灼閃耀，似兩簇刀光，極是鋒利，抬起眼睛發現歐陽暖正微笑著望向自己，心裡一窒，半天沉默著沒有回答。

「娘，您怎麼了？」依照林氏的性格，生了兒子自然是巴不得全天下的人都知道，然而她現在卻閉門不出，彷彿希望別人都不知道這件事情一樣，委實有些奇怪，歐陽暖看著林氏，眼睛裡的笑容帶了微微的探詢。

林氏被她這樣的眼神看著，不知不覺便帶了三分不安，臉上的笑容卻還是依舊高貴端莊，強自鎮定道：「既然如此，一切就交由暖兒去辦吧。」

「是，暖兒和李姨娘一定會將弟弟的滿月宴辦得熱熱鬧鬧的，請娘放心。」歐陽暖笑著說道。聽暖閣，窗外的叢叢花朵開得極為繁盛，映在蟬翼窗紗上，花枝隨風搖曳，帶著一片芬芳的氣息，在室內瀲灩似的地蕩漾開來。

紅玉奉上一杯茶，輕聲道：「大小姐，奴婢總覺得夫人有點怪怪的。」

「哦，妳說說看。」歐陽暖手中拿著一把香雪扇細細把玩，神情若有所思。

紅玉沉默一下，答道：「夫人往日裡都變著法子打壓您，自從生下這個孩子以後反而變了個人似的，對您都是笑臉相待，處處相讓，倒像是……」

歐陽暖屏了聲氣，微微一笑，「倒像是回到了以前那時候，是不是？」

紅玉問：「是，不知其中是不是有什麼別的緣故……」

「事有反常即為妖。」歐陽暖手中的香雪扇輕輕拍在桌面上，沉吟片刻，輕聲道：「咱們可要當心了。」

「可是，小姐，咱們現在應該做些什麼呢？」紅玉猶豫了片刻，不由自主問道。

歐陽暖笑了，「現在？現在咱們應該去京都最有名的金鋪，為我二弟買慶賀他滿月的禮物。」

「大小姐！」紅玉驚訝地睜大了眼睛。

歐陽家的馬車一路平穩地駛過長街，穿過熙熙攘攘的街道。這個時辰，街道上早已是攤販如雲、人群如流了。街邊賣小吃的應有盡有，不時聽見油炸果子、油豆腐、豆漿、豆腐腦、雜碎湯的叫賣聲；生意紅火的小攤上，懸掛著身上寫著「富貴吉祥」字樣的風箏、各色玲瓏別致的釵環香包、不同種類的生活用具……街上到處是纏腰帶，穿布衣，一臉風霜的莊戶人；又有長衫翩翩，滿面書卷氣的文人，不時還有年輕美貌的姑娘家戴著面紗輕聲笑語地走過，熱鬧至極。

馬車一路都很平穩，卻在行至東街時遭到了一位醉酒男子的衝撞，那男子跨於烏雅馬上，一手持壺，一手奉杯，搖搖晃晃，突然衝出來，把隊伍攔腰截斷。

車夫大驚失色，手中突然勒住轡繩，整個車廂頓時猛然一頓，紅玉一愣，生怕歐陽暖受傷，撲過去緊緊抱住她。與此同時，馬匹長嘶一聲，趕車的馬夫嘶聲喊叫道：「快躲開！」

竟是趕車的馬兒突然受驚，揚起前蹄發出一聲嘶叫向前衝出去，跟車的婆子驚叫一聲，就看見原本還抓住緩繩的馬夫一下子失去重心，一頭從馬上栽下。馬兒飛奔著向街邊衝去，看熱鬧的人嚇得紛紛散開，所有人亂成一團，人們驚呼救人。

就在這緊急當口，人群中一個緋衣少年已經飛身躍上了其中一匹馬的馬背，他雙手抓住轡繩，用腳拚命踢馬肚子，一邊大聲吆喝著，試圖將馬兒制伏。馬兒卻又踢又蹦，想將他掀下馬背……圍觀的人群一個個屏聲默氣，盯著這位緋衣公子，緊張地注視著他的一舉一動。

紅玉牢牢地護著歐陽暖，心一下子提到了喉嚨，似乎一不小心就會從喉頭裡蹦出來。起初她不敢相信自己眼睛，隨即腦子裡冒出無數個疑問。馬車好端端地走著，怎麼會突然受了驚？外頭的這個人又是誰？要是攔不住馬兒該怎麼辦？一連串疑問從頭腦裡冒出，她瞪大眼睛盯著一臉平靜的歐陽暖，渾身緊張得直哆嗦，說話間都帶著濃重的哭音：「小姐，怎麼辦？」

紅玉的哭聲彷彿一記重錘擊在歐陽暖的心上，她只覺得胸口忽然有什麼往下沉陷，不停沉陷，她用力抓住紅玉的手，冷喝道：「別害怕，鎮靜一點！」

她也不知道剛才發生了什麼，心同樣跳得很厲害，只是在這個時候，慌張害怕無濟於事。

那緋衣公子騎在馬背上，雙手勒緊韁繩，兩條腿使勁夾著馬肚子。他既要管住馬兒的瘋勁，又要保護馬車的平衡。然而馬兒受驚得太厲害，他一時竟然也難以制伏，正在緊拉著韁繩之時，忽然之間眼前影子一閃，手裡頓時一輕，挽在手掌上的韁繩已經被人搶奪了過去，來人的黑色錦衣被風吹得上下翻飛，一手緊緊握著韁繩，狹長的眼睛透露出一種懾人的威勢。

「重華哥！」肖清寒一愣，隨即露出驚喜的神色。

經過一番搏鬥，後來的男子終於制伏了馬兒。當他騎著馬，拉著馬車走來時，人們情不自禁地發出一片歡呼。男子跳下馬，將韁繩交給臉色嚇得死白的馬夫。跟車的婆子搶上前，想要撲過去感謝他，卻被他冷冷的眼神凍在了原地。

紅玉上前打開車廂門，挑開簾子，這才看清了外面的情形，還沒反應過來，卻是肖清寒已經撲到馬車前，聲音驚喜：「是妳呀，歐陽小姐！」

其實從他的角度只能看見女子的裙襬，藍色的裙在陽光下如清晨花園裡的一簇花綻開至地，腰繫著一條金色絲帶，美麗得炫目。

外面已經有不少人在窺探馬車裡的佳人究竟長得什麼模樣，紅玉一慌，忙放下了手中的簾子，肖清寒又厚臉皮地要去掀開那簾子，卻被肖重華拎住了衣領，不由不滿得大聲喊起來：「喂喂，歐陽小姐，是我救了妳呀，總要下車說一聲謝吧，妳總要露個臉吧！」

聽著這熟悉的聲音，歐陽暖微微穩下了心神，揚聲道：「多謝允郡王的幫忙。」

肖清寒一聽忙嬉笑道：「小姐不要客氣，我也是恰好路過！」

紅玉想笑，這個少年實在很有趣，明明是那個黑色錦衣的公子救了人，他卻為了討好小姐而毫不猶豫地占了功勞，只是他語氣天真可愛，並不惹人討厭。

「歐陽小姐，我救了妳，妳要請我喝杯茶吧！」肖清寒開始得寸進尺地要求。

歐陽暖：「……」

歐陽家的馬車駛入較為清靜的巷子，京都風氣並不開放，女子雖然可以出門，但所到之處應該避嫌，平民女子倒還無妨，千金小姐應當掩容。歐陽暖用面紗掩住了容顏，眾人一起進入樓中。看到這一番景象，不遠處的陳景睿不由自主皺緊了眉頭。

旁邊的人瞧他剛才酒醉驚嚇了別人家的馬車，自己又是雕鞍寶絡，仗劍配笛，錦緞白袍纖塵不染，不免搖頭嘆息：「又一個紈褲子弟！」

陳景睿卻充耳不聞，故意繞到榮興樓的後門，又從大廳穿堂而過，再次裝作酒醉的模樣，一頭向歐陽暖的身上撞過去。

歐陽暖後退了半步，紅玉連忙去擋，卻還是被他一個大力撞掉了面紗，一時引起眾人驚嘆。

陳景睿本要若無其事地移開目光，心中好奇，眼睛也不由地掃過去，卻看到一張清麗淡雅的面容，她目光泰然，波瀾不驚地向自己望過來。四目相對，陳景睿只覺得全身的血液頓時被抽走，呼吸一滯又湧入心臟，身體忽冷忽熱，腦子裡有一瞬間是完全空白的。

「你這人好無禮！」肖清寒剛走上臺階便看見這一幕，臉上頓時惱怒起來，正要大聲喝斥，卻在看清他的臉後失聲道：「陳景睿？」

陳景睿回過神來，淡淡一笑，道：「允郡王，許久不見。」

打了聲招呼，他的目光仍舊怔怔地看著歐陽暖，卻意外地與一道冷冰冰的視線撞在一起，那雙華麗修長的眼睛似利刃般帶著讓人膽顫的寒氣直逼過來，讓陳景睿有些怔愣，「明郡王？」

肖重華淡淡地道：「幸會。」

「你怎麼會來這裡？」肖清寒瞪著陳景睿，一臉狐疑。

就在這時候，一個聲音從二樓雅座上傳過來：「大哥，我在這裡！」

眾人仰頭望去，卻看到一個華衣少年站在二樓，笑彎了一雙月牙眼，正是武國公府的二少爺陳景墨。

榮興樓內外，侍衛們都穿了便裝在人群中。明郡王、允郡王和武國公府兩位少爺，都是京都的皇孫貴胄，誰也不能出什麼意外。幾人雖然衣著並不特別華麗，但氣質風度是與生俱來的，進樓時便引起眾人一陣矚目。掌櫃長期招待達官貴人，早已練出了一雙看人的利眼，見幾人在二樓雅間坐下，忙親自上來添了茶。

既然輕紗已經掉了，歐陽暖便沒有再重新戴上，她藍衣素裝，眉目如畫，眉宇間盡是悠然秀雅。在場三個男人的眼光注視下，卻沒有一絲羞怯害怕之態，依然不疾不徐，不卑不亢，高雅寧靜，令人嘖嘖稱奇。

「歐陽小姐怎麼會在這裡？」肖清寒興奮地問道。

「幼弟過滿月，我要為他尋一件禮物。」歐陽暖這樣回答。

肖清寒暗暗記下，又想要問什麼，然而二樓雅間全都是開放式的，他們只聽見外面一個桌子上，有一個眉飛色舞的書生在高聲暢談國事：「南疆蠻族原本是心腹大患，現今朝廷卻已將那蠻族連根拔起，更有精兵良將駐守南疆，南疆的心腹大患算是平了，然而朝廷眼下卻有一件十分棘手的事情，便是南方水災，還不知道要如何處置才好！」

其他人也紛紛附和，言談之間憂心忡忡的模樣。

南方倉州每到春夏季節，必發洪水，尤其是下游北海郡一帶，這水患若是止不住，每年百姓良田都要毀上萬頃，賑災糧款，也是國庫的大負擔。眾人紛紛附和，深以為然。

肖清寒原本要和歐陽暖套近乎，聽到這個話題頓時頭痛道：「怎麼走到哪裡都是這個話，真是煩人！」

肖重華笑著望向他，道：「皇祖父的策論，你還沒有完成吧？」

肖清寒一聽，一個頭兩個大。誰知道皇帝會突發奇想，要求每位皇孫都作一篇策論，談論當今朝廷的心腹大患並拿出治理之法。策論有什麼好玩的啊，他自己苦思冥想數日也一無所獲，這才偷溜出來玩耍，可巧就碰上了歐陽暖，正在暗自高興，還以為能避開煩心事，卻沒想到又聽人討論什麼國家大事，便揮著手道：「現在到處都在給皇祖父上摺子，說是要將清水河改道，徹底解決水患！」

陳景睿眸子微閃，俊美的臉龐上忽然微蘊冷嘲，道：「書生意氣！如今南疆雖定，大歷邊關卻仍欠穩定，北有突厥、契丹，西有回鶻，南臨南詔，且皆虎視眈眈，伺機而動。如允郡王所言，清水河盲目開工，必牽扯大量精壯勞力，動用大筆國庫儲備，這等於給了異族乘虛而入，犯我邊關的絕佳機會。」

這句話一出，肖清寒抬起頭看著陳景睿，陳景睿冷笑一聲，卻向歐陽暖望去，然而對方卻是低著頭端著白瓷青花茶盞喝茶，像是一個字都沒有聽見一般。

美人在座，肖清寒不甘示弱，碗蓋「叮」的一響，磕在了茶盞上，「你這話什麼意思？」

「我支持大哥的看法，你們想想，心腹之患乃是外敵，如今當務之急應為加緊擴軍，增長軍力，待邊疆真正平定，再無虎視眈眈的國家，這時方可考慮修改河道，解決水患。」陳景墨毫不猶豫地說道，眼睛望向一直沉默的明郡王。

安疆與賑災，孰輕孰重，是一道難題，這一點肖清寒自然知道得很清楚，只是歐陽暖在旁邊看著，他雖然平日裡不愛讀書，愛玩耍，卻不肯輕易認輸，當下睜大一雙黑白分明的眼睛，將自家兄長寫在策論上的內容說了出來：「陳公子這話說錯了，攘外必先安內，這才是治國之道。我朝邊疆尚欠安穩的確沒錯，可你想一想，如繼續縱容水患肆虐，百姓損失慘重，流離失所。而到那時，一旦外族入侵，你到哪裡去徵集軍力？到哪裡去找打仗的勞力？怎樣揚我君威？」

歐陽暖輕輕在心中嘆了口氣，肖清寒說得沒錯，前世她曾經前往南方避暑，路過倉州時，親眼目睹了災區慘狀，一路白骨遍地，腥腐惡臭之氣彌漫四野，許多人身染惡疾，不出半日便暴死，棄屍街頭，慘狀遠遠超過一般人的想像。

這裡肖清寒和陳景墨針鋒相對，各不相讓，原先挑起戰火的陳景睿卻住了口，而一直沉默的歐陽暖和肖重華靜靜坐著喝茶，這一桌五個人的神態十分奇異。

「不知道歐陽小姐能不能為我們評判一番？」陳景睿的聲音帶著一絲冷凝。

歐陽暖聞言抬起眸子，看到陳景睿正冷冷望向自己，她心裡一頓，知道對方來者不善，淡淡地笑道：「自古灌溉為農耕之本，是有百利而無一害的民生大計。大禹治水，三過家門而不入，於是就有了中原沃野千里。改道清水河，引水入田，的確是國之幸事，允郡王的一番陳述，稱得上絲絲入扣，有理有節。」

這話相當於是站在了允郡王的一邊，陳景睿看著，卻有了一絲失望，一個能夠將武國公府的千金小姐玩弄於鼓掌之間的女人，竟然只是個懂得附和的趨炎附勢之輩，他冷笑了一聲，道：「小姐就這麼點高見嗎？」

閨閣千金妄議朝政，傳出去對她又有什麼好處呢？歐陽暖微微一笑，並不回答。

「對錯自在人心，歐陽小姐但說無妨。」原本沉默的肖重華開了口，自有一番氣度，語氣中的威嚴讓歐陽暖心中一震。

歐陽暖頷首，輕聲說道：「誠如允郡王所說，南方水患的確是個麻煩，但不是最大的麻煩。」別人都用奇怪的眼神望著她，歐陽暖但笑不語，只蘸了茶水，在桌上畫了一個圓圈。肖重華看了，面色一凝，一雙眼睛盯著歐陽暖不放。

肖清寒和陳景墨顯然都沒有看懂，陳景睿則冷冷望著她，道：「小姐這是與我們打啞謎嗎？」

歐陽暖沒有回答，反而站起身，臉上帶了一絲笑容道：「今日多謝諸位出手相助，時候不早，歐陽暖也該走了。」說完，吩咐紅玉留下了一錠銀子，笑著對肖清寒道：「這是請郡王喝茶的。」說罷便轉身離開。

陳景睿張口欲斥，歐陽暖回望了他一眼，陳景睿只覺得那雙不笑亦含情的美目此刻竟然虛無冰冷，心就不由得一片寒涼。看著歐陽暖由丫鬟、護衛簇擁而去，他斜倚几案，一雙鷹目中終是綻出冷厲的光，剎那而過，「明郡王可知她畫的這個圈是何意？」

肖重華淡淡一笑，優雅起身，道：「抱歉，無可奉告。」

歐陽暖剛走出榮興樓，還沒有上馬車，卻被一個人攔住。她抬起眸子，看到陳景睿的臉，不由微微笑道：「陳公子還有何事？」

「歐陽小姐，咱們還有一筆帳沒有算清楚吧！」陳景睿那雙如鷹隼般的黑色眼眸兀自一凜，話語中含著一抹冷笑，「妳害得蘭馨身敗名裂，是不是要請妳還她一個公道？」

「陳公子，您別忘了，這裡可不是武國公府的地方。」歐陽暖看著他，臉上卻沒有一絲懼怕的表情，「您當街攔人是不是太冒險了？這裡畢竟人來人往，隨時隨地都會有人瞧見……」

「冒險？對我來說，什麼都不算冒險。」陳景睿看著她，只淡淡地說：「難道妳能對人家說我攔著妳找麻煩？妳也該知道，一個好好的閨閣千金，謹守禮教，高貴端莊，自然不會有什麼仇家！妳若是告訴了別人，人家就會問妳，好端端的我為什麼要找妳的麻煩！」說到這裡，陳景睿一把攥住歐陽暖的手臂，幾乎要捏碎手骨般的力氣讓她微微皺起了眉頭，他冷笑道：「還是妳以為，裡頭那兩個人會為妳撐腰？我倒要看看，他們如何敢管我的閒事！」

「自然要管。」正當此時，歐陽暖聽見身後傳來了肖重華的聲音，明明是語調輕柔的幾個字，卻卻偏偏衍生出足夠讓人畏懼三分的寒意，「不知陳公子大庭廣眾之下攔著歐陽小姐，意欲何為？」

肖重華慢慢從臺階上走下來，他臉上已經沒了笑意，深不可測的目光以及冷凝的氣勢，讓人頓時覺得頭皮發麻。

肖重華走到他們身邊，看似很隨意地伸手按住陳景睿的手，卻只聽陳景睿悶哼一聲，不由自主放了手，後面緊跟著跑出來的肖清寒看到這情景，不著痕跡地立刻上去，將歐陽暖牢牢護在身後。

「小姐出門，自然極易招惹浪蕩登徒子的糾纏。」肖重華漫不經心地開口，語氣帶著淡淡的嘲諷，眼風不自覺變得凌厲，聲音帶著一絲令人悚然的涼意：「還是說，陳公子是希望被人追究藉酒行兇之罪嗎？」

陳景睿剛才的確是縱馬行兇，驚了歐陽家的馬車，只是剛才幾人還坐在一張桌子上言笑晏晏，肖重華現在反而追究起來，說到底不過是為了歐陽暖出頭。陳景睿略略將眉微微挑起，冷眼睨著站在肖清寒身後的歐陽暖，「明郡王，她可不是一般的閨閣千金，我勸你不要被她矇騙，隨便出頭！」

「陳公子認為歐陽小姐會複雜到什麼地步？」肖重華看了歐陽暖一眼，深深的眼波在經歷了最初一瞬間的翻湧之後，頃刻間便恢復得比以往更加幽沉，他將所有的情緒都深埋於心底，神色也恢復了原本的波瀾不興。他瞥了瞥陳景睿，哂然一笑，意有所指，「那一晚我也在場，具體的情形，陳小姐比歐陽小姐要更清楚吧？你不如回去問問令妹，她為什麼要與歐陽小姐換了馬車，究竟是不是歐陽小姐逼迫於她。」

話一出口，陳景睿臉色一下就變了，他也十分清楚，當天晚上是陳蘭馨搶了歐陽暖的馬車，只是她畢竟因此損了名譽，他並不甘心就這樣輕易放過歐陽暖。他目光陰鬱地看著肖重華，低低地哼了一聲，突然毫無預警地笑了起來，「明郡王，你對歐陽暖這樣維護，莫非是看上她了？」

肖重華瞇起眼，高傲且冷漠地睨著陳景睿，冷冷的眼神裡滿是山雨欲來的陰霾，可語調卻是毫無起伏的平靜，「只有心懷不軌之人，才會看別人也都是如此齷齪，請公子謹言慎行！」

陳景睿對他的話嗤之以鼻，嘴角扯出一道嘲諷的弧度，擺出了一副不達目的誓不甘休的模樣，「肖重華，我今日就是要與她為難，你們讓也得讓，不讓也得讓！」說著，他上前去作勢要將一臉寒霜擋在歐陽暖身前的肖清寒推開。

「陳公子，您這樣咄咄逼人，不過是因為我！」歐陽暖淡淡地截口道，主動推開肖清寒走了出來，「既然如此，何必牽連旁人？」

聞言，陳景睿直勾勾地看著歐陽暖，剛毅的唇線詭異地往上輕輕一勾，眼裡流露出的犀利令人心中膽寒。

此人恣意胡為不假，卻是抓住了最要緊的一點，那就是歐陽暖不可能把剛剛發生的事情告訴別人。李氏雖是祖母，卻並不關心此事真相如何；林氏居心叵測，她不能把柄送到人家手上；弟弟還小，更完全幫不上忙；老太君年事已高，不可以讓她為此擔心；大舅母固然是好心人，但有些事情可以對她說，這種事情卻實在是不方便；唯一可以說的人就是林之染，只是此事，他也不便參與其中。說到底，陳景睿不過是欺她無人出頭。

想到這裡，歐陽暖不禁深深吸了一口氣，使勁掐了掐手心，竭力讓自己激蕩的心緒平靜下來，「陳公子，您到底是武國公世子，縱然您自己不要臉面，太后殿下還是在乎的。聽說太后特別喜歡聽街知巷聞的消息，您說讓她知道武國公府的大少爺當街行兇，並攔下吏部侍郎之女意欲不軌，您看她會怎麼想呢？」

「妳——」陳景睿烏沉沉的眼睛裡升起一簇火苗，「太后怎麼會信妳？」

中計就好！歐陽暖心中略略一鬆，微微一笑，「太后自然不會信我，可若是大公主當面提起此事，太后會不會因此遷怒於您呢？」

太后陳氏出自武國公府，真正論起來，已經過世的前任武國公還要叫她一聲姑母，後來她更是一力促成大公主與武國公府的聯姻，駙馬都尉陳燃便是前任武國公的堂侄。原本這也算是一樁美滿婚姻，然而駙馬都尉早逝後，大公主卻漸漸與太后生出了嫌隙……如果個性剛強的大公主將陳景睿當街言行無狀的事揭出去，太后在當眾失去顏面的情況下自然要對自己重責一番。陳景睿很快聯想到了這裡，臉色越發難看起來。

「要是出了這種事，最高興的應該是貴府的二房和三房吧？」肖清寒反應過來，老神在在地提醒了一句。

一抹陰鬱的笑染上了陳景睿軒昂的眉宇，「歐陽小姐，剛才我不過隨便說說，妳若當真無辜，何必要威脅我？」他把話說得犀利又諷刺，嘲諷之意溢於言表。

「陳公子，我再說一遍，請您聽清楚，陳小姐的事情與我無關。」歐陽暖淡淡一笑，像是千年沉寂的霜雪頃刻間消融，令人心動，「只要您不再來找麻煩，今天您攔截我的事情，我也可以當做沒有發生過。」

這時候，陳景墨匆匆走上前來，看到肖重華和肖清寒時，略微愣了一愣，可隨即又是滿臉笑意地打圓場：「我相信那天的事情只是一場誤會，大哥何必為難歐陽小姐？」

見陳景睿的臉色還是板得緊緊地，歐陽暖臉上的笑容也隨之消失了，「當日陳小姐再三相求，我才勉為其難同意與她換了馬車，這是有目共睹的事情。後來遇上事情，我拚著自己的性命不顧也要家僕去營救陳小姐，也算是仁至義盡。惡人上車後拔刀相向，陳小姐推我去擋，幾乎陷我於絕境，這些帳，我一樣都沒有與您家算。」她不緊不慢地往下說著，美麗的眉端細不可微的一凝，語氣裡已經帶了藏不住的憤慨，「說句實話，陳小姐搶奪馬車在先，陳公子故意為難在後，我便是弱質女流，也不是任人欺負之輩！您若再阻攔，咱們不妨去請大公主主持公道，您若連她都信不過，歐陽暖也情願豁出去，與您共赴太后跟前論一論這是非對錯，恩怨曲直！」

這下子，陳景睿是完完全全地愣住了，他以為歐陽暖會顧忌貴族千金的身分，不論他如何挑釁，也只會忍氣吞聲，卻沒想到她竟然聲聲句句毫不留情，絲毫也不肯退讓，讓他頓時覺得棘手。

肖清寒則是震驚地望著歐陽暖，他也沒想到看起來柔柔弱弱的美人，竟然是個這樣詞鋒厲害的人物，居然讓他有一種英雄無用武之地的感覺，當真是……

肖重華含笑看著歐陽暖，臉上並沒有什麼意外的神情。

就在這滿是尷尬的時刻，陳景墨湊上前來，不失時機地出言勸告：「大哥，這事若是被太后得知，恐怕……」

陳景睿咬了咬牙，倒抽了一口氣，像是要發作，最終不得不隱忍了。陳景墨卻已經有些焦急，不著痕跡地向旁邊看了一眼。不遠處，站著數十個面無表情的衛士，全都披著一裘黑色的氅，看來冰冷可怖，剛才一眼看過去的時候，他立時認出了這些人來，那是燕王府的侍衛。

陳景睿是十分敏銳的人，他甚至比陳景墨更早注意到了這一點，電光石火之間，另一個念頭猛然間取代了剛剛已經到了嘴邊的話，他冷冷地道：「歐陽小姐，但願每一次妳都能有人護著，後會有期！」說完，轉身就走。

陳景墨訕訕笑道：「我大哥脾氣暴躁，言語多有衝撞，對不住了各位。」說完，也迅速跟著陳景睿一同離去了。

歐陽暖平復了一下的心情，便對肖重華和肖清寒襝衽施禮道：「多謝二位。」

肖重華似笑非笑地看了她一眼，隨即輕咳了一聲說：「歐陽小姐客氣了，若是當真感激，不妨將剛才的啞謎解開吧。」

「明郡王是聰明的人，很多話並不需要點明，您心中早已有了答案，何必來問我呢？」歐陽暖的臉色平靜，卻已經不再是一副拒人於千里之外的微笑。

她笑得越溫柔，說出來的話就越不可信，這一點，肖重華是早有體會的，見到她淡了容色，斂了笑容，反倒露出微笑道：「走吧，要去什麼地方，我送妳去。」

肖清寒驚得目瞪口呆，歐陽暖卻挑起眉看著肖重華，肖重華淡淡地道：「妳不怕陳公子捲土重來？」

那種蠻不講理的貴族公子是很麻煩，歐陽暖暗自思忖，便輕聲道：「大庭廣眾之下，我與兩位同行多有不妥。」

「無事，妳自去吧，我們在遠處跟著。」肖清寒反應過來，生恐將這樣護衛美人的機會讓給肖重華，趕忙說道，一雙亮亮的眼睛像是有無數的星星在閃耀。

「既然如此，便多謝二位了。」歐陽暖點點頭，臉龐在陽光下瑩瑩生光，烏黑的眸子更是晶瑩剔透，這樣的她，有一種讓人無法移目的美。

珍寶齋

歐陽家是老顧客了，掌櫃一見到歐陽暖過來，立刻笑臉迎上來，「歐陽小姐，您需要些什麼？」

「我家小少爺要過滿月，大小姐想要挑些禮物送給他。」紅玉代為回答。

掌櫃連連點頭，吩咐旁邊的人單為歐陽暖開了個小間，剛安排夥計送了金飾過去，回頭就看見兩個人一前一後進來，頓時嚇得連眼珠子都要掉下來。

肖清寒快步走進去，幾乎穩穩壓了肖重華一頭，在他看來，肖重華此人太招小姑娘喜歡，他生怕歐陽暖一不小心也被他這樣英雄救美的法子給騙過去了，想著趕緊要去美人跟前多多露臉。

推開雅間的門，肖清寒正要開口，卻見歐陽暖上身穿著水粉坎肩、天藍色長裙，顯得格外風姿綽約，神態俊逸，她手裡擺弄著一個金手鐲沉思，儼然一枝臨風芍藥，不禁看呆了。

桌子上放著一整套小孩子戴的金手鐲、腳環、福牌、掛件和金項圈，上面都刻著吉祥如意的字樣，樣式精巧別致，十分可愛。

歐陽暖放下手中的金手鐲，微微歪著頭，似乎很感興趣地拿起一個非常小非常細緻的小金人。那小金人做成了一個托著小下巴的娃娃的樣子，肚兜上還鑲嵌著一塊顏色碧綠的玉珠。

「爵兒小時候也戴過這個。」她終於想起來，看著這樣東西，眼睛裡流露出一些歡喜的情緒。旁邊的紅玉點頭道：「這個很可愛呢，大小姐！」

「歐陽小姐走到哪裡都不會忘了妳弟弟啊！」肖清寒感嘆道。

歐陽暖笑著望向他，「正如同周王世子走到哪裡也不會忘記允郡王您呀。」

肖清寒一下子黑了臉，紅玉忍不住偷偷別過臉，掩飾住嘴角的笑容。

肖重華也走過去，手中看似隨意地拿起歐陽暖剛才拿著的那個金手鐲把玩，道：「剛才歐陽小姐所言，是指藩王？」

肖清寒沒想到他還在思考這個，剛要說話，卻在看到他手中那個金光閃閃的金鐲子時，心裡一跳，圓圈，藩籬也，歐陽暖說的，可不就是藩王？可是不對啊，因為前朝藩王犯上作亂，大歷自開朝以來便不曾再設立藩王，所有王爺一律居住京都，無奉旨不得出京。歐陽暖卻說藩王是當今大歷最大的心腹之患，這話不對。然而當他抬起眼睛去看歐陽暖，卻見到她一雙明麗的眼睛微微垂下，沉默不語。他心頭猛地一窒，當今秦王乃貴妃所生，因戰功赫赫，陛下特例給了他南方富庶之地作為封地，雖然他常年住在京都，卻仗著母妃受寵、皇帝信賴，不僅擁有直屬的護衛軍，還經常統率大軍出征，再加上內外心腹密如羅網，即便是統兵將領也多有他的門生故吏，當真是權高勢大，雖無藩王之名卻握藩王之實力，他莫非就是歐陽暖所謂的「心腹之患」？

「何以見得？」肖清寒再開口，聲音卻是有些低沉了。

「對當今聖上來說，最要緊的不是治理水患。因為陛下十分仁慈，多次減免賦稅，雨水又不甚多，就算是發起水災來，也會想方設法開倉賑災，百姓並不至於無路可走。」肖重華盯著歐陽暖，口中似乎喃喃自語。

肖清寒一驚，的確如此，相比南方水患，日漸衰弱的太子和野心勃勃的秦王之爭，卻一天天浮上了水面，就連他們這些皇孫之間，也不得不趨向了不同的陣營……

本以為所有人都只把目光放在了北疆紛爭與南方水患上，卻沒料到歐陽暖會指出這樣的關鍵，肖重華心中震動可想而知。

「妳……」肖清寒眼睛發直，不敢置信地盯著歐陽暖，她一個閨閣千金，居然有這樣的見識。

紅玉心中卻越發驚恐，大小姐畢竟是女子，這樣妄議朝政，絕非好事啊……正在驚疑不定之間，歐陽暖嫣然一笑，聲音柔緩似春水泛波：「我的意思是——凡有國有家者，不患寡而患不均，不患貧而患不安。均，謂各得其分；安，謂上下相安。不論貴族還是平民，只要遵守既有秩序，遵守君臣父子之道，國家自然平安無恙，所以陛下最大的憂患在於人心是否滿足，而非國家是否強大富有。我畫了個圓圈，不過是取其和諧圓滿之意。明郡王，您真是誤會了。」

這樣中規中矩的話絕對是萬金油，由閨閣千金說出來，旁人也只會覺得她頗有見識，而不會認為她說出的話驚世駭俗。

肖清寒見歐陽暖那燦如春花的一笑，已是有些怔忡了，再見她怯生生地向他們看來，面上有憂慮之色，像是生怕他們誤會，不由放下心來，微微一笑，說道：「我說麼，歐陽小姐足不出戶，怎麼會知道國家大事？重華哥真是天天殫精竭慮，想太多了吧！」

紅玉如蒙大赦，不由鬆了一口氣，卻只覺得背後都被冷汗濕透了。

肖重華始終帶著淡淡的微笑，笑容冷淡如清冷的月光，卻帶著一絲奇異的暖意，「是我多心了，歐陽小姐，抱歉。」

歐陽暖微微頷首，下頜的弧度十分柔美，輕聲道：「郡王客氣。」

在想哭的時候哭，在想笑的時候笑，閨閣少女該有的明快直接，歐陽暖都沒有。同樣的，天真少女的無知無覺，懵懂不明，她也沒有。她的身上總有一種超越年齡的成熟與智慧，肖重華望著她的眼睛，唯一能讓他分辨的，便是歐陽暖的這雙眼睛，時而靈動如珠，時而漫然漾波。或喜或怒，她臉上的表情他覺得都是作偽，唯有眼波流轉之間，淡淡的情緒，他才可以分辨出她究竟是高興，還是不高興。

現在他知道，歐陽暖不願意讓任何人知道她的真意，僅此而已……

夜幕低垂，朱欄勾舍高高掛著燈籠，廊間簷底上的彩繪十分美麗，帶著一種說不出的奢靡。河中大小船上都點起燈火，船艙前的彩蘇精細絢爛，在水波中的倒影明暗不定。遠處傳來斷斷續續的歌聲，聲音柔美嫵媚，撩動人心，不知是從哪家勾欄飄來，還是從河中畫舫裡傳來的。

晉王世子肖凌風和陳景睿、陳景墨兄弟落座在豐盛的筵席前，隨意地說著話。

肖凌風手按酒杯，壓低嗓門道：「景睿，你妹妹那件事究竟是怎麼了？」

陳景睿只顧低頭喝酒，頭都不抬，肖景墨忙低聲回答：「世子爺，您就別哪壺不開提哪壺了，我大哥心情正不好呢！」

肖凌風看了陳景睿一眼，飲了一口酒，問道：「當真要嫁給明州賀家？對你武國公府來說，著實是太浪費了。實在不行，你也可以讓陳老太君進宮去找太后想想辦法。」

陳景墨沉思道：「不成，這件事到如今已經了了，如果貿然進宮去，一旦激起事端，後果不堪設想，更可慮的是……」說到這時，看了陳景睿一眼，便不再言語。

肖凌風奇道：「景墨，我等既是好友，便當以精誠相見，你在這裡說話還有什麼顧忌呢？」

陳景墨嘆了口氣，以手指沾酒在桌上畫了「林」字，又一揮抹掉，問道：「牽扯到他家，世子還以為此事可行嗎？」

肖凌風不以為然，「此顧慮似嫌太遠，須知歐陽家與鎮國侯府雖有勾結，其實各有異志，不足為慮，小小一個歐陽家，難道你武國公府也動不得嗎？」

「不光是鎮國侯府，還有個明郡王，當天晚上他也在場，更力證歐陽暖的無辜。就算她真是無辜好了，畢竟蘭馨也是因為她才受了罪，我們無法名正言順地向歐陽家討回這筆帳，心裡當然嚥不下這口氣。」

「肖重華！」陳景睿提到這個名字，面上似是十分惱恨，重重將酒杯摔在地上，濺起一地琥珀色的銀光。歌姬們嚇了一跳，肖凌風看他一眼，揮了揮手讓她們退下。

陳景墨看著大哥發怒，不由得心想，怎樣才能既替妹妹出了這口氣，又不至於引起各方的不安呢？想了許久，不得要領，於是笑道：「總要想個兩全其美之法才好，可惜我卻沒有。」

半晌，肖凌風微微笑道：「以我的拙見，要報仇，有上中下三策。」

陳景墨眼睛一亮，陳景睿卻整個人向椅上一靠道：「願聞其詳。」

肖凌風道：「一，精選厲害之人，趁其出府不備之時掩而殺之，此乃上策。」

陳景墨搖頭道：「這畢竟是京都，眾目睽睽之下，如若萬一不成，再生別計更不易成功。這是險著，不可。」

「陳老太君即將過壽，當廣邀名門千金，可趁機請其入府，想法鴆殺了她。這法子麼，武國公府多的是方法不叫人看出來吧？」肖凌風眼中似有異乎尋常的光芒閃過，那張永遠帶笑的臉上劃過一絲狠意。

陳景墨愣了，蹙眉道：「如其肯來，那倒是好，可惜歐陽暖很少參與這樣的場合，又是在我家作客，真出了事，我們如何脫得了干係？」

肖凌風故意為難道：「那就只有下策了，以彼之道還施彼身，找人壞了她的名節……」

就在這時候，聽見「啪」的一聲，陳景墨手中的筷子驚得掉在了地上。

陳景睿臉色難看地站了起來，厲聲道：「她不過是個女子，跟你又無干係，你何必出這樣狠毒的主意！」

肖凌風一愣，哈哈大笑道：「我就是說笑，難得景睿如此生氣，哈哈哈哈！」又是一陣大笑，旁邊的陳景墨這才發現將一切當真的自己被對方耍了，不由得面紅耳赤。只是他偷眼瞧自家大哥，卻見他一雙眼睛陰沉沉地輪流打量在座的人，似乎竭力壓著火，用譏諷的口吻說：「我要報仇，自然是我的事，不用旁人多嘴！」

「我不過是說笑，要對付一個小丫頭，哪裡用得著這樣大費周章？不過是一些流言蜚語就能讓她死無葬身之地，只怕你陳公子看了人，如今捨不得了！」肖凌風淡淡地說道，臉上又恢復了長年不變的笑容。

陳景睿冷冷地盯著他，陰鷙的目光中閃動著熊熊的怒火。陳景墨生怕他們兩人對上，趕緊讓旁邊的丫鬟送上茶水，陳景睿卻眉毛一豎，連茶盞帶茶托沒頭沒腦地砸過去。小丫鬟頭一閃，正砸在她的肩頭，頓時渾身熱氣騰騰，滿是茶水茶葉，茶具也摔得粉碎，整個人嚇得驚呼一聲，面無人色。

陳景睿冷冷地盯著肖凌風，「你再出這樣敗壞名譽的餿主意，咱們自小的情分就此沒了！」

肖凌風雖然是晉王世子，學武學文卻與陳景睿是同門師兄弟，感情向來十分要好，從來沒有紅過臉。他素來知道陳景睿脾氣暴躁，卻沒想到自己不過是說了兩句玩笑話就將他激怒成這副模樣，知道他自恃身分高貴，絕不肯用這種法子，當下笑道：「景睿，是我錯了，不要生氣！來，坐下喝酒！」

陳景睿卻瞧著他，半天沒有說一句話，直到陳景墨再三好言相勸，他才慢慢坐下，卻也不再看肖凌風一眼，似乎仍舊在氣惱。

肖凌風原本只是說笑，他們不是皇孫就是名門公子，用這些下三濫的法子去對付一個小丫頭，說出去有辱聲望，卻沒想到陳景睿會這樣生氣。

旁邊的陳景墨卻知道，大哥是下午在明郡王那裡受了氣，才會藉機發作在這裡，不由感嘆，大哥平日裡好好的，固執的勁兒一上來，不管是皇孫貴冑還是自小的朋友，那是半點情面都不講的。

肖凌風夾起桌上魚翅送入口中，慢慢嚼著，好一會兒才道：「說完了玩笑話，咱們也該說說正經事。」他使了個眼色，旁邊的心腹立刻讓所有伺候的人全都退下。

他輕聲道：「如今局勢微妙，我提醒你們，不如早作打算……」

陳景睿兄弟俱是神色一變，武國公府是太后娘家，又是大公主夫家，真正是聲名顯赫，烈火烹油，根本不願意摻合到皇儲之爭中去，然而皇家人卻未必肯輕易放過他們。

肖凌風微微一笑，便接著道：「太子與秦王兩位殿下的爭奪已經到了明面上，將來萬一太子登基，秦王未必能安享太平。」

陳景墨一愣，想要岔開話題，「秦王畢竟已經是親王，太子仁厚，必不會對兄弟怎樣的。」

這話一說，肖凌風卻笑得更淡漠，「天下皆知，秦王戰功赫赫蓋過太子，陛下並不是不想賞，實在是無物可賞。他威震天下，臣強而主弱，自然難得相容，更何況如今秦王的權柄越過了太子，到時候便是太子不忍心，也非要除掉他不可。縱然太子仁厚，捨不得下殺手，那羽翼漸豐的皇長孫呢？還有殺伐果斷的燕王？還有詭異莫測的明郡王？他們誰肯放過秦王？」

陳景睿冷冷地望著肖凌風，道：「若是秦王願意，大可以解兵權，散餘財，辭官爵，回封地，照樣過太平賢王的日子。」

肖凌風冷笑，「這只能保得一時，過不上一年半載，不知旁人會不會一時興起，列你幾條罪狀，不死也得削爵抄家！」

陳景睿卻神色淡淡地看著肖凌風，慢慢道：「我早已有言在先，你我親如兄弟，在一起的時候只論兄弟之情，不論國家大事，今日你字字句句都不離這些，恕我不奉陪了！」說完，起身頭也不回地走了，

陳景墨一愣，趕緊彎腰向肖凌風告罪，他哥哥敢如此無狀，是因為有多年的交情在，他可沒這樣的膽量，連連請罪後，看著肖凌風並沒有生氣的模樣，這才趕緊離開。

# 貳之章◆滿月席宴巧移禍

陳景睿回到武國公府自己的書房，還是一副生人勿近的模樣，陳景墨不由自主勸道：「大哥，我知道你還在為白天的事情生氣，但是歐陽暖有那明郡王護著，大公主又十分喜歡她，周王世子說的那些話雖然確實混了些，卻未必沒有可取之處，你若真是想要為蘭馨報仇，找個人……」

陳景睿的眼前卻突然閃過歐陽暖清麗得動人心魄的容顏，聽了這話不知為什麼更加惱怒，抄起一旁花梨木的精緻小炕桌，連同桌上一套青玉文房四寶，雙手高高舉起，狠命往地下摔去。不要說那些脆弱的用具，連小炕桌也散了架，木腿木條四處迸飛，嚇得裡外伺候的丫鬟一個個合眼閉嘴低頭，心裡亂撲騰，真怕大少爺遷怒自己。

陳景墨駭然地望著他，不知道自己究竟哪一句話說錯了。

武國公府的兩位少爺並不知道，他們剛一離開畫舫，肖凌風便對著簾幕後面的人朗聲道：「好了，你快出來吧！」

簾子一閃，來人一身錦衣華服，輕袍緩帶，雙目中如有清淺水霧，而臉上神情更有一種拒人千里之外的冰冷。

「天燁，你都聽到了吧，武國公府的人打的是獨善其身，兩不相幫的主意。」

肖天燁在桌邊坐下，修長的手中把玩著一只白玉酒杯，表情若有所思。

「照現在的局勢看來，咱們還是早作打算得好。」肖凌風瞇著眼，伸手屈下食指，「你可轉告皇叔修書三封，分寄齊王、魯王、蜀王，微露對太子不滿之意，點到即可，不必深言。」說著慢慢屈下中指，「其二，禁衛軍掌握京都守衛大權，那幾位……要派妥當的人去收買，即使不能為我們所用，將來一旦有事，他們能保持中立便好！再其三……」又屈下拇指，「皇上身邊一定要派最靠得住的人去。」

肖天燁卻置若罔聞，丟下杯子站起來，走到窗邊，親手捲起了湘竹長簾，推開了所有窗子，向著外面的茫茫夜色看去，淡淡笑道：「你當真以為皇祖父年紀大了，對京都異動一無所知嗎？我告訴你，他才是真正的老狐狸！看著我父王與太子鬥得你死我活，他卻站在旁邊乘涼，你說他到底想要幹什麼呢？」

肖凌風皺起眉頭，唇畔雖然還是帶著笑容，卻已經是說不出的凝重，「你的意思是……」

「沒什麼意思，還是按兵不動，靜觀其變吧。」肖天燁懶洋洋地說，逕自坐在窗邊，有些心不在焉。

肖凌風不由惱怒起來，「今天是怎麼了，一個兩個都不肯好好談正事，難不成都被狐狸精迷住了心竅？」

「狐狸精？也許真有狐狸精也說不定。」肖天燁回過身來，勾起唇角，如清泉一般的雙眸中有股幽亮的光芒在微微跳動。

肖凌風臉上掛了笑容，道：「你讓我故意試探陳景睿，是擔心他想不出好法子來對付歐陽暖呢，還是擔心那位小姐的安危？」

他會擔心歐陽暖的安危？這簡直是天大的笑話！肖天燁微微一愣，旋即哈哈大笑，竟將手中的白玉酒杯隨手拋入了湖中，酒杯發出一聲輕響，便沉沉墜了下去，在河面暈成淡淡的漣漪，遠遠望去，彷彿升騰起一片朦朧的煙靄。

肖凌風望著他，神情帶上了一絲迷惘。

福瑞院

畫兒在輕聲安慰著梨香，然而梨香卻哭個不停，淚水和著面上那抹鮮紅的掌痕，越發顯得觸目驚心。

「王嬤嬤心也太狠了，這一巴掌到現在還沒有消下去。」畫兒埋怨，輕手輕腳地給梨香擦藥。

梨香疼得倒抽一口涼氣，只覺得臉上沾了藥膏，猶如一支無形的針刺入那樣疼痛，半晌，才勉強笑道：「王嬤嬤只是做給李姨娘看的，並不是有心針對我。」

「就算是這樣，也沒必要下這樣的狠手啊！丫鬟就不是人生父母養的嗎？」畫兒平日裡被王嬤嬤欺壓慣了，只敢低聲抱怨，卻不敢高聲，生怕隔牆有耳。

梨香抽噎著還待說什麼，王嬤嬤卻已經從門外走了進來，看見裡頭的情形，臉色一沉道：「梨香，夫人叫妳，快去吧，可別耽誤了時辰！」

梨香不敢耽擱，立刻起身跟著王嬤嬤走了，丟下畫兒一臉忐忑地想著是不是被王嬤嬤聽到了剛才的話。

自從小少爺生病開始，內室就不許任何人輕易進去，除了林氏、王嬤嬤、乳娘高氏和錢大夫，唯一被允許進入的人就是梨香了。

梨香深深知道，這並不是因為自己在夫人心中的地位有什麼特別，而是因為當時自己也知情，所以夫人特別防備著自己。她屏氣斂息地進了內室，一進去就聞見一股濃重的中藥味，然後是嬰兒虛弱的哭聲，她心裡一凜，越發忐忑。錢大夫說孩子身上的熱度已經蔓延到肺腑，活著對他而言已經是一種徹骨的煎熬，建議讓小少爺就這麼走，然而夫人卻寧願用各種法子吊著小少爺的命，而且出乎意料的堅持……

林氏在這一片喧鬧中懶懶地坐在炕桌前，正在喝茶。

梨香放輕了腳步，走到林氏身前屈膝，恭敬行禮道：「夫人。」

「來幫我捶捶腿吧。」林氏將茶杯放在桌上，一手撐著下頷，繡著紅色大福字的寬袖由倚著案几上的手，自烏木的稜角鋪瀉而下，帶了一絲說不出的冰冷。

「是。」梨香上前去，輕手輕腳地給林氏捶腿。

裡邊突然傳來歐陽浩撕心裂肺的啼哭聲，梨香一愣，知道這是錢大夫又在換藥，她趕緊低下頭去，加快了手裡的動作。

林氏聽著裡頭的動靜，看了一眼梨香的反應，嘴角帶了一絲冷笑。她隨手拿起茶杯把玩，面上的笑意愈見濃重，「今天的事情我都聽說了，委屈妳了。李姨娘這樣無理，王嬤嬤要是辱罵她，畢竟有失了體統，她不過是藉著懲治妳來羞辱她罷了！哼，不過是一個妾，居然還敢跑到我院子裡來耀武揚威！」話說到最後已經勾起了她心底的強烈恨意，茶杯在手中越攥越緊，手指一個恍惚，茶杯掉在地上摔了個粉碎。

梨香心中十分恐懼，臉上卻強帶了笑容道：「奴婢明白。」

林氏一手掩唇，纖細美麗的指下漾出了幾許沉沉的笑意。然而這樣的時候，她發出這種笑聲，不由讓梨香猛地一怔，心顫不止。

「外院的霜晴是妳妹妹吧？明兒叫她進福瑞院來服侍好了。」

聞言，梨香猛地抬頭，正看見林氏微笑著望向自己，她微微打了個寒噤，臉上的笑意越發勉強，「夫人對奴婢太眷顧了，奴婢感激得都不知道說什麼好……按理說奴婢不應該推辭主子的恩典，可是霜晴手腳笨得很，遇到事情怕幫不了夫人，反而惹夫人心煩。」

林氏親自用一雙保養精細的手握住了梨香，「瞧妳這麼著急，我也不過是隨口說說，妳不想讓她來，我便不讓她進院子來，也就罷了。」

梨香剛剛鬆了一口氣，就聽見一個炸雷從天上掉下來：「梨香，我想讓妳去服侍大小姐……」

蘇夫人得知林氏順利生下歐陽家的二少爺，特意備上禮物來看望。

林氏原本還在坐月子，並不接待外客，可是她不但收下了蘇夫人的禮物，還親自在小花廳與她見了面。

林氏躺在窗下的美人榻上，身上蓋著厚厚的毯子，蘇夫人坐在一旁的椅子上，她們的身邊都擺了一張小圓几，擺放著香茗、熱湯、茶點。

蘇夫人卻沒有心思去動那些東西，而是笑道：「婉如，我本該再等妳身子好一些才來看妳，但我在家中也坐不住，便提早來了，妳不會怪我吧？」

「哪裡的話，我在家裡無事也是很難受，妳來了正好陪我做伴。」說著，林氏輕輕一笑。

「可是，我聽說，小少爺身子骨很弱，妳一直都不肯讓他見外人，這到底是怎麼回事呢？」蘇夫人對於外面流傳的關於歐陽家的消息一直很留心，這時候看似隨意地問出了口。

「是嗎？」林氏淡淡地道：「浩兒畢竟是早產，身子弱一些，大夫囑咐不要見生人，免得過了病氣。」

這時候，梨香端了幾樣新鮮點心進來換碟沖茶，她小心地看看林氏的臉色，陪笑道：「夫人，奴婢已經著人去請大小姐了。」

蘇夫人目光眼神一亮，林氏微微一笑，只管笑著讓蘇夫人品嘗新送上的點心，「這是我家廚子的拿手甜點芸豆卷，妳嘗嘗。」

蘇夫人拈起一塊，咬了一口，果然柔軟細膩，入口即化，但她顧不上讚嘆，又探頭向不遠的庭院裡望去。看她心思早已不知道飛去了哪裡，林氏笑笑，把一只玉盞裡的熱湯小口小口地喝下去。

看到蘇夫人明顯醉翁之意不在酒的神情，王嬤嬤嘴角勾起了冷笑，林氏卻笑道：「快嘗嘗這碟裡的芙蓉餅，這可是養生美顏的佳品，聽聞當今太后也很是喜愛呢。」

「是啊，蘇夫人，聽人說太后脾虛胃弱，又犯心疼病，宮裡頭的御醫醫治不了她的病，陛下也因此日夜煩憂。後來有一位長壽老人向她敬獻了芙蓉餅，自從她經常進食後，不僅很少犯心疼病，頭髮也由白變黑了，您說這不是返老還童了嗎？」王嬤嬤看了林氏一眼，陪著笑臉說道。

蘇夫人無可奈何地端起了銀碟，說不上是讚嘆還是不滿，暗道：林氏生了孩子，耐性倒是越發好了，還有心情在這裡扯閒話！

直到用午膳的時候，才有小丫鬟前來稟報說，大小姐被老太太留下用膳了，一時半會兒過不來，要請夫人稍候，大小姐服侍老太太用完膳便過來。蘇夫人一聽，臉上掩不住的失望。午飯席上，蘇夫人雙眉緊皺，滿懷心事，對著滿桌菜肴，頗有些不願下筷的意思。林氏則面帶微笑，從容而關切地吩咐旁邊的丫鬟為蘇夫人布菜，蘇夫人仍舊一副提不起勁頭來的樣子。

林氏道：「姊姊，天大的事兒也不用在吃飯的時候費神，妳到底為什麼犯愁呢？如果我能為妳解憂，不妨說出來。」

蘇夫人看了左右一眼，臉上帶了點疑難。林氏拍拍手，除了王嬤嬤和梨香，所有人都乖覺地退下了，蘇夫人卻還是沉默不語。

林氏對梨香使個眼色，說：「上菜！」

一只橢圓形的魚盤上，躺著一條一長尺多的鱸魚，身上澆了一層燦金色的濃汁，香味撲鼻，使人垂涎欲滴。林氏用筷子在魚胸處揭了一大塊，親自送到蘇夫人的碗中，道：「先嘗嘗看。」

蘇夫人看了她一眼，不好意思拒絕，將魚肉送進嘴裡細細品味，只覺得鮮美異常，不由笑道：「這條魚真是美味，妹妹好享受。」

林氏微微一笑，直視著蘇夫人的眼睛，一字一句柔慢地說：「很多事情便是我不說也早已傳得滿城風雨，我也不怕姊姊笑話。夫君半年之內連納兩個侍妾，婆母偏心硬是奪了我手中的權柄，還有一雙並非從我肚皮裡出來的厲害兒女，這些人將我逼得幾乎沒有立足之地，我處在這樣的境地，尚且懂得享受，姊姊子女雙全，夫妻恩愛，又有何事憂心呢？」

蘇夫人一怔，略略回味，恍然而語，看著林氏笑了，「妹妹當真是聰慧過人，女中諸葛，我自愧不如！好，妹妹想聽，我直言就是！」

林氏卻嫣然而笑，「妳道我當真不知道妳在愁什麼嗎？」她斂起笑容，眼睛裡的神色變得非常冷靜，「妳不過是因為歐陽暖在賞花宴上大放光彩而犯愁罷了。」

「是！」蘇夫人一愣，臉上的笑容更深，「妹妹果然什麼都知道！只是妳既然都清楚，為什麼任由她在外面那樣風光？這樣一來，妳這個後娘豈不是更難做？」

林氏冷冷一笑，道：「姊姊，常言道，不啞不聾，做不得阿翁，他們要我什麼都不知道，我便不知道好了。是我家老太太想讓她在京都揚名，背後又有寧老太君和大公主撐腰，我何苦去阻撓？這樣吃力不討好的事情，做了有什麼用？」

蘇夫人看著林氏，一時竟不知說什麼才好，半晌後才說出了心裡話：「我聽說，不少府裡都盯上了貴府這位大小姐，歐陽侍郎心中也應該打起了奇貨可居的念頭，夫人坐視不管，是忘了曾經答應過我的事了嗎？」

林氏臉上的笑意凝固，語氣無比鄭重：「我若是忘了，姊姊今天何以會坐在這裡？」

「那妳……」饒是蘇夫人鎮定，也十分擔心歐陽暖身價倍增後出現一家女百家求的景象，那時候……自己的兒子可就沒有希望了啊……

「姊姊，這世上的事情沒有定論的，我既然答應了妳，就絕不會食言。妳慢慢看吧，我一定會叫妳如願以償。」林氏笑著，臉上的笑容卻讓蘇夫人生生打了個冷顫。

說話間，歐陽暖還沒有到，歐陽可卻來了，穿著茜紅色折枝花春裳，鬢角插了支赤金鑲蜜蠟水滴簪，顯然盛裝打扮了一番，倒也顯得花容月貌，十分出眾。對於這個女兒，林氏已經是失望透頂，只不過到底是她的親骨肉，她也不能在外人面前太過責備，臉上露出笑容道：「可兒來了，快坐下吧。」

歐陽可微微一愣，臉色不由自主紅了，她腳上穿著林氏特別訂製的繡鞋，這些日子又著意苦練了一番，走起路來十分平穩，幾乎看不出跛腳的樣子。她走到林氏身邊坐下，看桌子上八寶酥鴨、一品棗蓮、翅湯桂魚、蓉和脆皮雞、如意海參、十錦太平燕……擺了滿滿一桌子。

林氏道：「去替二小姐添雙筷子。」

「是。」梨香立刻去了，不多時便取來了筷子放在歐陽可面前。

歐陽可微怔。

林氏微笑道：「嘗嘗這道八寶酥鴨，酥香可口得很。」

歐陽可其實已用過膳，卻不好說自己吃過了，只能「哦」了一聲，拿起筷子嘗了一口。

林氏笑著問她：「怎樣，還合口味吧？」

歐陽可明明食不下嚥，卻還是笑道：「正如娘所言，這鴨子皮脆肉嫩，很好吃。」她一邊說著，一邊望向蘇夫人，蘇夫人卻低下頭，舉止優雅，細嚼慢嚥，半點也沒有要和她說話的意思。

歐陽可暗暗著急，林氏卻在心中搖了搖頭，心道那件事還是瞞著這個丫頭的好，如果她曉得，還不知會鬧出什麼事情來。

於是，桌上除了瓷器輕微的碰觸聲，再沒有其他聲音。

用完膳，三人便在花廳裡坐著用茶，歐陽可幾次三番要探問蘇玉樓的情形，卻都被蘇夫人四兩撥千斤地推了回去。林氏看到蘇夫人明顯對自己的女兒歐陽可不感興趣，反而勾起了嘴角，心中更加放心。

就在這時候，小丫鬟進來稟報說大小姐來了，蘇夫人的臉上不由自主露出喜色。

林氏道：「快請進來吧。」

歐陽暖一身月白的翠煙衫、鵝黃繡白玉蘭的長裙，從門外姍姍走進來，看見廳內的情形，臉上露出淡淡的笑容，上去和林氏和蘇夫人見了禮。

蘇夫人見她服飾樸素，顏色淡雅，卻容色出眾，光彩照人，心裡不由點了點頭。

「蘇夫人在這裡等妳多時了，怎麼這麼晚才來？」林氏佯作嗔怒的模樣，臉上卻笑盈盈的，十足一副慈母的神態。

「原本是祖母留飯，耽擱了不少時候。」歐陽暖頓了頓，看了一眼面色冷淡的歐陽可，有些驚異地道：「妹妹憔悴多了，最近睡得不好嗎？」

歐陽可一愣，抬起頭剛要發作，卻察覺林氏一雙厲眼向自己望過來，當下按捺了脾氣，強笑說：「我最近是有些不舒服，勞煩姊姊關心了。」

歐陽暖點點頭，笑道：「那就好，我還以為是……」說到這裡，看了一眼蘇夫人，似笑非笑。

歐陽可皺起眉頭，問道：「姊姊以為我怎麼了？」

歐陽暖搖搖頭，笑而不語。

林氏眼神冷冷的，語氣卻很是溫和：「蘇夫人是我的手帕交，又不是外人，暖兒不必如此顧忌，有什麼話直言好了。」她就不信，歐陽暖還敢在外人面前說歐陽可的不是。

歐陽暖嘆了口氣，語氣清淡道：「不是暖兒不想說，實在是此事牽涉到鬼神之事，不能亂說。祖母近日也睡得不好，總是說看見秋月滿臉是血……對了，」說著淡淡看了歐陽可一眼，臉上露出惋惜的神色，「妹妹還不知道吧，秋月她……三日前上吊了。」

歐陽可悚然一驚，手裡的茶杯「啪」的一聲傾倒在桌面上，旁邊的夏雪趕緊去扶正茶杯，卻還是不小心將歐陽可的裙子弄濕了一角。蘇夫人不由得側目看向歐陽可，歐陽可臉色越發難看起來，卻礙於別人在場不敢發作，狠狠瞪了夏雪一眼，看的夏雪心驚膽戰地低下頭去。

林氏冷笑一聲，道：「母親是年紀大了，鬼神之說怎麼能胡亂相信！」這世上自然是有鬼神，要不然，自己怎麼會重生來向林氏復仇呢？她要是知道這一點，只怕會嚇暈過去吧。歐陽暖心中冷笑，臉上卻憂心忡忡道：「我也以為是祖母夢魘，結果聽說昨天晚上壽安堂的一個丫鬟也撞見了，嚇得渾身發抖，幾乎昏死過去。說起來，秋月怨恨祖母實在是不應該，畢竟是祖母饒了她一條命，還讓她去家廟替主子祈福，卻不料……」就在這時候，她見歐陽可身體微微一抖，面露恐懼，便微微一笑，不再說下去。

歐陽暖沒說完的話是，卻不料秋月被昔日的舊主子打得頭破血流，氣息奄奄，甚至額角還破了相，身為一個女子，當然會想不開上吊自殺了。

林氏登時拉長了臉，不屑道：「暖兒，妳是府裡的大小姐，又是飽讀詩書，知書達理，怎能聽風就是雨的？再說，那丫鬟自尋死路罪有應得，能怪得了誰！」

歐陽暖惶然道：「娘說的是，這些原本都是傳言，只是如今鬧得人心惶惶的。」又看向歐陽可道：「祖母說，秋月這是枉死，怨氣大，要找人討回公道。她心中總是放心不下，還說要請人來做一場法事超渡一二。」

林氏盯著她，臉上的微笑很冷淡，「母親想必是多慮了！人常說，平生不做虧心事，夜半敲門心不驚，秋月哪怕變成惡鬼，也是與人無尤，又有何懼！」

歐陽暖嘆了口氣，臉上卻帶了點笑容道：「此言有理，冤有頭債有主，秋月要找人算帳，怎麼也不會找到祖母才是。」說完，看了歐陽可一眼，笑道：「妹妹，妳說是不是？」

歐陽可臉色微微發白，直瞪著她道：「妳……妳……」

歐陽暖不動聲色地望著她，蘇夫人看了這一切，臉上卻露出若有所思的神情。

場面一時沉寂下來，林氏陰著臉，捧著茶杯沉默不語，半天後，冷冷地對梨香道：「茶都冷了，還不快去換一杯！」

她的語氣十分冷漠，本就害怕她的梨香心裡不由得打了個冷顫，雙手不由得哆嗦一下，趕緊奉上熱茶，誰知手忙腳亂之間，茶水灑出來，滾燙的茶水碰到了林氏的手背，林氏疼得慌忙推開茶杯，心中說不出的惱怒，伸手給梨香狠狠一記耳光。

「混帳東西，存心想害死我！」

「奴婢該死！奴婢該死！求夫人饒恕！」梨香知道自己闖了大禍，慌忙趴在地下，額頭在地上撞得咚咚響。

「我知道妳的心思，是瞧著年紀大了，想要放出去嫁人是不是？覺得我這個主子礙眼了，就想著法子來害我，妳想要燙死我……」

「夫人，奴婢不敢……奴婢真的不敢……」梨香嚇昏了頭，說到這裡，竟然不知道該如何解釋，半天也沒說出所以然來。

「住口，妳這個該死的東西！」林氏說到這兒頓了一下，不露痕跡地看歐陽暖一眼，繼續說道：「既然是個這樣有外心的丫鬟，我今天成全妳，讓妳陪秋月一起死！」

「夫人，奴婢有罪，奴婢有罪……求求您大慈大悲，饒了奴婢……」梨香趴在地下連連求饒。夫人這個人心狠手辣，她一直小心翼翼地做人做事，沒想偏偏在這骨節眼上，又闖下這麼大禍事。

「妳別做夢想逃過去！蹬鼻子上臉，什麼東西？被人抬舉幾下就不知道骨頭有多重了，分不清誰才是妳的主子！」林氏嘴上罵梨香，其實心裡說不出的怒氣全都是衝著歐陽暖。

王嬤嬤指桑罵槐，讓李姨娘無地自容，如今林氏也如此，歐陽暖卻無動於衷，絲毫也沒有發怒或者窘迫的意思。

林氏厲聲罵了一會兒，抬眼看見蘇夫人的神情，立刻意識到自己的表現有些失身分，這才轉臉對王嬤嬤道：「把她拖出去，亂棍打死！」

王嬤嬤忙大聲喊守在外頭的嬤嬤們，她們立刻衝進來拿人，梨香哭得上氣不接下氣，拚命掙扎，其中一個嬤嬤手下一滑，讓梨香一下子逃脫，她立刻沒命一樣跑到歐陽暖的腳底下，大聲喊道：「大小姐大小姐，救救奴婢吧，幫奴婢求求情！奴婢真的不是有心的……」蘇夫人是不知脾性的外客，二小姐自私自利，沒有人會幫她。梨香用盡心力地喊著，死死抓住歐陽暖的裙襬，彷彿抓住最後一根救命稻草。

紅玉心裡一驚，她不安地望向歐陽暖，只覺得林氏今天似乎在演戲，指著梨香罵大小姐，可是這一罵卻是一條人命啊！想到這兒，她一方面覺得林氏太狠，另一方面更覺得梨香太倒楣。

蘇夫人聽出林氏的弦外之音，便向歐陽暖望過去。如今這個局面，歐陽暖如果不替梨香求情，只會損了她平日裡寬厚仁慈的名聲，但若是求情，林氏又會不會答應呢……

歐陽暖看著梨香臉色蒼白，涕淚縱橫，蹙眉嘆了口氣，令紅玉扶起她，然而她卻死活不肯放手，拽住歐陽暖的衣裙，泣不成聲，「求大小姐發發慈悲……」

所有人都望向歐陽暖，歐陽暖當然意識到，林氏這是將她放在烈火上煎烤，不，應該說，她是給自己設了個套，等自己鑽進去……她算得果然很精明，歐陽暖看了林氏一眼，如她所願地開了口：「娘，梨香跟了您多年，念她平日小心謹慎，請您網開一面，饒她一死吧！」

「什麼小心謹慎，她以為有人寵著她呢，越發不知輕重了！」林氏看了歐陽暖一眼，冷哼一聲，「暖兒，妳也不要為她求情，這樣的賤婢不值得！」

「娘，弟弟剛出生，現在鬧出人命，祖母知道總是不好……而且蘇夫人又是客人，在她面前處死婢女，也有些不禮貌……」歐陽暖略帶歉意地看了蘇夫人一眼，對方卻低下頭裝作喝茶，絲毫沒有要為梨香求情的意思。

歐陽可冷笑一聲，道：「姊姊，妳的心地也太好了，什麼貓兒狗兒妳都要管！這丫鬟是娘身邊的人，她既然說了要她死，妳還是免開尊口吧！」

林氏點點頭，道：「要是誰闖禍都能輕易饒過，以後還會老老實實為我辦事嗎？不行，要饒了她，別人會說歐陽家沒了規矩！況且，我看了她就有氣，難不成妳要我留著她在自己跟前礙眼嗎？」

歐陽暖為難地看了梨香一眼，梨香一個勁兒地在地上磕頭，把額頭都磕得流出血來，淚眼婆娑地望著她，臉上寫滿了哀求。

歐陽暖親自將她攙扶起來，起身道：「娘，若是您嫌她粗手笨腳，就把她派到其他地方吧。」

「從福瑞院裡頭轟出來的，誰還要？可兒，妳願意收下這丫鬟嗎？」

歐陽可臉上露出嫌惡的神情，「娘，這樣不懂規矩的丫鬟我可不要！」

林氏冷笑一聲，怒氣積聚在眉心湧動，美目中閃過一絲詭譎，「聽到了嗎，暖兒，沒有人肯收下這丫鬟，難不成我要送到母親屋裡去嗎？」

「娘，暖兒收下她，您看行不行？」歐陽暖笑著說道。

紅玉心裡一急，怎麼可以收下梨香，這丫鬟可是夫人身邊的人啊！說不準今天這一齣就是夫人的目的，大小姐這是中計了嗎？她克制不住想要上前說話，歐陽暖卻目光平靜地望了她一眼，紅玉心裡一凜，立刻低下頭去，大小姐這是在提醒她，這樣的場合不適合她說話。

歐陽暖看得很明白，今天這一齣不過是苦肉計，林氏千方百計想要送個人到自己身邊來，今天她不收下，林氏又會想方設法收買其他人來監視她，與其這樣，還不如主動將梨香要過來，也好讓林氏名正言順地在自己身邊安一顆棋子。

林氏看著歐陽暖，似乎覺得很意外，儘管歐陽暖的話正中下懷，但她表面上卻裝出一副不以為然的樣子，「妳別看她平日不言不語，實際上最是個愛給主子闖禍的，依照我看，還是打死算了，這樣大家都舒坦！」

「畢竟是一條人命，請娘放心，暖兒一定好好教訓她！」

「我自己的丫鬟不聽話，怎麼能送去給妳，這不是讓妳不好過嗎？旁人聽到還以為我這是為難妳，暖兒，妳這是何苦呢？」林氏的臉上作出一副為難的表情。

所有人都覺得夫人這一回是動了真格的，然而歐陽暖卻知道，林氏今天的表演，不過就是要逼著自己說出這句話而已。

「娘，人是我要的，即便將來出什麼錯，暖兒也絕不會怪您。」歐陽暖抬眸，眼中盡是清澈的誠懇之色，「娘一向是刀子嘴豆腐心的，我還不曉得嗎？梨香，娘這是饒過妳了，還不快謝恩？」

梨香一愣，連忙跪下磕頭謝恩。

林氏唇角卻是漸漸凝起了冰冷的微笑，裝作無奈的樣子，順水推舟地說：「既然暖兒妳這麼說，那就饒了她，讓她跟去聽暖閣吧。」

梨香一連磕了三個響頭，「奴婢謝夫人！」

「滾出去吧，我再也不想見到妳！」林氏皺著眉頭，再次提醒道：「暖兒，這丫鬟可是妳自己要過去的，可別說娘把不要的人硬塞給妳！」

「自然不會的。」歐陽暖這樣笑著說，深深望了梨香一眼，梨香則把頭死死低下去，不敢抬起來看人。

鬧出這樣的事，蘇夫人臉皮再厚也不肯久坐，只向林氏約好歐陽浩滿月宴那一天會親自領著兒女前來祝賀，就提出要走，臨走之前對歐陽暖望了又望，卻是笑而不語，原先的急切倒是被林氏剛才的舉動沖淡了。

照今天看來，林氏雖然地位大不如前，到底還是有心機有手段的，該提醒的她已經提醒過了，端看她下一步怎麼做。蘇夫人微笑著，向眾人告辭。

聽暖閣

梨香淚眼汪汪地向歐陽暖重新見了主僕之禮，「大小姐，奴婢謝您救命之恩！」

歐陽暖看著梨香，只覺得她身材嬌小，皮膚白淨，眉眼之間很是溫柔伶俐。

歐陽暖對她很滿意的樣子，對菖蒲道：「妳陪她去認識一下院子裡的嬤嬤、丫鬟，順便安排好她的東西。」

菖蒲聲音清脆地應了一聲「是」，友好地領著梨香走了。

梨香一走，方嬤嬤的臉上就露出擔憂的神情，低聲道：「大小姐，您怎麼能收留這麼一個人呢？她可一直是夫人身邊的啊！難道您看不出來夫人是成心要將這丫鬟送到您身邊來的嗎？」

這句話正是紅玉想說而不敢說的，方嬤嬤自小將歐陽暖帶大，情分與旁人不同，然而紅玉也的確是全心全意擔心著大小姐的，她聞言看向歐陽暖。

歐陽暖淡淡笑地道：「瘦死的駱駝比馬大，林氏如今不過是一時失意，妳們真以為她黔驢技窮了嗎？我若是不收下這個，將來她會想方設法將別人塞進來。」

方嬤嬤臉上有一絲不信，「這怎麼可能？如今是李姨娘在管事，出人進人都需要她點頭，她總不會幫著夫人送人進聽暖閣吧？」

歐陽暖此刻正坐在窗下，笑容在陽光的照耀下越發明豔動人，「不能送人進來，就不能收買嗎？就算收買不了，難道威脅利誘也不行？她是個什麼樣的人，難道嬤嬤如今都還看不清嗎？」

「這……」方嬤嬤神色越發惶惑，「她這是篤定了小姐一定會收下梨香了！」

歐陽暖點點頭，道：「的確如此。」

有些話，她並沒有與方嬤嬤說，林氏身邊最信賴的人雖然是王嬤嬤，但多年來梨香也一直跟著她，很多事情都知道得很清楚，這樣的人林氏怎麼會送到自己身邊呢？她就不怕梨香倒戈，徹底出賣她嗎？還是她早已有了應對？不，也許林氏就是知道這一點，才選中了梨香送過來。因為梨香知道得很多，歐陽暖收下她的機會才越大，換了別人，自己未必會考慮這麼做。

說到底，林氏也在賭。她的心思，歐陽暖略微猜到一些，卻也不能完全猜透。她端起一杯茶，靜靜品了一口。方嬤嬤看著歐陽暖，只覺得她平靜的神色有種穩定人心的沉著，讓她懸空的心也跟著放下來。

「嬤嬤，既然她來到這個院子，就不要對她另眼看待了，我說的意思，妳明白嗎？」

這是讓方嬤嬤提點下面的小丫鬟，不要刻薄欺負梨香。方嬤嬤明白這是小姐的囑託，便屈膝行禮恭敬地應「是」。

歐陽暖沉思半晌，這才低聲道：「紅玉，我另有一件差事要妳去辦。」

紅玉看見歐陽暖收了笑容，有幾分嚴肅，便正色道：「小姐吩咐就是，紅玉一定盡心竭力。」

歐陽暖點了點頭，慢慢地道：「紅玉，妳去打聽看看梨香家裡還有什麼人？當初是什麼人將她領進來的？尤其是問清楚，她有什麼親人在府裡當差？最近可有什麼人找過？越詳細越好！」

紅玉忙點頭應「是」。

「還有一件，秋月妳可安頓好了？」

紅玉笑道：「好在發現得及時，不然人就沒氣兒了！奴婢已經按照大小姐的吩咐，著人將她悄悄送出府去了，旁人都以為草蓆捲著的是屍體，實際上是個大活人呢！」

「這樣就好，凡事多加小心，不要被別人抓了把柄。」

方嬤嬤聽著，補充道：「小姐放心吧，秋月安頓在老太君名下的莊子裡，不會出亂子的。」想了想，還是覺得不放心，又輕聲道：「小姐，您剛才不該讓菖蒲去陪著梨香，有什麼事情，吩咐紅玉才更妥當。」

歐陽暖搖搖頭，輕聲道：「菖蒲跟了我這麼久，也該看一看她究竟是憨傻，還是大智若愚。」

方嬤嬤和紅玉對視一眼，心中頓時有了幾分明悟，這是大小姐喜歡菖蒲，想要看看她能不能有足夠的機智應對這次的事……

所有的丫鬟和嬤嬤知道梨香是從福瑞院過來的，神情雖然帶笑，眼神裡卻都有一絲防備，梨香不由嘆了一口氣。

「怎麼，嫌聽暖閣不好嗎？」菖蒲正在幫她收拾房間，聽見嘆氣聲，十分奇怪地問道：「夫人院子更寬敞嗎？」

梨香一愣，趕緊道：「菖蒲姊姊說的哪裡話，我只是……只是覺得……大家看我的眼神都有些怪怪的。」

菖蒲笑起來，「沒關係，妳畢竟是新來的，我剛升一等丫鬟的時候也是一樣，別人都用奇怪的眼神看著我呢！我也知道，自己不比紅玉姊姊跟著大小姐的日子最久，所以做事情要更盡心盡力，現在妳看，我們感情都很要好呢！」

梨香聽了微微一笑，暗道：妳是因為從三等升上一等，招了別人妒忌，我是從夫人院子裡出來的，別人看我都以為是夫人派出來監視大小姐的人，那態度能一樣嗎？她看著菖蒲，心裡微微一動，「菖蒲，大小姐平日裡待妳們好嗎？她……」

「好啊！」菖蒲一邊替梨香整理被褥，一邊笑呵呵地說：「所有的主子裡頭，就數咱們大小姐最和氣，從不因為一點小事就胡亂發脾氣，平日裡有好東西也想著我們。既不像老太太那樣威嚴，也不像二小姐那麼嬌蠻……」又看了一眼周圍，壓低聲音道：「聽說夫人對妳也是經常打罵呢！如今她把妳拔到大小姐屋裡，明面上，妳是被趕出來的，實際上，妳可從此脫離苦海了！」

梨香沒有做聲，指尖陣陣發冷，望著窗外的目光卻有些呆滯。大小姐對別人好，可自己是夫人院子裡出來的，大小姐心裡能沒有疙瘩嗎？她會怎麼對付自己？不說大小姐，只怕夫人也不會就此甘休，想到那天林氏沒說完的話，她不由自主地渾身發抖起來。

「梨香姊姊，妳怎麼了？」菖蒲看她不回答，奇怪地問道。

梨香嘴角微翕，欲言又止：「沒什麼……」

「妳就放心吧，大小姐一定是天下最好的主子！」菖蒲看著梨香的神色，笑得很高興。

第二天一大清早，歐陽暖才睜眼，打扮得清清爽爽的梨香就已經站在門口了。歐陽暖看了紅玉一眼，紅玉趕緊上來伺候，梨香卻局促地站在原地，低著頭一動也不動。

沐浴更衣，歐陽暖坐在梳妝鏡前，已經是半個時辰之後。梨香始終站在外頭，絲毫也不敢靠近，更加不敢去搶紅玉和菖蒲手裡的事情做。

她很懂規矩，也知道進退，還知道顧慮其他丫鬟的心情，這樣的人，難怪可以平安留在林氏身邊那麼久。歐陽暖微微一笑，讓她進來，也不去看她的表情，對著鏡子道：「妳來幫我梳妝吧。」

梨香低下頭，恭順地應了一聲「是」。

歐陽暖的一頭烏髮如流水一般，順著天水藍的內裳蜿蜒而下。

紅玉將一條白色繡巾遞過去，梨香接過，輕輕披在歐陽暖肩上，然後再拿起梳子，將她一頭烏髮對鏡一點一點攏起。

梨香慢慢梳著，只覺得歐陽暖的髮絲溫軟綿密，觸手柔軟，令人愛不釋手，正在走神，卻突然聽到一個柔和的聲音：「妳在想什麼？」

梨香一愣，頓時白了臉，「回稟大小姐，奴婢是覺著這梳子十分精巧，往日裡從未見過。」她手裡拿的梳子是銀製的，梳背上方的造型與梨香在別處看過的都不同，梳身上非花非鳥，反而鏨刻著說不出什麼圖案的細膩花紋，梳背呈弧形月牙狀，中間透雕鏤空，梳背雙面的兩端還鏤雕著飛行的蝙蝠，形象逼真，動態優美。

歐陽暖從她手中接過梳子，手指輕輕在梳身上的圖案細細摩挲，梨香笑著問道：「大小姐，這是什麼圖案？」

紅玉看她一眼，臉上帶了笑容回答道：「這是上古的七種兵器，鋒利無比，殺人無形。」

梨香一愣，臉色又白了三分，勉強笑道：「小姐怎麼會喜歡這些？」

按照當時的習俗，梳子上刻著兵器則意味著「殺氣」，大多數女子會選擇花鳥作為圖案，很少有千金小姐喜歡這些鋒銳的東西。

這是為了提醒自己，任何時候都不要忘了有一把鋒利的匕首還懸在自己的頭頂。歐陽暖手中握著梳子，梳尺在她手心裡留下了道道紅印，她輕聲笑道：「因為它可以避邪鎮妖，逢凶化吉。」

梨香又看了那梳子一眼，想到蝙蝠圖案確實象徵著福運高照、吉祥如意，心也就稍稍放下了，「小姐想要什麼髮髻？」

「妳自己看吧。」歐陽暖輕聲地回答，臉上還是帶著笑容，梨香終於鬆了口氣，動作輕柔地很快梳理好，慢慢將最後一縷頭髮挽上，又從雕花鏤空的首飾匣子拿了只式樣繁複的金鑲紅寶石流蘇步搖，歐陽暖看了一眼，笑道：「換簡單的吧。」

梨香一愣，這才想起大小姐身上從未見過很繁複的首飾，她想了想，從匣子裡拿出一支翠綠的碧玉翡翠簪子，梳好了妝，又輕手輕腳地拿起一面銅鏡，前後相映中，只見烏髮碧玉簪，更加襯得歐陽暖清麗無匹。

歐陽暖笑著點點頭，讚許道：「梳得很好。」

見她滿意，梨香方才撤了白色繡巾，然後笑著道：「大小姐喜歡就好。」

歐陽暖微微一笑，隨意地撥弄著匣子裡的首飾，抬起眸子看著鏡子裡的梨香道：「妳剛來，還習慣嗎？」

梨香垂下眼，「大家對奴婢都很好，奴婢很習慣。」

歐陽暖淡淡地道：「娘送妳到我這裡來，是什麼原因，妳知道嗎？」

梨香心中一凜，「奴婢笨拙，惹得夫人生氣了。」

歐陽暖微微一笑，「不，娘是看著妳聰明伶俐又善解人意，特意將妳送到我身邊來的。」

這句話一說，梨香的臉色刷的白了。

梨香紅了眼，「大小姐，您莫不是懷疑奴婢？」

歐陽暖淡淡看著她道：「懷疑？懷疑妳什麼呢？梨香，我什麼都沒有說，妳怎麼就覺得我懷疑妳了呢？」

梨香咬著牙跪下去，「大小姐，奴婢絕不敢做對不起您的事情，求您放過奴婢！」

歐陽暖收起了笑容，「只要妳沒有做錯事情，沒人會想要為難妳，如果妳做了什麼不該做的，那就誰也保不住妳。」

梨香深深低下頭，「是。」

晌午，梨香從聽暖閣裡出來，心中反而鬆了口氣，她還以為到了聽暖閣肯定沒有好日子過，結果出乎她的意料，其他丫鬟、嬤嬤們雖然還是對她淡淡的，卻沒有實質上的欺負，比起她在福瑞院心驚膽戰的生活已經好了許多。她捧著手裡的繡品，慢慢往前走去。

王嬤嬤悄無聲息地靠近，見梨香沒有發覺，便輕輕咳了一下。梨香慌忙轉身，發現王嬤嬤站在背後，對自己向來很嚴厲的臉上透著一絲笑意。

「王嬤嬤！」

「梨香，在大小姐身邊還好嗎？」王嬤嬤微笑著問道。

「託嬤嬤的福，一切都好。」梨香笑笑，看了看周圍都沒什麼人經過，心中有一些恐懼。

「我剛從夫人那裡出來。」王嬤嬤笑咪咪地挨近她，問起梨香在歐陽暖身邊的情況，又問道：「妳想不想回福瑞院？」

「讓奴婢來聽暖閣是夫人的意思，她讓奴婢在哪裡，奴婢就在哪裡做事。」梨香知道一句話回答不好，王嬤嬤就會發怒，只能斟酌著回答。

「說的沒錯，妳可算開竅了！」王嬤嬤越走越近，壓低聲音在她耳邊說：「丫頭，妳要想回夫人身邊，我可以幫妳，只看妳自己明不明白。」

一聽對方說要讓她回去，梨香心裡已經繃緊了弦，再聽說對方要幫忙，心裡更加大吃一驚。她再笨，這話裡的意思她還是聽得明白，王嬤嬤想讓自己在大小姐身邊做奸細，聯想起夫人上次說要讓她在大小姐身邊伺候卻又突然住口沒有說完的事……她低下頭，心裡怦怦跳，使勁咬著嘴唇不說話。最終，她硬著頭皮頂了一句：「奴婢……奴婢不敢……」

「梨香，妳忘了妳妹妹嗎？」王嬤嬤還是一副笑模樣，刻意拖長了聲音，聽在梨香耳裡，無疑是催命的惡鬼。

「王嬤嬤，我求您，不要對霜晴下手，我就這麼一個妹妹……」梨香的淚水一下子流出來。

「不想我對她下手，妳就應當知道該怎麼做！大小姐那兒有什麼樣的動靜，妳隨時都要向夫人稟報！」

「您讓別人幹吧，我不行！要是大小姐知道，肯定不會饒過我，我只是個丫鬟啊！」

「別人？大小姐的聽暖閣守得跟鐵桶一樣，別人可沒那麼容易進得去！妳進去了正好，也省得夫人再費功夫！」

「王嬤嬤，我求您了，我什麼也不懂，我害怕，真的不行，到頭來說不定會給夫人會惹出什麼禍事來！」

「我已經把話撂這兒了，做得了妳得做，做不了還是得做！」王嬤嬤把臉拉下來，冷笑道：「過幾天就是節骨眼兒，妳要是把夫人的事兒辦砸了，不要說妳妹妹，哪怕是妳爹娘，也沒好果子吃！」

梨香怔怔地看著鐵石心腸的王嬤嬤，臉色一瞬間變得慘白……

聽暖閣的日子很平靜，梨香在福瑞院待了六年，府裡的險惡已經了然於心，特別是夫人，眼睛裡揉不了半點沙子，明是一盆火暗是一把刀，早已令她心驚膽戰。如今她被派到大小姐這裡來，明裡暗裡大家都提防著她，她自己也的確是被派過來做奸細的，但說也奇怪，明知不該和大小姐親近，她卻依然感覺到歐陽暖身上有一種力量讓人動容：大小姐的微笑、皺眉時候的溫柔、丫鬟做錯事的時候輕聲的責備、做對了毫不吝嗇的獎賞，明明是個高高在上的大小姐，卻永遠不知疲倦一遍又一遍地練琴、練書法，甚至自己動手採花、製胭脂、泡茶，脾氣那麼溫婉，行事作風卻像個男人般果決，這一切都令梨香感到震撼——她甚至發現，這院子裡的所有人都在不由自主地仿效著她，一顰一笑、一舉手一投足。

歐陽暖對她來說，充滿了神祕與誘惑，她明知道自己是個不受歡迎的人，還是想要解開大小姐的祕密，她總覺得，掀開那一層面紗以後，裡面的真相會是令人意想不到的憧憬。

日子過得很快，一轉眼就到了歐陽浩滿月酒這一天。天氣晴朗，春光明媚，花紅柳綠，極適合宴客，林氏本想要為歐陽浩大辦特辦，李氏卻未答應，只像上次做壽一樣開了幾桌筵席，一眾男客在前面吃酒，女客在後院另闢了一處飲宴。然而這一回來的人，卻不知為何比上次多了許多，原本京都裡和歐陽家交好的人自是不說，很多對與蓉郡主並稱京都雙璧的歐陽家大小姐感到好奇的人也來了，還有不少歐陽治在官場上說不上熱絡的同僚，場面比上次李氏做壽還要熱鬧三分。

林氏坐在銅鏡前，梳著高高的雲髻，戴著一支九尾的大鳳釵，鳳釵上銜著一縷光彩奪目的珍珠串，腦後壓了一朵金累絲點翠鑲珠寶花蝶，穿正紅色亮紗外裳，繫金色織錦寬腰帶，著亮眼的牡丹紋十二幅長裙，竟將因生產而略微臃腫的身材修飾得婀娜多姿起來。

等一下眾人見了自己，少不得要驚訝一番吧！

林氏勾了勾嘴角，看著鏡子裡的人露出一絲自信的笑容，掩蓋了原本眼裡的凌厲之色。

王嬤嬤打量著她，笑道：「多虧錢大夫調理的方子，夫人看起來比從前還要精神幾分呢！」

「是嗎？」林氏笑了笑，眸子裡閃過冷意，「我自然要打起精神，若是連我自己都沒精打采的，那些人更要得意了。」

「今天的事……」王嬤嬤看了看鏡子裡林氏精緻的眉眼，猶豫著輕聲道：「老奴看梨香那丫鬟似乎有些舉棋不定……」

「待會兒看戲的時候，妳想法子帶她到我的跟前來。」林氏目光一凝，冷冷地說道。

「是！」王嬤嬤應了，臉上重新恢復了笑意盈然的模樣。

這時候，歐陽治在書房裡招待比旁人都早到一步的吏部尚書廖遠。

「恭喜恭喜，恭喜歐陽兄又添一子啊！」廖遠坐在書房裡，臉上的笑容帶著三分打趣道：「小少爺叫什麼名字？」

歐陽治陪笑道：「歐陽浩，是早就起好的名字。」

「好名字！」廖遠點點頭道，「今天可要把令公子抱出來讓大家看一看！」

歐陽治臉色一暗，「當然！」他面上不說，其實心裡是十分介意天煞孤星的事情。林氏生怕別人謀害了這孩子，天天守著看著，甚至不讓任何人進去福瑞院，連母親派去的人都擋著，他總覺得這裡頭有什麼不對勁兒……

廖遠看了他一眼，臉上的笑容變得有些奇怪，「你別怪我多事，我聽說京都有些不利於小公子的傳言啊……」

「什麼傳言？」歐陽治臉上的表情一僵。

廖遠隨意地拿起一個碧玉鎮紙把玩，臉上的表情卻在不知不覺間帶了一絲凝重，「你我同僚多年，有些話我也不想瞞著你，外面到處都傳說惠安師太鐵口直斷，說你家這位小少爺是天煞孤星……」

歐陽治一愣，額頭冷汗嘩的一下就流下來了，訕訕地說不出話來，廖遠笑道：「我也不是外人，所以才和你說這些話。我只是想提醒你，這些傳言平日裡倒沒什麼，但你是要往上走的人，平白無故多了這許多話，只怕有損你的聲名啊……」

歐陽治的冷汗幾乎濕透了脊背，臉上硬是擠出笑容道：「是，您說的對，我早就該注意到這個了。惠安師太曾經說過，等孩子出生就要送到有道行的師傅身邊去修行，這樣也能消災免難，只是我那夫人……您是知道的，她出身侯府，性子倔強，寧死不肯從，非要將那孩子留在身邊。這一次辦滿月宴，家母說不要大辦，她卻偏要堅持大宴賓客……我實在是拿她沒有辦法……」

「歐陽兄在官場上行事倒是決斷，怎麼對這些婦人反倒沒法子了？」廖遠聞言，臉上露出意味深長的笑容道。

一個連家務事都處理不好的男人，怎麼能在朝為官呢？歐陽治當然也清楚這一點，只是他總不好說，自己是畏懼林文淵，才會對林氏步步退讓吧？

廖遠也不和他廢話，直截了當地道：「歐陽兄，我也不和你繞圈子，你想想這一次你兒子的滿月宴，為什麼來的人比上次老太太的壽宴還要多？」

歐陽治乾笑幾聲，道：「那些人多數是衝著您的金面，知道您也會出席，說不準是想藉著機會攀附，不然就憑我的這幾分薄面，哪裡會來這麼多客人？」

這話明顯是恭維，廖遠微微一笑，很是受用，又拋出一個重量級的消息：「你可知道，我很快要升遷了！」

歐陽治聞言心裡一燙，露出又驚又喜的神色，「恭喜廖兄！這一回可知道是要去哪裡嗎？」

廖遠看了一眼緊閉的門窗，才輕聲道：「聽秦王的意思，是去中書省任左丞，很快任命就會下來了。」

廖遠為人謹慎小心，他現在和歐陽治說這種話，這事情必然是定下來了。歐陽治心中咯噔一下，笑道：「廖兄高才，自然是官運亨通，步步高升，小弟真是既佩服又羨慕啊！」

廖遠看了他一眼，語氣裡流露出幾分輕微的責怪，道：「早跟你說過平時多和我一起去走動走動！秦王殿下豈是池中之物，你要是攀上了他，自然也不愁升不上去！就連你那個小舅子，不也一樣……」他話說到這裡，突然止住了。

林文淵和秦王走得也很近，歐陽治當然不傻，早已聽出了弦外之音，只是他也有自己的苦衷，鎮國侯府看似是一個整體，其實早已四分五裂，他的大舅爺林文龍的女兒即將嫁入太子府，二舅爺林文淵卻和秦王一系走得很近，這等於是站在了兩個不同的陣營，對鎮國侯府來說這並不是壞事，誰最後贏了都不至於壓錯寶，多留條路總是好的，可是對於自己來說，這就很難選擇了，一個選不好，可是就徹底栽進去了。想到這裡，他笑著道：「我是沒法子，您也知道，我那個侄女可是要嫁入太子府了，到時候……夾在中間我也難做人。」他最好的法子，就是再多觀察一段時間，等時局真的定下來再說。

廖遠當然知道歐陽治心裡打的主意，心道你等來等去，局勢真的定了，這大腿可就不好抱了，旋即冷笑道：「你可別怪我沒提醒你，我一走，這個位子就空了出來，你也該趕緊準備一下，活動活動，別被人家鑽了空子。」

歐陽治心裡一喜，卻故意沉吟道：「只怕是有些難，我的政績您也知道……」

廖遠笑道：「你別和我打馬虎眼，這件事只要秦王殿下肯幫你，也就成了一大半兒了，再讓尊夫人找那位林尚書籌謀一下，還怕成不了嗎？」

歐陽治一愣，心中的念頭千回百轉，道：「廖兄，我有如今離不開您的提攜，若真的有這個可能，還要靠您在殿下面前多多美言才是。」

廖遠卻故意不回答，轉而又提起了另一樁事：「你那位長千金，可是出落得越發好了，聽說就連曹國丈家裡都派人來問過……」

歐陽治心裡一跳，道：「曹家空擔了個國丈的名頭，也不過是沾了裙帶的光，哪裡比得廖兄家？書香門第不說，賢侄更是仕途坦蕩！人家都說您福氣好，兒子女兒都很出色，前途無量，前途無量啊！」

廖遠心中受用，笑意更深，道：「我的話就說到這裡，你心裡明白就好。」

在廖遠看來，歐陽治本人不算什麼，不值得費心拉攏，然而他身後還有鎮國侯府，這官場中，盤根錯節，風水輪轉，誰也說不準到最後會怎麼樣，所以自己在適當的範圍內提點他一二當然是可以的，只是他也應該作出相應的回報……

聽暖閣裡，歐陽暖剛剛穿戴好要出去迎客，忽聽外面一陣嘈雜的聲響，方嬤嬤正要出去看，只聽外面傳來菖蒲的聲音道：「大小姐，老太太身子不適了。」

滿屋子的人頓時一驚，歐陽暖皺起眉頭，昨天去請安李氏還好好的，今天是歐陽浩的滿月宴，怎麼就生病了？

屋子裡眨眼功夫鴉雀無聲，歐陽暖無聲地嘆了口氣。

方嬤嬤疑慮重重，「大小姐，老太太這是……」

歐陽暖道：「我先去看看。」

歐陽暖到了壽安堂，只見張嬤嬤眼睛通紅，似是哭過的模樣，心中有些吃驚。

張嬤嬤看到歐陽暖來了，臉上浮起笑容，急忙道：「大小姐，快去瞧瞧老太太吧！」

「張嬤嬤，昨天來老太太還是好好的，怎麼今兒就病了？」歐陽暖輕聲細語，臉上帶了一絲焦急。

張嬤嬤看了周圍的丫鬟嬤嬤們一眼，長吁了一口氣，「早上起來老太太就有些胸口悶，剛才直喊頭疼，還說今天是小少爺的滿月酒，一定要出席，可人沒走到門口，忽然就昏了過去。王大夫已經請來了，正在給老太太開方子。」

就在這時，李姨娘突然從裡面掀開簾子走出來，看著歐陽暖，露出驚喜的表情，「大小姐！」

歐陽暖問道：「祖母現在怎麼樣了？可還好嗎？」

李姨娘道：「老太太緩過氣來了，玉梅在旁邊伺候著，我正要出去稟報老爺。」

歐陽暖點點頭，道：「別急，今天貴客多，爹爹在前廳待客，先看看老太太的情形到底如何再決定，不然驚擾了外頭的客人不好。」

李姨娘聽了點點頭，道：「還是大小姐想得周到。」

歐陽暖一路進了內室，守在老太太身前的玉梅見她來了，急忙讓出老太太床前的位置。歐陽暖走上前去看，李氏躺在迎枕上，面色蒼白，呼吸有些微的急促，歐陽暖不過剛剛走近，李氏已經睜開眼睛，看到她點點頭，慢慢地道：「暖兒來了。」

歐陽暖不由自主面帶憂慮，「祖母是哪裡不舒服？」

李氏聲音微弱，「我頭暈得很。」

歐陽暖看向床邊的王大夫，「您看，祖母是怎麼了？」

王大夫面露疑慮，道：「從脈象上看倒沒有大問題，也許是天氣轉暖，老太太一時不適應……」他搖搖頭，旁邊的人聽了，心道這是個什麼毛病，連大夫都看不出來？

李氏似乎很沒力氣，坐都坐不起來，她對周圍的人擺了擺手，「妳們先下去吧，我和大小姐說說話。」

李姨娘一愣，不由自主咬緊了嘴唇，輕聲道：「我也留下伺候老太太吧！」

李氏看向她，「沒事，這裡留著暖兒一個人就行了。」

李姨娘目光一閃，這才和眾人一起退下，只留下李氏和歐陽暖，還有老太太的心腹張嬤嬤。

李氏長出一口氣。

歐陽暖道：「祖母身子一向健朗，這次自然也沒有大礙……只要您放寬心，好好養病。」

李氏道：「我知道這不是尋常的病症，那天煞孤星的命太硬，我恐怕遲早有一天要被他剋死。我只是後悔，當初動手的時候沒有徹底狠下心來，總覺得孩子沒了就行了，卻沒想到這天煞孤星還是死咬著咱們家不放。」說著淡淡地道：「之前要是能連她一塊除掉，也不會有今日。」

歐陽暖低下頭，李氏當真恨毒了林氏，居然說得出這種話來。

李氏嘆口氣，掙扎著拉起歐陽暖的手哀嘆，「我嫁到歐陽家這麼多年，一直勞心勞力苦撐著，若是因為這個孩子，歐陽家有了什麼損傷……我當真愧對妳祖父，愧對歐陽家的列祖列宗……」說著說著，猛地咳嗽了一聲，歐陽暖急忙上前用手撫順她的胸口。

李氏看向歐陽暖，道：「今天這場宴，我是不能參加了，妳就和那些夫人說我身子不適。」孫子的滿月酒，祖母竟然不參加，這樣的事情便是全京都也找不出的，豈不是要坐實了歐陽浩天煞孤星的名頭，讓林氏氣斷了肚腸？歐陽暖看著李氏，心中為這個幼小的弟弟嘆了一口氣，忙道：「祖母，您不必擔心，安心養病，其他的事不要多想，滿月宴自然會順順利利的。」

李氏點點頭，「暖兒，看著妳娘，別讓她鬧出什麼有損歐陽家名聲的事情來。」

一個月來，李氏已經提了多次要將歐陽浩送到廟裡去的事情，林氏都藉口孩子沒滿月，身子又柔弱，堅持不肯讓任何人動他，這樣一來，老太太和林氏的嫌隙自然越來越深，樑子也越結越大了……

女客慢慢都到了，一群服飾華貴的夫人們圍著小圓桌，坐著吃茶聊天。小姐們也都找自己熟悉的人聊在一起，場面很是熱鬧。

歐陽暖上身穿著素色薄紗外衣，領口繡著淡雅的綠萼梅花，裡面月白色對襟中衣，下著一襲淡紫色湘水芙蓉裙，頭上倭墮髻，耳後明月珠，微微一笑，明媚清爽。這身裙子是李氏特意找一等的繡樓訂做，很是精緻秀麗，特別在面料、繡花，還有顏色式樣上，費了不少心思。

小姐們看著都很喜歡，紛紛問她身上這裙子是哪家繡樓做的，是哪位師傅的手筆，歐陽暖含笑陪著說話，逐一回答。

林元柔轉頭對歐陽可笑道：「妳這位大姊可真好人緣！」

歐陽可看著在人群中說笑的歐陽暖，嘴角勾起冷笑，道：「她的這種本事也算厲害了，連祖母都被她矇騙過去了。」

林元柔搖搖頭，淡淡地道：「說起來，上次賞花宴會妳沒有去，實在是太可惜了，妳姊姊真是大放光彩呢！」

歐陽可穿著玫紅色的八寶琉璃暗金裙子，頭上戴著珊瑚鑲寶的金簪子，看起來光彩照人，聽了林元柔的話，眼睛裡閃過一絲嫉妒，卻很快掩飾好了，微笑道：「是呀，祖母常常和我提起，要我向姊姊多學學。」

林元柔掩口笑道：「要我說，這樣討好別人的方法，當真不是一般人學得了呢！」

一旁偷聽她們二人對話的蘇芸娘輕聲道：「大小姐如今和蓉郡主並稱京都雙璧，自然不是一般人可以比的。」這話雖然是誇歐陽暖，聽著卻很酸，林元柔勾起冷笑，她雖然不忿歐陽暖出風頭，卻也看不起蘇芸娘這樣的商戶之女，當下站得遠了些，不想沾到對方身上的銅臭味。蘇芸娘進京以來，這種事情司空見慣了，只是心裡有些委屈，臉上卻還是裝出一副笑臉。

廖家小姐一直對這裡的動靜很關注，這時候突然問道：「可兒，妳的弟弟呢？怎麼現在都還沒有抱出來？我聽說他從出生起就一直在生病，這是真的嗎？」

歐陽可一愣，臉色頓時有點不好，只是她也知道廖小姐是吏部尚書廖遠的嫡女，人家爹是自己爹的頂頭上司，自己說話當然要小心些，便笑道：「因為弟弟身子弱，娘很少帶他出來。」實際上是一次也沒有過，甚至自己去探望，林氏都堅決不讓他見人。

廖小姐笑道：「我聽人說，惠安師太說妳弟弟是掃把星呢！你們真是膽大，居然還敢將他留在家裡！」

歐陽可臉色一變，「這話廖小姐是聽誰說的？」

「這事還需要聽誰說？大家都知道的！」廖小姐繼續說：「哎呀，這樣的命格是百年難得一見呢，可兒妳要多小心，千萬別被剋著了！」說著，還掩住嘴角笑了。

歐陽可握緊了拳頭就要站起來，她身後的丫鬟夏雪一驚，連忙輕聲道：「二小姐，您的裙子皺了，奴婢幫您理一理！」實際上是示意她不要再說了，千萬不要在這裡鬧出事來。

歐陽可咬住嘴唇，生硬地坐了回去，臉上強笑道：「不過是一些不懂事的人亂嚼舌根罷了，廖小姐怎麼能相信呢？」

不一會兒，就見林氏從外面走進來，所有人都笑著站起來和她打招呼，氣氛一時之間熱烈起來。歐陽暖看在眼中，微微含笑，目光卻是冰冷，她對林氏低聲道：「娘，祖母身子不適，就不出來陪客了。她說您要是忙不過來，可以請李姨娘一併照顧。」

林氏看了歐陽暖一眼，臉上露出別有深意的笑容，道：「既然老太太不舒服，也就不要勉強她老人家了，至於李姨娘麼，不過是一個妾，難登大雅之堂，還是我自己辛苦一下吧。」說著對眾位夫人小姐道：「戲臺子搭好了，各位一同去稍坐吧。」

歐陽可挑釁地看了歐陽暖一眼，挽著林氏的胳膊，帶頭出去了。歐陽暖卻微微一笑，恭順地走在後面。後頭夫人小姐們對視一眼，說著笑著跟出去。

林氏笑著在棚子裡坐下，這一回老太太不在，她理所當然是以女主人的身分出席。歐陽可想要坐在她身邊，林氏卻皺了皺眉，道：「一點兒也不知道禮讓，妳大姊今天辛苦了，把這位置讓給她吧。」

歐陽可剛要說話，林氏卻使了個眼色，王嬤嬤笑著上去挽住歐陽可，輕輕捏了一把她的胳膊，歐陽可微微一愣，林氏已經指著身邊一張椅子笑道：「暖兒，來，過來坐在我身邊。」

「瞧瞧，人家這娘多疼女兒！」

「是啊，歐陽夫人真是個好心腸的夫人，不是自己親生的女兒也這麼愛護！」

「這可難說哪，妳們是不知道……」

旁邊的夫人小姐們臉上都露出笑容，互相對望了一眼，交換著耐人尋味的眼神，竊竊私語。

歐陽暖笑得很溫柔，從前就是這樣，每次林氏一開口，外人就覺得她對自己很好，為人很賢慧很大度，當初自己不也是被她那出色的演技迷惑了嗎？若非重來一次，她真的不知道林氏這張笑臉是怎麼做出來的，明明那樣仇恨自己……

因為林元馨再過數月就要出嫁，不便再參與這樣的場合，這一次鎮國侯夫人沈氏並未參加，只是派人送來了賀禮，蔣氏卻因為林氏的關係，特意帶著一雙兒女前來祝賀。這時候她看到如此情形，臉上的笑容更加親切，「妹妹，妳和暖兒真是母女情深呢，叫我好羨慕！」

「那也是暖兒懂事，我才這麼疼她！」林氏笑著拍拍歐陽暖的手，滿臉都是慈愛，說完，又細心地幫歐陽暖整理了衣襟，表情著實很溫柔，溫柔得令人膽戰心驚。

紅玉和梨香都站在後面伺候，紅玉看著林氏對歐陽暖這麼好，想起之前兩人之間的種種恩怨，越看越覺得身上發毛。夫人顯得很誠懇，像是真心疼愛大小姐一樣，一舉一動都透露著慈愛。如果沒有之前發生的那些事情，紅玉還當真以為夫人這是想開了，要和大小姐和睦相處，但話又說回來，林氏這樣睚眥必報的性格，可能嗎？她看一眼站在林氏身後的王嬤嬤，見她笑著一張臉，眼睛裡卻時時閃動著叫人心驚的光芒，紅玉心裡一頓，不由自主轉過臉看了梨香一眼，然而梨香卻像是一直心不在焉，低著頭誰也不看。

紅玉推了她一把，「今天客人多，妳可警醒著點！」要不是方嬤嬤老毛病又犯了，菖蒲和文秀特意被留下照顧，也不會輪到梨香來。雖然梨香到聽暖閣以來，並沒有什麼過分的舉動，但是紅玉心裡就是不放心。

梨香是不敢抬頭，因為她每次抬頭都會看見王嬤嬤冰冷的目光向她這邊投過來。

「妳怎麼帶著這丫鬟？」林氏突然指著梨香問，似乎剛剛發現她。

歐陽暖笑道：「這是娘調教出來的丫鬟，女兒也十分喜歡，這樣的場合讓她多跟著，也不至於整日在院子裡頭悶壞了。」

「這丫鬟沒給妳闖禍吧？」林氏看了梨香一眼，口氣很冷淡。在此之前，她曾暗示王嬤嬤去找梨香，問問她現在的情況。聽暖閣的情形林氏現在也很清楚，梨香老實懂事，聰明伶俐，也不多嘴多舌，這樣的人招主子喜歡，歐陽暖如今出門經常帶著她。

「不會，梨香上次只是一時糊塗，現在……」歐陽暖看向梨香，笑道：「算是聽話懂事。」

「那就好，我還怕妳嫌棄這丫鬟。」林氏不動聲色地笑了。

戲臺上演的是一齣熱鬧的戲，這一回林氏做主，自然不會選那些她看著不順心的戲，特地挑了一齣《珍珠塔》，才子佳人，風流繾綣，狀元及第，夫唱婦隨，夫人小姐們就愛這樣的戲，巴掌都拍紅了。

戲臺上唱得正熱鬧，卻突然來了一個福瑞院裡的丫鬟，回稟說小少爺突然大聲啼哭不止，乳娘哄不住，請林氏回去看看。

林氏臉一沉，惱怒道：「這麼多夫人都在這裡，連個孩子都哄不住，還要我親自回去，妳們是幹什麼吃的！」

丫鬟惶恐地低下頭去不吭聲，林氏露出不好意思的神色向眾人道：「都是我把這孩子慣壞了，這麼不懂事……」

旁邊的蔣氏笑道：「瞧妳說的，這裡坐的也都是熟客，我們自己招呼自己就行了，孩子那麼小，妳和他置什麼氣呀，快去看看吧！晚上可要記得把孩子抱出來，大家也好看看！」

眾位夫人也紛紛點頭，勸林氏回去看看。

林氏望向歐陽暖，歐陽暖眼中劃過一絲冷意，臉上的笑容卻越發端麗，「娘，弟弟既然哭了，您就回去看看吧。這裡有我在，不會出什麼亂子，再不濟，還有妹妹幫襯著。」

林氏點點頭，美目落在歐陽可身上，道：「可兒如今也懂事了，妳要多幫著妳姊姊一些。」

歐陽可站起來，柔順地點點頭，「是，娘，您放心吧。」

這邊戲臺上繼續唱著，風流俊俏的書生與知府千金一見鍾情，上門求親，卻因為家道中落而被知府拒之門外，俊俏的書生悲不自勝，無處可投，夜宿漁船。小姐們看得很緊張，夫人們卻說說笑笑，場面很熱鬧，並未因為林氏的離去而冷場。

林氏走了一盞茶功夫，王嬤嬤突然過來，上前對著歐陽暖行了禮，笑道：「大小姐，夫人命奴婢來請示大小姐一件事。」

歐陽暖笑道：「娘有什麼吩咐，王嬤嬤直管說。」

王嬤嬤笑道：「夫人去抱小少爺，誰知小少爺剛喝過奶，一下子就全吐了，弄髒了夫人的裙子，要找去年那件同色的石榴裙來換。您也知道，梨香原管著夫人屋裡的衣裳首飾，她的差事由旁的丫鬟頂了手……」說著，臉上露出幾分不悅，「偏偏這件裙子當初是她收拾的，誰都找不到……想讓她過去看看。」

旁邊已經有夫人、小姐好奇地看了過來，歐陽暖嘴角含笑，「她原先就是娘屋子裡的，有什麼事情娘直接吩咐就好。梨香，妳跟王嬤嬤去吧。」

梨香望了歐陽暖一眼，卻看到她溫和的眼神，只是在她看來，情願大小姐對她嚴厲一些，她心裡才能好過一點。梨香真心覺得，大小姐這樣聰明，家裡什麼事都瞞不過她，不過對方不問，她也不敢提……

此時的林氏沒有在照看歐陽浩，她坐在自己的貴妃榻上，等著梨香過來。幾次拿起茶杯又放下，不知道在想些什麼，過了好一會兒，王嬤嬤才帶著梨香進來了。

一進門，梨香迎上林氏冰冷的眼神，不由一怔，一下子令她想起夫人平日的威嚴，不由自主跪倒在地，身子帶起一陣顫抖。

「梨香！」林氏兩眼盯著梨香，沉吟片刻，突然單刀直入地冒出一句出人意料的問題，「妳很恨我吧？」

「夫人……奴婢不敢，是奴婢做錯了事，才會被夫人趕出去！」梨香一愣，隨即咬住嘴唇，竭力讓自己維持鎮靜的表情。

「妳說的可是真的？」林氏平靜地說。

「奴婢絕不敢撒謊騙夫人。」

「要是那天我真把妳打死了呢？」

「那也是奴婢自己的錯，絕怪不了夫人。」梨香心裡不斷打鼓，額頭上沁出一片細汗。

「妳知道這一點就好，不枉我留妳在身邊這麼多年。」林氏長吁了一口氣，口氣和緩許多。

「梨香，夫人恩典，妳在福瑞院這邊的月例銀子照舊，妳——懂夫人的意思吧？」王嬤嬤慢慢地說了一句，就是這一句，讓梨香心裡更加害怕，夫人從不會無緣無故對一個人好，尤其自己是個犯了錯的丫鬟……絕不止將大小姐身邊的事情透露給她知道這麼點事，她一定還有別的要求！

「對了，」林氏若有所悟，定定望著梨香，「今天我要讓妳幫著做一件事。」

「夫人請吩咐。」梨香低下頭。

「王嬤嬤，妳去跟她說。」林氏沉吟了一會兒說。

王嬤嬤立刻到梨香的耳邊，認真說了幾句話。

梨香一聽，頓時臉色煞白，如同篩糠一樣不停地在地上磕頭，「奴婢不敢，求夫人饒命，求夫人饒命！」

王嬤嬤冷笑一聲，「妳是從夫人這裡出去的，還真以為大小姐把妳當自己人嗎？不為夫人做事，妳想怎麼著？」

梨香渾身一顫，「奴婢……奴婢……」

林氏望著梨香，眉眼之間都是淩厲，「妳想清楚了再回答，這機會我可只給一次。」

那一邊的戲臺上已經是第五折的間歇，戲子們去台後做準備，夫人、小姐們熱鬧地坐在一起說話談心，歐陽暖站起來，請蔣氏代為招待客人，自己則向諸人告罪後離開了院子，這個時辰，她要去查看馬上要送過來的點心糕點。

蘇夫人看了她一眼，立刻對蘇芸娘使了個眼色，蘇芸娘會意，對身邊的小丫鬟揮了揮手，那個小丫鬟便飛快地離去了。

自從老太太信了天煞孤星的事，就命人在花園裡養了很多小動物，廊下裝了一排的鳥籠，裡面大多是畫眉、喜鵲這樣的吉祥鳥。歐陽治為了討好老太太，特意命人從遠方運來了兩隻珍珠雞，後來覺得單薄，又弄來了很多兔子養在花園裡。旁人看著新鮮，歐陽暖卻知道，這些動物都是老太太用來「擋煞」的。

走過花園走廊的時候，歐陽暖猛然間聞到醺然冷幽的酒香撲鼻而來，夾雜著一股陌生男子的氣息，她不由得駐足，低聲對紅玉道：「還是走別的路吧。」說著便要回身，卻不料走廊拐角處有一個男子突然攔住了她的去路。

紅玉慌忙擋在歐陽暖身前，喝斥道：「大膽！誰這樣無禮？」

來人墨髮玉冠，一身潑墨山水白色縐紗袍，袍角繡著一朵橫枝的蒼梅，整個人透著一股清新淡雅的味道，風姿美妙，令人一見之下，無法移開眼睛。歐陽暖卻對他的這般形貌熟悉無比，反而沒有感覺，只是心中異常厭惡。

蘇玉樓微笑道：「歐陽小姐怎麼一見到我就躲？我生得面目可憎嗎？還是玉樓什麼時候得罪了小姐，才讓小姐對我這樣討厭？」

歐陽暖若秋水般的眸子輕漾了一下，掩住了眼底的憎惡，「公子說笑，歐陽暖不敢。」

蘇玉樓見她說得冷淡，不由怔住。

「我只是想請小姐幫個忙而已……」蘇玉樓抿了抿嘴角，臉上的笑容帶了一絲溫柔，使得他看起來更加的讓人心動，「我路過草叢的時候，看到這隻兔子好像受傷了，小姐可不可以幫個忙……」

「兔子？」歐陽暖看了他的懷中一眼，果然抱著一隻渾身雪白，還在瑟瑟發抖的兔子。

「牠的腿不小心受傷了。」蘇玉樓將兔子舉起來給她看，臉上帶了一絲赧然，「我是男子，從來沒做過包紮的活……」換了任何一個年輕的小姐，看到這樣受傷的兔子，都會起一點憐愛之意，歐陽暖卻只是微微一笑，道：「紅玉，去把兔子抱回來，找個丫鬟包紮一下。」

蘇玉樓只覺這微笑淡如清風，讓他不知身在何處，心裡又是一跳，不由自主想到，她明明對人這樣冷淡，他怎麼竟也如此著迷……

蘇玉樓從小生在富貴之家，一舉一動，別人都是呵護備至，又天生長相俊秀，對自己當然是十分自信，然而歐陽暖這樣對待他，他只覺得心裡空蕩蕩的，連往日的信心都沒了……他伸出手攔住紅玉，不肯將兔子交出去，反而定定地盯著歐陽暖道：「歐陽小姐，妳厭惡到不願意與我多說一句話嗎？」

歐陽暖淡淡地望著眼前這張俊秀出眾的臉，這是她曾經用盡心力去愛的人，可他卻傷透了她的心，若是當初她受冤沉江之時他能夠為她說一句話，她也不會是那樣一個下場。再來一世，他居然還敢來到她眼前，大言不慚地問她為什麼討厭他。

她眼中盈盈閃過冷光，口中卻說道：「公子言重了，歐陽暖與你並不熟悉，何來厭惡？」

「既不是厭惡，小姐為什麼不肯在這裡為這隻兔子包紮？」蘇玉樓眼睛望著歐陽暖，似在埋怨，只是語氣中含了三分情意。

歐陽暖目光更冷，對紅玉使了個眼色，紅玉上前將兔子硬接了過來，動作俐落地替兔子包紮了傷口，然後問道：「小姐，是不是放了？」

歐陽暖點點頭，紅玉立刻將兔子放進了一邊的草叢。蘇玉樓皺起眉頭看著，若是換了別的女子，必定會親手施為，然而歐陽暖卻讓一個丫鬟來做這件事，等於是毫不留情地將蘇玉樓的一片心意給駁了。

「蘇公子，還有很多客人在等我，抱歉。」歐陽暖不願再與他多費唇舌，施了一禮後，對紅玉道：「走吧。」隨即舉步前行，與他擦肩而過。

蘇玉樓眼睜睜地看著歐陽暖從自己身畔走過，一時之間想要伸出手挽留，卻發現自己沒有什麼藉口。從以前開始，他在女孩子之中就是無往不利的，歐陽暖卻像是一點也沒有將他放在心上。他站在原地看著歐陽暖走過花園，一陣微風吹過，便似下了一陣花雨，不少花瓣落在了地上，帶來一陣一陣若有若無的香氣。

蘇玉樓一直默默看著歐陽暖的背影，看到她的衣裙上到處都是落下的花瓣，她卻似絲毫沒有留心，也不去拂拭。他不由自主地心想，為什麼她會如同這飄忽的花香一樣，給人一種無從捉摸的感覺呢……

紅玉低聲道：「大小姐，蘇公子一直盯著您瞧呢！」

歐陽暖頭也不回地道：「不必管他！」

紅玉卻覺得蘇玉樓有些可憐，大小姐似乎從未對人如此冷漠過，忍不住問道：「小姐不要怪奴婢多嘴，您對別人都不這樣的……」

紅玉的無心之語彷彿化成了一把刀子刺進歐陽暖的心口，逼得一腔沸血似要噴薄出來，她突然站住，猛地回頭看向紅玉。紅玉從未見過歐陽暖如此冷漠的神情，頓時嚇了一跳。

歐陽暖看著紅玉，突然醒悟過來，是了，紅玉並不知道曾經發生過的一切……那時候……她的目光忽然駐留在紅玉的額頭，那時候，紅玉哭泣著向每一個人求救，可是沒有一個人肯伸出援手，所有人都毫不留情地辱罵，丟來無數的磚頭和瓦片，那種冰冷殘酷的感覺，她一生一世都無法忘記。

歐陽暖看著紅玉惶惑的表情，嘴角浮起一縷浮光掠影的笑，淡淡地道：「剛剛那隻兔子的腿是被人故意弄斷的。」

紅玉觸及歐陽暖冰冷的目光，不由一悚，驚呼道：「小姐的意思是——」難道蘇玉樓是故意弄折那兔子的腿好接近小姐？這怎麼可能？那蘇公子看起來風度翩翩，俊美異常，怎麼會是個這麼心狠手辣的人？

「有些事、有些人，不能只看表面。」歐陽暖的眸子迅速黯淡下去，若是沒有前世的經歷，她也會為蘇玉樓的溫柔多情心動，難怪紅玉會覺得自己冷酷無情，只是過去發生的事情，她又能對誰說呢？沒有人會相信，她也說不出口。

走廊轉角處，蘇玉樓還在愣神之間，有人慢慢走近，一個羞怯的聲音傳入他的耳中，「蘇哥哥，你……」她還在這裡羞羞答答，吞吞吐吐的，蘇玉樓已經回過神來，轉頭看見歐陽可，頓時一愣，語氣有幾分不悅：「二小姐什麼時候站在這裡的？」

聲音帶了一種凌厲，歐陽可一驚，羞紅的小臉一白，立刻淚眼汪汪的便要哭出來。

蘇玉樓見狀，眉頭一皺，道了一聲「抱歉，我先行一步」就要離開。歐陽可連忙伸手拉著他的衣袖，叫道：「蘇、蘇哥哥，我、我……」

這時，有個輕柔的聲音替她說道：「大哥，二小姐只是想和你說說話，問問你什麼時候再來歐陽府上作客。」

兩人轉過頭，看向從拐角處慢步走出的蘇芸娘。

蘇芸娘抿唇笑道：「二小姐，我說的對不對？」

蘇玉樓看見妹妹，便沒有立刻轉身離開，歐陽可微覺尷尬。

蘇芸娘對歐陽可笑道：「二小姐，我娘和歐陽夫人是好友，我和妳也很親近，我的哥哥就像是妳的哥哥一樣的，何必這麼客氣呢？」

歐陽可臉色更紅了，囁嚅著說不出話來，只覺得在蘇玉樓的面前，心都緊張得怦怦直跳。

「剛才我好像看見大小姐走過去，哥哥你沒瞧見嗎？」蘇芸娘這樣說道，眼睛裡有一絲探詢。

「是，大小姐剛剛過去，我們還說了幾句話。」蘇玉樓看著自己的妹妹，自然知道她在心急什麼，只是很多事情急是急不來的，歐陽暖並不是尋常的庸脂俗粉，很難打動。

一聽到歐陽暖的名字，歐陽可臉色一沉。她看了看蘇玉樓，又看了看略帶深意的蘇芸娘，突然間醒悟過來。蘇芸娘剛才出聲不是在幫助自己，而是要打斷自己和蘇玉樓的獨處，難不成……連她也希望歐陽暖做她的嫂子？可這是為什麼，她歐陽可哪裡比歐陽暖差了？同樣是吏部侍郎的女兒，同樣是高高在上的千金小姐，同樣是花容月貌……歐陽可想到這裡，突然低下頭，盯著自己的腳，唯一不同的是，她現在已經沒了一副健康的身體，成了一個瘸子。

歐陽可想到這一點，臉上不由自主微微發白，顫聲道：「蘇哥哥，我姊姊……她可是很難相處的人，你和她……和她也有話說嗎？」

一言既出，蘇玉樓皺起了眉頭，他那俊美無儔的臉上，在看向歐陽可的時候一抹厭煩一閃而過，「二小姐說這樣的話不妥，請以後勿要再提！」

就在歐陽可後悔失言時，蘇玉樓二話不說便轉過身，毫不留戀地大步離去。

歐陽可氣得臉漲得通紅，她轉向蘇芸娘，「妳哥哥為什麼要這樣說話，難不成我姊姊在他心目中這麼重要嗎？」她這句話脫口而出，絲毫也沒意識到這種話不該由一個閨閣千金的口中說出來。

蘇芸娘瞟了她一眼，心中不免嘲諷歐陽可不自量力，卻溫柔勸道：「二小姐，妳千萬不要亂發脾氣，我哥哥這樣的男子，最厭惡女子吵吵鬧鬧，胡攪蠻纏，剛才他也是聽到妳抱怨，覺得妳心胸狹窄，才會說那樣的話，妳不要放在心上。」

這幾句話一說，卻是火上澆油，歐陽可冷笑一聲，道：「我心胸狹窄？歐陽暖就心胸寬廣？她才是最心狠手辣的！別怪我沒提醒妳，若是妳幫著她進了蘇家的門，將來有妳哭的時候！」

蘇芸娘一愣，只覺得這位歐陽家二小姐太過刁蠻任性，心中更加不喜，微一低頭，再抬起頭時已帶了清淡笑容，「二小姐說的是，只是我們都是閨閣女兒家，怎麼開口閉口都是進門這樣的話？別人聽了，還以為二小姐心急要嫁人了呢！」

歐陽可聽了這話十分惱怒，正要辯駁，卻聽見蘇芸娘低呼一聲，道：「哎呀，下一場戲就要開始了，我真想看看那小姐與公子是如何相會的呢！二小姐，我先去了！」說著，便對丫鬟使了個眼色，快步離去，像是生怕歐陽可會追上去再找麻煩一樣。

歐陽可看得咬牙切齒，卻又無可奈何，她倒是有心抓住蘇芸娘再說兩句，可每次一走快，就會被人看出來跛足。

夏雪好生安慰了歐陽可很久，她心裡還是極為不痛快，咬牙道：「他們一個兩個都奔著歐陽暖去，她就當真那麼好？」

「小姐，您放心，老爺無論如何都不可能將大小姐嫁給蘇公子，您何必為此煩心呢？」夏雪順著歐陽可的心思說道。

歐陽可扭著帕子，臉色陰鬱起來。祖母、父親都抬舉姊姊，從不把自己放在眼裡，他們是指望不上了。娘現在心心念念都是那個弟弟，根本也不管自己，現在自己跛了足，娘雖然口中說得好聽，會為自己安排一個好的出路，可是豪門大族誰會娶一個瘸腿的姑娘？蘇玉樓就不一樣了，他蘇家是商戶出身，自己到底是吏部侍郎的女兒，許給他是下嫁，蘇府全家都得敬著自己，偏偏還有個歐陽暖！不，她的將來不能毀在歐陽暖手上！

「二小姐，您上哪兒去？」夏雪驚訝，去戲園子不是相反的方向嗎？

「去福瑞院！」思來想去，這件事情不得不靠娘去周旋，只有她肯點頭，這事兒才能成！歐陽可把心一橫，毫不猶豫地向福瑞院走去。

# 參之章 ◆ 險中自殘破危局

福瑞院・偏廳

王嬤嬤從袖中摸出一個精緻的小銅盒子，道：「這盒東西，妳想方設法混一些在大小姐喝的茶水裡。」

銅盒子上所繪的是一道淺淺的月牙痕跡，看來十分古典，倒像是小姐們常用的香粉盒子，然而梨香卻嚇得渾身發抖，王嬤嬤將盒子硬塞進她手心裡，道：「她服下後，我們自然會調開其他人，妳只要藉機引大小姐去僻靜處，一切都會水到渠成。」

梨香的手一抖，盒子「啪嗒」一聲掉在了地上，林氏頓時斂了笑容，王嬤嬤怒氣沖沖地猛搧了她一巴掌，「夫人這是抬舉妳，妳以為妳是什麼東西，還敢不答應！」

林氏看著梨香神情僵硬，整個人彷彿傻了一樣，反而媚然一笑，輕輕啟唇，「我也不怕告訴妳，此事非成不可，即便妳不做，別人也會去做，只是到時候，妳覺得我還會留著妳這麼個叛徒嗎？」

林氏處心積慮，留住歐陽浩的性命，一方面是出自於一片母親的心，另一方面卻是別有用意。滿月宴上賓客雲集，高朋滿座，歐陽暖若是在這一天與男人發生苟且之事，京都的各大世家就都知道了，比任何時候張揚出去的效果都要好。無奈之前有過前車之鑒，歐陽暖太過狡猾，無論如何都不肯上當，林氏這才故意送了梨香去她身邊，伺機而動。她深知，自己痛恨歐陽暖，對方也同樣如此，明知梨香可能是探子，也一定會留下她。因為梨香跟著自己日子最久，知道的事情也最多，歐陽暖自詡聰明，以為能夠從梨香口中套出話來反戈一擊，卻不知道，她早已將梨香的軟肋抓在了手中……

梨香越發恐懼，王嬤嬤卻再一次將盒子塞在了她的手裡，冷聲道：「藥效發揮得很快，妳要抓緊時機！」

「娘在裡頭，為什麼不讓我進去？」歐陽可冷聲道，一瞬不瞬地盯著畫兒。

畫兒忐忑地低下頭，「二小姐，夫人吩咐過任何人都不見，求您別為難奴婢！」

「任何人？我是她的女兒，連我都不見嗎？」歐陽可柳眉倒豎，心中惱恨到了極點，自己到了福瑞院向來是暢通無阻，可是自從娘生了弟弟，卻越發疏遠自己了，平日裡進來都要通報，還不輕易讓她進門，她難道忘了，自己也是她的親身骨肉？整天裡只想著那個天煞孤星！

畫兒撲通一聲跪倒在地，滿臉都是惶恐，旁邊看守的四個嬤嬤也都跪下來，然而不讓就是不讓，林氏嚴防死守的命令還是讓她們心中警戒。歐陽可冷冷看著她們，轉身就走。

從偏廳穿過走廊，盡頭就是林氏的臥房。穿庭入室，竟空無一人，歐陽可推開門扉，屋子裡燃著濃重的香味，卻怎樣都遮掩不住一絲怪異的味道，這種香味十分奇異，令她不由自主皺起眉頭。

「二小姐，夫人說這屋子不許人進來的……」夏雪低聲勸道，看了四周一眼，有些驚恐。

「那妳就留在外頭，幫我守著！要是娘回來，妳就提醒我！」歐陽可一直覺得奇怪，娘為什麼不讓她見弟弟？如果說她害怕弟弟被人謀害，自己是他的親姊姊，難不成也會害他嗎？

她看向不遠處的搖籃，輕輕走上前，俯身去看搖籃裡的歐陽浩，卻看到他小臉很白，氣若游絲，正痛苦地呼吸著。

歐陽可大驚，她是知道歐陽浩身體很虛弱的，可是沒想到竟然虛弱到了這種地步，怎麼會這樣？娘明明說弟弟只是因為早產，身體不好而已，可是……她看著歐陽浩，心中有些怨恨，若不是因為這個孩子，娘也不會這樣冷淡地對待自己，如果不是因為天煞孤星的名頭，祖母和爹爹也不會連同她都一併厭惡了……她的心中時時刻刻湧動著一個不可告人的念頭，或許惠安師太說得對的，這個孩子當真是天煞孤星，給娘和自己都帶來了災難。

若非如此，先是娘失寵，再是自己的腿受傷，為什麼不幸的事情一件接著一件來……如果他沒有出生就好了，如果他沒有出生，一切都會好了……歐陽可這樣想著，突然感到十分厭惡，不想看到孩子的臉，竟不由自主伸手過去，將搭在搖籃旁邊用來餵奶後抹嘴的綢巾丟在孩子臉上。這時候，她並沒有想故意害死歐陽浩的念頭，只是她不知道，歐陽浩身體虛弱，綢巾蒙在臉上，透不過氣來，便可以輕易奪走他的呼吸。

空氣中流動著令人焦躁不安的氣息，看到孩子突然微弱地掙扎起來，歐陽可一愣，心中起了一絲怪異的念頭，如果此刻這孩子死了……他死了的話……一切也都結束了，再也不會有人說娘生下來的是天煞孤星，祖母和爹爹也不會再生氣，自己的厄運說不定就過去了……她的手顫抖著，幾次想揭開那綢巾，手離它尚有一段距離卻遲遲無法動作。

歐陽浩的掙扎十分微弱，很快就不動了，歐陽可這才揭開了綢巾，歐陽浩圓睜的雙眸如鋒利的刀尖抵住她的心頭，她一個冷顫，猛然驚醒，一下子意識到自己做了什麼。

「夫人！」屋外忽傳來夏雪的聲音，歐陽可頓時怔住，手一抖，綢巾掉在了地上。

林氏和王嬤嬤進來，王嬤嬤下意識地將門關上，阻隔了外面人的視線。

「可兒，妳在幹什麼？」林氏看到屋子裡的這一幕，頓時愣住。

歐陽可有些發愣，背後已經不知不覺被冷汗打濕了，訥訥地一句話也說不出來：「娘……我、我不是故意的……我不知道會這樣……我……我……」

林氏一個箭步衝上去，看向搖籃裡，頓時渾身血液逆流，整個人如遭巨創，她猛地轉過頭盯著滿臉驚恐的歐陽可，抬手給了她一個重重的耳光。

王嬤嬤也衝過去一看，不由驚呼一聲，一下子癱倒在地上，難以置信地望著歐陽可，「二小姐，您殺了小少爺……」

林氏的眼中滿是驚怒，看向歐陽可的眼神像是要將她千刀萬剮，「妳瘋了嗎……他是妳的親弟弟啊！」

歐陽可臉色煞白，一個可怕的念頭湧上她的腦海，令她變得心硬如鐵，「不，他不是我弟弟，他是天煞孤星！」

林氏的淚水一下子湧上來，「妳……」

她的身體搖搖欲墜，像是要倒下去，王嬤嬤撲過去，急忙攙扶著她，勉力支撐著。

「妳這個小畜生，當真是什麼事都做得出來！連親弟弟都能動手，妳乾脆連我這個娘也一起掐死了吧！」林氏的嘴唇幾乎咬出血來，眼睛裡迸發出一種強烈的怨怒。

歐陽可心中也同樣害怕，害怕得幾乎語無倫次：「娘！娘！我這樣做全是為了咱們，要是他繼續活著，祖母和爹爹都不會放過咱們的啊！他死了，現在他終於死了，這樣再也不會有人說您生下的是個天煞孤星了！」

「不，是妳殺了他！」林氏怎樣都沒想到歐陽可竟然自私自利到了這樣的地步，她惡狠狠地盯著她，像是要吃人一樣。

歐陽可被那惡毒的眼神看得更加恐懼，猛地上前抓住她，「娘，我不是故意的，我真的不是故意的……我不想遭人白眼，我好害怕，她們全都嘲諷我，她們都說娘您生了一個天煞孤星，她們說霉運會一直跟著我……我不要……我不要啊！娘，我也是您的親生女兒，您就當可憐我，娘！」

林氏那張妝容嫵媚的臉近乎扭曲，牙齒咬得嘎吱作響，「妳是我的女兒，他也是我的親生兒子，妳怎麼下得了手？」她一把抓住歐陽可的肩膀，指甲幾乎掐進她的肉裡。

歐陽可再也無法忍受，歇斯底里地大叫：「娘，他已經死了，死了！我還活著，我才是您唯一的孩子，您要為我考慮，我不要被歐陽暖永遠壓著！」

淌到林氏的裙邊。

王嬤嬤驚恐地望著歐陽可，用力捂住她的嘴巴，「二小姐，不要喊！不要喊！」

就在這時，只聽到「砰」的一聲，室內的三個人陡然一驚，林氏眼神淩厲地大喝道：「誰！」

簾幕的後面，乳娘高氏慘白著臉跪倒在地，原本手中端著的銀盆掉在地上，清水灑了一地，流淌到林氏的裙邊。

高氏驚恐到了極點，她不過是去靜室取水給小少爺擦身，回來時卻聽到了這樣的對話，簡直是令人難以置信……她一個勁兒地磕頭，拚命地說：「夫人饒命！夫人饒命！奴婢什麼都沒聽見……什麼都沒聽見啊！」

這就是說，她什麼都聽見了！林氏和王嬤嬤飛快地交換了一個眼神，這樣的變故，讓她從喪子的劇痛中一下子清醒過來，她冷聲道：「這樣的小事都做不好！小少爺身上燙得很，妳還不快去再打一盆水來！」

高氏驚恐地望向搖籃的方向，小少爺明明已經死了，夫人卻讓她給一個死去的孩子擦身……她心裡委實太過害怕，害怕得連一句話都說不出來了。

就是這樣的一個驚恐眼神，讓林氏迅速下了決定，這個高氏什麼都聽到了，絕不可留下！

她看了王嬤嬤一眼，王嬤嬤立刻會意，從地上慢慢爬起來，臉上卻又恢復了平日裡的冷漠莊嚴，「夫人讓妳去打水，妳聾了嗎？」

高氏一個激靈，想要站起來，卻覺得雙腿發軟，根本站不起來。

王嬤嬤上去用力踢了她一腳，高氏連滾帶爬地從屋子裡跑出去了。

王嬤嬤看到林氏森冷的面孔，快速跟了出去。

林氏和王嬤嬤走了很久，梨香才覺得自己有了站起來的力氣，她捏緊了手裡的東西，不住地顫抖。真要陷害大小姐嗎？這樣一來……大小姐一輩子可就毀了啊……就在她渾渾噩噩地走出來的時候，卻看到王嬤嬤指揮著三個面如寒霜的嬤嬤抬著一個麻袋向院子後頭去了，她本能地意識到可能出了什麼事，心想難道夫人為了脅迫自己，擄了她妹妹來？心中一頓，她不由自主地悄悄跟了上去。

福瑞院的後面十分僻靜，往日裡除了打掃的丫鬟，根本沒有人會過來。

梨香躲在牆角邊，身子靠在迴廊的柱子上，當她看清眼前的景象時，驚愕地張大嘴巴，不敢相信眼前所見的一切。

她看見王嬤嬤指揮著那幾個人橫抱著那口麻袋，匆匆向院子中間一口水井走去。麻袋裡面裝的似乎是人。梨香沒有猜錯，因為她很快聽見麻袋裡的人一邊掙扎一邊悶聲叫：「放開我！放開我……什麼都不知道！夫人饒命啊……」只是這聲音已經虛弱無力了，像是垂死的人。

梨香瞪大眼睛，看見王嬤嬤指揮著那些人將麻袋抬到井臺邊。就在這時候，麻袋的口鬆了，梨香看見了高氏的臉。高氏像是用了全身的力氣，雙手扒在井石圈上，拚命想要掙脫。梨香驚恐地看著這一幕，渾身彷彿凍僵了，兩條腿像灌了鉛，動也動不了。

王嬤嬤冷笑一聲，將高氏扒在井臺上的手指一根一根拉開，幾個人拚命將她往水井裡推。高氏為了活命，死命地掙扎。這可怕的情景深深映入了梨香的頭腦，她知道，這一輩子她都無法忘記。

只聽「轟」的一聲，高氏終於被推了進去，井口裡傳出最後一聲叫，那叫聲像一把尖刀，尖銳而可怖，梨香只覺得所有的血都衝到了頭頂，耳邊響起一陣耳鳴。幾個嬤嬤從牆邊抱起一塊大石頭，將大石頭扔下井，井口裡傳出一片水花沸騰的聲音。王嬤嬤趴在井口看了一會兒，對著其他人面無表情地點點頭，四個人又悄無聲息地走了。

過了好一陣子，一切才都重歸平靜。梨香蹲在地上，嚇得渾身哆嗦著，等她想要站起來的時候，這才發現裙子都濕透了，她竟然被嚇得失禁了……

福瑞院

林氏面色陰沉地坐著，這突然的變故儘管令她傷心，卻同時卻也讓她有了另一個念頭：她與歐陽暖鬥得你死我活，僅能存活一人！然而歐陽暖如今精明狡猾，謹慎言行，令她沒有半點把柄可抓，只能靜待她一個疏忽、一個破綻，她便將發雷霆一擊，將她置於死地。

一念成佛，一念成魔，為了扳倒歐陽暖，她只能行悖天之事！林氏長舒了一口氣，臉上的神情越發陰冷，她低下頭，望著淚水漣漣跪倒在地上的歐陽可，「別哭了！妳起來，聽著，既然闖了大禍，就不要再哭，妳沒資格掉眼淚！」

歐陽可還在抽抽噎噎，林氏狠狠給了她一腳，正好踢到她的肋骨。歐陽可驚慌失措地叫了一聲，等她看到林氏的臉色，立刻住了嘴，林氏的臉上神情極為可怖，像是要將她拆筋剝骨，生吞活剝一般。

「去把桌子上的胭脂拿過來！」

「娘……您……」歐陽可不知道林氏要做些什麼，愣愣地望著她說不出話來。

「快去拿過來！」林氏的聲音冷酷嚴厲。

歐陽可嚇了一跳，趕緊站起來跑過去拿胭脂，一不小心還在桌子拐角碰了一下，卻不敢呼痛，又走到林氏身邊來：「娘，胭脂給您！」

「把這胭脂抹在妳弟弟的唇上、臉上，讓他的臉色好看一些。」林氏冷冷地看著歐陽可，那眼神比剛才還要可怕。

歐陽可嚇得不行，卻又不敢違抗，木然移動雙腿，向搖籃走去。

就在這時，王嬤嬤進來稟報說：「夫人，一切都辦妥了。」

「辦妥？娘，您不會是要把我交給爹處置吧？娘，我不要啊！」歐陽可臉色一變，胭脂盒子「啪嗒」一聲掉在了地上。

林氏冷冷地望著她，「我怎麼生了妳這個沒用的東西！」

王嬤嬤嘆了口氣，對歐陽可道：「二小姐，這一回您可真是闖了大禍了，剛才的一切都被那乳娘高氏聽見，夫人還能留著她的性命嗎？」

歐陽可一聽，臉色頓時好了許多，訥訥地看著兩人說不出話來，屋子裡一片寂靜，她想了想，終究試探著問道：「娘，這胭脂……」

林氏望著搖籃的方向，慢慢走過來，拿起剛才掉在地上的胭脂盒子，一把將歐陽可重重推開，「滾到一邊去！」說完，打開盒子，親自勻了胭脂，給已經冰冷的歐陽浩抹上。

歐陽可看到她神情溫柔，像個母親的樣子，心中反而更加忐忑。這一刻像是過了許久，讓她覺得渾身冰涼，雙腿麻木，直到林氏抹完了胭脂，才冷哼一聲道：「準備一下，半個時辰後，我要請眾位夫人來福瑞院！」

「娘，您這是要幹什麼？」歐陽可驚呆了。

林氏並不理會她，只對王嬤嬤道：「別忘了，把大小姐一併請來！」

歐陽可心裡一驚，腦海中隱隱冒出了一個答案，她的臉上流露出一絲喜色，可是林氏凌厲的眼風掃過來，她立刻低下了頭，再也不敢吭聲。

林氏換了裙子，帶著歐陽可回到了戲園子，正好一齣戲完，她笑盈盈地大聲叫好，並吩咐一旁的人給戲班子賞錢。眾位夫人看見她，紛紛過來寒暄，她笑著應了，若無其事地坐下來和眾人一起看戲。

「可兒，怎麼臉色這麼蒼白？」林元柔奇怪地看著歐陽可。

歐陽可猛地抬起頭，卻看到林氏冰冷的目光向這裡看過來，心裡打了個哆嗦，強自鎮定道：「我……身子不太舒服。」看了周圍一眼，輕聲問道：「柔姊姊，我姊姊去了哪裡？」

林元柔一邊看戲，一邊隨口道：「說是去準備待會兒的晚宴。」她沒注意到，歐陽可的臉色越發蒼白，眼睛裡卻冒出一團奇異的火光。

聽暖閣

李姨娘向歐陽暖上了晚宴的分配表，歐陽暖檢查過覺得沒有什麼問題，這才點頭道：「就這樣吧，辛苦姨娘了。」

李姨娘露出笑容，「大小姐客氣了，這是應該的。」說著，便領著管事嬤嬤離開。

歐陽暖看著她離去的背影，半天不語。

紅玉看她出神，輕聲問道：「小姐，您怎麼了？」

歐陽暖一愣，隨後道：「我在想，梨香什麼時候回來，又去做了什麼……」

「大小姐，您真是太累了，這些事情本不該您操心的……」紅玉的聲音帶著一絲傷感，「若是夫人還在的話，您的日子不知道要快活多少，根本不必像現在這樣殫精竭慮的……」

歐陽暖心中一暖，目光微動，不自覺地流露出微笑，竟主動拉過紅玉的手，道：「不，現在這樣也很好。」

「大小姐……」紅玉的臉上劃過一絲擔憂，「如今這位夫人行事太毒辣了，她什麼時候才能放過咱們呢？」

放過她們？歐陽暖冷笑，此事絕無可能了。她不費吹灰之力便將兩個年輕美貌的女子送到歐陽治的身邊，僅憑這點，林氏便不會輕饒了她。林氏是長輩，自己是晚輩，身分有別，尊卑有序，自己雖對她恨之入骨，卻不能輕舉妄動。如今林氏雖然已經失去了祖母的支持和爹爹的寵愛，但憑著林文淵的支持，她仍然牢牢地占著主母之位。歐陽治雖對她厭惡萬分，卻從未有過休妻之意。她要除掉林氏，首先要斬除林文淵這條藤蔓，然而以自己這樣的閨閣女子，想要扳倒林文淵，猶如火中取栗，這是最艱難、最驚險的一條路，還需要上位者的幫忙……

「紅玉，妳跟著我這麼久，理當知道我的心思，現在就算她肯放過我，我能放過她嗎？只有扳倒她，我的弟弟才能平安地長大。」歐陽暖微笑，展目凝望遠方，細不可聞地說道：「為了爵兒，我絕不可能退後一步！」

紅玉一瞬不瞬地看著她，似有觸動，「小姐，紅玉也不會捨下您一個人！」

「我身邊最信任的人只有妳和嬤嬤了……」歐陽暖長嘆，嘆息中滿是紅玉聽不懂的意味深長。過了很久，歐陽暖才問道：「紅玉，我吩咐妳去辦的事情都辦妥了沒有？」

紅玉點點頭，道：「大小姐放心，紅玉已經辦妥當了。」

「大小姐，梨香回來了！」外面的丫鬟進來回稟：「她不知道在哪裡弄濕了裙子，現在在她自己的屋子裡換衣服！」

「弄濕了裙子？」歐陽暖微怔，丫鬟見她半晌不語，便試探地又問了一句：「小姐？」

「讓她換完衣服便來見我。」歐陽暖回過神來，吩咐道。

丫鬟應聲離去，紅玉臉上起了懷疑之色，「去了夫人院子裡，好端端的怎麼會弄濕了裙子？小姐，您看……」

「這自然是大有緣故。」歐陽暖輕輕一嘆，似有隱憂，「我們靜觀其變吧。」

等梨香換了衣裳，匆匆趕過來，紅玉低聲道：「小姐，奴婢出去守門。」

歐陽暖點點頭，梨香一愣，這就是大小姐要單獨訓話了，她心裡一凜，不由自主捏緊了袖口……紅玉走過梨香身邊的時候，用眼睛冷冷地盯著她。

梨香一抬頭，迎上歐陽暖冷淡的目光，她不自覺地身子微微一動，朝著歐陽暖跪了下去，「大小姐。」

歐陽暖展顏一笑，「梨香，娘那裡、我這裡，妳兩邊為難，反覆奔波，真是辛苦妳了。」

梨香盯著地面，小聲道：「大小姐怎麼這樣說？這都是奴婢應當做的。」

歐陽暖站起身，徐徐走到她身邊站定，忽地伸手慢慢抬起她的下巴，嘆道：「妳今年……有十六了吧？」頓一頓又道：「這個年紀早該放出去配人了，怎麼娘一直都沒有將妳許出去呢？」

那是因為自己知道了太多的事情，夫人怎麼可能輕易饒過？梨香面色一凜，強笑道：「是奴婢自願多服侍夫人幾年。」

歐陽暖臉上帶了笑容，直直看著她良久，聲音放柔緩，嘆道：「妳這樣溫柔可愛的丫鬟，若是一直留在後院，將來娘說不準會將妳抬成姨娘，這也是一件美事。」

梨香臉色一下子變得雪白，夫人對待姨娘的手段她是見過的，她寧死也不願意做姨娘！歐陽暖似是看出她的心思，淡淡地道：「照我看來，到大戶人家做姨娘，還不如去普通人家做正頭夫人，自由自在，日子舒服，更不用卑躬屈膝，梨香，妳說對不對？」

這正是梨香日夜期盼的，只是這一切都不可能，夫人絕不會放過自己！梨香低下頭去，「大小姐說笑了，奴婢不敢想。」

「怎麼不敢想？妳素來是個沉穩可人的，行事又大方，我真心喜歡妳這個丫鬟。妳是知道的，娘去世後給我留下了不少產業，這些產業原都在外祖母手裡保管著，近些日子才交到我這裡，其中有一家金鋪的掌櫃，正要尋一個家世清白、脾氣可人的姑娘給他的獨子做媳婦，還託人求我身邊的丫鬟。可是，妳也明白，紅玉我離不開，菖蒲又莽撞，文秀稍嫌木訥，這屋子裡的大丫鬟，最聰明伶俐的就是妳了。」

梨香一時反應不過來，怔怔地道：「您……您要把奴婢嫁給……」隨即搖頭，「大小姐說笑，奴婢……奴婢怎麼配得上？」

歐陽暖眼睛裡似乎有流光溢彩，令人不敢直視，她微微一笑道：「自從妳來我的院子，我就動了這個主意，但是瞧妳這樣畏畏縮縮又自憐自艾的模樣，叫我怎麼放心把妳嫁過去？這樣該如何為人主母，又要如何幫著丈夫掌管鋪子？妳也該早些鍛煉起來，別讓我放心不下。」

梨香彷彿不能確信，愣愣地望著歐陽暖，「小姐真的是這麼想的嗎？」

歐陽暖嘴角舒展出明豔的微笑，道：「當然，早些準備嫁衣吧。」

梨香喜上眉梢，幾乎要雀躍起來。

歐陽暖微笑，「梨香，到時候，我少不得為妳添妝，只是……」

「只是什麼？」梨香臉上露出一絲惶惑。

歐陽暖笑了，「只是妳終究是娘的人，我不好為妳做主呀！」

梨香愣住，喃喃道：「奴婢早已被夫人給了小姐了……」

歐陽暖作訝異狀，反問她：「娘真的將妳給我了嗎？妳自己也是這樣想的嗎？」

梨香立刻明白過來，失聲喚道：「大小姐……」

歐陽暖讓她起來，低聲嘆道：「我知道，娘剛才叫妳去，必定是叫妳做某件事，而且這事情也一定與我有關。」

梨香被這句話嚇出了一身冷汗，歐陽暖微笑著，眼睛裡閃爍著溫柔的水光，「我知道妳跟著娘多年，感情非比尋常，但如今我才是妳的主子，只有我能決定妳的榮辱和生死。梨香，我娘這個人，妳應該比我還要瞭解，一旦她要妳做的事完成了，妳可知道是什麼後果？她不僅會殺妳滅口，妳的家人也同樣逃不過。」

「夫人……夫人答應奴婢……說不會的，她會饒了奴婢……」梨香不由自主地說道。

歐陽暖輕笑，「傻姑娘，妳看看秋月的下場，一旦妳沒有了利用價值，妳的下場只會比她更慘！」

梨香汗涔涔，臉部表情幾乎扭曲，歐陽暖繼續道：「妳豁出性命為她做事，不過是白白為他人做嫁衣而已，還不醒悟嗎？」

梨香腦海中的念頭在急遽轉動，跟著夫人表面上看，家小都可以保全，但事情完成後呢，自己會不會像高氏一樣被殺人滅口？跟著大小姐，雖然還不知道她會不會遵守承諾，至少……至少大小姐身邊從來沒有無緣無故消失的丫鬟！最重要的是，如果這一把賭贏了，自己就能擺脫這種擔驚受怕的日子，去外面去做正頭夫人，這樣的誘惑實在太大了！到時候一家人只會跟著自己享福……梨香的神色開始閃爍不定，心頭的猶豫幾乎達到了頂峰。

歐陽暖見她如此，並不催促，而是溫柔地說：「妳進了聽暖閣，別人都會以為妳是我的人，一旦我出了事，第一個要死的人就是妳，妳懂嗎？」

梨香猛地一個機靈低下頭去，手指微微發抖。歐陽暖微笑望著她，並不催促。

梨香遲遲不出聲，歐陽暖柔聲道：「該說的我都說了，妳可想清楚了嗎？」

梨香看著她，眼中漸漸浮起雪白淚花，一滴淚倏然落下，她顫抖著手從袖中取出銅盒，雙手奉獻給歐陽暖。

歐陽暖從她手中接過盒子，眼裡劃過一絲冷意，笑容卻沒有什麼異樣，「這是何物？」

「大小姐，」梨香再次跪倒，面容帶上一絲絕然，「先前夫人命奴婢來聽暖閣，那王嬤嬤便一直纏著奴婢，迫使奴婢聽從夫人號令……」她擰著娥眉，憤憤地說道：「奴婢堅決不肯，她見勢不妙，便想以奴婢親人性命相脅。如此拙劣伎倆，誰不知道她的用心？今日她又召招奴婢去，將這銅盒交給奴婢，說放在大小姐的飲食之中。奴婢生恐不能脫身將這些陰謀告知小姐，這才曲意逢迎周旋。現今人證物證皆在，大小姐，您可以稟報老太太和老爺……」

假意逢迎？若是自己沒有說出這番話，梨香早已下手了……歐陽暖心中輕笑，臉上卻搖了搖頭，「不可。」

梨香一愣，旋即道：「奴婢真心願意為小姐作證！」

作證？一個丫鬟、一個銅盒能夠說明什麼呢？若是歐陽治有心，林氏早已被休棄，何至於到了今日還如此風光？

「大小姐，只要扳倒了夫人，您就再也不必如此委屈……」

歐陽暖輕聲笑了，那笑聲帶著一種淡淡的自嘲。前世枉死之時，數不盡的狂躁與鋒芒、冰冷與恨意，如今展現在他人眼中的，卻是一個溫良內斂，待人寬和的歐陽暖，她的臉即便沒戴上面具，也無人再輕易看得透她的心思，「若妳是我，妳會如何？」

「這……」梨香有些猶豫。

歐陽暖的目光帶著鼓勵，「妳說吧，我絕不會怪罪妳。」

梨香咬住嘴唇，「自然是咬緊了夫人的罪名，讓她再也無法陷害小姐！」

「以什麼罪名咬緊她呢？」歐陽暖忍俊不禁，「妳身為她的貼身丫鬟，因為犯了錯而被趕出來，妳說的話會有人相信嗎？」

梨香一怔，又說道：「那、那就學著夫人的樣子來對付她……」

歐陽暖笑著又問：「她的兄長是兵部尚書，她若不明不白地被人謀害，他會善罷甘休嗎？」

「那、那就眼看她一步步陷害小姐嗎？」梨香仍不死心。

歐陽暖望著她，梨香一怔，不由自主地低下頭去，的確，她心裡是畏懼背叛夫人後遭到報復，才會竭力想要給予夫人重重一擊。

歐陽輕聲嘆了一口氣，將她攙起，「妳放心吧，我不會讓人隨意傷害妳的。」

梨香只覺攙扶自己的那雙手白瓷般晶瑩細潤，如玉凝脂，卻令人心驚。她沒想到這樣輕易就被歐陽暖看穿了心思，不由自主咬緊了嘴唇，不敢再說一個字了。

歐陽暖很快帶著梨香、紅玉回到園子裡。經過歐陽可身邊的時候，歐陽暖隨意地看了她一眼，然而對方卻並未如同往常一樣抬頭挑釁，歐陽暖的心中敏銳地察覺到了一絲異樣。

戲臺上的戲已經唱完了，班主又拿來帖子請夫人們點戲，林氏作勢翻了翻，有些提不起勁頭的模樣，淡淡地道：「都是這些陳芝麻爛穀子的老戲，也沒有什麼新鮮的戲碼！」

蔣氏笑道：「聽妳這麼說，莫不是還準備了什麼新鮮的東西要招待大家嗎？」

林氏聞言，露出嗔怪的神色，「就是二嫂最精明，什麼都瞞不過妳！眾位夫人坐得久也是累了，不久前我得了一副好畫，要請諸位品評一番，不知諸位可願移步？」

蘇夫人最先響應道：「夫人不說我還覺不出來，一說還當真是如此。坐久了只覺得腰酸，起來走幾步也好。」

蔣氏臉上的笑容深了兩分，「什麼好東西，非要我們大家一起去看？這樣勞師動眾，若是讓大家失望了，可不饒妳！」

眾人紛紛笑了，卻都起身表示要去。

歐陽暖笑著對林氏道：「既然有娘作陪招呼各位夫人，暖兒就放心了。祖母還病著，暖兒先回去看看，稍後便回。」說著，就望向林氏的眼睛。

林氏微微一愣，隨即露出微笑，道：「知道妳孝順，卻也不必這樣心急。待會兒客人們離去，我和妳一同去看望豈不是更好？」

「可是……」歐陽暖故意露出幾分為難的神色，一雙美目卻緊緊盯著林氏的每一絲表情。

林氏臉上雖然還算鎮定，眼睛裡卻流露出一種急切，拉住歐陽暖的手親熱地道：「好了好了，這裡的夫人們都是妳的長輩，妳先行離開豈不是失禮於人？和我們一同去吧。」說著，看了歐陽可一眼。歐陽可卻失魂落魄，半點也沒有反應過來，王嬤嬤恰到好處地推了歐陽可一把，她這才猛地清醒過來，回頭望向王嬤嬤，臉上露出不明所以的表情。

天生就是個扶不上牆的爛泥！林氏心中暗暗罵道，臉上的笑容更深了，「可兒，暖兒要去壽安堂呢。」

歐陽可一個激靈，不由自主脫口道：「這怎麼可以？」過後立刻意識到自己失態，急忙補救道：「姊姊近日來還沒見過浩兒，和我們一同去福瑞院吧。」

人的情緒最容易流淌在眉眼之間，歐陽暖觀察她們母女的神色和語氣，於這簡短的對話之中察覺到了詭異的氣氛。

林氏太過親熱，歐陽可失魂落魄，王嬤嬤則急切不安，這其中到底有什麼緣故？或者說，福瑞院裡面到底有什麼在等著自己？梨香說過，林氏給了她那盒東西，是為了在飲食之中下藥，照她猜測，應該是迷惑心智之用，可是自己剛剛坐下來不久，她們也應該知道梨香尚沒有機會下手，為什麼會這樣心急？還是說，她們已經改變了計畫？她下意識地看了梨香一眼，對方卻也露出茫然的神情……不過短短片刻，歐陽暖的腦海中已經轉過了無數的念頭，最終只是化作一個淡笑，「好，就請娘先行。」

到了福瑞院，丫鬟們早已準備好了座椅，整齊擺放在庭院裡。眾人依照座次坐下，林氏拍了拍手，便有丫鬟用條盤端著玲瓏碧玉茶盅進來，在每個杯子裡放入茶葉後，又麻利地提著剛煎沸的茶壺向各人的杯子裡沖入沸水，乾燥的茶葉立刻傳出細碎的嗶嗶聲。

蔣氏見狀笑了，「叫我們來居然也這樣粗心大意，連茶葉都是當場沖泡，這是什麼緣故？」

林氏笑道：「二嫂這就不知了，這種茶葉就是要現泡才好呢！」

就在這時，廖夫人發出一聲驚嘆，指著茶杯道：「妳們看看！」

眾人聞言，都仔細向茶杯中看去，卻看到那茶水澄碧近如琥珀，更令人驚異的是，滿院子都飄蕩著茶香。

吏部司務文夫人向來挑剔，這時候卻也點點頭，道：「我倒是第一回見到這樣的茶，香氣撲人，滿院不止，當真奇特。」

林氏微微一笑，道：「文夫人，香氣撲人乃是剛才，您再仔細聞聞。」

眾人紛紛湊近茶杯，果然芳香產生了變化，剛才香氣十分濃烈，又香又醇，如今卻是香氣縷縷，如同空谷幽蘭，清冽得沁人心脾，不由大加讚賞。

看到眾人臉上露出高興的神情，林氏側目在歐陽暖的臉上打了個轉，卻見到她一雙晶瑩的眸子正望著自己，似笑非笑的表情令她心中陡然一驚，她強笑著轉頭，反對歐陽可說道：「可兒，去將娘屋子裡掛著的那幅畫取出來供眾位觀賞。」

歐陽可一愣，立刻反應過來，和王嬤嬤一起進了屋子，不一會兒，便懷抱著畫卷出來。林氏親自打開用絲絨包裝的卷軸，拆開金線，徐徐展開。

「這莫不是……前朝畫聖周明先生的真跡《臨溪圖》？」蔣氏驚呼一聲，起身上來看。只見那畫面上錯落有致的寺廟被彷若霧氣的薄紗覆蓋著，若隱若現，虛實相間之處，十分靈動。寺廟四周被水環繞，水中有船飄蕩，船身傾斜，彷佛正在急速前進，具有動態感。由短橋經過竹徑，穿行而入山門，依稀可見寺廟右邊有一條迴廊環繞，漸行漸遠，深不可及。一灣溪水從深澗處湧出，流經突兀嶙峋的怪石，濺起珠玉般的水花，似能令觀者聽到「叮咚」作響的聲音。

蔣氏點點頭，讚嘆道：「周明先生畫作精妙，卻一畫難求，如今天下間也不過寥寥十餘幅，大多數藏於宮中，極少的流落民間，卻不想妳這裡居然也有。」

眾人也紛紛點頭，一時豔羡的目光向林氏飄過去。

歐陽暖勾起唇角，這幅畫原先是外祖父的珍藏，卻落入林氏手中，這十年來卻從未見她在大庭廣眾之下拿出來，料想是珍視異常，如今既然拿出，自有一番不可說的道理。

喝了茶，賞了畫，林氏又徐徐道：「我手中還有一樣寶物，是一株紅珊瑚，足有三尺高，晶瑩剔透，美妙絕倫，難得今日高興，便也拿出來大家共同欣賞吧。」

眾人讚許，想這珊瑚生於海底，極難取得，更何況是三尺高的紅珊瑚，更是尋常難見，有這樣的機會觀賞一番，倒也是美事。

只有蔣氏微微側目，林氏這個小姑她自認十分瞭解，平日裡十分吝嗇，尤其是落入她手中的寶貝，從來也不肯輕易示人，生怕被別人討走，今日怎麼如此大方？

林氏並未立刻吩咐旁人去取，反而突然問道：「暖兒，這茶難得，妳怎麼不喝？」

歐陽暖看了那碧綠的茶水一眼，微微一笑，道：「自然是要喝的。」說完，輕輕舉起茶杯，在唇邊抿了一口，又用帕子掩了掩嘴角，笑道：「娘說的是，果然是難得的好茶。」

林氏臉上露出笑意，這一回，笑意到達了眼底。

她不知道，在用帕子碰到嘴唇的時候，歐陽暖已經飛快地將那一小口茶水吐在了帕子上，隨後迅速將帕子放進袖口。這個動作十分輕巧，只有在她身後的紅玉和梨香才能看得分明。

梨香低下頭去，暗自慶幸自己並未按照夫人說的去做。大小姐心機深沉，一個早有防範的人，又怎麼可能會上當？

「可兒，妳去取那珊瑚來……」林氏故意叫了歐陽可的名字，歐陽可這時候已經完全恢復正常，臉上露出嬌態，「娘，女兒剛才絆了一跤，膝蓋都碰青了呢！」

這話引來大家一陣笑，一個千金小姐走路都走不好，卻好意思向大家抱怨摔傷了，簡直是貽笑大方。只有歐陽暖沒有笑，因為她立刻意識到，歐陽可這是話裡有話，果然聽到她說：「這一次還是讓姊姊去吧。」

林氏順水推舟，露出笑容道：「既然如此，就辛苦暖兒跑一趟，去內室將我的珊瑚取來。」

歐陽暖站起來，似乎很為難，「可惜我之前在娘的房中沒有見過，並不知道那寶物放於何處，娘是收起來了嗎？匆忙尋找，豈不是要讓諸位空等許久？」

王嬤嬤聞言一愣，迅速笑道：「夫人，那珊瑚是收起來了，大小姐一時之間怕是找不到。」

「梨香，妳陪著大小姐一起去吧。」林氏端起茶杯，故作隨意地說道。

這下，歐陽暖是去也得去，不去也得去了。

歐陽暖微微一笑，並不推辭，帶著梨香剛走了幾步，卻突然駐足，回頭微笑道：「娘，現在陽光正好，一絲風也沒有，您何不讓人將弟弟抱出來？就在這裡給眾位夫人看一看，也免得到了晚宴的時候再抱出來反而容易受風。」

林氏心裡一驚，幾乎以為歐陽暖看穿了一切，頓時駭然。王嬤嬤卻飛快地拉了拉她的袖子，林氏這才反應過來，勉強笑道：「小孩子渴睡，他這個時辰該是睡著了吧……」

歐陽暖的笑意更深，「娘真是疼愛弟弟，只是我們輕手輕腳，不會吵了弟弟的。」

廖夫人向來喜歡歐陽暖，更有意聘下她做兒媳婦，自然對此言十分贊同，當即笑道：「是啊，小孩子也不能那樣嬌貴的，還是現在抱出來給大家看一看吧。」

其他人也紛紛附和。

林氏心裡焦急，臉上卻不敢露出分毫，原本只要歐陽暖獨自進了內室，就能將歐陽浩窒息而死一事嫁禍到她的身上，偏偏她太過狡猾，竟這樣警覺，堅決不肯獨自入內，這樣可怎麼是好？

林氏心中一陣翻攪，幾乎變色，王嬤嬤這時候咬了咬牙，站出來道：「夫人，其他人都笨手笨腳的，怕傷了小少爺。老奴和大小姐一起進去，把小少爺抱出來吧。」

乳娘高氏已經死了，現在屋子裡的丫鬟也全都被撤掉，萬一歐陽暖在外室看到情形不對，不肯進入內室，那一切就都付諸東流……電光石火之間，林氏已經明白過來，臉上帶笑道：「那一切都託付嬤嬤妳了。」

王嬤嬤點點頭，笑道：「老奴明白，請夫人放心。」

林氏看著歐陽暖、王嬤嬤、梨香三人進了屋子，從她本心看來，這一次是想讓歐陽暖飲下迷惑神智的藥，與蘇玉樓苟合，再被眾人發現，到時候歐陽治就不得不將這個壞了家風的女兒逐出家門，卻沒想到中途出了岔子，浩兒竟然被可兒所殺……若到時候查出來浩兒是窒息而死，可兒絕脫不了干係！為了她，林氏只能臨時變了計畫，將一切栽贓到歐陽暖頭上，藉機會除掉她。好在梨香是自己人，只要到時候王嬤嬤一口咬定是歐陽暖捂死了浩兒，那她這輩子都就完了……

蔣氏不明就裡，卻也笑道：「妳也太嬌慣這孩子了，哪能抱出來看一看就受風生病的？」

「這是大夫特地關照的，我也是沒有法子！」林氏尷尬萬分地看著眾人乾笑，「再者，妳們是知道的，我家還有個長公子，他一向不喜歡浩兒，我不把孩子抱出來，也是不希望他看了嫌惡。」她滿臉為難，活脫脫的把個繼母難為的模樣演繹得淋漓盡致。

林氏十分聰明，懂得通過示弱博取同情，一時眾人或多或少都有些同情她，七嘴八舌地紛紛安慰：「夫人已經是個很好的母親了，大少爺是年紀小不懂事，以後也就好了！」

「要我說，像夫人這樣賢良淑德的母親到哪裡去找，便是親娘也不過如此了，這大少爺也太難伺候了！」

林氏笑著道：「快別這麼說，再說我都不好意思了！況且暖兒向來愛重爵兒，她聽見得多傷心啊！」

眾人一聽，紛紛點頭稱是。歐陽家大小姐對大少爺的一片愛護之心，早已是眾人皆知的事情。林氏微微一笑，她就是要所有人都知道，歐陽暖為了歐陽爵什麼都肯做，重要的是──歐陽爵對歐陽浩有怨恨之心！

四周帷帳都放下來了，更顯得內室若隱若現。風突然從窗外吹進來，吹散了一室的馥郁香氣，屋內的帷帳大肆舞動，讓整個屋子帶了一絲鬼魅的氣息。

王嬤嬤笑道：「大小姐，我找一下那紅珊瑚，請您去幫我看看小少爺醒了沒有。」

歐陽暖微微一笑，「讓梨香去找吧，王嬤嬤還是親自去抱浩兒的好，我畢竟是個姑娘家，還真是不敢碰小孩子！」

王嬤嬤眸子裡閃過一絲冷芒，突然冷笑一聲，把心一橫，放聲大叫：「救命啊！出人命啦！」

外面的夫人並不知道裡面發生了什麼事情，聽得這一聲，面面相覷，全都嚇得站了起來。林氏第一個站起來，快步向屋子的方向走去，其餘人都是一愣，也迅速跟上她。然而屋子的門卻被緊緊關著，林氏臉上露出焦急神色，大聲喊道：「王嬤嬤！王嬤嬤！暖兒！妳們怎麼了，快出來，快開門！」

又過片刻，門霍地一下子被打開，梨香驚慌失措地衝出來，一下子撲倒在林氏腳邊，連聲叫著夫人救命。林氏一把推開她，衝了進去，誰也不看就先向搖籃的方向撲過去，「我的兒子啊！」她彷若失控地大吼，已完全失去夫人的儀態，「浩兒！浩兒！你這是怎麼了？你是被誰害了啊？」她從搖籃裡抱起歐陽浩，倉皇無措，對著跟進來的丫鬟們大吼：「妳們都是死人嗎？為何沒人在此照看小少爺？」

丫鬟們恐懼地看著她，不知道究竟發生了什麼，夫人會這樣瘋狂。

這時候，只聽到蔣氏驚呼一聲：「暖兒！」接連進來的夫人小姐們這才發現，歐陽暖倒在地上，左胸深深刺入了一根青木簪子，整個人面色慘白，氣息奄奄，鮮血流了一地。王嬤嬤卻滿頭鮮血，兩眼空洞，滿面通紅，衣襟散亂地跪倒在地上，竟像是完全失去了意識，腳邊破碎的花瓶瓷片碎了一地。

這場面太過詭異可怕，所有人都呆住了。

紅玉立刻撲了過去，「大小姐，大小姐，您怎麼了？」那聲音淒厲無比，一下子驚醒了原本驚呆了的吏部尚書廖夫人，她大聲道：「快去叫大夫！快去！」

丫鬟一下子驚醒過來，連滾帶爬地去了。

歐陽可見情況不如預想的那樣，惡狠狠地一把抓住梨香，「究竟怎麼了，怎麼會變成這樣？」

「大小姐，大小姐她……」梨香早已嚇得跪在地上，縮成一團。

歐陽可的唇邊勾起一絲冷笑，心道，這一回歐陽暖完了……

誰知梨香卻接著道：「方才王嬤嬤突然發瘋，竟將小少爺悶死，還要殺大小姐……」

「妳胡說！」歐陽可一下子愣住，用力扭住她的衣服，像是要吃人一樣的眼光，「妳胡說八道，好端端的人，怎麼會突然發瘋？」

林氏沒想到梨香竟然臨陣倒戈，她再不猶豫，放下歐陽浩快步衝過去，用力搖晃王嬤嬤的肩膀，「王嬤嬤，究竟怎麼回事？妳快說清楚！」

王嬤嬤卻仍是兩眼發直，眼睛赤紅，傻傻張著嘴，一句話也說不出來。

那邊紅玉已經用力將歐陽暖扶起來，她人還是清醒的，伸出手，捂住心口的傷處，聲音雖然微弱，卻一個字一個字地道：「她……她突然發狂……殺了弟弟……還要殺了我……」

一時之間，所有人的目光都向林氏望去，林氏面色一變，突然大聲道：「暖兒，妳不要胡言亂語，王嬤嬤怎麼可能殺妳？」

「我……」歐陽暖才想開口，眼前卻忽然一陣發黑，險些栽倒於地，幸而紅玉在旁，眼疾手快地將她扶住。

剛才李姨娘見情況不對，早已悄悄飛奔去請來了歐陽治，就在眾人面露驚異之時，歐陽治大步入內，掃視一眼屋子裡的情形，見到歐陽暖渾身是血的時候幾乎驚呆，立刻衝過去扶住她，這才怒聲問道：「這是怎麼回事？」

林氏一句話也說不出來，因為能作證的只有兩個人，梨香明顯早已背叛，王嬤嬤卻已經是無法開口說話，她心中也是驚懼至極。

梨香急叫道：「老爺，王嬤嬤突然發狂，竟殺了小少爺！大小姐去阻攔，她居然拔下簪子要殺大小姐啊！」

「爹爹，莫要聽她胡言亂語！她是姊姊的丫鬟，一時瘋癲了才亂說話！」歐陽可秀麗的臉幾乎猙獰。

「不，老爺，奴婢曾在夫人身邊做丫鬟，奴婢絕不會亂說話的！」梨香口中卻說出石破天驚的話語來：「夫人命奴婢將大小姐每日的言行舉止全數上報於她，不可有任何疏漏！奴婢雖未讀聖賢書，卻也懂知恩圖報！大小姐對奴婢那樣親厚，奴婢絕不能眼看她無辜受累。此事確是王嬤嬤突然發狂胡亂殺人，老爺要幫大小姐做主啊！」

一屋子的人都驚呆了，林氏白玉般的面容刷的地蒙了寒霜，冷厲地道：「妳、妳血口噴人！老爺，王嬤嬤跟隨我多年，她……」

「爹爹……」眼前傳來陣陣暈眩，歐陽暖的思緒卻從未如此清醒過，她腳下虛浮，順勢便倒在歐陽治懷裡，「爹爹，救救我，有人要殺我……」

「暖兒！」歐陽治眉頭深鎖，一抬眼，見所有的客人神色各異地站著，他心裡一抖，立刻做出了決定，厲聲說道：「來人，將王嬤嬤這惡奴綁起，誰再求情，一併處置！」

「歐陽老爺，大小姐的傷勢絕不能耽誤了……」廖夫人提醒道，眾人這才發現歐陽暖的面色越發蒼白了。

歐陽暖只覺胸口巨痛，眼前天旋地轉，幾乎站立不穩，耳邊傳來眾人焦灼的呼喚聲，視線朦朧中，她望見周圍的夫人小姐們皆面露急切，歐陽治更是鐵青著臉，對於這一切，她心中藏了深深的厭倦，很快沉入無邊的黑暗中……

水，無邊無際的水湧來，漫過了頭頂，奪去了呼吸，天地間俱是血紅一片……

歐陽暖極力掙扎，神智漸漸清明，卻怎麼也睜不開眼，彷彿置身冰冷刺骨的江水之中，全身寒冷若冰，稍稍一動，胸口便傳來撕心裂肺的劇痛。

混沌中幾次醒來，又無力掙扎，終究失去意識。

床幔低垂，燭火搖曳，屋子裡隱隱瀰漫著一股濃重的藥味。

歐陽暖深深吸一口氣，那一場陰謀已經安然度過，此刻她躺在床上，那些人再無理由傷害她。

王嬤嬤驚叫起來的那一刻，自己一個眼色，一旁的梨香反應迅速地用花瓶猛烈地砸向她的頭，自己則在眾人衝進來之前鎖上了門。這全怪王嬤嬤太過自信，竟將自己的後背留給了梨香。後來王嬤嬤不能說話是因為硬被塞下了整個銅盒的藥，而那根簪子……歐陽暖驀然一顫，想起那根青木簪子，唇畔浮起一絲冷笑。為了取信於人，她不惜拔下王嬤嬤的簪子刺傷了自己。誰會懷疑一個倒在血泊裡的柔弱小姐呢？誰會相信有人對自己也能狠得下心腸？

那一刻，歐陽暖別無選擇，原先她並不知道歐陽浩已經死了，只有在王嬤嬤大聲驚叫的那一刻才恍然大悟，林氏要將歐陽浩的死栽贓在自己身上。一旦所有人相信了這樣的說辭，她和爵兒即將墮向死亡之淵，只有絕境逢生，反戈一擊，才能橫空斬斷林氏的陰謀。

垂幔外隱約有人影晃動，李氏熟悉的聲音低低傳來：「暖兒可曾醒來？」

「回稟老太太，大小姐還未清醒。」方嬤嬤哽咽著聲音回答道。

「已經一天了……」一旁歐陽治的聲音憂切，「莫非傷及了心脈？」

「老爺勿憂，大夫說沒有傷到心肺，只是大小姐身子柔弱，不能用藥過急，否則反受其害。」方嬤嬤這樣說道。

外面良久無聲，只有濃郁的藥味瀰瀰漫，歐陽暖勉力抬手，想要掀開簾子，卻沒有力氣。

只聽李氏沉沉一聲嘆息，「這個惡奴著實膽大妄為，你那夫人也實在是不像話，眾目睽睽，大家都說王嬤嬤殺了浩兒又傷了暖兒，到了這個地步，她還一味護著那老刁奴……」片刻僵持沉寂，歐陽治冷哼道：「著實太過可惡！」也不知道說得是行兇的王嬤嬤，還是一味袒護王嬤嬤的林氏。

歐陽暖剛要開口，才發覺力氣微弱，聲音連自己都聽不分明，更加牽動胸口傷處，一時痛得說不出話，外面的人都沒有發覺。

就在此時，外面的丫鬟進來回稟道：「不好了！老爺，老太君和侯府大夫人衝進來了……攔都攔不住……」

「什麼！」歐陽治和李氏對視一眼，同時面色大變。歐陽暖受傷的消息他們是沒有通知老太君的，然而那麼多夫人、小姐都看到了，誰又不知道呢？只是他們沒想到老太君這麼快就來了！

李氏一愣，立刻整理衣服，快速走了出去，不多時，滿臉堆笑地陪著寧老太君和鎮國侯夫人婆媳倆進了屋。歐陽治看到寧老太君身邊的歐陽爵，狠狠瞪了他一眼，歐陽爵卻垂下眼睛，彷若沒有察覺到。

寧老太君不顧歐陽治向自己行禮，冷哼一聲從他身邊走過，親自掀開簾子，看到歐陽暖臉色蒼白地躺著，蔥白的裡衣中包紮的傷口印出點點鮮血，觸目驚心。她頓時心中一陣揪痛，這就是自己的心肝外孫女，含著怕化捧著怕摔的寶貝，她猛地回頭，厲聲喝道：「妳們這是怎麼照顧的，都是瞎子聾子嗎？小姐傷成這樣竟然都不通知我，是打量著鎮國侯府都死絕了嗎？」這話是衝著下人們說的，然而歐陽治臉色卻刷的一下白了。

方嬤嬤眼睛早就濕了，只是拚命忍著，撲通一聲跪倒在地，泣不成聲道：「老太君，是老奴無能，沒有護住大小姐，實在無顏面對您！」

寧老太君的眼睛裡也含著眼淚，哀聲罵道：「我將親生女兒交給你照顧，你將她照顧得送上了黃泉路！我的外孫女你總該撫養好，可是你呢？害得她小小年紀要吃這樣的苦頭，你當真是辜負了我的一片心啊！真是個沒良心的，挨千刀啊！」

紅玉等丫鬟對視一眼，也同時跪下，一下子除了歐陽治和李氏，跪了大半屋子。

李氏一看情況不好，生怕她說出什麼來，忙道：「方嬤嬤，妳是暖兒身邊的老人了，做事最曉得輕重，千萬不要胡言亂語！」

方嬤嬤冷冷地看了她一眼，滿臉都是豁出去的神色，「老太太說的對，老奴一手把大小姐帶大，從來見不得她受一絲絲委屈！這些年來，大小姐沒有親娘，還要護著大少爺，受的委屈實在太多！她寬和仁慈，性情溫順，將這些全都忍耐下去，從始至終不敢跟別人講，硬是強顏歡笑，不許我們任何人透出口風，委屈求全，只怕辜負老太君，害您擔憂傷心！那些小人一而再再而三地謀害，她都小心避過，一力忍讓，可是這些人壓根兒是想要大小姐的命啊！大夫說這一次大小姐的傷口再深半分就回天乏力了，老太君，您差點就見不著大小姐了，您要給她做主啊！」說完伏地放聲大哭。

寧老太君勃然大怒，衝上來要抓住歐陽治的袖子，「這是怎麼回事？你說個清楚！你若解釋不清，咱們去聖上跟前辯個分明！怎麼你歐陽府害了我女兒還不夠，還要害我的外孫女，你們這是吃人的地方嗎？」

歐陽治嚇得躲到李氏身後，臉色都發白。

「老太君，您息怒！」沈氏跟著拭淚，口中苦苦勸著，歐陽爵也上去攙扶著老太君，生怕她太過激動而昏厥過去。看到姊姊受傷，歐陽爵明明心中痛極，卻只能強忍痛苦，一言不發，他知道歐陽治狠毒自私，這才去請來了寧老太君。

眾人驚懼地看看寧老太君，然而她卻並不解氣，又憤恨地瞪著李氏，侯門太君的高貴和教養，早就被憤怒沖到腦後去了，她激動地厲聲道：「到底誰將我外孫女傷成這樣？」

事發突然，李氏和歐陽治事先並不知道鎮國侯府會突然殺過來，此時被弄了個措手不及，不由暗暗叫苦，李氏卻也只得強作笑顏，討好道：「老太君您別急，有話好好說！」

寧老太君吃人般的目光狠狠瞪過去，嚇得李氏一愣，前所未有的心虛忐忑。事情已經到了這個地步，想要完全遮掩敷衍過去是不可能的……該怎麼辦呢？李氏的心裡一個勁地打鼓。

李氏意識到，王嬤嬤是林氏身邊的心腹，說她無意傷人，誰會相信呢？這個時候，丫鬟、嬤嬤們的說辭就至關重要了。她狠戾地掃了方嬤嬤、紅玉等人一眼，意思是讓她們不要亂說話，然後陪笑道：「老太君，這一切都是王嬤嬤那個惡奴……」

寧老太君話還沒聽完，已經是怒容滿面，「那個惡奴呢？她既然是個奴才，背後總要有人指使，指使她的又是什麼人？」

歐陽爵冷聲道：「外祖母，是娘讓姊姊去她屋裡取東西，結果王嬤嬤趁機要殺害姊姊！」

眾人的臉色都因為這一句話變得僵硬，這意思分明是說，王嬤嬤是受林氏的指使要殺了歐陽暖。歐陽治心中惱了，心道：你這個小子不幫著我們遮掩，還要亂說話！便趕緊解釋道：「老太君，爵兒是年紀小不懂事，您千萬不要相信，事情全是王嬤嬤一人所為！您想想看，婉如畢竟是浩兒的母親，就算她要傷害暖兒，何必連浩兒的性命也耽誤了呢？」

在普通人的認知裡，歐陽浩畢竟是林氏的親生兒子，如果是她指使王嬤嬤殺害歐陽暖，為什麼要拉著自己的兒子墊背呢？所以大家都覺得，是王嬤嬤被天煞孤星的煞氣剋了，一時之間陷入瘋癲，不但殺了小少爺還要殺大小姐……雖然歐陽治知道這解釋很牽強，但大家都是親眼目睹王嬤嬤形若瘋癲，大小姐倒在血泊裡……

寧老太君冷哼一聲道：「這你就要去問你的好媳婦！那惡奴呢，現在如何處置的？」

歐陽治一愣，臉上帶了三分陰鬱，「婉如一直護著，我……」

「你——」寧老太君一時怒極攻心，幾乎昏厥過去。沈氏見狀，忙上前拉住她的手，柔聲道：「老太君，您別急，慢慢說！您年紀大了，實在不該如此動怒……」說著，和歐陽爵一起扶著寧老太君到一旁的貴妃榻上坐下歇息，梨香忙捧上一杯熱茶。

沈氏見寧老太君喝了茶，面色才好些了，看了一眼面色難看的歐陽治和李氏，柔聲道：「兩位，今日咱們都是自家人，不妨敞開來說。若是被外人知曉堂堂一位吏部侍郎的千金被一個惡奴所傷，你們卻無法懲治，豈不是要笑掉了大牙？為今之計，唯有請貴府嚴懲惡奴，才能平息這場風波，老太太，您說是不是這個道理？」

李氏乾笑道：「大夫人說得有道理，就是這麼個道理。」接著賭咒發誓般的道：「我們一定會嚴懲這老刁奴！」

寧老太君心裡頭的怒火一波一波，根本無法平靜，如今看到歐陽家的人，當真覺得十分厭憎，實在不願意再和他們多說半句。

李氏又討好地道：「老太君，這不過是一個意外而已，暖兒聽話懂事，聰敏乖巧，她不僅是您的外孫女，也是我的親孫女，您心疼，我就不心疼嗎？我答應您，一定替暖兒出氣！就是暖兒今日受的委屈，今後我都會給她補回來！我若是做不到，您再來找我算帳！」

寧老太君面色陰冷地盯著李氏，盯得她心裡直打突。

沈氏忙笑道：「老太君，您看老夫人都把話說到了這地步，您先消消氣，咱們慢慢商量！」

「慢慢商量？有什麼好商量的？」老太君瞪圓了眼睛，惡狠狠地道：「方嬤嬤，替小姐收拾東西，快！」

李氏一聽，暗道壞了，只故作糊塗，「哎呀，老太君，這是要做什麼？」

寧老太君冷聲道：「帶暖兒回鎮國侯府養傷！」

歐陽爵猶豫半晌，方低聲道：「老太君，這多有不妥，是不是和大舅舅商量了再做決定？」

寧老太君怒道：「怕什麼？暖兒是我的外孫女，我讓她去養傷算得了什麼？」又冷眼瞟著旁邊的沈氏，「這點主，我還是做得的。」

沈氏一愣，知道這是寧老太君在考驗自己，趕緊勸說道：「爵兒，你不必擔心，讓暖兒和我們回去休養一段時間也好。」

李氏露出吃驚的神色，「老太君，暖兒還傷著，怎麼能隨便移動？」

然而沒有人理她，方嬤嬤等人已經站起來收拾東西，沈氏也吩咐旁邊的人，輕手輕腳地將歐陽暖扶起來，當真是要離開的樣子，歐陽治不由急了，「老太君，暖兒畢竟是我的女兒，是姓歐陽的，您這是做什麼？」

寧老太君沉著臉道：「做什麼？我這把老骨頭還活著，斷然沒有眼睜睜看著我外孫女受苦受罪卻不管不顧的道理，我這便將人領走了。明天一早，你要將那惡奴的屍體送到我府上謝罪，那背後的人你也想想怎麼處置，否則便是鬧上金鑾殿，我也不會與你善罷甘休！」

李氏心裡頭「咯噔」一下，忙上前攔住歐陽治，笑道：「當然！當然！」

李氏和歐陽治將人送到門口，看到竟然是林之染親自護送馬車，吃了一驚。事已至此，他們再無力阻攔，只能眼睜睜看著鎮國侯府的馬車絕塵而去，歐陽治茫然地回頭望著李氏，「母親，這怎麼辦？」

怎麼辦？李氏把臉一沉，「馬上將那惡奴杖斃，連夜送去給鎮國侯府！」

「可是，婉如……」

「哼，都是這賤人鬧的！她自身都難保，還想保別人！」

「是，我立刻吩咐人去辦！」歐陽治冷汗直流，抬眼看見自己的長子歐陽爵一雙幽冷的眼睛盯著自己看，那眼神彷彿要自己刺穿一般仇恨，當下惱怒道：「你這個逆子，是你把人找來的吧？」

李氏一聽他咒罵歐陽爵，頓時急了，恨恨地道：「你管好那個賤人就行，不許罵我的孫子！」

此刻，歐陽爵卻轉過頭，看著鎮國侯府的馬車離開的方向，眼睛裡不知不覺噙滿了淚水……

吏部侍郎喜得貴子，然而這小少爺卻在滿月當天被惡僕活活悶死，不僅如此，歐陽家大小姐更是為了保護幼弟而被惡僕刺傷，性命危在旦夕，鎮國侯府老太君震怒，將歐陽暖帶回鎮國侯府養傷……這則消息在一夜之間傳遍了京都，一時眾說紛紜，有說這位小少爺是天煞孤星，因為他才引得僕從發瘋；有說小少爺命太硬，才會連累了才名出眾的長姊；有說歐陽家繼母無德，縱容惡僕行兇，意圖謀害長女……此事連大公主都驚動了，不但派去了一位御醫，更送去了數不清的珍稀藥材……

一匹色赤如炭火的胭脂馬從長街疾馳而過，停在鎮國侯府門前。

下人們見大少爺下了馬，紛紛低頭行禮。

林之染一路進了墨玉堂，丫鬟容寧知道他要換衣裳，忙將簇新的素色絲袍取了出來。林之染神色淡淡，替換了外面的袍子，又在銅盆中將手洗淨，接過絲巾慢慢地拭著。

「表小姐怎麼樣了？」

大少爺早晚都要問一次，容寧早已習慣了，便答道：「表小姐漸漸痊癒，今早還起來撫琴了，晌午時候二小姐去探望，留在那裡一起用膳。」

容寧說的二小姐，是林之染的親妹妹林元馨，他聞言微微皺眉，輕「嗯」一聲。

容寧覺得他今日似有些不悅，便輕聲道：「大少爺，飯菜備下了，您現在用嗎？」

林之染的手微微停頓，半晌方道：「撤了吧。」

容寧跟隨林之染多年，知道他的性子，便立刻讓下人們將飯菜撤去。在這時候，林之染卻已經慢慢走出去了。

偌大的鎮國侯府，此刻卻是寂靜無聲，因為表小姐重傷，惹得寧老太君脾氣暴躁，主子們在她跟前都不敢隨便開口，下人們自是謹小慎微，生怕大聲說話闖了禍，連廊下餵著的畫眉也停了聒噪，悄無聲息。

看到林之染，丫鬟、嬤嬤們一路行禮。林之染淡淡地看了她們一眼，沿長廊慢慢走著，不知不覺便到了夢雨樓門口。

夢雨一名，是當年林婉清親自題寫，所以這夢雨樓也是她出閣前住的地方。她出嫁後，寧老太君時時命人打掃，從不曾有一天荒廢，只想著女兒回府時小住，如今這座小樓空寂了多年，卻迎來了歐陽暖。

紅玉看見林之染，匆忙要通報，他卻笑著抬手阻止，自己一路慢慢走上臺階，靠近了小花廳。隔著老遠就聽見林元馨的笑聲，「老太君對妳真好，妳看看這價值連城的玉如意、珊瑚瑪瑙屏風、水晶寶石珠簾、嵌珠鑲寶的孔雀寶扇，都是妳來以後她從庫房裡特意取出來送給妳的，我看了都嫉妒呢！」她口中說著嫉妒，臉上眼裡卻全然都是真心的高興。

歐陽暖微微一笑，「自然要多謝外祖母的體恤。」

林元馨接著道：「那也是妳命大，妳沒看到上次老太君將妳帶回來的時候，臉色白得和紙一樣，大夫都說差點救不活了，可是看看妳現在，不但能跑能跳，連臉色都紅潤多了。」

歐陽暖笑起來，「什麼能跑能跳？馨表姊說這話，就像我是個瘋丫頭！」

林元馨美眸晶亮地笑道：「我就覺得妳比以前都還要活潑些，以前見人總是一臉笑，現在倒還知道使小性子，這才像妳這個年紀的小丫頭會做的事！」

歐陽暖的笑容更深，「那是因為知道外祖母和大舅舅、大舅母疼愛我，所以我才這樣肆無忌憚啊！表姊吃醋了嗎？好，明日我告訴大舅母，讓她別忘了多疼妳一點，免得妳嫁出去之後，抱怨娘家沒人疼！」

林元馨臉一紅，一下子跳起來，「好啊，妳居然打趣我！」說著衝上去要撓歐陽暖。歐陽暖眼睛亮晶晶的，想要躲避她卻躲不開，兩人鬧在一起，一時之間滿屋子都是笑聲。旁邊的梨香趕緊道：「大小姐，千萬別鬧了，萬一傷口裂開怎麼辦？」

話一說完，林元馨咳嗽一聲，正色道：「妳這個小丫頭越發無法無天了，我才不和妳鬧！」說著環視周圍，奇道：「剛才進來的時候就覺得妳這樓裡頭冷清了不少，怎麼就只留下了妳原先的丫鬟，難不成是嫌棄我家丫鬟笨手笨腳不好用嗎？」

歐陽暖微微一笑，「外祖母撥過來四個，大舅母撥過來兩個，連妳都非要塞一個給我，這裡真的用不著這麼多人，除了外祖母的那四個丫鬟我留下了兩人，其他的丫鬟都被我打發走了。」

林元馨驚訝得很，「為什麼呀？」話一開口，突然意識過來，臉色一沉，道：「是不是有人藉著這樣的機會往妳這裡塞人？是不是二舅母她們？」

屋子裡一時之間悄然無聲，窗外的林之染聽到這裡，不由自主皺起眉頭。

「妳不說我也知道，他們心裡打著壞主意呢！在祖母那裡安不了人，就開始動妳的念頭！這樣也對，如果把她的人留在妳身邊，遲早是個禍患，不如一起打發掉！」

歐陽暖凝聲說：「姊姊說的是，與其收留一些不信任的丫鬟，不如用真正忠心的人。」

林元馨看著她，點點頭道：「我們侯府人多口雜，那些有異心的奴婢的確要嚴加防範，若是被其他的人收買了，利用來對付咱們，可就不妙了！暖兒，還是妳細心！」說著又微微嘆息了一聲：「妳的病還沒好，就不要太過憂慮了，其他事情交給我吧，即便我不行，還有大哥呢！」

歐陽暖的聲音很輕很曼妙，卻帶著一種動人心弦的奇異力量，「表姊，我並非不信任你們，只是早已習慣了。」

林元馨一愣，咬牙切齒地道：「那人將妳逼成這樣，真該將她千刀萬剮！」

歐陽暖淡淡地說：「爹爹不是第二日就將王嬤嬤的屍首送來侯府了嗎？」

林元馨十分惱怒，「還有個罪魁禍首呢！關起來就算完了嗎？」

歐陽暖聞言，微微一笑說：「侯府之中，大舅母敦厚謹慎，表哥聰明睿智，唯有表姊妳天真率性，這當然是很好，只是將來妳是要嫁入太子府的，該忍的時候還是要忍著，千萬不可像現在這樣隨心所欲，須知道隔牆有耳，萬一被有心人聽去，反而招惹禍患。」

林元馨吐了吐舌頭，外人面前的端莊溫柔全化作了天真爛漫，「又是我娘讓妳勸我的吧？妳真是的，小小年紀，小心愁白了頭髮！」

歐陽暖含笑道：「若是我娘還在，她說什麼我都會聽的。」

林元馨知道自己又觸痛了她的心事，想要安慰什麼，可歐陽暖臉上並無傷心的神色，這句話彷彿不過一句戲言，倒讓她無從安慰起。

這時候，紅玉端了茶進來，看著林之染還站在窗外，便有些躊躇不知該不該提醒裡面的兩位小姐。林之染淡淡一笑，自己推門進去，道：「馨兒，妳又跑過來打擾表妹休養！」

花廳裡，歐陽暖半倚在貴妃榻的軟氈靠座上，質地輕柔的羅裙長長地曳地自貴妃榻流於地下，似流霞般美麗。她容色雖然有些清瘦，卻越發顯得明眸皓齒，清麗可人。

歐陽暖正捧著一只蓮瓣青瓷小碗小口小口地喝著黑乎乎的藥汁，抬起眼睛看到林之染，臉上並沒有露出驚訝的神色，他和老太君、大舅母一樣，幾乎是每日必來，或是看著她吃藥，或是陪著她用膳，只不過他從不多待，只片刻功夫就走。

林元馨看見林之染，露出喜悅的神情，「大哥回來了。」

林之染點點頭，在較遠的地方坐下，只笑著望向歐陽暖道：「表妹今日可好些了？」

「好很多了。」歐陽暖也回給他一個淡淡的笑容。

林元馨微微一哂，像是告狀一樣地說道：「大哥，你來了就好了，暖兒是天底下最不配合的病人！你不知道，下午用完膳，她就非要起來練字，我生怕她又像上次那樣練得忘了時辰，這才一直待到現在看著她呢！」

歐陽暖人在病中，習字練琴一日不落，便是那時候躺在床上還起不來，手裡也都是抓著一本書的，這樣的勤勉刻苦，便是林元馨都嘖嘖稱奇，在她看來，女孩子的琴棋書畫都只是錦上添花，根本不必這樣認真，但是歐陽暖於其他事情上都很隨和，唯有這些卻是誰勸也不聽。

見林之染看向自己的目光似有責怪，歐陽暖盈盈淺笑道：「我是真的病好了，全是老太君說我體弱，非要臥床休養，可都兩個月了，還讓我整日躺在床上，真的是煩悶，自然要找些事情來做，表姊實在是太緊張了。」

「哦，讓我看看妳的字！」林之染起了三分興致，站起身來走到旁邊的桌子前。一張長長的桌面攤著十幾張上等的宣紙，紙上墨跡淋漓，盡是歐陽暖的筆跡。林之染一張張拿起來看，看一張讚一聲，最後說：「難怪人人都說暖兒擅長書法，盡得祖父的真傳，今日一見，果真如此！」

「那些不過是別人的溢美之詞，表哥怎麼能隨意相信呢？暖兒實在不敢當！」

林之染卻笑了，轉頭對林元馨道：「傳聞皇長孫的書法也是當世一流，妳若是有暖兒這樣的書法，將來舉案齊眉，夫妻恩愛倒也不難了。」

林元馨臉一紅，嗔怪道：「大哥，你也和暖兒學壞了，居然拿我打趣！」

歐陽暖和林之染對視一眼，臉上都露出微笑。

林元馨看周圍並無外人，倒也沒有什麼女兒羞怯，反而脫口問道：「大哥，皇長孫是個什麼樣的人呢？」

林之染哈哈大笑起來，林元馨頓時覺得自己失言，臉一下子變得通紅，歐陽暖搖搖頭，道：「等妳嫁過去不就知道了嗎？」

林元馨低低地嘆了一口氣，她素來天真爛漫，溫柔開朗，整日裡笑呵呵的，這樣突然嘆了一口氣，倒引得歐陽暖奇怪地看向她。林元馨賭氣道：「管他什麼皇孫世子的，若是可以，我情願一輩子不嫁，也不願意和別人同時進門！」

歐陽暖見她神色落寞，不由心中明悟，林元馨是侯門嫡女，一直受到父母疼惜、兄長愛護，被賜嫁皇長孫為側妃已經很委屈，偏偏皇帝又同時許了定遠公周家的小姐為正妃，林元馨大婚之日要與人一同進門，難怪要傷心了。

林之染怕她難過，忙開解道：「傻丫頭，嫁給皇長孫是多少名門千金求也求不來的，妳卻要這樣傷心，傳出去豈不是笑掉別人的大牙？」

林元馨卻不以為然道：「誰願意和人一同進門？而且她還是正妃，我的花轎都要落在後面！」

林之染愣住，在男人的想法裡，權力和利益才是最重要的，花轎先進門後進門又有什麼要緊？太子身體羸弱，將來整個天下都是皇長孫的，正妃或是側妃只是一時，將來到底誰占後位還兩說！在他看來，妹妹的話很傻而且很單純，根本不在考慮的範圍內。

歐陽暖長長的睫毛一撲扇，若有所思地道：「雖是側妃，可表姊一旦嫁過去，我們看到妳都要行禮了。」

林元馨一愣，道：「真的嗎？我可以讓林元柔也向我行禮？」說著竟然換了一副欣喜的語氣道：「那好，我希望那一天早點到！」

鎮國侯府的大房與二房關係惡劣，連孩子之間也都是明爭暗鬥，林元柔比林元馨長幾個月，便以鎮國侯府大小姐自稱，處處壓著林元馨一頭，讓她吃了很多虧，受了不少氣。林元馨在外面還要作出一副姊妹親善的樣子，心裡早已恨不得一巴掌將對方搧得遠遠的，聽到從今往後林元柔都得向自己行禮，頓時有幾分高興起來。

歐陽暖道：「是呀，還是行大禮。」

林元馨臉上的笑容終於帶了一分滿意，「這還差不多，也算是嫁給皇長孫的福利了。」

林之染還在看歐陽暖的書法，這時候聽見這話，不由自主回過頭來道：「一個未出閣的小姐居然說得出這種話，回頭告訴娘，看她怎麼收拾妳！」

林元馨氣惱地一跺腳，道：「都是你們倆，故意引了我說，又拿我當笑話，我不理你們了！」說著快速站起來，飛快地走出去了。

歐陽暖含笑端起茶盞，用碗蓋撥開水面上飄浮的茶葉，剛喝了兩口，不想林元馨又探了半個頭進來，似乎想說什麼，卻顧慮林之染在場，遲疑了半天，才很小聲地說：「暖兒，明日我來找妳，有很重要的話跟妳說！」

林之染和歐陽暖都詫異地看著她，林元馨不由臉上更紅，一撒手又跑了。

「表哥用過膳了嗎？」歐陽暖突然看向林之染。

林之染一愣，如實道：「還沒有。」說完笑了，「表妹這是留我用晚膳嗎？」

歐陽暖微笑道：「我命人將這幾日園中的薔薇花瓣收集來，蒸了薔薇糕，表哥要不要試試？」旁邊的菖蒲趕緊打開吐籽石榴式食盒，林之染只覺食盒裡傳來絲絲幽香，沁人心脾，不由自主地點點頭，一旁的紅玉連忙遞過筷子，他卻伸手拈起薔薇糕，送入口中。

「可惜我們府裡從來沒有自己動手做這些的人。」林之染吃了一整塊，只覺得香氣陣陣繚繞在舌尖，十分美味，不由自主嘆了口氣。

「表哥說笑了，府裡的廚子可是手藝極為出眾的。」歐陽暖微笑，不以為意。

林之染接過紅玉遞上的清茶，淡淡地道：「不僅僅是味道，還有心情。」

歐陽暖微微一愣，隨即笑道：「表哥若是喜歡吃，我走之前，教會你府中的廚子便是，保證味道一模一樣。」

林之染手中的茶杯一頓，半晌方道：「走？」

歐陽暖點頭，「我在這裡休養了兩個月，總是要回歐陽家的，總不能在鎮國侯府住一輩子。」

「不能？」林之染抬頭望向她，眼神多了幾分凌厲，「有人怠慢妳？」

歐陽暖平靜地望著他，「沒有，所有人都對我很好，是我自己覺得太過打擾。」

林之染默默聽著，心中如釋重負，卻又有些空蕩蕩的感覺。

見他良久不說話，歐陽暖也略微奇怪地看著他。

燭影搖曳中，她秀美圓潤的側面，清麗而溫柔，林之染望著她，忽然有種如墜夢中的感覺，竟然遲遲一言不發，過了片刻，他站起來，臉上卻已經是一片冷淡，「妳要走的話，也要老太君同意。」

歐陽暖心道，爵兒還在歐陽家，她實在放心不下，只是寧老太君卻生怕她再出紕漏，堅決不肯放人，她老人家要是同意，還告訴林之染什麼，不就是為了想讓他幫著說一說情的嗎？

林之染頭也不回地走了，丟下歐陽暖和幾個丫鬟面面相覷。

林之染走出小花廳，才從袖中取出一頁紙箋，看了上面的字跡一眼，心中不知怎麼，竟覺得自己有幾分可笑，他捏緊了紙箋，快步走了出去。

# 肆之章◆街遊驚遇姻緣錯

第二日，日頭晴暖，歐陽暖斜倚在榻上看書打發時間，她身上蓋著一襲淺綠色華絲葛薄被，陽光穿過窗戶照在臉上，倒也覺得暖和舒適。看了一會兒書，她半瞇著眼睛就在貴妃榻上睡了，一覺睡得香甜，不知過了多久，隱約聽得外面有人說話的聲音，像是紅玉在說什麼。若是長輩們來了，紅玉自然會通報，歐陽暖心中想到，忽然聽見有輕微的腳步聲靠近，她微微睜開雙眸，見一個男子的身影突然站在她身前，默默看著她。

鎮國侯府的內院怎麼會突然闖進男子？歐陽暖一驚，手中書本掉落在地上，她迅速從榻上坐起來，揚聲道：「何人無禮？」

來人一陣大笑，揮舞著扇子，一副風流模樣，「暖兒，怎麼連我都不認不得了嗎？」

歐陽暖一愣，仔細看了看眼前錦衣玉帶的年輕人，只覺得他眉彎目秀，顧盼神飛，五官卻是無比的熟悉，頓時心裡一鬆，笑了起來，「馨表姊，妳這樣一裝扮，連表哥都要被妳比下去了呢！」

林元馨忍不住笑了，「來，快起來，收拾一下咱們就出去！」

「去哪裡？」歐陽暖瞧她一身男裝，不由變了臉色，「妳要易裝出府！」

「是！」林元馨不給她再反應的機會，飛快地將一套男裝丟下來，「這是比照著妳的尺寸做的，快穿上！」

歐陽暖看了一眼，啼笑皆非，「妳要我穿著這套男裝和妳一起出去？」

「是啊！快一點，這男裝是我費盡了心思才做好的呢！」

歐陽暖：「……」

林元馨固執地看著她，半步也不肯退讓。

沉吟片刻，她定定地看向林元馨，「果真要去？」

「當然要去！」林元馨瞪著她，「如果妳不去，我就自己去！大門不讓出，我就翻牆！」

「馨表姊，大舅母拘著妳不讓出門，是因為妳很快就要出嫁了，妳也該體會她的苦心，不要胡鬧才是。」歐陽暖說道。

往日裡溫順的林元馨卻變了臉色，沮喪地在榻上坐了下來，「暖兒，妳根本就不懂我的心思，太子府是什麼樣的地方，我一旦進去了，以後還能隨便出來嗎？不要說出去散心，就算是想要見到妳們都要皇長孫點頭，就算他同意了，還有無數的規矩和禮儀在那裡擺著，我心裡真的好難受！現在我只是想要在出嫁前出去看一看，不會給你們惹禍的！」

看著她沉寂的眼神，聽著那落寞的話語，歐陽暖心中一頓，實在有些不忍，思忖片刻，卻笑了，「馨表姊，我明白妳的心思，只是妳以為侯府是什麼地方，穿成這樣怎麼可能從大門走出去？」說著，再次打量了她一番，笑道：「更何況，妳看妳，面如春花，眼似秋水，這樣隨隨便便走出門，也不怕那些想嫁女兒的人家搶了妳去做新郎！」

林元馨臉一紅，面上頓時有幾分疑慮，「那……妳說怎麼辦？」

歐陽暖笑著望向她，「這件事，妳不妨去求求大表哥，只要他點頭，事情也就成了。」

「他？他一定會和娘一樣不答應！」林元馨剛燃起的希望，一下子又破滅了。

歐陽暖心知如果今天不讓林元馨出去，只怕她以後會想方設法偷偷溜出去，便笑著道：「大表哥那裡由我去說服，只是我想，妳這一身公子的衣裳，恐怕要暫時換下來。」說完，頑皮地對著林元馨眨了眨眼睛，看得她越發糊塗起來，不知道歐陽暖在想什麼主意。

出乎林元馨意料之外的，林之染竟然答應了，只不過要求她將一身華貴的公子服換了小廝的衣裳，夾在人群中混了出去。

出了鎮國侯府，林元馨幾乎要歡呼出聲，扯著歐陽暖喜笑顏開道：「暖兒，謝謝妳，真沒想到我大哥這麼聽妳的話！」

這話說得很有歧義，好在歐陽暖沒有在意，走在後面的林之染臉色卻變了，沉了臉喝斥道：「妳的年紀比暖兒大，說話卻這樣口沒遮攔，哪裡像個公侯小姐？」

林元馨吐了吐舌頭，一派天真爛漫之色，道：「我現在可不是什麼公侯小姐，我是……」往身上看了看，「我是微服出遊的豪門公子！」女孩兒家愛美，她一出了門，便找地方換下了身上青灰色的小廝服，改了華衣，還逼著歐陽暖也一併換了她早準備好的衣服。

林之染嘆了口氣，歐陽暖卻笑道：「既然出來玩，你就不要太拘束表姊了。」

林之染將她面上的清雅笑容看得清楚，一時便有些走神，等回過神來，一雙深邃的丹鳳眼帶了一絲冷意，「她身分如今非同一般，若是讓娘知道她這樣跑出來，真的要氣死不可！我也不知道為什麼要答應妳們，真是胡來！」

歐陽暖看著周圍人群中十數名便裝的侍衛，笑道：「在你的眼睛底下，表姊不會闖出禍來，但若是你不答應，她偷偷跑出來，後果不堪設想，你也知道的，不是嗎？」

「那妳呢？身體還沒好，也陪著她胡鬧！」林之染脫口道。

歐陽暖一愣，隨即笑道：「我已經好了，只是你們不放心。」

正在這裡說著，他們卻不知道自己已經引起了大街上一陣騷動。林之染容貌俊美，長身玉立，身穿華服，自然走到哪裡都引人注目。林元馨和歐陽暖雖然也同樣身著男裝，但林元馨身量嬌小，身材苗條，臉上柔美氣較重，很容易就被人看出來是女扮男裝。倒是歐陽暖雖然年紀更小一些，卻偏偏身量高瘦，形容風流，像是個弱冠少年，眾人望向她時，卻覺得「他」的容顏光彩照人，頗有幾分雌雄莫辨的味道，竟引來最多人的矚目。

林之染不敢帶她們去別的地方，生怕惹出什麼禍患，只能選了一處較為清靜的戲園子。此刻戲園子裡正是笛聲悠揚，粉墨登場，一派春花秋月的旎旖風光，林元馨雖然失望，卻也很清楚自己一個名門閨秀，很多地方都是不能去的，索性去了顧慮，笑嘻嘻地跟著林之染進去。

明月樓雖然是戲院，卻不是普通的地方，非京都顯貴、豪門貴族不能入內，門口的小廝一見林之染三位都是裘服翩翩，繡衣楚楚，立刻笑盈盈地將他們迎了進去。

林之染隨意挑了一個座位，三人坐了下來，便有一個小丫鬟來上茶。那丫鬟約莫十五、六歲，瓜子臉上薄施脂粉，娉娉婷婷，嬌俏可愛，她給三人倒茶，目光停留在歐陽暖身上，似乎看得呆住了，過了半晌，才知道自己失態，臉上更紅，倒分不出是胭脂還是紅暈。只是她在戲園子待久了，並不過分扭捏，主動靠過來說話，問林之染三位從哪裡來。歐陽暖見她態度爽朗，毫不做作，更是可愛，不由笑了笑。

林元馨忽然問道：「這臺上唱的哪一齣？」

小姑娘笑道：「胭脂會。」

林元馨點點頭，小姑娘忽然說道：「我見過的人那麼多，可是從沒見過像你們幾位長得這樣好看的！」

林元馨一聽，手中的碎玉描金扇刷的一下子打開，十足風度翩翩的紈褲子弟模樣，眼睛發亮地點頭笑道：「小姑娘，妳很有眼光！」

小姑娘卻往歐陽暖的身邊挨了挨，笑道：「是呀，就屬這位公子生得最俊俏了。」

三人俱是一愣，林元馨尤為驚訝，指著自己，「難不成我還比不上他？」

小姑娘咯咯嬌笑，對林元馨說道：「我一看就知道您是位姑娘了，您別尋我開心！」

林元馨無語，心道自己和歐陽暖同樣是男裝扮相，怎麼對方分得出自己是女人，卻看不出來歐陽暖也是個美嬌娘？她當然不知道，歐陽暖身量形容肖似少年，她卻因為年紀較長，比之更多了三分嬌柔之態，當然更容易被人發現。

歐陽暖低下頭喝茶，掩住了唇角的一絲笑容，林元馨又指著林之染道：「他也比不上嗎？」那姑娘生怕他發怒，連忙解釋道：「不是的，這位公子長得也很俊，只不過我運氣好，曾經見到比他更俊的人，這位——」說著一指歐陽暖，接著說道：「這位卻是世間少有。我看見他，就想一直看著，只怕是此生再也見不到這麼好看的人啦。」

歐陽暖聽她這麼說，臉卻是微微發紅。林之染看在眼裡，只覺得有趣。

胭脂會同樣是才子佳人的故事，林元馨只看了一會兒便入了迷。歐陽暖則低下頭喝茶，顯然對臺上的戲並不感興趣。

林元馨看到俊美書生夜會小姐，顯然很激動，「暖兒，妳看！」她差點叫出來，旁邊的林之染瞪了她一眼，她才知道自己失言，輕聲咳嗽一聲道：「妳看！」

歐陽暖只是淡淡地看了一眼，回頭卻見林之染煞有興致地瞧著自己，不由笑道：「表哥看著我做什麼？」

「我是看妳對這齣戲似乎不以為然。」林之染臉上帶了笑容道。

歐陽暖不禁失笑，「這些戲每家有喜慶都要請去唱一回，內容也都大同小異，不外乎書生小姐樓臺相會、狀元及第洞房花燭，並沒什麼新鮮的內容。」

林元馨看她一眼，怪她不解風情，嗔道：「這才是圓滿團圓的結局呀！」

圓滿？歐陽暖淡淡笑了，千金小姐愛上窮書生，跟她當初愛上蘇玉樓有什麼不同？本就不是門當戶對，卻奢望舉案齊眉，白首終老，落得曲終人散的下場又能怪得了誰？

只是，門當戶對又一定幸福嗎？她看著興奮的兩頰發紅的林元馨，不由自主嘆了口氣，一個指望著比翼雙飛的柔弱女子，真的能夠嫁給皇長孫嗎？那個人又會不會愛她憐她呢？答案顯而易見，皇長孫需要的是一個聰明睿智，家世雄厚的妃子，而不是一個需要他安慰和守護的美嬌娘。

林之染看她神色漠然，正待說話，戲臺上鑼鼓齊響，一隊六、七個人的雜耍團在熱烈的掌聲中登上高臺。

林元馨的目光頓時被吸引過去，「戲園子怎麼還有這樣的表演？」

「這是雜戲百尺竿頭。」一旁的小姑娘又湊來給他們的茶杯加了水，笑著解釋道：「一場戲和下一場戲之間總有時間空著，老闆便請了雜技班子來表演，以供大家看了高興。」

只見高臺之上，一個壯漢頂著的百尺高竿上，支有五根弓弦，五個小男孩身穿彩色衣服，手持刀戟，在高竿弓弦表演《破陣樂》，林元馨看得興起，忍不住隨著眾人一起鼓掌。

歐陽暖抬起眼睛，只見其中站在最高處的那個小男孩和著音樂的節拍在弓弦上俯仰來去，輕捷如燕，整場表演融歌舞、走索與頂竿之技於一爐，實在是精彩異常。

隨著小男孩的動作越來越快，戲園子裡的喝彩聲也是越來越響，然而林元馨的眉頭卻突然皺了起來，口中驚呼一聲，眾人抬頭望去，卻看到那最高處的小男孩一個動作沒有站穩，身子失去平衡，猛地從高處跌落於地。

眾人一片惋惜之聲，臺上壯漢面色一變，用力踢了那小男孩數腳，仍舊喝令他重新登上去。

這小男孩看來不過七、八歲年紀，被打得鼻青臉腫，卻又不敢呼痛，林元馨一見之下，頓時憐惜之心大盛，剛想要站起來，卻有一隻手按住了她，「妳若現在出去，解了那孩子一時之圍，回去之後只怕他會受更多的苦。」她一回頭，卻是歐陽暖輕聲地道，她的目光之中同樣閃動著同情的光芒，只是語氣卻十分肯定，林元馨心裡一跳，不由自主坐回了原處。

小男孩重新登上了竹竿，然而他似是受了驚，沒表演兩下，身子一下子歪斜，再度跌落於地，眼見那漢子罵罵咧咧衝上去對他一陣拳打腳踢，林元馨十分惱怒，再也忍不住回頭道：「大哥，你還不幫幫那孩子！」

林之染冷冷地望著她，道：「世上太多可憐的人，妳同情得過來嗎？」

林元馨又看向歐陽暖，「暖兒，妳也不管？」

歐陽暖握住她的手，道：「妳想幫他，我等一會兒陪妳去後臺，到時候要幫他贖身還是要給他銀兩都可以，現在不行……」林之染的意思她明白，世上淒苦之人太多，這小男孩既然吃這口飯，就要拚命練習學得一技之長才能生存，他師傅對他這樣嚴厲，是為了讓他牢記這一點，以後不再犯錯，並不是真的要打死這孩子。況且大庭廣眾之下，他們要是管這件事，難免給人留下口舌。她自己倒也罷了，林元馨如今身分特別，一旦鬧出事情來，鎮國侯府以後就徹底說不清了。

林元馨卻是十分善良，耳邊聽得那孩子哭泣之聲，馬上站起身來，怒視他們，「你們真是鐵石心腸！算了，我不求你們，我自己去！」

她憤怒之下說話大聲，很多人都轉頭盯著她，目光十分詫異。

林之染急忙要拉住她，林元馨卻一把甩開他，很快跑上臺，大聲道：「不許再打人！」

那壯漢一愣，卻見到她一身華服，似是出身富貴，當下不敢再動手，林元馨返身牽住那孩子，安慰道：「不要害怕，我不會再讓他打你！」

林元馨看也不看壯漢，拉著那小男孩走下臺，一路毫不遮掩地穿過人群。這時候，林之染和歐陽暖匆匆跟上來，見到這情景，不由自主嘆了口氣，歐陽暖臉上卻還帶了幾分笑容，低聲道：「馨表姊，咱們快回去吧，妳已經引起不少人注意了。」

林元馨看了看周圍，果真有不少人在看自己，頓時臉紅，剛要對那小男孩說什麼，小男孩卻突然抬頭，右手一翻，手中匕首寒氣凜冽，帶著森森殺意，直刺向林元馨。林之染早已走過去和臺上那壯漢交涉，護衛們都在外面沒有跟進來，這裡只剩下歐陽暖和林元馨，歐陽暖最早察覺，頓時面色一變，用盡全力拉開了林元馨。

林元馨只覺得被一股大力一拉，堪堪躲過了這一襲擊。

小男孩面不改色，就勢一個旋轉，竟直逼旁邊的客座而去，但見他手中一道匕首似已化作十道百道，去勢洶洶，凌厲無匹，令人幾乎窒息，退無可退。那客座上的年輕男子卻是飛身而起，巧妙避過這一襲，還看不出他是如何動作的，人就從已經呆了的林元馨手中抽出扇子，「借來一用！」

小男孩竟然又再次撲過來，年輕男子的手腕之間變化奇快，扇子一轉已避開了凌厲萬分的劍勢。小男孩冷冷一笑，面容竟如同成人一般冷酷，手中寒光飛舞，只聽得破空之聲數下，他已接連刺出六刀。這六刀又急又快，所刺的部位更無一不是人體的要害，男子身形只要稍慢半點，只怕就會遭遇不測，好不容易終於被他找準機會，一腳踢向男孩的手腕，匕首如流星般深深扎入扎鄰座一張桌子，深沒入桌面三分，猶自勁顫不絕，引來旁人驚呼不已。

就在這一刻之間，有如同潮水般的人從戲園子外面湧進來，將那小男孩團個水洩不通。

「保護殿下！」只聽到來人怒喝一聲，手中長劍如迅雷急電，往那小男孩劈去。又是一陣刀劍交鋒，片刻過後，那小男孩才被五花大綁地拿下。原先那年輕男子看了一眼，冷聲道：「留活口！」

歐陽暖半個身子擋在林元馨的身前，幾乎是將她牢牢護在身下，這時候看到局勢定了，才覺得自己一身冷汗已經濕透了衣裳。林之染剛才被四處奔逃的人群阻隔，這時候才衝過來，一把抓住她的胳膊道：「有沒有受傷？」

「大哥，我沒事。」林元馨嚇得淚眼汪汪，伸出手剛想要說話，卻發現自己一手的鮮血，兀自驚呼一聲，道：「天啊，暖兒的傷口裂開了？」

歐陽暖看她面色蒼白，幾乎嚇得花容失色，便用力抓住她的手道：「沒事的！我沒事的，不要害怕！」其他人不由自主看向她，都是一愣，眼前的少年眼睛似璞玉般明亮，漆黑剔透，裡面閃動的神采藏著與生俱來的從容……

剛才的那位年輕男子一眼看過去，只覺得那少年嘴唇已經白得沒有一絲血色，卻仍舊強自支撐著，倒是那個被他救了的男裝少女，彷彿受了多大的驚嚇，還需要別人去安慰，不由得皺起了眉頭。

歐陽暖看林元馨還在不停發抖，似乎恐懼到了極點，剛要再說話，就在這時候，湧進來的那群男子全部都跪下向剛才那小男孩行刺的年輕男子行禮，一名身披盔甲的中年男子口中高呼：「皇長孫殿下恕罪，微臣來遲！」

歐陽暖一怔，向剛才那年輕男子看去，卻見他一身貴氣，長袍繡工精美，頭上束著髮，戴著一頂小小的金冠，冠下的頭髮上束著一條鑲嵌了明珠的金色冠帶，面容並未見得多俊美，五官也遠未精緻到無懈可擊，然而他人站在哪裡，不經意間流露出一種特別的尊貴，卻又是凜然不可侵犯。

林之染已經認出，眼前的人分明是皇長孫肖衍。他連忙拉著林元馨和歐陽暖行禮。林元馨整個人像片樹葉子似地顫抖著，臉上沒有一絲血色，站在那兒說不出話。歐陽暖強忍著心口的疼痛，立刻拉著她行禮，然而林元馨卻太緊張，竟行了女子的福禮，一時引來眾人的目光，好在歐陽暖推了她一把，她才驚醒過來，趕緊低下頭去。

林之染皺眉，心裡想著，撞上誰不好，偏偏撞上了這個人，口中卻是朗聲道：「鎮國侯府林之染見過殿下。」

肖衍的目光卻落在他身後，「這兩位是什麼人？」

「他們是我在京外的朋友，第一次來京都，沒見過世面，不會說話，我替他們謝謝殿下的救命之恩。」

肖衍笑道：「都還是小孩子！剛才嚇壞了吧？應該是我連累了他們，還弄壞了一把扇子！」說著，看了地下被匕首破壞的扇子一眼，微微一笑。

林元馨心裡一跳，慢慢抬起頭，很快地看了肖衍一眼，正遇上他漫不經心的目光，她慌忙低頭，心頭怦怦直跳。

歐陽暖知道這一回惹了禍，心中也很緊張，手心捏出了汗。

一旁身披盔甲的中年男子吩咐手下將刺客綁起來，又命令道：「將在場之人仔細地查一遍。」

肖衍皺了皺眉，道：「不必了，我們回去吧。」

「是。」中年男子揮了揮手，侍衛們便押著那小男孩走了。

林元馨看向那孩子，發現這根本不是什麼幼童，而是一個侏儒，想到自己剛才還上去拉住他，心中不由得一陣噁心。

按照禮節，林之染等人一起送到門口，肖衍走到門口上了馬，揚鞭而去，不經意間回頭看了一眼。然而人頭攢動，馬快如飛，他再也看不清人群中那張清麗得如同少女一般的臉了……

他和他的侍衛們像一團急速流動的雲霞，很快就在眾人的視線中消失了。

林之染剛回過身來，聽到林元馨驚叫一聲，卻是歐陽暖再也支撐不住，向後倒了下去……

回到夢雨樓，剛踏入房中，林元馨見歐陽暖滿面痛楚之色，心口傷處仍有鮮血滴下，立刻對紅玉大聲道：「快去拿藥！」

紅玉一愣，急忙返身從櫃中取出傷藥，林元馨急切地對林之染道：「大哥，你先迴避一下！」

林之染點點頭，退了出去。

林元馨替歐陽暖將傷藥敷上，看見她因為痛極而咬住了嘴唇，卻不想自己擔心而一直隱忍，眸中淚水忍不住滴落下來。

歐陽暖瞧著她的神色，心中有數，卻也並不勸解，包紮了傷口，重新換了衣服才去花廳坐下。

林之染沒有離開，只是捧著茶杯坐在花廳皺眉不語，一見到歐陽暖出來，眼睛猛地抬起來，裡面流動的滿是關心憂切。

歐陽暖在他對面安坐下，笑著道：「表哥不必擔心，我很好。」

林之染聞言神色一鬆，道：「還是叫大夫來看看吧。」

歐陽暖看了淚眼汪汪的林元馨一眼道：「沒事，我很清楚自己的傷勢，你別嚇著表姊了。」

林之染聞言，冷冷地盯著林元馨道：「她就知道闖禍，還有臉哭！」

林元馨雖然天性純善，卻並不是蠢人，聽了這句話也不生氣，只默默坐著垂淚。

歐陽暖看了看她的神色，心中嘆了口氣，道：「表哥這是男兒身，若是你生為女子，即將嫁入那樣的地方，一生榮辱都要繫於一個男人的身上，你的心中也會很惶恐的，想出去散散心也是可以理解的，將心比心，你何必怪罪表姊呢？」

林之染的臉色卻一直很陰沉，嚴厲道：「太子府是什麼樣的地方，能由著她性子胡來嗎？難不成指望皇長孫也會像我們一樣疼著她寵著她，不管她做錯什麼事都不責怪？如今天這樣不成體統的瞎鬧，一旦皇長孫事後怪罪下來，我們家怎麼擔待得起？」

歐陽暖直視著他，目光淡然，「話不能這樣說，若非遇上了皇長孫，我們這一行定然平安無事。」那個人絕不是刺殺林元馨，而是衝著肖衍去的，這一點很明顯。

林之染氣息一窒，卻並未就此停止責難，盯著林元馨的目光越發冷了，林元馨卻當真半句辯解也沒有，只垂著頭不說話。

歐陽暖看了這表情迥異的兄妹一眼，道：「表哥，我知道你怪罪馨表姊今日救那孩子，只是救人本意沒有錯，錯的是對方包藏禍心。表姊從小養在侯門，涉世不深，自然容易被歹人蒙蔽，這也是因為她心性純良，率真可愛……」

林之染聽到這話，澄澈的瞳眸深邃黝黑，像是一把劍，直入人心，「在場那麼多人，沒有一個去多事的，偏偏她——」

「表哥！」歐陽暖坐直身子，容色帶了一絲冷意，「別人不管是因為他們冷漠無情，你我不管是因為瞻前顧後，表姊是路見不平，本質上並沒有錯，你不要再這樣責怪她了！」

她說的是本質上，並不是方法上，這一點林之染聽得很清楚，暗地裡不免勾起了唇角。

林元馨原本已經是默默垂淚，聽到這話竟失聲哭了出來。歐陽暖站起身，走到她身邊，輕輕拍撫著她的背心，柔聲道：「馨表姊，沒事的，一切都過去了……」

她的聲音清雅溫柔，彷彿帶著一種可以使人安穩的魔力，林元馨顫顫地抬頭看了她一眼，猛地撲進她的懷裡，放聲大哭起來。

旁邊的紅玉連忙上去遞了帕子，歐陽暖輕柔地撫著懷中林元馨的頭髮，林元馨抬起頭看著她，淚水漣漣，「不，大哥說的沒有錯，是我做事太莽撞，當時妳也勸過我的，可我就是不聽，都是我……都是我連累了妳！」

聞言，歐陽暖鬆了一口氣，她對著林之染的方向輕輕眨了眨眼睛，對方則頗有默契地向她點點頭。林元馨的確因為一時善心做錯了事，可若是大家都責備她，她反而聽不進去，只有一個唱白臉一個唱紅臉，她才能意識到自己的錯誤。想到這裡，她柔聲道：「我和表姊是從小一起長大的，雖然不是親姊妹，心裡卻是把姊姊當作骨肉至親的。想當日我傷重幾乎不治，姊姊一日不離地陪伴在我身邊，端茶送水，噓寒問暖，我一直銘記在心，希望有朝一日可以回報妳的雪中送炭之情，今天這點小事，又算得了什麼呢？怎麼可以說是連累？」這番話說得動情，林元馨淚水掉得更凶，道：「暖兒，妳待我真好。」

歐陽暖微笑著，又好言安慰了她幾句，林元馨想了想，臉上帶了一絲赧然，「今天的事情都怪皇長孫不好，他沒事跑到戲園子裡聽戲，害得我們也受了連累！」

皇長孫在戲院裡出現，未必是去聽戲的，只是歐陽暖看到她臉色緋紅，語氣雖然也有幾分嗔怪，倒更像是嬌羞的模樣，不由唇角輕挑，口中道：「對啊，馨表姊嫁過去以後，一定要好好說說這位尊貴的表姊夫，讓他以後不要隨便亂跑，否則到處牽動姑娘家的芳心就不好了，也不是每次都能碰見自己的未婚妻這樣巧的，妳說是不是？」

林元馨知道歐陽暖在打趣自己，一時臉更紅，一句話都說不出來，屋子裡的氣氛緩和了許多。

林之染看了歐陽暖一眼，抿緊了嘴角，嚥下已滑到唇邊的一聲嘆息。同樣出身高貴，同樣是養在深閨裡的女兒，馨兒對人實在太過輕信，他們是一心為她的家人，即便用了心機也不過是希望她能想明白，若是外人呢，萬一這外人還別有用心呢？後果簡直不堪設想。

林之染這樣想著，語氣多了一份凝重，「馨兒，希望妳這一次能夠吸取教訓，將來嫁過去，不要給皇長孫添麻煩。」

林元馨蹙眉，話中略帶了氣，道：「大哥，你也太小看我了，我是那樣不知輕重的人嗎？」

歐陽暖的眼睛裡漾出濛濛霧氣，給人一種看不清的感覺，卻平心靜氣道：「表哥的意思是，一旦表姊嫁入太子府成為側妃，就要凡事為皇長孫考慮，以他為先，表姊，妳說是不是？」

林元馨不理會林之染，卻對歐陽暖點頭，「這一點我都明白，母親也與我再三說過，為人妻子當然是與做女兒不同的。」

「表姊，一旦妳成為側妃，就不僅僅是為人妻子，而且是去做皇室的媳婦，他人的表率。身在皇家宗室，妳要處處小心，一個不慎，影響的不僅僅是太子和皇長孫，更會連累鎮國侯府。」歐陽暖在她身側坐下來，注視著她道。

林元馨一愣，有些猶豫地道：「可我是個人啊，這樣時時警戒，凡事都要思前想後地過日子，豈不是十分痛苦？」

歐陽暖看著她，淡淡地笑了，「在其位就要謀其政，更要成其事。皇長孫得到現在的地位也實在不易，妳是他未來的妻子，就該為他掃除後顧之憂。」

林元馨不解地看看林之染，又看看歐陽暖，「他地位崇高，一呼百諾，竟也這樣艱難嗎？」

林之染定定地看了她一眼，道：「妳要聽實話嗎？」

「大哥……」

「外有大患，內有近憂。」林之染淡淡地說道：「皇長孫的位置坐得比誰都艱難，妳嫁給他以後，不僅僅是妳，咱們家……也撇不清了。」

這正是歐陽暖心中明悟的，林元馨嫁入太子府，鎮國侯府長房一脈就被迫和太子捆在了一條船上，無論如何都不能撇清了，而自己一直依附於鎮國侯府的長房勢力，這也就是說……歐陽暖閉了閉眼睛，再睜開時，眸中已清平如水，甚至不再多看林之染一眼，轉頭對林元馨道：「表哥是說，這條船上去了，咱們就下不來了。」

林之染輕嘆一聲，幽幽地道：「的確如此，如今上位之爭十分激烈，我們家也被捲入了這場爭鬥之中，馨兒，妳該早有個心理準備才是。」

朝廷爭鬥，皇室紛爭，林元馨一直隱約有預感，卻直覺地不想去問，此時聽林之染提起，雖然那口氣淡淡的，他的表情也甚是平靜，但林元馨不知道為什麼，卻覺得沒來由的一陣心悸，彷彿是透過了那平靜的話語，窺見了皇室猙獰血腥的鬥爭，可怖的影像在她眼前一晃，便不敢再想，「真有這樣嚴重嗎？」

林之染見她神色變幻不定，心裡嘆了口氣，繼續點撥道：「我並非危言聳聽，身為皇長孫的妃子，妳的一言一行都要時時留意。我朝一向文武並重，又格外重視御史之職，這些人向來沒事找事，連對皇上也可以直言上諫。妳今天這樣衝上去救人，在大庭廣眾暴露身分，實在是很危險的。一旦被御史得知，妳這個側妃會被人詬病不說，連我們侯府也要擔個教女無方的罪名。」

歐陽暖親自遞了兩塊點心到林元馨手中，柔聲道：「是啊，表姊，要牢牢坐穩這個側妃的位置，讓別人都知道，咱們鎮國侯府絲毫也不比那定遠公府差，這才是大家的體面啊。」

定遠公府的周芷君被冊封為皇長孫的正妃，將與林元馨一同進門，這點一直是她悶悶不樂的地方，尤其今天看到皇長孫……她心中就更加抑鬱了，然而終究是少女心性，被歐陽暖幾句話一說，當下起了相較之心，點點頭道：「我定不會被周芷君比下去，叫旁人看我家的笑話！」

歐陽暖失笑道：「我不是這個意思，表姊與周小姐一同嫁入太子府，自當和睦相處，同心協力輔佐皇長孫，只是別人多少會將妳們一起比較，到時候表姊不要太過在意就是了。」

林元馨聞言，看了林之染一眼，臉色紅紅地道：「娘說過，若是我能早她一步生下子嗣……」這話本不該說的，但這裡一個是最信賴的大哥，一個是最親近的表妹，林元馨性子又爽直，也就毫無遮掩地說了。

林之染聽著，深以為然，在男人看來，子嗣是很重要的，這話並沒有錯。

歐陽暖沒有笑話她，卻也並不贊同，反而微微笑道：「大舅母這句話，總體上看是沒錯的，只是也要分情況。當初娥皇和女英一同嫁給舜，娥皇無子，女英卻生了商均，等到舜即位，要在她們二人之中選出一個正宮、一個妃子，若是按照大舅母所言，女英年輕更受寵愛且有兒子，應該冊封女英為后，可是舜王卻並非這樣做，他要求兩位夫人同時由平陽向蒲扳出發，哪個先到哪個為正宮，哪個後到哪個為偏妃。娥皇性情樸實，便跨了一頭大馬飛奔前進。而女英講排場，乘車前往，並選騾子駕車，覺得這樣很氣派。在行進中，女英駕車的母騾突然要臨盆生駒，因此車被迫停了。這時娥皇的乘馬已奔馳在遙遠的征途，而女英受了騾子生駒的影響，最終落敗，正宮娘娘的位置為娥皇所奪取，女英也因此立誓絕不容許騾子再生產，然而這件事終究還是流傳得人盡皆知，所以，表姊，子嗣和寵愛雖然重要，卻並非最重要的因素。」

這樣新奇的說法，連林之染都為之側目，男人的寵愛和子嗣都有了，還有什麼得不到呢？他不禁開口道：「暖兒未免言過其實了，除了這兩點，馨兒何以立足呢？」

歐陽暖微微一笑，「我聽說皇長孫侍母至孝，然太子妃身體不好，皇長孫事務繁忙，不能經常承歡膝下，表姊進門後，若能替皇長孫多多陪伴太子妃，那可是至純至孝的好事。」說著又追加一句：「表姊一旦嫁過去，內宅主事的還是太子妃，妳要得到她的喜歡，日子自然會過得舒坦，到時候妳想讓大舅母經常去看望妳，也就不是難事了。」

林之染凝目看著歐陽暖，突然明白了對方的意思，京都盛傳周芷君容色絕佳，才貌雙全，絕不下於蓉郡主，然定遠公府是少有的百年世家，周小姐又早被皇帝定下，周家便從不讓這位周小姐參與社交場合，故而在京都閨秀之中少有名聲。越是如此，越可能是個冰雪聰明的厲害女子，馨兒這樣單純的千金小姐只怕鬥不過一個回合就要落敗。平常女子都以為只要攏住丈夫的心就能立於不敗之地，歐陽暖教林元馨的法子，是在不得皇長孫喜愛的情況下，繞道去討好太子妃，只要能夠贏得太子妃的支持，馨兒在太子府就能真正站穩腳跟了。

林之染想了片刻，覺得歐陽暖舉這個例子並不僅僅如此，想當初舜父愚鈍，後母囂張，弟弟惡劣，曾多次欲置舜於死地，終因娥皇、女英之助而脫險。歐陽暖用這個例子，也是在警告林元馨，妻妾之爭無傷大雅，一旦牽扯到外敵，就要同仇敵愾。偏偏她礙於身分還不能直言，只能這樣迂迴地哄著馨兒，當真是為難她了。他的眼裡閃過一抹意味深長的奇異光亮，犀利的目光似乎已經透過歐陽暖的話看透她的魂魄，看穿了她的所有心思。

歐陽暖不願意看他幾乎洞悉一切的目光，便垂下頭喝茶，靜靜坐著等林元馨明白。

林元馨聽了這些話，沉默良久，終於看著歐陽暖嘆息道：「暖兒，若嫁過去的是妳就好了，妳一定能應付得來，而我……我真是害怕……」

歐陽暖錯愕當場，林元馨的話還沒說完，林之染已經一聲極為惱怒的斥責，喝止了她的無心之言：「住口！」看見歐陽暖和林元馨驚訝的表情，林之染眼中明明燃燒著熾烈的怒意，卻強自壓下，皺緊眉頭站起身道：「婚姻大事妳也這樣胡說八道，從今天開始就好好在府內自省，若是再被我發現妳行為有異，就將妳一直關到出嫁為止！」說完，快步走了出去。

歐陽暖和林元馨面面相覷了一會兒，卻都笑了起來。笑了一會兒，林元馨轉頭看向燭火裡的歐陽暖，只覺得她眼神沉鬱，神色平靜，雖是身形單薄，卻更顯得不食人間煙火，一派仙人之姿。這樣美麗柔弱的女孩子，卻要時時謀劃，天天算計，活得好累啊，心中不由對歐陽暖更是憐惜了起來……

中極殿大學士錢學英的府上，此時正是歡宴之中。

一道道山珍海味端上來，一個個空盤撤下，美麗的侍女穿行不息，如同流水般讓人目不暇接。

錢學英殷勤地再舉玉壺，親自給明郡王肖重華蒸了滿滿的一杯酒，笑道：「老朽壽宴，多謝郡王大駕光臨。」

肖重華點點頭，長長的睫毛掩住眼中的神情，容色平常，「父王原本要親自前來，奈何皇祖父有事召見，他才命我替他來賀壽，請錢大人不要介意。」

「說哪裡的話，能邀請到郡王來，我心裡才真是高興。」錢學英面露微笑，又舉起杯子向在座的其他人再三敬酒。

坐在一旁的齊王世子肖子棋一雙秋水眼好奇地看向周王世子肖清弦，終於忍不住問道：「為什麼不見清寒？他不是最喜歡這種熱鬧的場合了嗎？」

不提還好，肖清弦臉色頓時黑下來，「他聽說歐陽家大小姐受了傷，非要鬧著去看望，我說於禮不合，把他關在府裡了。」

肖子棋：「……」過了片刻，才嘿嘿笑起來，道：「關起來也好，省得闖禍！」

「關著也不老實，半夜爬牆要出王府，結果被侍衛發現，從牆上射下來，差點摔斷腿，現在還在床上躺著起不來。」

肖子棋：「……」等他好不容易找到自己的聲音，才強笑道：「你也真是，他要去就去吧，也沒什麼大不了的，聽說漸離那個木頭都派人送了禮物去慰問。」

肖清弦的額頭上隱隱有青筋跳動，似乎竭力忍耐，「我是怕他太孟浪，嚇著人家小姐。」

想到肖清寒那個飛揚跳脫的性子，肖子棋點了點頭，道：「你顧慮得對，養好了傷，也一定得關著才是。」

台下絲竹緩奏，歌姬們翩然起舞，然而他們兩人的聲音卻一字不落地傳進了肖重華的耳中，他想起歐陽暖那張總是不動聲色的臉孔，不由自主微微露出笑容。

錢學英看臺下的歌舞眾人都沒什麼興趣，立刻道：「這群庸脂俗粉不入諸位法眼，不如換個節目吧。」說著，輕輕拍了拍手，不知從何處飄來一陣淡淡的香味，芬芳四溢，沁人心脾。然後，一個身穿紅色衣裙的少女緩步走下臺階，一頭烏黑的秀髮挽成一個髮髻，容貌出眾，氣質脫俗，望之更是仙氣縹緲，光彩照人。她面向眾人，盈盈一禮，朱唇微啟，聲音如嬌鶯出谷：「諸位光臨舍下，香玉有禮了。」

錢學英一邊觀察著肖重華的神情，一邊笑著介紹道：「這是小女香玉。」

肖子棋悄悄對肖清弦道：「聽聞錢大人的女兒向來寶貝得很，怎麼突然出來拋頭露面？」

肖清弦笑著搖了搖頭，道：「反正她出來不是給你我看的。」

這時候就聽錢學英道：「小女略懂琴音，今晚她主動請纓，為各位彈奏一曲。」

說著，錢香玉輕撫瑤琴，彈奏出了悠揚如夢的曲子，原本亂哄哄的大廳變得安靜，大多數人的臉上都露出欣賞的表情。

肖清弦暗地裡搖了搖頭，若是沒有賞花會上那兩人的一琴一舞，這位錢小姐倒也算得上技藝高超，只是欣賞過那樣出眾的琴技舞蹈，再聽這樣的曲子，就不覺得如何非凡了。

錢香玉一邊彈奏，一邊抬起頭微微一笑，眼睛一瞬不瞬地望著首位上的肖重華。

「殿下，未知小女彈得如何？」錢學英試探著問道。

「我是武夫，不懂絲竹之道，無法評價，抱歉。」肖重華淡淡地道。

錢學英感到十分尷尬，錢香玉聽見了這句話，頓時變了臉色，還在琴弦上的手指幾乎僵硬，琴弦發出一聲刺耳的聲音。

錢學英還要說什麼，就看見一名侍衛上來稟報，肖重華站了起來，略帶歉意地道：「錢大人，我還有要事在身，先行一步，告辭！」說完，毫不留戀地轉身就走。

「殿下！殿下！」錢學英想追出去，卻不好丟下滿堂的賓客，只能強笑著繼續留下宴客。

肖清弦和肖子棋對視一眼，彼此眼中都有一絲笑意。

宴會完了，錢學英送完客人回到自己的書房，只聽得一陣乒乒乓乓的碎裂之聲，他嚇了一跳，慌忙進去一看，竟然是自己那些古董花瓶被摔在了地上，碎片撒了一地。

「我的白玉紅釉梅瓶，哎呀，我的和田玉壺，還有絳彩山水筆筒！香玉，妳這是幹什麼呀？這可都是好東西，妳怎麼……哎呀，快住手！快住手！」

錢香玉不管不顧，將大半個架子上的值錢東西摔了個乾乾淨淨，末了氣呼呼地坐下道：「他連看都沒看我一眼！爹爹，你答應過我，要讓我做明郡王妃的……」
錢學英趕緊陪了笑臉，「女兒，明郡王不喜歡妳就算了，京都多得是俊俏風雅的少年郎……」
錢香玉是他的獨女，因此視為掌上明珠，隨著女兒日漸成長，才貌雙全，豔名遠播，不知多少人來求親，然而這個女兒卻很有主張，堅持要自己選未來的夫婿。錢學英溺愛女兒，經常帶著女兒出席各大世家的宴會，無奈不知看過多少俊俏少年，卻沒有一個能入錢香玉法眼，最後她偏偏相中了剛剛歸京的明郡王。
為了讓錢香玉有機會靠近明郡王，錢學英不惜在朝中大力襄助燕王殿下，沒想到好不容易請來了人，女兒卻因不曾親近而生了氣，便小心翼翼地道：「香玉，妳也知道的，京中看中明郡王的人家很多，高門大戶的惦記著做郡王妃，有才有貌的自薦枕蓆，可沒一家如願的，聽說連太后要賜婚蓉郡主，都被明郡王婉拒了，妳讓爹爹怎麼辦呢……」
錢香玉滿面怒容，「我不管，我一定要做明郡王妃，爹爹，您要為我想辦法！」
「好好好，我想辦法！」錢學英忙不迭地點頭，心裡卻叫苦不迭。

肖重華踏入書房，卻早已有一個男子站在書房裡等著他。
「皇長孫殿下怎麼有空來這裡？」肖重華微笑著道。
男子回過身來，臉上帶了笑容，道：「你那對白狼尾呢？怎麼不見了？」
肖重華那雙細長的鳳眼微微瞇起，臉上的笑容輕描淡寫，「送人了。」
「送人了？」肖衍一愣，清冷的臉上多了一絲詫異，「你不是很喜歡那物件嗎？」
肖重華兀自坐回自己的位置，捧起茶杯，看了肖衍一眼，道：「殿下今日來就是問這個？」
肖衍搖搖頭，道：「不，我來是為了告訴你，白天我遇刺了。」

肖重華眼皮都不抬，只低頭喝茶，舉止間從容優雅，肖衍奇道：「你怎麼不問我結果如何？」

肖重華仍是嘴角含笑，「若是成功，你還會站在這裡與我閒聊嗎？」

肖衍看著他，嘆了口氣道：「的確如此，但今天也確實很險。我已命人全城布控，戲院的人也審問過了。那刺客是數日前停留京都，上門自薦表演的，戲班主見他技藝高超，便留了下來，然而我卻是昨夜才決定去那裡，你說奇怪嗎？」

肖重華喝了口茶，道：「既然人在那裡等你，自然知道你去戲院的目的，也很清楚你的行蹤，你應該好好清理一下身邊的人。」

肖衍笑了笑，「我以為身邊都是再三盤查篩選的人，應當不會有什麼問題，卻終究百密一疏。不過這個刺客倒也並非尋常之輩，居然能夠在大庭廣眾之下動手，若非有一人幫我擋了一下，我即便不死也要受傷。」

肖重華抬眼看了看他，道：「什麼人？」

肖衍微微一笑，「鎮國侯府的人。」

「鎮國侯府？」肖重華口中輕輕念了一遍，竟然繼續道：「林之染？」

「不。」肖衍笑道：「是一位年輕的小公子，不過林之染兄妹也在場。」

「原來你的那位側妃也在。」肖重華頓了頓，又道：「年輕的小公子又是何人？」

肖衍的眸中帶笑道：「這個……我就不知道了，怎麼，你想到什麼了嗎？」

肖重華垂下眼睛，不知怎的，在肖衍提起一位年輕的小公子，還是和林家兄妹同行的時候……他第一個就覺得是歐陽暖，只是抬眼看見肖衍露出饒有興味的眼神時，便淡淡地笑道：「沒有。」

肖衍露出微微失望的表情，右手手指輕敲椅手，道：「我倒覺得他是個很有意思的人。」

「哦？」肖重華挑眉，華麗的鳳眸閃過一絲異樣，「殿下馬上就要大婚了，不是應該很忙碌嗎？怎麼還有這份閒心琢磨別人？」

肖衍聞言，露出一絲冷笑，「我的婚姻不過是各取所需罷了。」身在皇家，他從未期盼過王妃是自己可心的女子，只要對方的家族於己有利就可以，對於這一點，他是很明確的。想到這裡，他看了肖重華一眼，道：「你為什麼要拒絕太后的提議？蓉郡主傾國傾城，你不喜歡嗎？」

肖重華悠然嘆了口氣，「這樣的美人，恕我無福消受。」

肖衍的眼底盈滿笑意，盯著他道：「太后因為燕王妃剛剛去世不久，不能過分責怪，但三年後你若還是這樣固執……」

肖重華冷冷地一笑，「我不願意，誰又能勉強我？」

肖衍面上笑容漸漸淡去，「這世上的人不都是隨心所欲的，生在皇家，男女之間的真情早就已經埋葬到墳墓裡去了。凡事不過逢場作戲，何必認真？更何況，你就算娶了不喜歡的女人做正妃，還可以納個可心的側妃，何樂而不為呢？」

肖重華忽又笑了起來，目中隱隱有光華流動，「若我真心愛人，豈肯讓她屈居人下？」

這話說得就出乎肖衍意料之外了，他輕哼一聲道：「你倒是說得瀟灑，可想過朝中那些勢力怎麼辦？總要有人為我分擔！」

肖重華正容道：「這不難辦，只要皇長孫你多納幾名側妃就好。」

「你——」若是旁人說這種話，肖衍一定會惱怒，可是說話的人換成肖重華，他卻覺得特別有意思，細想一番的確如此，不免大笑起來。

鎮國侯府

當得知林元馨嫁入太子府的事情之後，兵部尚書夫人蔣氏的臉色就一直很陰沉，可是不知為什麼，她這兩日心情又似好起來了，不但對下人和顏悅色，更興致很高地叫了師傅來為林元柔裁製新衣裳。

林元柔看著她一臉喜色，忍不住說道：「娘，您不是一直為了那房攀上高枝不高興嗎？怎麼這兩日又變了……」

「妳這個傻丫頭！」蔣氏拿起一件新裁的海棠色雙紋春裳在林元柔的身上比劃來比劃去，輕聲道：「他們能攀上高枝，不過是占了個鎮國侯府的名頭，等妳大伯父一死，這鎮國侯還不是妳爹的，到時候妳的身分自然也不同，要什麼樣的婚事找不到？娘早就替妳看好了，絕不比那皇長孫差！」

「娘說的莫不是那明郡王？」林元柔的眼睛裡一下子滿是驚喜。

「什麼明郡王！」蔣氏把臉一沉，「他不過是個郡王，將來燕王的位置還輪不到他坐，娘怎麼會把妳嫁給他？更何況林元馨已經嫁給了皇長孫，妳難不成還想要和她走一條路？」

林元柔一愣，聳了聳美麗的眉毛，眼睛裡頓時多了幾分狐疑，「這京都裡與皇長孫身分地位能一較高下的，除了明郡王還有誰，娘，您莫不是在誆女兒吧？」

蔣氏嬌嗔地看了她一眼，點了點她的腦袋，道：「傻孩子，妳光看到明郡王，還有秦王世子呢！妳一旦嫁過去，可就是世子妃……」

「什麼世子妃？還不是要比她低一頭！」林元柔不滿地看了蔣氏一眼。

「跟我進來！」蔣氏看了周圍一眼，把女兒拉進內室，這才壓低嗓音，開門見山地問：「妳將來就不想當皇后？」

林元柔一下子愣住了，她不敢置信地盯著蔣氏，像是在聽天方夜譚。

「愣什麼！」蔣氏笑起來，「現今雖說皇位的繼承人還是太子，可太子身體不好，和妳那個伯父一樣是個短命鬼，將來皇位一定會落到秦王手裡！妳若是嫁入秦王府作了世子妃，將來便是太子妃，十年之後更可能是皇后！妳想一想，到時候林元馨算得了什麼，鎮國侯府又算得了什麼，咱們都不稀罕……」

「可是那肖天燁陰狠毒辣，喜怒無常，我真怕他……」林元柔不由自主地說道，在她心中，俊美瀟灑的明郡王的魅力遠遠超過陰冷可怕的秦王世子，更何況肖天燁連正眼也沒看過自己，這一切不過是母親的美好想像，「而且……他也未必喜歡我。」

蔣氏呆了半晌，臉上露出笑容，道：「說妳傻妳還真是傻，妳以為秦王府是什麼樣的人家，尋常人家想要嫁過去當然是做夢，可妳爹效忠秦王已久，想要將妳嫁過去又有什麼不行的？況且妳這樣的品貌，誰能不喜歡……」見林元柔還有些猶豫，蔣氏拉著她的手說：「柔兒，妳是我的親生女兒，我做的一切可都是為了妳謀劃。雖說這一回大房攀了門好親事，可畢竟只是個側妃，將來還不定怎麼說，有什麼好擔心的呢？秦王實力雄厚，世子生得俊俏，這是多好的親事，爹娘都替妳謀劃好了……」

蔣氏還要說，丫鬟在外面回稟說太子府送禮單過來了，請她一起去花廳。

蔣氏冷哼一聲，「聽見了吧，這是在和我炫耀呢！妳可得給我爭口氣，不能輸給他們！」想了想，又低聲道：「還有件事，聽人說，王嬤嬤死後，連妳二姑母也被拘起來，我那天去看望，歐陽家竟沒有讓我見人，如今妳爹爹正在想法子周旋，妳也要當心著夢雨樓那個丫頭一點才是。」

林元柔一愣，面色帶了些疑惑，「娘的意思是……」

「我是讓妳不要掉以輕心！那個丫頭年紀雖小，可厲害著呢，妳二姑母就是著了她的道！」

林元柔聽在耳中，心中卻不以為然，歐陽暖不過是個養在深閨裡的丫頭，琴棋書畫樣樣精通也就罷了，心機最多不過深沉點，又能厲害到哪兒去，只是看到蔣氏面色凝重，她的話便也沒有說出口。

沈氏坐在花廳裡，聽管家念長長的禮單：紅寶石五十塊、藍寶石五十塊、金鳳十隻、金翟鳥十隻、東珠一百八十顆、帽前金佛一尊、金鑲珊瑚頂圈十圍、珊瑚墜角十個、金手鐲二十對、金荷連螃蟹簪一對、湖珠二百顆、米珠四百顆、計珠一百八顆、金蓮花盆景簪一對、金鬆靈祝壽簪一對、青金佛頭塔、金鑲綠碧牙背雲、鬆石紀念……還有數不清的皮草、名貴的海葛和漳紗、軟羅……令人眼花繚亂。

沈氏始終面帶微笑，連連點頭，歐陽暖心中也大為驚訝，這樣的禮單，莫說是迎娶側妃，便是正妃也不過如此，可見太子極為重視鎮國侯府。

「喲，大嫂真有福氣，這禮單聽得我頭都暈了！」蔣氏微笑著踏進廳來，一眼看見歐陽暖坐在一旁，臉上的笑容立刻深了許多，「怎麼暖兒也在？」

「二舅母。」歐陽暖微笑著起身向她行禮，臉上的笑容恭敬而謙卑。

「身上才剛好，怎麼就到處跑呢？大嫂也真是太不會心疼人了！」蔣氏在一旁的椅子上坐下來，接過茶盞，好整以暇地道。

「二舅母說哪裡的話，是暖兒一直在床上躺著太難受，才求了大舅母一塊兒來見見世面，這樣的機會可是少有呢！」歐陽暖臉上故意露出欣羨的表情。

蔣氏看著那幾大箱的禮物，眼神更加凌厲，臉上的笑容反親切了三分，「說的是，不是誰都能嫁入皇家的，也就是咱們這樣的公侯之家有這等福氣！」說著，別有深意地看了歐陽暖一眼，那意思分明是說，我們家的女兒才能有這種身分與皇室匹配，妳這樣的就不要想了。

歐陽暖垂下眼睛，微微笑了，像是絲毫沒有聽出話裡的意思。

沈氏手中的茶杯輕輕一碰，淡淡地道：「公侯之家也不是誰都有這樣的運氣，端看上天給不給這樣的機會了。」

蔣氏聞言頓時更加氣惱，沈氏是說自己的女兒未必有這種運氣是吧？她心中冷笑，道：「大嫂說得有理。」就等著瞧吧，等將來秦王繼承了大統，有妳們哭的時候！

不願意陪兩位舅母過招，歐陽暖藉口去看林元馨，從花廳走出來，一路穿過走廊，旁邊的丫鬟們都屏聲斂氣地低頭行禮，誰都知道眼前這位不是一般的客人，那是寧老太君的心尖尖，才貌名動京都的歐陽家大小姐，哪個敢不恭敬？

歐陽暖走下臺階的時候，無意間向遠處看了一眼，突然停住了腳步，紅玉低聲道：「小姐，您怎麼了？」

歐陽暖看著前方一個彎下腰鋤草的青衣僕役，看了很久，臉上露出一絲別有深意的笑容。紅玉越發奇怪，盯著那個僕役看了半天，也沒明白這樣的人有什麼值得小姐特別注意的。歐陽暖的目光一直停留在那個青衣僕從的身上，驀地，一隻小小的手抓住了她的裙襬。她低頭一看，一張蘋果般的小臉出現在她眼前，黑葡萄般的大眼睛眨啊眨啊，小嘴彎彎，笑得格外開心。

「姊姊！」林元雪喊著，一邊手腳並用，踩著旁邊的欄杆，湊到歐陽暖面前，「姊姊！」她伸出手，圈住歐陽暖的脖子，偎在她肩頭撒嬌。

「小心，別摔下來！」歐陽暖連忙用手攬住她，不料牽動了心口的傷處，不由皺眉。

紅玉連忙去抱林元雪，生怕她摔著，但林元雪卻似乎對這樣的姿勢情有獨鍾，扭來扭去不肯乖乖下來。

就在此時，歐陽暖感覺到有一道凌厲的視線掃過來，她抬起頭，望進了那人的眼裡。

他站在那兒，穿著下等僕役的青衣，臉龐只有一半暴露在陽光下，左臉上有一條長長的蜈蚣一樣的疤痕，看來猙獰可怕，卻又奇異得讓人轉不開視線。

歐陽暖看了一眼，便彷彿不再留心，而是低下頭，對林元雪道：「妳這樣不聽話，摔疼了，姊姊不管妳喔！」

聽見這聲叮嚀，林元雪抬起頭，認真地看著歐陽暖，很嚴肅地說：「雪兒很乖，大哥說姊姊痛……所以要小心，我就很小心。」她用軟軟的小嘴，親了親歐陽暖，撒嬌地問：「姊姊，我很乖，對吧？」

「嗯，雪兒最乖了。」歐陽暖對她露出溫柔的笑，即便不刻意去看那個人，她全身的感官仍敏感的察覺到他灼熱而專注的視線，可是一抬頭，對方卻低下頭去，似乎在專心地修剪花草。

「雪兒一直都不敢打擾姊姊喔！」林元雪軟軟的小手，圈著她的頸，像小貓似的撒嬌，歐陽暖的眼神不由自主柔和下來。

在他面前，她少有這樣不帶刺的時候，那邊的青衣僕從不知不覺中又抬起眼，盯著她不放。

「喂，表小姐這樣的人是你能看的嗎？快低下頭去！」園子裡的管事趙嬤嬤喝斥道。

青衣僕從看了她一眼，那目光中竟帶著一種可怖的力量，趙嬤嬤嚇了一跳，不禁閉上了嘴巴。

「姊姊，好餓！」林元雪把頭靠在歐陽暖的手上，聲音軟軟地說。

她輕聲哄著：「跟姊姊回夢雨樓吧，我那裡有熱騰騰的糖蒸酥酪和焦圈糖包，很好吃喔！」

「好！」林元雪笑咪咪地鬆開雙手，小小的身子咚的一聲跳下來，主動牽著歐陽暖的手。

花園裡一個丫鬟看著歐陽暖帶著林元雪往前走了，這才輕輕喘出一口氣來，「這位表小姐真像是天仙似的，我在她跟前連大氣都不敢喘呢，生怕把她吹跑了！」

「滿口胡言，說的這叫什麼話！」趙嬤嬤不高興地斥責道。

「可私底下大家都在說呢，表小姐比咱們侯府的大小姐、二小姐更氣派，將來說不準……」

歐陽暖的確是年輕美貌，溫柔美麗，真像一朵盛開的芙蓉花，每次瞧見她都讓人不由自主想起當年的侯府大小姐林婉清，只是當年的大小姐多少有些目下無塵，清高自詡，歐陽暖卻總是笑臉迎人，隨和親切。趙嬤嬤心裡也在暗暗讚美，但她可不像丫鬟們那樣沒有分寸，連忙打斷：「胡說八道什麼！主子們可不喜歡多嘴多舌的丫鬟，妳少說話多做事才是正經！再亂說就叫人把妳領出去，越發不像樣了……」

丫鬟趕緊低下頭，不敢再吭聲了。

趙嬤嬤冷哼一聲，心道府裡的下人怎麼都這麼沒規矩，丫鬟亂嚼舌根就罷了，一個鋤草的下人也敢盯著尊貴的小姐看！說著，四處尋找剛才那個青衣僕從，想要逮著他交給總管狠狠處罰，一抬眼卻不見了人。

另一邊，寧老太君正沿著漢白玉雕欄散步，一路走到花池邊，杜嬤嬤小心翼翼地陪著她。就在這時候，寧老太君看見前面的歐陽暖帶著一個小女孩走過來。陽光下，歐陽暖烏黑的頭髮，雪白的面龐，一身月白的上裳、藕荷色的蓮花百褶裙，頭上鬆鬆地挽了個垂牡丹的髮髻，髮間只帶了星星點點的珠玉，在陽光下射出明亮的光芒，走過來的時候嫋嫋婷婷，煞是好看。

只是，旁邊那個小不點兒是誰呢？寧老太君疑惑了半天，看向杜嬤嬤，杜嬤嬤趕緊吩咐小丫鬟帶了歐陽暖來。

到跟前一看，歐陽暖身邊的竟是長房的庶女林元雪。寧老太君沒想到，這個滿臉紅撲撲膩在外孫女身上的小丫頭會是自個兒的小孫女，看了一眼，不由笑道：「暖兒，怎麼又出來走動了，身子不是還沒好利索嗎？」

「外祖母，暖兒的傷勢已經痊癒了，總不能一直在屋子裡待著。」歐陽暖微笑著回答。

「妳們這是去哪兒啊？」寧老太君笑咪咪地拉過歐陽暖柔軟細嫩的手問道。

「我帶著雪兒去夢雨樓。」歐陽暖微笑著回答，看到寧老太君似乎心情不錯，藉機舊事重提：「外祖母，暖兒之前跟您說過，關於回府的事情……」

寧老太君立刻把臉一沉，一下抽回手來，「回去幹什麼？差點把小命都給折騰沒了！妳要是還認我這個外祖母，就老老實實在侯府待著，不許回去！」

歐陽暖還要說什麼，寧老太君卻扶著頭道：「哎呀，我許是年紀大了，頭怎麼暈起來了……」

歐陽暖一愣，寧老太君向旁邊的杜嬤嬤眨了眨眼睛，杜嬤嬤臉上難掩笑意，老太君也實在太有意思了，在旁人跟前那麼莊嚴端莊，在外孫女跟前反而像是個小孩子，竟然還使小心眼。

「表小姐，有什麼事明天說吧，我先扶著老太君回去。」杜嬤嬤向歐陽暖點點頭。

歐陽暖在心裡嘆了口氣，眼睜睜看著寧老太君一步三晃地離開了。

剛走出歐陽暖的視線，寧老太君就嘆了口氣，「這個孩子真是傻，那一家子都不是什麼好東西，她非要送上門去幹什麼？」

「老太君，表小姐也是為了表少爺……」杜嬤嬤輕聲細語地解釋道。

「哼，一心就想著她那個弟弟，當真是不要命了！」寧老太君臉色更難看，在她看來，歐陽爵畢竟是歐陽治的兒子，而且容貌上也更肖似歐陽治，每次讓她看到心中總是不悅，總覺得和自己隔了一層，並不像歐陽暖那麼貼心可愛，活脫脫就是婉清的影子啊！

「老太君，您可不能說這種捅心窩子的話，在表小姐心裡，您也是很要緊的！您忘啦，半個月前您偶感風寒，表小姐知道了，親自來陪伴您，膳食藥餌樣樣精心，每夜陪伴到夜深也不肯離去！老奴因她自己身子也還傷著，逼著她回去，可她次日天剛明又來陪著，直到您病癒，她才肯回去！您說，這樣孝順的外孫女到哪裡去找呢？」

歐陽暖很貼心很孝順，寧老太君也是知道的，但她擰緊的眉心並沒有就此放鬆，「唉，妳說的這些我也知道，只是……」

「只是表小姐天性純善，心中總是記掛著別人。老奴說句不當說的話……老太君，六小姐是個庶出的，便是大夫人給了恩典將她養在自己身邊，生母的地位到底太低了，府中上下打心底裡說，誰肯正眼兒瞧她呢？便是大少爺和二小姐，對她也不過是面子上過得去罷了，表小姐卻耐得下心來陪伴這個孩子，可見她真的是心地純善的人啊！對待小表妹尚且如此，更何況是一母同胞的親兄弟呢？到底姊弟連心，那天表少爺來報信的時候，眼睛都紅了，您忘了嗎？」

「她心地仁厚，實在難得……」寧老太君面露讚許。

杜嬤嬤又道：「老太君，您還記得嗎，惠安師太說過，將來表小姐還有大福氣呢！」

寧老太君微微一愣，想起惠安師太的話，不由自主點點頭，道：「暖兒是個有心胸的孩子，當初婉清那丫頭就是太剛強，凡事一根筋，總是硬碰硬，費心力又累人還不討好，暖兒卻知道以柔克剛，將來一定能有大造化，正因為如此，我才不想她回到那對狼心狗肺的母子身邊去！暖兒一天天大了，他們打的什麼主意，我老婆子心裡清楚得很！」

「您是說……」

寧老太君冷哼一聲，面容如冰似雪，「歐陽家不想著給女兒找個好人家，整日裡想著攀龍附鳳！妳以為我留下她在身邊是為了讓她陪伴我這個老婆子呀？我是為了她打算！如今馨兒已經有了好歸宿，下面我就得為暖兒掌眼了！」

杜嬤嬤聽得連連點頭，心裡卻想，如今鎮國侯府的孫女之中，除了長房嫡系的林元馨外，二房的大小姐林元柔、三房的三小姐林元蟬和四小姐林元嵐、五小姐林元梅，這四人都不是老太君的親孫女，和老太君也不是一條心，反倒是歐陽暖這位侯府嫡長女留下的外孫女，將來或許能和元馨小姐互為臂膀，彼此扶持。林元馨的婚事定了，老太君更要急著幫表小姐謀劃了，難怪不肯放人……

她這樣想著，臉上的笑容更深了些。

風輕輕吹拂，湖邊幾步一柳，好似綠霧般的柔媚動人，加之山茶、石榴、杜鵑、碧桃等嫵媚的花樹陪伴，更覺舒卷飄逸，窈窕多姿，池水悠然泛起淺淺漣漪，金色鯉魚在水中游來游去，萬般的詩情畫意盡現其中。

看到花園裡的那一幕，肖天燁冷冷一笑，歐陽暖素來心機深沉，善於拉攏人心，如今這京都上上下下都被她矇騙了過去，到處傳言她相貌美麗，才華橫溢，更為了救護幼弟不惜以命相搏，別人還以為她是個多純良的人……依他看，這世上心腸最黑、嘴巴最毒的女人非歐陽暖莫屬了。

肖天燁翹著腿，在涼亭外面的草叢裡躺著。秦王在三天前向他提起，有意為他聘下鎮國侯府的林元柔為世子妃，林元柔長得是圓是扁，他還當真沒有注意過，只是他知道，林元柔是歐陽暖的表姊，而歐陽暖在鎮國侯府休養，只這一點，就讓他起了興致，找了法子混入這鎮國侯府來。他告訴自己，不過是想要看看林元柔到底什麼模樣，實際上他也說不清心裡究竟是什麼樣的心思，沒想到，來的第一天就和歐陽暖撞個正著。不過看樣子，她壓根兒就沒有認出自己，否則早已大聲叫起來，或者逮著自己羞辱一番了。肖天燁的唇邊勾起一絲冷笑，認不出更好，方便他行事。

本來管家分配好了，將他與另外三名僕役分在一個房間裡，可他是什麼樣身分的人，怎麼肯和那些下賤的人一個房間，不過略施小計，那三個人就一個接一個搬著枕被，竄到其他房裡去睡，讓他獨占一間房。除了臉上用來掩飾的傷疤經常被人遠遠圍觀指指點點外，他不覺任何不適。

「阿葉！」亭外，有人大聲喚著他，他雖聽見，卻不搭理。

那聲音並不放棄，又喊：「阿葉！」

肖天燁挑起眉頭，微眯視線，卻見到一個眼熟的丫鬟叉腰站在跟前。

這世上能讓他記住的臉孔不多，眼前這人恰好他認識，她是跟在歐陽暖身旁的貼身侍女，歐陽暖剛才身邊還帶著她，與其說他對這丫鬟有印象，不如說是她跟隨的主子太教人嫌惡。

終於找到了人，菖蒲笑道：「你叫阿葉是吧，我們小姐要請你幫個忙！」

化名為阿葉的肖天燁皺起眉頭，歐陽暖？難不成她已經識破自己的偽裝了？不可能啊，自己這副臉還特地到秦王跟前繞了兩圈，連自己親爹都沒能認出來，他就不信歐陽暖可以，所以他冷冷瞧了菖蒲一眼，好整以暇地站起來，垂首道：「表小姐有什麼吩咐？」

「昨夜下了雨，夢玉樓門口的小徑上全都是落葉和浮塵，小姐身邊事情多，我們丫鬟人手不夠，實在忙不過來，我家小姐和府裡管家說了，他說分派你去幫忙，所以要請你掃乾淨夢雨樓門前的小徑。」

叫他掃地？是他聽錯了，還是歐陽暖發了神經？他，肖天燁，是堂堂的秦王世子，居然被人指揮去掃地？還不等他拒絕，一把笤帚已經塞到了他手上。

肖天燁難以置信地看著自己手裡的笤帚。

菖蒲嘿嘿一笑，「辛苦你了。」說完就不見了人影。

肖天燁冷笑一聲，管家分派的工作是吧？他拿著笤帚，慢慢走到夢雨樓門口，輕輕邁開一步，雙臂伸展，以自己的身體為中心，像是往日練劍一樣揮動著笤帚，小徑上的落葉開始被漩渦捲入，像是頑皮的孩子突然沒了稜角，乖乖地一點一點聚成一堆。他的整個動作如同行雲流水，像是在舞劍一樣，臉上連半滴汗也沒流，輕輕鬆鬆就將小徑清掃乾淨。

夢雨樓，二樓窗戶邊，歐陽暖含笑看著眼前的一幕。

菖蒲好奇地問：「小姐，奴婢覺得這個人好古怪啊，咱們要不要稟報老太君？」

歐陽暖道：「只怕我們還沒去，他人就不知道跑去哪裡了，才不會等著你去抓。」

秦王世子混進來是為了什麼呢？這真是一個頗費思量的問題！

歐陽暖看著肖天燁黑著臉將落葉都掃了個乾淨，輕輕地搖了搖頭。

「難不成任由他這樣留在內院？」菖蒲瞪大眼睛，看著歐陽暖。

「他雖然心腸歹毒，卻也不是雞鳴狗盜之徒，不必那樣緊張，也許……」肖天燁的心思詭譎莫測，外人實在難以揣度，歐陽暖不由嘆氣，「既然他要胡鬧，我們便陪他玩到他不想玩為止。」

「是，小姐！」

「阿葉，整理一下花園，那些雜草長得太長了！」

「阿葉，去修理馬廄，那裡的棚子漏雨了！」

「阿葉，今天的花澆水了沒有，那可是老太君最心愛的牡丹，碰壞了你賠不起！」

「阿葉，水缸裡的水沒有了，你快去打水！」

「阿葉，這兩箱東西，表小姐要搬去倉庫……」

肖天燁的嘴角凝了一絲冷笑，他這輩子從不聽別人的命令做事，就連父王要他娶妻，都是用商量的口吻。他一直高高在上，享受著眾人唯唯諾諾的崇敬與懼怕。

為什麼他現在會任由歐陽暖通過各式人等下達命令，要他打雜、修屋頂、餵馬，這些鎮國侯府不都是有專人去做嗎？為什麼自己一個本來只負責花園除草的僕從要幹這麼多事情？

等他驚覺過來時，他已經變成大家眼中深受器重的僕役，甚至有幾個人敢拍拍他的肩，一副與他哥倆好的模樣，讚許地說：「今天工作辛苦啦，沒想到表小姐這麼器重你，將來肯定高升啊！」

他在不知不覺中，被歐陽暖當成下人使喚！

這是肖天燁在鎮國侯府待了五天之後，猛然發現的事實。

夢雨樓

歐陽暖午憩方醒，躺在貴妃榻上看書。

「小姐，您醒了嗎？」紅玉在門外問道。

「進來吧，我醒著。」歐陽暖看著紅玉手中捧著托盤走進來。

紅玉掀開茶盅，微笑著道：「小廚房特地送來金絲蜜棗茶，養胃暖心，大小姐趁熱喝了吧。」

歐陽暖點點頭，紅玉看了旁邊一眼，奇怪地問道：「菖蒲這丫鬟跑到哪裡去了，今天不是應該她守著嗎？」

「我讓她去跑跑腿。」歐陽暖笑了笑，目光之中別有深意。

「小姐，您是不是很討厭那個叫阿葉的侍從啊？如果是這樣的話，奴婢可以稟報管家將他攆出去的！」紅玉想起大小姐經常讓菖蒲去吩咐管家給阿葉交代任務，不由認真地說道。

歐陽暖聞言一愣，旋即燦然笑道：「不，我是覺得他很勤快，很聽使喚！」

「小姐，您是不知道，讓他鋤草他能把名貴的蘭花給連根拔起；讓他澆花卻硬生生澆死了一盆極品牡丹；讓他修理馬棚結果掉下來一片瓦嚇壞了大少爺的愛駒；讓他打水連桶是壞的都不知道，一路不知漏了多少水！這樣肩不能挑手不能提的人做什麼僕役，簡直就是個貴公子嘛！偏偏他心比天高，脾氣還大，管家說兩句就黑了臉，真不知道招來這樣的僕役是不是侯府倒楣……」紅玉顯然對這個阿葉很是看不起。

歐陽暖挑起眉，聽著紅玉敘說「阿葉」的豐功偉績，臉上始終帶著笑容。

紅玉臉上越說越氣憤，歐陽暖卻點頭笑道：「其實做僕役比做公子要難，這一點，我想他從今往後也能體會。」

「小姐，您在說什麼？」紅玉沒有聽明白。

歐陽暖笑道：「我說，熟能生巧，妳們使喚他做事就是在幫他儘快做好一個僕役的本分，他應該謝謝妳們才對！」

紅玉深以為然地點點頭，「小姐說的對，奴婢已經按照小姐的吩咐跟管家說過了，這府裡大家不願意做的活兒都可以分給他，讓他好好鍛煉鍛煉！」

菖蒲正好從外面走進來，掛著的笑容十分燦爛，使得她濃眉大眼的臉顯得很是可愛，「小姐，您交代的事情奴婢已經告訴管家啦！」

「小姐這回交代了什麼事情呢？」紅玉好奇地問。

歐陽暖看了紅玉一眼，微微笑了。紅玉實在好奇，可是這時候偏偏梨香進來稟報說林元馨到訪，她只能打住好奇心，笑著迎了出去。

林元馨抱著一盤棋進來，笑容明媚得讓人看了眼前一亮，「暖兒，咱們下棋好不好？」

歐陽暖點點頭，吩咐紅玉收拾了桌子，然後將棋盤放在上面。

林元馨很喜歡下棋，只是水準不高，跟誰下棋都被嫌棄，就連林之染一看到她抱著棋盤過來都要躲，只有歐陽暖有這樣的耐心，一個時辰一個時辰地陪著她下棋，一坐就是一下午。

歐陽暖雖然棋藝出眾，但不知為什麼，林元柔每次和她下棋，三盤總能贏一盤。剛開始林元柔以為歐陽暖是在故意相讓，可是怎麼看都看不出端倪來，便很高興地將之歸咎為自己的棋藝有了大幅度的提升。

旁邊的案几上擺放著蜜茶和各色細巧糕點，林元馨滿臉歡喜，一邊下棋，一邊揀了喜愛的來吃。每下一子就吃一塊點心，不知不覺間，一盤點心已經空空如也。

歐陽暖隨手下了一步，林元馨看這棋對自己很不妙，托著腮幫子思索，一隻手伸向盤子胡亂摸索，半天沒摸到東西。

歐陽暖看著她，認真道：「馨表姊不知道嗎？皇長孫最喜歡纖細苗條的女子，妳若是吃得胖了，出嫁的時候可怎麼辦？」

「啊——」林元馨突然抬起頭，手也立刻被燙到一樣收了回來，「真的嗎？」

歐陽暖臉上的笑容一本正經，「這是自然的。」

「那怎麼辦？」

歐陽暖又下了一步棋，才笑道：「那就餓著，一直餓到妳出嫁為止。」

「啊，那不是還有好幾個月？我不得活活餓死呀！」林元馨一邊說著，一邊看了一眼棋盤上的棋子，立刻叫起來道：「暖兒，妳好狡猾，這棋怎麼會這樣下？不行，重新來過，重新來過……」

她一邊嚷嚷，一邊飛快的將那枚棋子又拈起來放在一邊，「我剛剛只顧著和妳說話都忘了下棋了，這一局不算……」

「表姊，落棋無悔喔！」

「才不是，這是妳耍詐！」

「兵不厭詐！只要達到目的，手段又有什麼關係？」歐陽暖微微一笑，「再下十盤，今天妳也別想贏我！」

「才不會，我一定能贏！」林元馨認真起來，「再來再來！」

僕役房

管家張大有看了肖天燁一眼，面無表情地道：「阿葉，將僕役房的夜香倒了，順便把馬桶也刷一刷，完事後記得把地板也洗乾淨。」

肖天燁：「……」

片刻，屋子裡如同死寂一般。

「我受夠了。」肖天燁一字一字咬牙切齒地說。

對，他受夠了！堂堂一個秦王世子，憑什麼過這種卑賤生活？到鎮國侯府來偽裝僕役已經夠委屈了，被人使喚來使喚去更是叫他憋屈，現在連馬桶都讓他刷，如果傳出去，他還有臉活在世間上嗎？不如死了乾淨點！

他面容緊繃，俊俏的臉上那長長的蜈蚣疤痕平添了三分可怕的戾氣，內心那股憤懣抑鬱的怒火在熊熊燃燒。

張管家和氣地微笑，「阿葉，我們侯府的規矩你是知道的，你既然簽了一個月的短約，就不能輕易反悔，否則你去哪家也找不到活計了。」

「這個不用你擔心。」肖天燁心中冷笑，這世上除了歐陽暖，誰敢分派給他活做，又不是活得不耐煩了！

「阿葉，別怪我沒警告你，如果你敢現在離開，咱們府上馬上就找畫師將你的畫像畫出來，謄個一千份，貼滿東南西北各道城門，到時候全京都的人都會知道你是如何的不守信用！」張大友的語氣很平常，絲毫也聽不出威脅的意味，可是他眼底的認真讓肖天燁知道對方絕不是在開玩笑。

「鎮國侯府什麼時候有這樣的規矩了？」

張大友睜眼說瞎話：「最近剛有的。」事實上，這一切都是表小姐教給他說的話，確實很有效。那些偷懶耍滑的非家生奴婢非常懼怕這一點，因為如果鎮國侯府張貼了他們的畫像，等於上了黑名單，誰家也不會再要這樣的奴婢。

肖天燁眉間的冷靜驟然劃破，陰狠瞪著張大友，對方全然不怕，還回給他一個肯定的點頭，

「你若不信，大可以試試看！」

自己雖然不是以真容出現，但若這副模樣被畫下來，再到處張貼，一旦被有心人看到，還不知道會鬧出什麼事情來？

「好，我做！」肖天燁陰狠的目光一閃而過，瞇細的黑睫掩去眸裡肅殺之氣，抿閉的薄唇不發一語，「只不過請幫我轉告貴府的表小姐，有朝一日，她會為她今日的所作所為後悔的！」

張大友一走，肖天燁一腳踢翻了身旁僅有的一張桌子。

歐陽暖這是把他當成打發無聊時間的樂子了是吧？時不時逗逗他、耍耍他，激得他青筋暴突、咬牙切齒時，她就會站在一旁看好戲！

肖天燁再次懷疑對方已經識破了自己的偽裝，可是等他摸上自己那張刀疤臉，立刻覺得這一切不過是巧合。哼，不管是不是，她都要為她的所作所為付出代價！

# 伍之章◆偷天換日妙籌謀

黃昏時分，林之染回到墨玉堂，沈氏已經坐在那裡等著他。

他大步跨了進來，行過禮，笑道：「娘今日怎麼有空過來？」

沈氏微笑道：「只是來看看你，順便也有一件事要與你商量。」

看著周圍的丫鬟們陸續退出去，沈氏才道：「你爹爹囑咐我一件事，要與你說……」卻不再說下去。

林之染細想了想，臉色微微一變。

沈氏看他一眼，眼中含笑，「從前你不想過早娶妻納妾，我由著你，但是你妹妹如今都要出嫁了，你爹爹昨日又提起，你也該早日和鄭小姐完婚才是。」

林之染面色一下子白了，坐著並不說話，目中隱隱有光華流動，叫人猜不透他是什麼心思。

沈氏笑道：「這位鄭小姐出身世家，知書達理，一定是你的良配，娘就不懂了，難不成你對她有什麼意見嗎？」

林之染的笑容有些疏離，「祖父當年訂下的婚約，我還有什麼異議？」

沈氏面帶疑惑地盯著他看了片刻，道：「你莫不是……另有了意中人？」

林之染心中一跳，口中卻沒有接話。

沈氏嘆了口氣，淡淡地道：「這門婚事是你祖父當初訂下的，便是我與你父親都不好駁回去，昨日老太君又提起這件事，我也實在遮掩不過，你若是不想立刻迎娶，就自己去與她老人家說吧。」

林之染淡淡地道：「請娘放心，老太君那裡我自然會去解釋。」

沈氏點點頭，站起來，似乎想要走出去，可是走了兩步，又回頭看著林之染，道：「有些事你不說，我心裡也有數。你只記住一點，你祖父當年為你早早訂下興濟伯府的嫡女，自有他的道理，你謹記此點就是。」

林之染語氣清淡：「這些話不用娘說，我也明白。」

沈氏瞧著他的神色，越發不放心，乾脆站住身子道：「你莫不是看中別人家的姑娘？若是有，就由我去和老太君說，等鄭小姐進門後，再納一位侍妾也不妨事。若這位姑娘門第高，咱們家許個平妻，想必也不是什麼難事。」

略靜了片刻，林之染道：「沒有。」頓一頓又道：「鄭家小姐很好。」

他臉上有一絲笑容，可沈氏卻瞧不出半點歡喜的意思，心中更加憂慮。無法繼續關於他婚事的談話，只好說：「罷了，你願意什麼時候娶就什麼時候娶吧，娘不逼你。只是這婚事，便是娘不提，老太君也會跟你提的，你得早些有個準備。」

林之染默然片刻，道：「孩兒知道了。」

夢雨樓

夜深人靜，紅玉輕手輕腳地進了內室，水晶簾子在她身後發出叮叮噹噹的脆響，煞是好聽。

歐陽暖正站在窗邊，目光悠然冷淡，紅玉輕聲道：「小姐，該安歇了。」

歐陽暖回過身，眼睛裡流光溢彩，笑道：「不，現在我還不累。」

紅玉見她笑容恬淡，忍不住又道：「您到底在想什麼？如今您身子剛剛好，可別又累著了。大少爺一天派人來問好幾趟呢，您若是再病倒了，他又該著急了。」

「爵兒？」歐陽暖低聲道。

「小姐，奴婢說的是鎮國侯府的大少爺。」紅玉微笑著看向歐陽暖。

歐陽暖淡淡一笑，眼光冷淡，不知道在想些什麼。

「或者您寬了外衣去床頭看書，奴婢替您掌燈，好不好？」紅玉又輕聲道。

「不，妳先下去吧，若是我有事再叫妳。」歐陽暖輕聲答道。

紅玉看了她一眼，心裡雖奇怪，卻也不敢再問，轉身走了出去，又怕晚上歐陽暖要叫人，索性端了個小杌子，取了針線出來，認真地守在門外，不時往門內瞟一眼，時刻準備著歐陽暖叫她。

今天本是菖蒲值夜，紅玉卻一直守著不肯離開，歐陽暖看在眼裡也不勸解，隨意拿了一本書坐在燈下看書。

夜半時分，只聽到燭火劈啪一聲脆響，忽而一個清朗聲音徐徐來自身後：「歐陽小姐，這麼晚還不安歇嗎？」

歐陽暖眼神一冷，慢慢回身，露出笑容，「世子爺，別來無恙！」

燭光下，肖天燁的臉近乎邪美，微微瞇著的閃亮眼眸透著一種說不清的魔力，他冷眼打量著歐陽暖，見她黑亮如雲的秀髮上僅挽著一支長長的墜珠流蘇釵，身上穿著繡葛巾的八幅粉紫綺羅長裙，容顏如玉，眼神晶亮，溫柔中別有一番華麗風致，更襯得清麗無匹。他喉頭一緊，彷彿有些透不過氣來，臉上的笑容卻在一瞬間變得更冷，「妳果然早就認出我來了！」

歐陽暖微微一笑，「誰還能像您這樣討厭我呢？」出賣肖天燁的，是他那詭異古怪的眼神，這樣的眼神，歐陽暖從未在其他人身上看見過。

「所以妳是故意在耍我？」肖天燁輕輕一哼，雙目中的清淺水霧全化作了霜雪。

歐陽暖的雙唇抿成好看的弧度，緩緩地道：「秦王世子生來富貴無雙，只知春來擊球走馬，夏來泛舟湖上，秋來縱馬圍獵，冬來賞梅烹茶，卻沒想過自己連一個僕役都做不好吧？所以我這不是在耍您，只是讓您認清現實。」

肖天燁冷冷地望著她，「巧言令色！耍弄我的人是要付出代價的，妳難道不知道？」

歐陽暖眸中帶了淡漠的笑意，話說得十分溫婉，卻暗藏了凌厲的機鋒：「秦王世子若是老老實實在秦王府待著，我又怎麼有機會來耍弄您？您的所作所為，總不會是來與我敘舊的吧？」

肖天燁冷笑，「不用拿話搪塞我，妳不是聰明無雙嗎？那妳猜猜我來鎮國侯府為的是什麼？」

歐陽暖隨意地走到窗邊的一盆牡丹邊上，含笑看著肖天燁，「有花堪折直須折，莫待無花空折枝，世子爺此來，是『取』名花的吧。」

肖天燁的眼中掠過一絲冰冷，「什麼事情都瞞不過妳，歐陽暖，女人太聰明了可不是好事。」

歐陽暖莞爾一笑，手指若有若無地撥弄了一下牡丹的葉子，「鎮國侯府許了一位千金出去，秦王殿下坐不住了嗎？只是我沒想到，這一次竟會是世子爺親自前來。」

肖天燁濃密的睫毛輕輕顫了顫，唇角漾起一絲諷刺的笑，「不錯，我正是想看看林元柔是不是有資格做我的正妃。」

歐陽暖背對著光，微眯了眼看他，神態悠然迷人，肖天燁的心跳不受控制地快了一拍，張口便道：「只是看見妳，我突然改變了主意。」

他的語氣前所未有的詭異，歐陽暖訝異，「世子爺可別告訴我你沒看上柔表姊，看上我了。」

肖天燁冷冷一笑，「有何不可？」

歐陽暖只是隨意地撫了撫臉上落下的青絲，微笑著看向他，「世子爺這算是移情別戀了嗎？只怕秦王殿下不會答應。」

她舉止隨意，語氣平淡如同閒話一般，並不見任何的慌亂與緊張，肖天燁先是皺眉，然後反倒笑了，「這些日子以來，我一直想著要怎樣折磨妳，現在我終於知道，只要將妳娶回家，以後我要怎樣折磨妳都是我的事情，妳說這個主意妙不妙？」

歐陽暖愕然，眼裡閃過一絲厭惡，人卻是沒有動，微微側著臉，微笑著看他，「真的嗎？可惜暖兒是不會去做別人的側妃，莫說是側妃，便是您送個世子妃給我，我也是不做的！」

他不要是一回事，被拒絕又是另一回事，尤其還是這麼冷淡的口氣，肖天燁冷笑道：「一個吏部侍郎的女兒，好大的口氣！」

歐陽暖平靜地與他對視，「世子爺，世間任何事情的決斷，無外乎情理法三字，論理，你處處為難，無理之至！論法，你濫殺無辜，目無法紀！論情……你我之間，連朋友都算不上！你便是求我，我也不會嫁給你！」

「妳——」肖天燁眼中似乎射出無數冷箭，隱隱跳動的是無邊無際的怒火，「妳可知道，嫁給我意味著什麼？」

歐陽暖一雙流光溢彩的眼睛蕩漾著無限冷意，「嫁給世子爺，自然意味著榮華富貴，身分崇高，然而暖兒不羨黃金罍，不羨白玉杯，不羨富貴鄉，不羨王侯尊！若我想要，世子妃的位置自然會是我的，只可惜……你，我不要！」

肖天燁還從不曾被人這樣嫌棄，頓時惱羞成怒，剛平靜下來的情緒立時又被點著，「好好好！歐陽暖，妳竟敢說出這樣的話！」他猛地上前，要攥住歐陽暖的手腕，卻突然感到一陣頭暈目眩，整個人向後栽倒下去。

歐陽暖微微一笑，伸手拈一朵牡丹在指間，「這一株牡丹名叫弄豔，黃昏盛開，翌朝凋謝，不是侯府所有，普通人更是不會栽植的，您可知道它有什麼效用嗎？」

肖天燁跌坐在椅子上，目光凜然，「我太小看妳了！」

「世子爺大風大浪都過來了，若不是過於小看我這個女子，怎麼會落到這個下場呢？」

肖天燁憤怒地想舉起手來，卻半點都動彈不了，歐陽暖的笑容更深，「我勸你不要白費力氣，如果沒有解藥，世子爺可是脫不了身的。」

「妳想怎樣？」肖天燁冷冷地掃了她一眼，從嘴唇裡輕輕擠出一句。

「我想想……」歐陽暖微笑，她靜謐而安詳立於月光花香之中，聲音清越動聽，肖天燁只覺得她離他那樣遠，眼前只餘那一盆雪白的弄豔悄然盛放。

「也許可以將你打扮一番，當做禮物送出去。」歐陽暖輕笑著，唇角勾勒出清冷的笑紋。燭火照射在她翩然的衣袂上，映射出耀眼的光澤。風聲在樹葉間無拘穿過，簌簌入耳，這一瞬間，肖天燁只覺得自己像是發了瘋，被她這樣捉弄，竟也沒有立刻憤怒發狂，他冷笑道：「那麼，可要好好打扮才是。」

歐陽暖看著他，忽然想起「面如冠玉」四個字，只那麼一瞬間，她已覺得他這樣專注的目光十分不妥，不由轉頭看著別處。

正巧這時候，門口傳來紅玉驚慌的聲音：「小……小姐？這……這個人是……」菖蒲手中拎著一根棍子也衝進來，看見裡面這景象，頓時傻了眼。

歐陽暖一臉笑容，道：「不必害怕，只是咱們有一位尊貴的客人到訪罷了。」

紅玉驚疑不定地看著臉上去了疤痕的肖天燁，又看看一臉笑容的歐陽暖，頓時迷茫了……

第一天一早，寧老太君便讓府裡的幾位小姐都過來榮禧堂。杜嬤嬤吩咐綠蕚、玉芍兩個丫鬟先去林元馨的春分閣和歐陽暖的夢雨樓，然後才讓蘇木和瑞雪去別處通知。

杜嬤嬤伺候了老太君這麼多年，很明白她的心思，林元馨是嫡孫女，即將嫁入太子府，身分地位自然不同，而歐陽暖是林婉清的女兒，老太君將她也看得很重，這兩個人自然是要先通知的，其他人就要稍微等一等了。

巧合的是，林元馨一大早就在夢雨樓找歐陽暖說話，玉芍就把兩人一併請過來了。

寧老太君看她們一前一後進門，不由自主從眼睛裡笑了，「來，我命人給妳們姊妹做了幾套春裳，看看妳們都喜歡什麼顏色。」說著讓杜嬤嬤去打開箱籠。

歐陽暖不由笑道：「老太君，在家的時候我已經做過四套了，這些就留給姊姊吧。」

寧老太君不以為然地道：「這是侯府訂製的，跟外頭那些繡樓的衣裳可不一樣。」

林元馨拉著歐陽暖笑道：「祖母的一番心意，暖兒不要推辭了。」說著向她眨眨眼睛。

歐陽暖笑著點了點頭。

箱子裡裝了十幾套春裳，有絳紅、粉紅、銀白、墨紫、銀紅、鵝黃、輕綠等不同的顏色，無一不是用料講究，繡工出眾，非一般繡樓裡製作的衣裳可比。其中最耀眼的是上面放著的四套，一套是天青實紗流雲繡，一套是紫緞五彩鳳凰細繡，一套是姣月軟緞牡丹細繡，一套是銀紅色的海棠春睡紗繡。

一時之間，滿屋子流光溢彩，絢爛非常。

寧老太君看她們眼中都流露出驚訝的神色，不由笑道：「這可是宮裡頭尚衣局的一位老嬤嬤親手繡出來的，外面可找不著這樣的手藝了，妳們姊妹先挑吧！」

林元馨看了十分喜歡，拿著這套看看，那套看看，幾乎不知道挑什麼好，最後對歐陽暖道：「妳來幫我拿主意好不好？」

歐陽暖點點頭，看了那最上面的四套衣裳一眼，笑道：「紫緞五彩鳳凰細繡、姣月軟緞牡丹細繡這兩套，富麗典雅，內斂高貴，很適合表姊的氣質，依照我看，表姊應當選這兩套。」

這兩件的確是最出眾的，更難得的是，歐陽暖半點也沒有想要據為己有的意思，寧老太君看著連連點頭，微笑道：「沒錯，這兩套和馨兒很相配，馨兒，妳拿走吧。」

林元馨看了歐陽暖一眼，笑道：「不，這兩套既然是最美麗的，我也不能一個人都拿走，暖兒妳喜歡哪一套？」

歐陽暖看著林元馨黑白分明的眼睛，那裡面全然都是真誠，對方明明也是那樣的喜歡這兩套衣裳，寧老太君也發話讓她拿走了，她卻捨得讓自己從中挑選，這樣的女子，誰會不喜歡呢？歐陽暖的眼睛在那兩套衣裳上滑過去，最後落在另一套銀紅色的春裳之上，微笑著將它捧起來，道：「表姊，我喜歡這一套的顏色。」

「暖兒，妳……」

「表姊，這一套的顏色更適合我。」銀紅的軟和色調配上歐陽暖潔白如玉的臉，的確比豔麗的顏色更合適，林元馨也不禁點點頭，道：「那我就拿這兩套吧。」說著，向旁邊的丫鬟山菊點點頭，山菊便小心翼翼地將那兩套衣裳捧起來。

寧老太君看到這一幕，衝杜嬤嬤點點頭，臉上的笑容十分的滿意。懂得真心謙讓，互相扶持，這兩個孩子的路將來才能走得更長遠。

林元馨和歐陽暖又各挑了幾套春裳，才相攜著離去。

花廳

蔣氏正和林元柔坐著說話，林文淵已經向秦王婉轉地提出過要將林元柔嫁過去的意思，秦王也點頭同意了，並且說明將另擇一個好日子請皇帝賜婚。這樣一來，自己的女兒很快就是世子妃了，蔣氏越想越高興，自然要將這個好消息告訴林元柔。

「真的說定了？」林元柔問道。

蔣氏點點頭，「可不是，秦王點了頭，那還能有假嗎？」

林元柔的臉不由自主有些發燙，她素來對肖天燁有幾分懼怕，但他到底是秦王世子，又生得十分俊美，既然婚事訂下來了，她一個女兒家也就不能再說什麼，乾脆轉了話題：「歐陽暖的傷勢都好了，老太君為什麼還不把她送回去？老待在咱們家幹什麼？」

蔣氏聞言揚起眉，眼角卻帶著冷意，「妳還看不明白嗎？老太君將她接進來做什麼，還不是想要給她找個好人家！」

「她？」林元柔的臉上露出冷笑，「她有自己的父母，憑什麼咱們侯府為她操心？」

「總是妳大姑母的骨血，老太君怎麼會看著歐陽家隨便給她找個婆家？自然是要千挑萬選。」

林元柔一臉的輕視，「不過是個吏部侍郎的女兒，還想要攀高枝嗎？」

蔣氏喝了口茶，不以為然道：「若她才貌平庸，自然只能嫁到門當戶對的官宦人家，但如今她和那蓉郡主並稱京都雙璧，又得大公主青眼，將來若是公主願意為她擇婿，就大不一樣了！」

林元柔像是想起了什麼，眉頭微微一皺卻又鬆開，笑道：「那也不一定。」她欠起身在母親耳邊悄悄地說：「二姑母不是想把她嫁到蘇家嗎……」

蔣氏聞言冷笑，「那女人是個糊塗的，妳也糊塗了不成？只要榮禧堂那老太太還活著，怎麼可能讓她嫁給一個商戶？」

林元柔眼珠子一轉，「商戶不行，京中的紈褲子弟破落勳貴可多的是！」停頓了一下又道：「她如今就在咱們府裡頭住著……不如……」

她的話雖然沒有說完，蔣氏已經明白她的意思，當即打斷：「這事妳可別亂出主意，再說……若是不成功，反倒惹得一身腥。」

「哼，難不成任由她風風光光的嫁出去嗎？她可是欺負過我的！」林元柔沉下臉。

蔣氏看她不滿的樣子，反倒笑了，拍拍她的手道：「我是她的舅母，本來也不必費心費力與她為難，可是如今看來，她倒像是個極有心計的，與其養虎為患，讓她們姊弟成為長房的助力，不如先下手為強，只是……妳要等一等，容娘好好想一想到底該怎麼做！」
實際上，歐陽暖將林婉如害到如斯地步，林文淵怎麼肯輕易善罷甘休，如今不過是伺機而動罷了，蔣氏相信，過不了多久，歐陽暖就要嘗到苦頭。
林元柔還想要說什麼，蔣氏卻微微一笑，點了點她的額頭，嗔道：「妳別想這些事兒了，一切由娘為妳做主，她不是奚落過妳嗎？將來有一天妳做了皇后，娘讓她給妳叩頭認錯！」
林元柔的眼睛一下子亮起來，她最恨的就是歐陽暖那副恃才傲物的得意樣子，將來有一天自己成了貴人，看她還猖狂得起來嗎？
正想著，外面的丫鬟通稟了一聲，隨後領著丫鬟蘇木進了門，說是老太君要請大小姐去挑選春裳。林元柔皺起眉頭，「開春的時候不是做過了嗎？」
蔣氏心道：老太君一是為林元馨添妝，二是為歐陽暖裁衣，此舉大有深意，便拍了拍她的手道：「快去吧。」
林元柔狐疑地看了蔣氏一眼，突然想明白了關鍵，臉色不由得陰沉下來。
時間上錯開了一盞茶的功夫，歐陽暖和林元馨剛剛走到花園，就看見林元柔帶著丫鬟匆匆走過來。林元柔看見她們，嘴角一撇，眼睛裡露出諷刺的笑意，「二位這是從哪兒來啊？」
林元馨看了她一眼，淡淡地笑道：「老太君讓我們去挑選春裳，剛剛出來。」
林元柔的目光立刻就落到旁邊的山菊身上，她眼睛很尖，看到托盤上那幾件流光溢彩的春裳，眼睛一下子就亮起來了，再也顧不得和她們二人多說話，急急忙忙帶著丫鬟往榮禧堂的方向去了。
林元馨看著她的背影，皺起眉頭，「她今天怎麼沒多刺咱們兩句？」
歐陽暖的目光猶如秋水，清澈見底，她笑著道：「她不來找咱們的麻煩，這樣不是更好嗎？馨兒姊姊，我有禮物要送給妳，跟我去夢雨樓吧。」

林元馨自然沒有異議，吩咐山菊先將春裳送回去，自己則跟著歐陽暖離開。

榮禧堂

林元柔高高興興地走進屋子裡，寧老太君卻已經去休息了，只剩下杜嬤嬤在，看到箱子裡的衣服，林元柔的臉上露出歡喜的神色，二話不說，親自伸出手在箱子裡挑來挑去，臉上的笑容是少有的歡欣。

足足有兩盞茶的功夫，她都在箱子裡找來找去，意圖挑出最漂亮的，過了一會兒，她忽然想到，「三小姐她們呢？」

她說的是三房所出的三位小姐，杜嬤嬤道：「三夫人帶著小姐們出去了，一時半會兒回不來，老太君吩咐大小姐先挑。」

三房的那些人，自然不配在自己前頭挑選。林元柔點點頭，臉上帶著笑容，「四妹妹和五妹妹年紀都還小，想來不適合穿這些衣裳，將她們的也給我吧。」說著，竟然真的多挑了四套春裳。

杜嬤嬤看在眼裡，微微冷笑，卻沒有出聲阻止。

從榮禧堂出來，她問身邊的丫鬟：「我挑的這幾件衣裳如何？」

丫鬟香秀笑著回答：「小姐天生麗質，穿什麼都是漂亮的。」

林元柔點點頭，另一個丫鬟春蘭撇嘴道：「小姐，都是挑剩下的……」

香秀瞪了她一眼，春蘭卻沒好氣地道：「本來就是！剛才我都打聽過了，最漂亮的幾套都被二小姐和表小姐拿走了，剩下來沒人要的才塞給我們小姐！」

林元柔巴掌大的俏臉頓時氣得浮上青灰色來，伸手扯過春裳，惡狠狠地看著香秀，「走！」

香秀嚇了一跳，「小姐，您去哪兒？」

「夢雨樓！」

這時候，歐陽暖正和林元馨坐在夢雨樓的小花廳裡說話。

「暖兒，妳說的禮物是什麼？」林元馨手上拿著一把素白的團扇，象牙扇柄上淡淡的綠色流蘇傾瀉而下，給她整個人添上了一層嫵媚。

歐陽暖微微一笑，吩咐紅玉進內屋將禮物拿出來，待林元馨揭開盤子上的薄紗一看，眼前立刻一亮。盤子裡是一雙繡鞋，鞋頭用丹羽織就，向上微微翹起，繡鞋前面、後跟加配金葉裝飾，並鑲上了雲紋、珍珠，鞋身飾金、銀線，觀之燦若雲霞，金裹珠耀。

「好漂亮！」林元馨捧著繡鞋，眼睛發亮，「這雙繡鞋真是美極了！暖兒，妳的手真巧！」

「上次馨表姊說喜歡我穿的繡鞋，所以這兩日我特地趕製了出來，表姊看看是不是喜歡？」

「喜歡，當然喜歡，比我自己做的強多了！」林元馨一雙烏黑的眼睛閃閃發亮，哪個女孩子不喜歡精緻的東西呢，她自己也擅長刺繡，當然看得出這鞋子的繡工很精緻，臉上的笑容不由得更加燦爛。

就在這時候，兩人聽見簾子外面傳來清亮的聲音：「暖兒妹妹，妳也太偏心了，有好東西光想著馨兒，怎麼想不起我呢？」

林元柔笑盈盈地走進來，雖是一臉笑，眼角眉梢卻帶著三分嘲諷。

梨香匆匆跟進來，滿臉惶恐，「小姐，奴婢沒攔住……」

歐陽暖微微一笑，「無事，柔表姊什麼時候想來都可以，妳出去吧。」

林元馨皺起了眉頭，剛想要說話，歐陽暖卻對她輕輕搖了搖頭。

林元柔自顧自地走過來，突然看見林元馨手中的繡鞋，頓時笑道：「我當是什麼好東西，不過是一雙鞋子……」說到一半，卻從林元馨的手中劈手搶過來，「倒也很精巧。」說著，便將自己的鞋子脫下來，換上了新鞋子，「呀，真是合腳，像是專門為我做的一樣！」她和林元馨兩個人年齡差不多大小，腳型也差不多，這雙鞋穿起來十分般巧。

「妳——」林元馨見不得她那霸道的樣子，心裡十分不舒服，臉上的笑容也就淡下來了，「這是暖兒親手為我做的。」

她著重強調「為我做的」四個字，希望林元柔能夠聽明白，然而對方卻置若罔聞，不但將兩隻鞋子都穿上，還在屋子裡來回走了兩步，「倒是漂亮，暖兒還真有繡娘的天賦，要我說呀，妳要不是生在侍郎府，去做個繡娘也能養活自己了！」

林元馨的臉色越發難看，她沒想到天底下還有林元柔這樣厚臉皮的人，不但聽不懂暗示，穿了別人做的鞋子還要開口閉口都是諷刺，當真過分至極！

歐陽暖卻一直保持著得體的微笑，像是什麼意見都沒有。

林元柔一臉笑，回頭道：「這雙鞋子就先送給我吧，暖兒再給馨兒做一雙就行了。」

林元馨頓時沉了臉色，當下便上前一步，攔在了林元柔面前，冷冷地道：「按說姊姊喜歡，讓給妳也無妨，只可惜，這雙鞋子是暖兒要送給我的禮物，我不好隨便送給妳，請姊姊立刻還給我！」

林元柔面上閃過一絲惱色，冷笑道：「我要的是暖兒的東西，主人家還未開口，妳又操得哪門子閒心？什麼好東西都得先給妳，馨兒，妳也太霸道了吧？」

林元馨看向歐陽暖，歐陽暖卻也不生氣，只是笑。

「暖兒，妳怎麼什麼都讓著她？」林元馨回頭生氣地道，林元柔一直欺壓自己就算了，現在居然連歐陽暖送給她的禮物都要搶走，世上哪兒有這樣的道理？

歐陽暖慢慢開口道：「柔表姊，我也為妳做了雙鞋，紅玉，妳將那雙鞋取來，給姊姊試試。」

紅玉點點頭，「是。」

這一下，不要說林元馨，連林元柔的臉上都露出驚訝的表情。

「柔表姊，妳先將鞋子脫下來吧。」歐陽暖微笑道：「這一雙是我為馨表姊做的，左腳上頭還有個小小的馨字，妳穿著不合適。」

林元柔笑臉一愣，頓時有些訕訕的，不情不願地脫了鞋子。她也不是多喜歡這雙鞋，就是看不慣歐陽暖明明是外頭來的，卻比她還要得人心罷了。

等紅玉捧了新鞋子出來，林元柔的臉上頓時露出驚訝的表情，因為這雙鞋子跟林元馨的幾乎差不多，唯一不同的是鞋尖處鑲嵌著一顆亮閃閃的夜明珠，鞋跟還用金絲錢綴了碧玉，比那一雙更光彩奪目，她倒真是第一次見到如此花費心思的鞋子。

歐陽暖微笑道：「我來侯府打擾日久，兩位表姊對我都很照料，侯府什麼珍貴的東西都有，我送那些妳們都不會看在眼裡，所以才特意做了兩雙繡鞋，僅是聊表心意，禮輕情意重，希望二位不要介意。」

林元柔不由一怔，心道別以為用這樣的東西就能收買人心，嘴上卻道：「那就多謝了。」說完，便微微一笑，走上前去，用別人聽不見的音量在歐陽暖的耳邊輕聲道：「以為用小恩小惠就能收買人心？妳不過一時得了老太君歡心，還要爬到我的頭上來，別妄想了！」

歐陽暖含笑望著她，彷彿沒有聽見似的。

林元柔看著歐陽暖的眼睛燦然一笑，大聲道：「還是妹妹妳可心啊！」說完，帶著丫鬟，得意洋洋地離去。

林元馨看著她離去的背影，低聲嘟囔了一句：「真是不像話！」又看向歐陽暖，「暖兒，妳真是的，她這兩個月沒少給妳氣受，妳為什麼要給她做這雙鞋子？妳也太好欺負了！」

歐陽暖報之一笑，「表姊，不過是一雙鞋，並不值什麼的，何必那樣在意？」

林元馨以為歐陽暖膽小怕事，不由得搖了搖頭，道：「她往日裡欺負我也就罷了，可我絕不會任由她欺負妳的！以後她要再這樣冷嘲熱諷的，妳告訴我，我幫妳出氣！」

歐陽暖握住林元馨雪白的手，心裡一陣陣的柔軟，「表姊，妳有這份心意暖兒就感激不盡了。妳放心，我不會任由旁人欺負的，當然，也不會容許任何人來欺負妳。」

林元馨臉上的鬱色慢慢消退了，手上不由自主的加了力，握緊歐陽暖的手，「暖兒。」她的聲音微微一抖，「娘跟我說，以後進了太子府，誰都不能信，別人只會嫉妒我陷害我，但是我知道，暖兒，妳會一直幫著我的，是不是？」

饒是心如鐵石的人，看見林元馨這樣的信任也要動容，歐陽暖心中一熱，「馨兒表姊，暖兒會一直在妳身邊幫妳。」

「我信妳。」林元馨的聲音有一種柔弱與無助，「我們之間不僅僅是一同長大的情分，更是守望相助的姊妹，可我還是怕，我好怕，我知道，我心腸軟，性子又有些衝動，在太子府那樣的地方，我……我一定會闖禍的……」

「馨表姊……」歐陽暖握緊她的手，「有些事雖難以預料，也並非人力可以避免，但是暖兒希望妳明白，不管妳將來是否能夠得到皇長孫的寵愛，妳都是鎮國侯府的小姐，是大舅母的女兒，是表哥的親妹妹，也是我最尊敬最喜歡的表姊，這一點，永遠都不會改變，有我們做妳的後盾，妳什麼也不用怕。」

林元馨靜靜地望著她，眼睛裡不知不覺盈滿了淚光，「暖兒，我都明白，為了妳這句話，哪怕我掙不到寵愛，也會拚命搶到一份立足之地，絕不會牽連家人……」

林元馨留在夢雨樓用了膳才回去，等她離開，歐陽暖才回到內室。

肖天燁渾身虛軟無力地趴在一旁的軟榻上，看見歐陽暖進來，冷笑道：「妳就讓我這樣在妳的閨房待著，也不怕外人進來看見壞了聲譽！」

歐陽暖微微一笑，「旁人看見你，只會當你是誤闖小姐繡樓的登徒子，當眾打死都是輕的，世子爺要不要試一試？」

肖天燁冷冷地望著她，「妳究竟要怎樣？」

歐陽暖沉默了一下，然後非常輕地說了一句。

肖天燁模糊的只聽到幾個字，不由揚眉冷聲問道：「妳說什麼？」

歐陽暖側過頭，微微翹起嘴角，燦爛地笑了，「沒什麼。」

陽光將她雪白的臉孔染上了一層豔色，海棠花在烏黑的髮髻上開得如火如荼，她的眸子帶著三分笑意，筆直地望著他。本來在心中憤恨不已的肖天燁，看著眼前這場景不禁心中微微一動，可面上仍是維持著冷漠。

「小姐，首飾衣裳都準備好了。」

簾子就掀開，菖蒲清脆的聲音響起。

肖天燁看著滿滿一盤的女子衣裳，嘴角抽動一下，「歐陽暖，妳這是要在我面前寬衣解帶？」

歐陽暖輕輕笑了笑，道：「不，是在我的面前，請世子爺您寬衣解帶。」

菖蒲又走近了幾步，肖天燁眼皮一跳，看清了那上面青色的比甲和月白色的裙子，頓時臉色一變，「妳要做什麼？」

歐陽暖的嘴角翹起美麗的弧度，她反覆端詳著肖天燁光滑如玉的面容、英俊至極的樣貌，笑容帶了一絲揶揄，「當然是給世子爺你梳妝打扮。」

肖天燁不敢相信自己的耳朵，羞惱交加地道：「妳要我換女人的衣服？」

他的面頰不知是不是羞的，還是被氣昏了腦袋，越發襯得他的膚色若羊脂白玉。

歐陽暖勾起笑容，向前探身，深深望住肖天燁的眼睛，「世子爺，委屈你了！菖蒲，動手！」

「妳要幹什麼？不要碰我！」

菖蒲手腳迅速地給肖天燁換上了一套丫鬟的衣裳，又取下了他的束髮冠，打散了黑亮的長髮，在他頭上挽起女子才會梳的髮髻，肖天燁氣壞了，咬牙切齒道：「歐陽暖，妳快讓她住手！」

歐陽暖微微搖頭，道：「想不到世子爺穿了女裝，竟然也是別有風情。」

肖天燁是個極度驕傲的人，此時面孔一紅，只覺得一陣火辣辣的感覺，心頭湧上來的情緒是恥辱，又似乎還夾有旁的什麼，他自己也分辨不出。他先是垂下頭，不願意讓歐陽暖看著自己穿上女裝，隨即馬上又抬頭毫不閃躲，直直地望回去，說出的話像是求饒，語氣卻帶著一絲威脅：「歐陽暖，算我錯了，請妳……請妳手下留情。」

歐陽暖輕笑出聲，卻伸出雙手，用食指的指尖放在他臉頰處，用力往兩邊扯，「不要生氣呀，世子爺，你在殺我弟弟的時候，有沒有想過手下留情？你在用劍指著我的時候，有沒有想過手下留情？」

她的指尖觸摸到肖天燁皮膚的那一瞬間，肖天燁的心尖似被燙得猛地收縮一下，一股溫熱的暖流從心口抽搐一樣地波動到全身，血脈突如其來地層層擴張開，心在胸口劇烈地跳動起來，他漲紅了臉，「妳……妳……」

妳了半天也沒能接出個下文。

歐陽暖笑著鬆了手，「世子爺，你可是有心疾的，我勸你還是忍住氣得好。」說完，轉身離去，順便吩咐菖蒲：「穿好了再叫我。」

「是！」菖蒲中氣十足地應了一聲。

等菖蒲強行為肖天燁換了衣裳，歐陽暖才從外頭走進來，她看見眼前的肖天燁，蹙起了眉頭，「好像袖子短了點。」

菖蒲很高興地道：「小姐，待會兒奴婢從別的裙子上截下一點來縫起來就好了。」

歐陽暖點點頭，又看了看肖天燁氣得發青的臉，嘆息道：「我怎麼感覺還少了點什麼……」

外面守著的紅玉剛走進來，就被肖天燁那種殺人一樣的目光看得幾乎背心流汗，菖蒲粗神經地完全沒有感覺到，想了半天，很認真地道：「小姐，還沒上妝呢！」

歐陽暖微微一笑，點頭讚許道：「菖蒲，妳真是越來越得力了。」接著，笑著道：「紅玉，妳去取梳妝的匣子來，為世子爺上妝。」

「小姐……小姐，奴婢不敢……」紅玉顫聲道。

肖天燁的眼睛裡流露出冷嘲。

歐陽暖道：「那麼菖蒲妳去。」

菖蒲信心滿滿地點點頭，捲起袖子打開匣子，半天後回過頭來，臉上露出遲疑的表情，「小姐，菖蒲不會上妝！」

平日裡負責梳妝的是紅玉和梨香，梨香如今守在院子外頭，屋子裡只有菖蒲和紅玉，歐陽暖想了一會兒，道：「那我自己來吧。」

肖天燁眼神閃過一絲星芒，像流星炫耀天際，轉瞬不見，他怔了怔，苦笑道：「妳到底……」

歐陽暖臉上的笑容更親切，道：「怎麼？世子爺不相信暖兒？」

肖天燁：「……」

歐陽暖親自動手替肖天燁上妝。肖天燁口中屢出怨恨，幾乎將歐陽家的列祖列宗都拉出來咒罵了一遍，歐陽暖卻微笑不語，充耳不聞，神情極是專注，認真地動手在他臉上畫著。

等畫完了眉毛，歐陽暖滿意地點點頭，輕聲道：「前朝有一種螺子黛，產自香澤國，每顆價值十金，聽說畫出來的眉毛十分漂亮，可是世子爺卻用不著那樣價值千金的墨，只這樣輕輕一描，卻也稱得上是眉如遠山了，紅玉，妳說對不對？」

紅玉的腿輕輕打著顫，一個字都說不出來，心道：大小姐啊大小姐，這可不是對付二小姐，眼前的是殺人不眨眼的秦王世子，您怎麼能這樣捉弄他呢？

歐陽暖替他描了眉，抹了胭脂，又勻了點在他唇上，肖天燁的臉色幾乎紅得滴出血來，「妳一個閨閣千金，竟然這樣不知禮數！」

歐陽暖臉上露出疑惑的神色，半天才反應過來肖天燁是在說她隨意碰觸男人的身體，不由笑起來，讓菖蒲拿過一面銅鏡，指著銅鏡裡的美人道：「你這樣也叫男子嗎？」

肖天燁本就生得白淨俊美，眉宇間總似蘊淡淡輕愁，雙目中如有清淺水霧，而臉上神情，更有一種拒人千里之外的冰冷，當真是飄然出塵，清雅難言，平日裡穿著男裝還不覺得，如今換了女裝，當真活脫脫的一個美嬌娘，當然要忽略他眼底的陰冷氣息。

歐陽暖微微笑道：「跟世子爺比起來，歐陽暖算什麼，蓉郡主又算什麼，若是世子爺穿著這樣的衣裳去大街上走一圈，不知道要迷死多少人。」

肖天燁看著鏡子裡的自己，氣得眼睛要滴血，卻又顧慮到自己身體不好，不敢大怒，只能深呼吸再深呼吸，生怕自己暴怒起來宰了歐陽暖。

歐陽暖拍拍手，道：「差不多了。」

「妳把我打扮成這樣，究竟想要怎樣？」肖天燁幾乎要咬斷自己的牙齒才甘心，一個字一個字將這句話擠出來。

歐陽暖的笑容溫婉，「世子爺打扮得這麼漂亮，當然要上街逛一逛了。」

晌午時分，歐陽暖以買筆墨紙硯為由，帶著丫鬟離開了鎮國侯府。

看門的婆子奇怪地道：「幾日不見，梨香這丫鬟倒變得高了許多，這是怎麼回事？」

「就是，怎麼變得那麼壯實？小姑娘家吃得那麼胖，將來可是要嫁不出不去的！」

馬車裡，肖天燁似笑非笑地看著歐陽暖，「妳不怕我逃跑？」

歐陽暖視若無睹，只問紅玉：「衣服帶出來了沒有？」

紅玉點點頭，臉色幾乎是被嚇得慘白，卻還是僵硬著手指捧出一個包袱來。

歐陽暖看著肖天燁道：「這丫鬟的衣裳實在是太委屈世子爺了，我早已準備好了一套和你身分相配的錦衣，請換上吧。」

肖天燁像是要吃人的眼光瞪著菖蒲，菖蒲一臉笑嘻嘻地上來幫他換了外衣，卻是一件流光溢彩的亮眼春裳，但是……他皺起眉，「歐陽暖，妳玩什麼把戲？」

歐陽暖笑道：「世子爺頭上還少了點光彩。」說著，從包袱裡取出一支翡翠八寶流蘇金簪，替肖天燁戴上，滿意地端詳道：「這樣才像是一位大家閨秀的模樣。」

肖天燁冷哼一聲，轉過臉去。

菖蒲不怕死地跟紅玉咬耳朵：「這是害羞了嗎？」

紅玉：「……」

馬車一路來到東市，這裡周圍多達官顯貴的住宅，所以酒樓、彩帛行、珠寶古玩店等等無數的店面林立街旁，行人如織，街頭巷尾傳來琴曲的彈奏聲、人們的笑語聲、車馬的吆喝聲，說不出的熱鬧繁華。

肖天燁冷笑，「我若是在這裡大聲喊，妳就有麻煩上身了。」

歐陽暖認真地點點頭，「世子爺想讓所有人都知道你男扮女裝上街遊蕩嗎？縱然你不要顏面，只怕秦王殿下吃不消吧。」

肖天燁的眼神越發陰鷙，歐陽暖全然都不在意，低聲問紅玉：「都打聽好了嗎？」

「是的，小姐，他每日都在這裡飲酒作樂。」

他？肖天燁皺起眉頭，越發搞不懂歐陽暖葫蘆裡面到底賣的是什麼藥了。很快，肖天燁就明白了，只是當他明白的時候，卻已經晚了。

歐陽暖一路蒙著面紗，帶著他上了一家最豪華的酒樓。

一路從大堂走過，吸引來無數目光，偏偏她臉上蒙著面紗，又瞧不見真容，更加引人遐思。一桌紈褲子弟坐著的酒桌上，正是酒肉正酣的時候，一名彈曲的少女抬起頭，好奇地盯著歐陽暖看，恰好歐陽暖也回過頭，報以輕輕點頭。

紅玉大驚失色，「呀，小姐，您怎麼能對那樣低賤的人打招呼！」

歐陽暖笑容更深，提著裙襬先上了樓梯。肖天燁渾身無力，幾乎是被菖蒲一力駕著上去的。

樓下的少女見歐陽暖衣著華貴，只當是大戶人家的姑娘出來遊玩，故而乾脆戲弄她一回。誰知對方竟衝著自己點了點頭，半點鄙薄之意也無，不由驚異地挑了挑眉，回頭對酒桌上的人低笑道：「樓上有個美麗的姑娘，真不知生得什麼模樣。」

正在喝酒的男子們聽說，都抬起頭來，其中一個穿栗色豪服的年輕男子更是立刻往二樓望去，但見兩個衣著華貴的年輕女子被身邊的婢女簇擁著進了雅間，他忙一把扯住賣唱的少女道：「漂亮嗎？」

少女只看著男子笑道：「曹公子，您何必問我，上去瞧瞧不就行了。」

曹榮笑道：「妳以為我不敢去嗎？」

少女只是笑，側身彎腰道：「請吧。」

曹榮正好喝了幾杯酒，仗著酒興爬起來道：「去就去！這京都還有我不敢看的美人嗎？」說著，搖搖晃晃上樓去了。

到了雅間門口，他整理了衣襟，這才上去敲門，「裡面的小姐，曹榮求見。」

只聽到應門聲，便見到一個容貌齊整的丫鬟上來開門，臉上的笑容十分親和，「曹公子請，我家小姐還說您一準會來呢！」

啥，居然沒有吃閉門羹？曹榮一愣，頓時有些反應不過來，對方這樣客氣，他反而有點不敢進去。菖蒲看著他，露出微笑：「怎麼，曹公子不敢進來嗎？」

進去就進去，誰怕誰！曹榮一撩袍子，快步走了進去。

樓下等著看他笑話的人紛紛睜大了眼睛，不敢置信地看著這一幕。

曹榮一路走進去，看見珠簾後面的歐陽暖卻是一愣，頓時露出驚喜的表情來，「歐陽小姐！」別人家的小姐還經常上街採買胭脂首飾，歐陽暖卻是很少出門，讓他碰也碰不上，早就不知道懊悔了多少回，這一次突然撞見，怎麼不叫他驚訝又驚喜呢？

歐陽暖微微一笑，「曹公子，請坐。」

曹榮更加高興，旁邊的紅玉立刻搬來一張凳子，讓他遠遠坐下。

歐陽暖指著旁邊的肖天燁道：「這位……」

「啊，這位莫不是妳那位傾國傾城的妹妹！」曹榮的眼睛一下子直了，原先以為蓉郡主和歐陽暖就算是天底下少有的美人，卻沒想到坐在她旁邊的這位姑娘更是容顏秀麗，風情萬種，當真稱得上是個大美人！

歐陽暖瞧他如此模樣，心中的笑意越發濃厚，臉上卻一本正經道：「不，我妹妹身子不好，平日裡從不出門，這位是我的表姊，兵部尚書的小姐，林元柔。」

曹榮微微一愣，道：「以前也遠遠見過一次，只覺得很尋常，卻沒想到近看這樣漂亮……」

歐陽暖心道，林元柔心高氣傲，自然不會讓你這樣的紈褲子弟近身，不然她也不會選曹榮了。

曹榮的眼睛始終直勾勾地瞧著肖天燁，肖天燁恨不得挖出這傢伙的眼珠子，卻偏偏不能開口說話，因為歐陽暖已經威脅過，如果他開口說話，就會將他女扮男裝的事情當場揭穿……要是讓人知道秦王世子變成這副模樣，恐怕會成為全天下的笑柄。為了這一點，肖天燁只能忍，哪怕怒火已經快要將他燒成灰燼，也非要忍下來不可。更何況，他一直覺得，歐陽暖絕對不是那種隨意作弄人的女子，她的一舉一動都一定別有用意。

他這裡氣得快要斷了腸子，曹榮心裡卻樂開了花，「歐陽小姐，林小姐怎麼不說話？」

歐陽暖微笑，「表姊近日受了風，喉嚨有恙，說不出話來，是不是，表姊？」

她轉頭望著肖天燁，眼睛裡的光彩幾乎能耀花他的眼睛，肖天燁不得已，違心地點點頭。

曹榮心不在焉地跟歐陽暖說著話，然而無論他說什麼，總是望著肖天燁。

其實也難怪他，肖天燁原本就是個俊俏到了極點的男子，如今化妝成一個女子，除了身材比一般女子要高大，整個人當真可以算得上傾國傾城，勾人魂魄，曹榮竟不知不覺瞧得有些癡了。

紅玉臉上雖還鎮定，手指卻在顫抖。

歐陽暖看著曹榮一直盯著肖天燁，作勢沉下臉來道：「曹公子，你一直盯著我表姊做什麼？」

曹榮的臉立刻飛紅起來，垂下了頭，道：「這……咳，咳咳，我……」他雖然孟浪慣了，可從來都是嘴巴上占點便宜，面對這樣的貴族千金，卻還是有些說不出的膽怯。

歐陽暖忍住笑，陰沉了臉，起身要走，道：「我還當你是好人家的公子，沒想到居然這樣無禮！」說著，吩咐菖蒲攙扶肖天燁起身。

肖天燁的表情比歐陽暖還要陰冷，好在曹榮壓根兒沒看出來，他要是看到那掩在袖子裡的一雙大手，只怕更要驚訝了。一看到歐陽暖要站起來，曹榮立刻忙不迭地站起來賠罪，「對不住，對不住，是我太失禮！再不敢這樣無禮了，歐陽小姐恕罪！」

歐陽暖看了他一眼，目光帶了點責怪，卻終究止住了步子，重新坐了下來。

曹榮很犯愁，若換了小門小戶的姑娘，他早就撲上去抱住了，偏偏這兩人都跟鎮國侯府有瓜葛，他一時半會兒還真拿不定主意該怎麼辦。想到這裡，他試探著道：「歐陽小姐，鎮國侯的千金許給了皇長孫殿下，不知妳這位表姊她是否也要出嫁了嗎？」

「曹公子真會說笑，許給皇長孫的是我大舅舅的女兒，這位是兵部尚書的千金，你怎麼弄擰了呢？若是她也許了人，怎麼能輕易出門來？」歐陽暖微笑著回答，明顯地看到肖天燁的眉頭皺了起來。

曹榮一愣，頓時大喜過望，壯起膽子問道：「不……不知貴府擇婿要……要怎麼樣的人家？」

歐陽暖的臉色有些古怪，道：「曹公子，女兒家的親事你怎麼好隨便問呢？不過……真要說起來，天底下母親的心都是一樣的，一來，自然是門第高貴，二來，自然是年少有為，三來……」

「三是什麼？」曹榮急切地問道。

歐陽暖淡淡地看了肖天燁一眼，「三來，自然是要全心全意對女孩兒家好的男子。哎呀，怎麼和你說起這個來了，傳出去人家會說閒話的……」

她平日裡端莊穩重，很少有這樣聒噪的時候，肖天燁冷冷地看著她做戲，心中不斷揣測，她強迫自己用林元柔的身分和曹榮會面，究竟是何等用意？她總不會天真的以為這樣就可以敗壞林元柔的名譽，藉機破壞秦王府的婚事吧？

肖天燁的目光沉沉的，看著歐陽暖和曹榮寒簡單暄了幾句之後，便端起了茶。

這意思是要送客了，曹榮雖然還捨不得歐陽暖旁邊那個金玉一樣的美人，卻也知道對方並不是自己招惹得起的人物，只能偷偷看了又看，終究抬腳走人了。

「妳今天這齣戲唱得真是古怪！」肖天燁冷笑，「妳該不會以為兵部尚書家的千金出來遊玩，無意間和曹家那小子見了一面，我父王就會改變主意不讓她進門吧？若妳打的是這個主意，我奉勸妳，還是死了這條心吧。」

歐陽暖喝了一口茶，淡淡地笑道：「世子爺喜歡柔表姊嗎？」

肖天燁一愣，不由自主皺起眉頭，「我跟她只是見過面，談不上喜歡還是厭惡，可是皇家娶親是不會只看喜歡不喜歡的，又何必多此一問？」

歐陽暖搖搖頭，認真地看著肖天燁說道：「我說的可不是這種喜歡，我是問，世子爺滿意這門親事嗎？」

肖天燁皺起了眉頭，「此言何意？」

歐陽暖微微嘆了口氣，道：「這門親事應該是秦王殿下與二舅舅訂下的吧？世子爺難道就看不出其中的緣故？」

肖天燁的臉色陰沉下來，「我看不出來。」

歐陽暖搖了搖頭，道：「世子爺不必遮掩，你若沒有起疑心，怎麼會潛入鎮國侯府？恕暖兒多言，你要見柔表姊，多的是機會，何必採用這麼冒險的方式？世子爺在這裡待了足足半個月，應該找到一些有用的東西了吧？」

肖天燁冷眼望著她，雅間裡面的氣氛一度凝滯。

半晌後，他長長吐了一口氣，道：「妳說的不錯，我的確查出林文淵向我父王的側妃張氏送了珍珠兩百餘顆、米珠三百餘粒，還有三顆龍眼大的東珠。」

歐陽暖聞言，微微皺起眉頭，似乎在考慮他這句話的真實性，片刻後笑道：「這個消息，只怕你也是費了不少心思才探到的吧？」

肖天燁冷笑，為了送這重禮，林文淵可費了不少功夫，七拐八繞不知輾轉了多少人才送到張氏手裡，就連自己手中的探子都找不出端倪，他才下決心非查清楚不可。更重要的是，他十分懷疑父王和林文淵之間存在某種只有他們自己知道的盟約，然而具體的內容是什麼，他一時……還無法確定。這些事情他都藏在心底，沒有向任何人提起，卻沒料到被歐陽暖窺出了端倪，「妳是從何得知的？」

歐陽暖嘆了口氣，道：「剛開始我以為秦王殿下很看重鎮國侯府，看到馨表姊嫁給皇長孫，自然要拉攏二房的勢力，以後再藉機扶持二舅舅上位，可是後來我卻覺得這一點說不通，大歷朝能壓過鎮國侯府的世家雖然不多，卻還是找得出的，他實在沒有必要捨下一個世子妃的位置去換取林文淵的支援，除非……其中另有緣故。只是這一切都只是我的猜測，並沒有實質的證據，但我相信世子爺也是這樣認為的，否則你也不會悄悄潛入鎮國侯府一探究竟。」換了旁人，用身邊的密探就可以，偏偏肖天燁行事與人不同，處處別出心裁，讓她也嚇了一跳，但從他如此關注這件婚事，足可以說明其中大有名堂。

肖天燁看了看歐陽暖，勾起唇角，只是他不知道自己女裝的模樣露出這種表情更加駭人，「妳是想要勸說我幫助妳阻攔這門婚事？」

歐陽暖點點頭，認真地說：「有世子爺的配合，事情當然會進展得更順利。」

肖天燁嗤笑一聲，「我瘋了嗎？怎麼可能幫助妳去對付我父王？」

歐陽暖凝視著他，眼睛竟奇異地流露出悲憐，這種目光讓他心中突然升起一股暴怒的情緒，幾乎壓制不住，她卻輕聲道：「若是秦王正妃還在，斷不會讓世子爺娶林元柔的。」

秦王妃的死，在肖天燁的心裡早已化作了一根毒刺，不停地扎出血來，這塊傷口永遠都無法痊癒。張氏收了林文淵的禮物，大力在秦王面前促成這門婚事，其實全都是出自她那卑劣的私心。秦王庶出長子乃張氏所生，娶了宣城公朱家二房的嫡出小姐朱凝靜，這門婚事張氏不知謀劃了多久才成功，她回過頭來卻想讓自己娶鎮國侯府庶出兒子的女兒林元柔，能安什麼好心？肖天燁心底冷笑，那近似凌厲的眼裡血腥沉澱下去，而浮在表面的只剩下平靜，「歐陽暖，無論是平庸還是出色的男人，都不會喜歡妳這樣太過精明的女子。我勸妳，還不是要鋒芒畢露得好。」

歐陽暖嘆了口氣，瑩白的手指在青花茶杯的杯口摸了摸，似是在考慮這句話，過了片刻才抬起頭來，眼神清亮，「我也想做一個惹人憐愛的女子，可惜上天不給我這樣的機會。若是這樁婚事成了，於鎮國侯府當然十分糟糕，我和爵兒以後也不會有好日子過，但是對於世子爺，只怕也不是什麼好事吧……世子爺，該說的話我都說了，最終做決定的權力在你的手裡。」

肖天燁思忖片刻，抬起眼睛凝目看著她，「好，我同妳合作。只是我覺得，今天妳的作為不可能影響我父王的決定。」

歐陽暖點點頭，道：「正因為如此，才需要世子爺的說明，走下一步棋。」

「那就一言為定！」肖天燁冷沉的臉上忽然浮上一絲淡淡的笑意，「今天妳逼我女扮男裝的這筆帳，過後我再跟妳算！」

歐陽暖點點頭，淡淡地道：「我等著，紅玉！」又輕聲叫了一句，紅玉立刻取出一個包袱，歐陽暖道：「這裡面是男子的衣衫，請世子爺換上吧。」

肖天燁看了她一眼，「解藥呢？」

歐陽暖搖頭，「這種花香不過有三日的效果，有沒有解藥，到時候我都是要放世子爺走的。」

肖天燁咬緊牙關，「歐陽暖，算妳狠！」

歐陽暖並不在意，站起身來，「如此，我先告辭了。」

「站住！」肖天燁突然道，歐陽暖回身看著他，他冷冷地說了一句話：「歐陽暖，我覺得妳有時候真不像個女人！」

歐陽暖聽見這句話，不覺莞爾，道：「世子爺，你現在也不像是個男人。」

肖天燁聞言一愣，低頭看著自己一身女子衣裙，再抬起頭來的時候，歐陽暖已經帶著紅玉和菖蒲悄然離去了。

武國公府

陳景睿從外面回來，風塵僕僕地剛進了書房，便有心腹迎上來，在他耳邊說了幾句話，他聞言一愣，隨即臉上的表情立刻好看了許多。

「人在哪裡？」

「屬下將人安排在……」聲音漸漸不可聞，「要不要招人過來？」

「不，我親自去。」陳景睿瞇起眼睛，冷笑道。

一路穿過走廊，繞過花園，陳景睿最後走到一間不起眼的雜役房前，讓人在門口守著，他獨自一人進了屋子。這間屋子裡面，只有一張床、一張木椅，左邊牆壁上掛著一幅不起眼的山水圖，陳景睿掀起圖，輕輕轉動牆邊的凸起處，頓時從半邊牆壁現出一個門來。這是一道假牆壁，裡邊是一條通道，內裡一片漆黑，陳景睿彎腰進了密道。

密道裡面很暗，走了大概一盞茶的功夫，豁然開朗，眼前出現了一個獨立的房間，房間的門口有個人正呆呆坐著，聽見腳步聲，驚恐地站了起來。

「你是王霍？不必緊張，我就是陳景睿。」陳景睿站住步子，低聲地問道。

那人一愣，突然醒悟過來，猛地跪倒在地，「謝大公子救命！」說完，跪下來熱淚盈眶地接連向他叩首。

此人多年前曾擔任兵部尚書林文淵的參將，當然，那時候的林文淵還只是一個出征在外的威武將軍。

王霍含著眼淚道：「這次若不是大公子派人相助，我真是要客死異鄉了！」

陳景睿點點頭，臉上露出同情，只是在陰暗的光線下，看來反倒有一些陰沉，「不必說這些客套話，你不是說手中握有林文淵的證據嗎？詳情究竟如何？」

王霍擦乾了眼淚，急急忙忙道：「五年前，我還是林文淵手下的一名參將，他奉旨征討叛將吳立德。攻城後，我和另外五名參將一起清點繳獲的財物時，發現存在錢庫中的上百萬兩白銀下落不明。原本我們懷疑有人中飽私囊，後來經過探查，發現當初接管錢庫的是林文淵的心腹。」

「我們官職卑微，原不想參與此事，只是其中一名參將叫周成，他與林文淵素來不睦，藉機報仇，寫了一道奏章要密報朝廷，逼著我們另外四人一起簽了名字，誰知這奏章卻落在了林文淵的手裡……」

「那四人如何？」

王霍一聽，不由自主打了個冷顫，眼睛裡露出恐懼，「林文淵將我們五人關押在一個屋子裡，點了火要燒死我們……其他人都被活活燒死，只有我搶了馬僥倖逃脫。林文淵並不死心，還在到處追殺我，我不得已，就找了一具屍體……將自己的衣服和官牒放在他身上，又故意將臉部燒傷，製造了重傷不治身亡的假象……」

哪兒來的屍體？只怕是王霍為了逃脫，殺了無辜之人，但陳景睿並不在意這一點，他只逼視著對方的眼睛，冷冷地道：「你既然逃脫了，又為什麼會被人追殺？」

「我隱姓埋名四年多，可是半年前，不知林文淵從何處得到消息，知道我還活著，派人尋到我的故里……我不得不再次逃走，此次若非大公子派人相助，只怕我已經死在林文淵的手裡了！」

「可有證據？」

「有，我手裡有當初帳本的謄本，數目一筆筆都記載得很清楚！」

陳景睿點點頭，沉思片刻，又抬起頭盯著他，淡淡地道：「你接下來想要做什麼？」

「我……我……」王霍心裡一驚，猛地抬起頭來，卻看到陳景睿一雙鷹眸盯著自己不放，他的額頭上不由自主冒出細密的冷汗，猶豫不決地道：「請大公子為我指一條明路！」

陳景睿一直在祕密探查當天馬車出的那場事故，最後被他追查到一切的事情與鎮國侯府的林文淵有千絲萬縷的關係，他很清楚，林文淵身為兵部尚書，手握重權，並不是好對付的，然而陳景睿實在不甘心就此罷手，四處搜羅林文淵的把柄，好不容易才查到了五年前的這件事。剛開始他還以為當年的所有證人都已經被滅口，可是老天爺如此幫忙，竟然將王霍送到了他的手心裡。他原本想立刻把這個人證送到皇帝跟前去，可沉下心來一想，又改變了主意。

自己的父親武國公眼下的心思就是竭力保持國公府在朝廷裡面的平衡，想方設法不加入太子府和秦王之間的爭鬥中去。當初那場戰爭，副將軍是林文淵，可主帥卻是秦王，現在他如果把王霍當眾推出來，勢必在朝廷裡引起一場巨大的震動，到時候武國公府即便不願意，也被迫站到了秦王的對立面。退一步說，就算皇帝因此重懲林文淵，武國公府也不得不和秦王結下冤仇。一向老謀深算的父親，是情願自己的妹妹受委屈，也不會賭上整個家族的命運去和秦王作對的。

可是，讓他放棄這枚好不容易得到的棋子，他又實在不甘心，為今之計，只有想方設法將這顆棋子神不知鬼不覺地送到太子手裡去，最重要的是，武國公府要置身事外。

想到這裡，他扶起王霍那瘦骨嶙峋的手臂道：「這件事我放在心裡，你就在這兒好好將養身體，我自有主張。」

當天傍晚下了一場雨，窗外天色黯淡似暮，雨落傾盆。室內變得異常的陰沉和悶熱，瓢潑而下的雨水被熱氣一蒸變為潮氣，讓人覺得後背頗有些潮濕，林元馨有些煩躁地看著外面的雨水，旁邊的丫鬟給她用力打著扇子，她搖搖頭道：「還沒入夏，天氣怎麼就熱起來了！」

歐陽暖看著她，又看看窗外暗沉的天色，慢慢地道：「許是下雨的緣故吧。」

「嗯，若是今天雨大，我就在妳這裡歇下，咱們姊妹說說話也挺好。」林元馨這樣說著，臉上終於帶了點高興。

歐陽暖剛要說話，還沒來得及出聲，便有一個丫鬟捂著臉，頭髮蓬亂地哭著跑了進來，看她的方向，本是沒想到兩位主子都在小花廳裡坐著，一下子看見她們十分驚慌，想要退下去，卻正好和端茶進來的紅玉撞在了一起，紅玉斥道：「怎麼這麼莽撞！」

那丫鬟匆匆忙忙掩著臉要退下去，歐陽暖卻突然道：「是梨香嗎？進來吧。」

紅玉看了梨香一眼，對她點了點頭，梨香趕緊攏了攏頭髮，整理了衣裙，才敢踏進花廳來。看到梨香的臉，林元馨忽然愣住了，「妳的臉怎麼了？」

梨香一雙眼睛烏青腫脹，臉頰上都是指甲抓出來的血痕，嘴巴半邊都是青色，歐陽暖站起來快步走過去，捧起她的下巴看了半天，「怎麼回事？」

梨香跪倒，渾身發抖，淚水流了下來，「小姐，奴婢不是有心和人爭執，是柔小姐身邊的丫鬟春蘭說小姐的壞話，奴婢看不過去說她兩句，本來只是言語上的爭執，春蘭卻去柔小姐那裡告狀，柔小姐聽了二話不說，讓幾個嬤嬤抓住奴婢拚命打了一頓……奴婢……奴婢冤枉啊！」

「她的丫鬟說暖兒什麼？」林元馨一聽說林元柔讓人動手，眉頭立刻皺得死緊。

梨香怯懦地看了歐陽暖一眼，眼睛裡似乎有無限的恐懼，「柔小姐她說……她說……」

林元馨手中的茶杯磕在茶几上，「快說！」

梨香十分害怕，戰戰兢兢地道：「春蘭那丫鬟罵我們小姐不要臉，死賴在鎮國侯府不肯走，還說什麼……有娘生沒娘養……」說到最後一句的時候，聲音已經低下去了，幾乎要聽不見。

「住嘴！」林元馨一聲厲喝將梨香的聲音打斷，大姑母早逝的事情是歐陽暖心底最深處的痛，春蘭一個丫鬟竟然說這樣的話，可見林元柔猖狂到了什麼地步。

「小姐，奴婢全都是為了您鳴不平啊！奴婢不過是讓她少說兩句，她就當場甩了奴婢一巴掌，還告到柔小姐那裡去……」梨香的淚水在眼眶裡打了幾個轉，滾落下來。

林元馨擔憂地望向歐陽暖，神色一下子變了，因為她清楚地看到，歐陽暖臉上的血色全沒了，像是遭到了重大的打擊。

林元馨立刻走上去握住她的手，柔聲說：「暖兒，妳別信這些話，她們就是故意說給妳聽的，妳若是生氣就是中計了！」她一疊聲地安慰，歐陽暖的神色卻越發冰冷，一雙眼睛幾乎冒出火來。

「馨表姊，是我死賴在侯府不肯走嗎？」歐陽暖一個字一個字地道，幾乎是從齒縫裡擠出這幾個字。林元馨心頭一顫，幾乎說不出話來。歐陽暖冷笑道：「我親娘是死得早，可也輪不到她身邊的一個丫鬟來羞辱！我倒是要去問問她，平日裡對她百般忍讓還不夠嗎？我究竟做錯了什麼，她要這樣羞辱我娘？」說著，長卷濃密的睫毛微微閃動，從林元馨的角度可以看見她的下頷咬得死死的，可見是氣憤得很，林元馨心裡更加憂慮，很快就聽到歐陽暖厲聲對梨香道：「快起來，跟我一起去！」

梨香趕緊擦了眼淚，跌跌爬爬地站起來。

歐陽暖也不看林元馨，快步走了出去。紅玉和梨香對視一眼，也隨之跟了出去。

「暖兒，外面還下著雨！暖兒，妳別急，等等我啊！」林元馨沒想到素來隱忍的歐陽暖會有這般失控的時候，來不及細想，只覺得是林元柔欺人太甚，竟然辱罵已經過世多年的林婉清，這才激怒了歐陽暖，便匆匆吩咐身邊的丫鬟：「快，快去稟報老太君！」說完，迅速跟了出去。

歐陽暖走得很快，一枝竹傘根本擋不住四面撲來的豆大雨滴，片刻她的衣裙就已經濕透。林元馨追過去，在花園的亭子裡找到了歐陽暖，巧合的是，林元柔也在場。

「妳的丫鬟究竟有沒有說過這種話？」歐陽暖冷冽的聲音幾乎要將人凍僵。

「暖兒妹妹，別是妳的丫鬟聽錯了吧？我的春蘭可不是這麼沒規矩的人！」林元柔說著又回過頭去，看著春蘭問道：「春蘭，到底是怎麼一回事，妳快說清楚！」

春蘭抹了把臉，擠出兩滴眼淚，跪下道：「奴婢不敢！奴婢只是前些日子回了趟家，看見表叔家的妹妹可憐，回來後跟人感嘆了兩句！」說著，一邊磕頭，一邊作勢哭著說：「表小姐，您想想看，奴婢什麼身分，怎麼敢說這種話？本來只是和人說奴婢那表妹可憐，才三歲就沒了親娘，可是您的丫鬟卻忽然衝上來，不由分說就給了我兩巴掌！其他嬤嬤看不過眼，這才幫著奴婢教訓了她！不信的話，您問香秀！」

林元柔臉上劃過一絲冷笑，看了香秀一眼，香秀一驚，立刻跪下道：「春蘭說的沒錯，奴婢們確實是在說她表妹，可是梨香姊姊……」她指著梨香，「卻忽然衝上來打人，真是想不到啊！」

「滿口胡言亂語，一切都是我親耳聽見的，妳們是要串通一氣，打死不承認嗎？」梨香臉色發白，手腳似乎都顫抖起來。

林元柔冷笑道：「暖兒，我的丫鬟可不是那種衝上來就動手的沒規矩的人，定是妳誤會了！」

她的話音剛落，頭上突然一個炸雷響起，亭子裡的小姐丫鬟們都嚇了一跳。

歐陽暖冷笑道：「誤會？梨香臉上的傷也是誤會嗎？表姊縱容惡奴傷人，卻還百般推脫，這是大家小姐的做派嗎？」

林元柔挑起眉頭，美麗的眼睛帶了幾分嘲諷，「暖兒不是一向很大度很能忍耐的嗎，怎麼今天卻忍不下去了？不過是一個丫鬟，打也就打了，妳還要怎樣，打回來嗎？」

這樣霸道囂張，就連林元馨也無法忍耐，氣憤道：「林元柔，妳太過分了！」

「馨兒，從小到大，妳說來說去就這麼兩句話，妳說著不煩，我聽著都沒耐心了！唉，我當真不明白，伯父為什麼要把妳嫁到太子府去，皇長孫身邊的女子太多了，別回頭來得不到寵愛就算了，還要連累咱們家也被一起笑話！」林元柔淡淡地笑道，句句刺耳。

林元馨沒想到對方竟然會說出這種沒臉沒皮的話，頓時氣得說不出話來，卻聽到歐陽暖冷笑道：「柔姊姊還是不要為別人擔心吧，像妳這樣縱容丫鬟、婆子行兇傷人，事後還厚著臉皮不肯承認的女子，嫁到哪個府裡頭去，都不會討人喜歡的！」

「妳說什麼！」一絲若有若無的矜傲從林元柔高挑的眉角處揚起來，她一直走上風走慣了，歐陽暖自從到鎮國侯府以來，從來都是笑臉迎人，從未有過這樣冷言冷語的時候，讓她一下子覺得受到了極大的冒犯，頓時冷了臉道：「我好不好，輪不到妳來說，一個寄人籬下的，憑什麼指手畫腳？」

歐陽暖聲音冷冷的，眼神幽光閃爍，「柔姊姊說的好，大家都聽見了嗎？柔姊姊說我是寄人籬下的，好，這句話總不是丫鬟誤會了吧？這可是我們這麼多人在場聽得一清二楚的！咱們一起去問問老太君，究竟是她要留下我養傷，還是我死賴著不肯走！然後問問她，我吃的是公中的糧食，還是柔姊姊自己的！」說著，上前要拉住林元柔的袖子，一副要拉她去對峙的模樣。

剛才歐陽暖走得太急，一路走來連頭髮都被打濕了，一頭烏黑的髮散落下來，有幾縷黏膩在面頰上，面色雪白，眼睛裡面滿滿都是壓抑的憤怒。

林元柔沒想到對方這次如此強硬，心裡一驚，有幾分害怕，甩開她的手道：「我不去！」

歐陽暖的臉上卻是從未有過的堅持，只聽到刷啦一聲，林元柔的半幅衣袖已被她拽了下來，林元柔驚叫一聲，不敢置信地厲聲道：「歐陽暖，妳這是瘋了嗎？為了個丫鬟要跟我翻臉？」

那裂帛的聲音彷彿一記重錘擊在林元馨的心上，她看著幾乎渾身濕透的歐陽暖，只覺得胸口忽然有什麼往下沉陷，不停沉陷，她猛地上前抓住歐陽暖的手，抖聲道：「暖兒，算了吧，咱們回去好不好？妳身子還沒好利索，萬一再倒下了怎麼辦？」

歐陽暖手裡握著半截袖子，衣裳幾乎被雨水打了個濕透，嘴角卻揚起一抹笑意，聲音中慣有的溫柔被尖銳和冷酷所取代，慢慢道：「旁的我都可以忍耐，唯有她辱罵我娘，我就絕不會放過她！」

這句話像是驚雷，讓林元柔臉上的血色都褪盡了，她竭力克制自己，然而心中驚懼依舊止不住的溢了出來，她這時候突然意識到，歐陽暖是認真的，可怎麼會？自己在府裡拚命地欺負她，身邊的丫鬟也不是第一次說這種話，平日裡她縱然聽見，不都忍下去了嗎？怎麼今天發這樣大的脾氣？

這時候，涼亭旁邊的荷花池被雨點擊打出無數漣漪，池塘邊的千條垂柳隨風狂舞，風聲更急，雨聲也更大了。林元馨從來沒見過歐陽暖這樣固執的時候，還要再勸，卻聽到歐陽暖冷聲道：「柔表姊，妳腳下穿著我親手做的繡鞋，卻還這樣辱罵我的娘親，是在踐踏我的心意嗎？還是妳忘了我娘也是妳的姑母？這樣羞辱已逝的人，不怕天打雷劈嗎？請妳把鞋子脫下來，還給我！」

一道驚雷陡然落下來，林元柔嚇了一跳，她急忙轉身要走，歐陽暖卻從後面追上來，林元柔嚇得跌跌爬爬，飛快地下了臺階，「春蘭！春蘭！」她大聲喊著自己的丫鬟，卻沒留心腳底下絆了一跤，摔了一臉的泥水，不由驚叫：「歐陽暖，妳別過來！」

歐陽暖突然站住了，站在涼亭的臺階上冷冷地瞧著她，林元柔心裡被那可怖的眼神看得害怕，將鞋子快速脫下來，一咬牙，抓著鞋子遠遠地一把丟出去。

「還給妳！我不要，這樣行了吧！」林元柔惱怒地道，雨水打濕了她的衣裳，使得她看起來說不出的狼狽。

閃電劃過天際，漂亮的繡鞋飛出去，鞋子上的夜明珠在閃電的照耀下熠熠生輝，繡鞋在水間打了個飄，簇擁著雨落的漣漪，片刻之後就被微浪捲了下去，水面瞬息間恢復了平靜。

林元柔披頭散髮地坐在地上，幾乎咬碎了一口銀牙。抬眼看到在那邊瑟瑟發抖的丫鬟，立時猙獰了臉色，厲聲道：「賤婢，還不過來扶我起來？」

香秀和春蘭對視一眼，趕緊上去扶住她。春蘭的手才碰到她的胳膊，就被她掄圓了胳膊狠勁搧了過去，春蘭被打得跌倒在地，也不敢出聲，只是抖成一團。

「都是妳惹的禍！」林元柔這時候根本不管春蘭說的話全是自己授意的，只顧找人發洩怒氣。打完了春蘭，她向一旁的香秀狠狠瞪了一眼，香秀趕緊脫下自己的鞋子暫時給林元柔，春蘭這時候也爬起來，顧不得滿身的泥水，拿了竹傘來給林元柔撐著。林元柔恨恨地看了歐陽暖一眼，扶著兩人的手走了。

香秀的白色襪子落在地上，沾了一腳的泥水，看起來觸目驚心。

林元馨愣愣地看著這一切，令她驚異的是，歐陽暖這時候卻平靜下來了。

林元馨撲到她的身上，放聲大哭，「暖兒，妳嚇死我了！」

溫熱的感覺迎面而來，反而讓歐陽暖手足無措，過了半晌，方才攬住了她，「馨表姊，沒事了！今天都是我的錯，是我一時之間太過衝動，嚇壞了妳！」

歐陽暖的眼中彷彿有火在燃燒，爆發出駭人的光亮，聲音卻是無比的溫柔，林元馨被她的語氣所震懾，不由自主地點了點頭。

紅玉這時候才走過來，笑道：「馨小姐，千萬別受了風寒，快回去吧！」

見到林元馨滿臉的淚痕，真的是嚇到了她啊，歐陽暖心中想著，不由自主湧起一絲內疚，柔聲道：「表姊，快回去換衣服吧！」

林元馨看到自己身旁的丫鬟還滿臉驚懼的神色，不由低聲道：「暖兒，妳也快回去吧！」

歐陽暖點點頭，又勸了她一會兒，才目送著林元馨離去。她一直看著，直到看不清林元馨的身影為止，這才轉頭看向荷花池的方向，淡淡地對身後道：「梨香，委屈妳了，回去上藥吧。」

梨香垂下頭去，「小姐的吩咐，梨香萬死不辭。」

這件事歐陽暖交給梨香去做，正是因為沒有完全信任她，這一點，梨香比誰都清楚，所以她也會比誰都拚命地去完成這件事，以此證明她對歐陽暖有用……很有用。

歐陽暖看了一會兒已經恢復平靜的荷花池，轉身走向夢雨樓，她的腳步緩慢而輕盈，看不出一絲一毫的痕跡。

雨慢慢變小了，榮禧堂靜悄悄的，只聽得見簷下落水的聲音。

綠萼掌了燭火，其他丫鬟小心翼翼地將晚膳擺上了桌子，擺箸盛粥之後就退下了。寧老太君坐在桌前，默然聽著杜嬤嬤的回稟，久久不曾出聲。

「妳說那幾個丫鬟鬧起來了？」寧老太君皺起眉頭。

「是，剛才二小姐派人來回稟，說出了事。」

寧老太君立刻站起身，「妳隨我去看看。」

杜嬤嬤猶豫地看了桌上的晚膳一眼，「老太君，用過膳再去吧。」

寧老太君搖了搖頭，卻在走到門口的時候突然頓住，等杜嬤嬤回過神來，她已經嘆了口氣，道：「暖兒做事一向有她的原因，我老了，這些事情……讓孩子們自己處理吧。」

杜嬤嬤看著寧老太君，心中疑惑，卻也不敢出聲詢問。

夢雨樓

桌上擺著精美的菜肴，歐陽暖一點也沒動，她只是靜靜地望著門口的方向，似乎在等待什麼。

在漫長的等待裡，窗外的烏雲已經散去，雨水停了，霧氣瀰漫著雕花窗子，帶來一種霧氣蒸騰的感覺。

「小姐，她很快會回來的，您不必擔心。」紅玉低聲道。

歐陽暖微垂下細密的睫毛，唇線一抿，卻沒有說出一個字。今日這件事的確太過冒險了些，事後林元柔得知真相，也一定不會放過自己，但那又如何呢？與二房的樑子早已結下了，怎麼會差這一樁？說到底，在自己將林氏打垮的同時，就已經成了林文淵的眼中釘，如今他隱忍不發，不過是顧忌自己身在侯府，有個萬一的話，他也脫不了干係罷了。

她這樣想著，眼睛裡漸漸燃燒起一股奇異的火焰。與其坐以待斃，不如給這把火再添上一把柴，讓它一把火燒個精光。

就在這時候，菖蒲笑盈盈地從門外走進來，她眼睛亮晶晶的，整個人身上都是水，活像是從水池裡爬上來的水鴨子，可是她卻絲毫不在意，隨意地甩了甩水，從懷中取出一樣東西來，赫然是一雙鑲嵌著夜明珠的繡鞋。

紅玉將鞋子接過來，道：「快去擦乾淨身上的水吧，小心別著涼了！」

菖蒲高興地向歐陽暖行過禮，轉身離開，

紅玉將鞋呈上來，那雙鞋上的花紋精巧細緻，美麗的夜明珠沁手冰涼。

歐陽暖慢慢撫摸著，面上浮起了譏誚的冷笑。

# 陸之章◆將計就計藏重手

月華如水，明紗宮燈高照，皇宮裡麗影翩躚，暗香浮動。徐貴妃含笑坐在皇后身側不遠處，她打扮得雍容嫵媚，妝容精緻，豔光四射，看起來比實際年齡要年輕得多。

宴已過半，皇帝才姍姍來遲，眾人大感意外，可在看到他身旁嬌俏美人玉妃的時候，臉色不約而同地微微變了。

玉妃身穿桃紅春裳，衣領上繡著淺色的繁花茂葉，領口處微微露出一截素紗娟衣，這身服色原本豔麗，但她的妝容卻很簡單，僅是一副淚滴形耳環、一串紅瑪瑙手串，可從她進來開始，所有人只覺得燈火黯淡，滿園花容失色，足可見她容貌的出眾。

皇帝微微笑著，目視她走過去向皇后行禮。趙皇后寬容地笑笑，眼睛裡並無一絲嫉妒，現在她已經有了太子、燕王和周王三個兒子，隨著年齡的增長，她對這些年輕美貌的妃子已經釋然了。可是旁邊的徐貴妃卻側首向玉妃看過來，笑意飄忽，目光幽深。

筵前歌舞開始，殿內的氣氛比之前更莊重，卻更見暗潮湧起。皇帝當著所有人的面，讓玉妃坐在御座之側，兩人不時相顧笑語。在座的妃子看在眼裡，妒恨無奈，偏偏皇后自顧自地去和大公主說話，像是絲毫都沒有注意到這個場景。

徐貴妃暗自咬碎了銀牙，眸子慢慢變冷，過了片刻，她才不動聲色地笑道：「玉妃擅長音律，一手琵琶曲榮冠天下，不知可否當眾奏一曲，聊以助興？」她此言，不過是不想看到皇帝和玉妃旁若無人罷了。

眾人紛紛掩住唇邊的笑容，徐貴妃雖頗得寵愛，卻生性善妒，是眾人皆知的事情，她怎麼能容忍這樣的景象呢？

玉妃聞言，下顎輕輕地抬起，目光柔情似水地望著皇帝，一張俏生生的粉面帶上了一絲暈紅，她十分懂得什麼時候應當表現出謙卑和怯意，這令她在宮中的寵愛長達三年不衰，於是便有很多人說，她會成為第二個徐貴妃，可是玉妃心中很清楚，她不能，因為徐貴妃有秦王和晉王兩個兒子，而自己……卻沒有子嗣，而且一直陪伴在皇帝肖方智身邊的她深深知道，他一身的英武之氣卻掩飾不住其內心深處的疲倦與頹敗，這個男人已經老了，或許……已經不再具備令她孕育子嗣的能力，所以她要在自己有限的能力範圍內，為家族謀取更多的利益。

皇帝微笑著對她點了點頭，玉妃於是不再謙辭，落落大方命宮人取了琴來，端坐到琴几前。眾人只覺琴聲忽起，樂聲如絲，動聽婉轉，如泣如訴，令人心弦不由自主微微顫動。

一曲既了，殿中是一片長久的沉默。

大公主率先拍了拍手，笑道：「果真好琴！」她的目光落在玉妃身上，心道此女的琴技與歐陽暖幾乎不相上下，然而暖兒的琴聲中卻有一種說不出的寂寞，玉妃的琴卻是芝蘭玉樹，燦燦風華，一派和樂氣象，這說明她非常懂得揣摩皇帝的心思。

皇后點頭，面上微微露出讚許道：「的確如此，玉妃的琴技無人能及，只是她過於謙遜，很少在眾人面前顯露，今天我們是跟著聖上沾光，才飽了耳福。」

徐貴妃看著自己被金鳳花染得豔麗奪目的指甲，適當地掩住了眸子裡的冷芒，嘴角卻淡淡露出一絲說不清道不明的笑容。

「皇后娘娘過獎了。」玉妃得體地回禮應答，始終帶著和煦的笑容，像是絲毫也感覺不到身邊妃嬪們露出的嫉恨眼神。

宴席上，眾位妃子對玉妃多有壓制與諷刺，趙皇后卻對這些毫不在意，微笑著與大公主繼續說話，直到宴會結束，皇帝帶著玉妃離去，大公主才站起來，看了一眼仍舊坐在座位上的徐貴妃，臉上露出一絲冷笑。

宴會結束後，皇帝獨自來到偏殿，太子正在那裡等著他，並且向他稟報了一件重要的事情。聽完後，皇帝憤怒至極，他將牙齒咬得咯咯響，蒼老的臉在那一瞬間變得無比嚴厲，他只覺得秦王的舉動已經越來越不像話了，身為臣子，對太子沒有一絲一毫的尊重，只懂得爭權奪位，結黨營私，現在甚至還縱容臣屬貪墨了敵軍的物資。秦王的一舉一動令皇帝失望，他恨不得將秦王立刻宣進宮狠狠懲罰一頓，然而當他看著太子蒼白孱弱的臉，最終壓制住了這樣的憤怒，他只是淡淡地問道：「有證據嗎？」

「當年知情的人都被殺人滅口，唯獨留下一個活口，他可以作為人證，他的手中還有一本帳冊……」太子正要說下去，皇帝卻疲倦地揮了揮手，「不必說了，你說的一切，朕都知道了。」

「父皇……」太子的臉有著一種隱隱的希冀。

他的希望不說出來，皇帝也知道，他是希望藉由這個機會，讓自己狠狠懲罰秦王，最起碼，殺了林文淵。

皇帝注視著太子閃爍著希望的眼睛，臉上的憤怒慢慢消失了，他還活著，他的兒子們在皇位繼承權的爭奪上卻已殘酷激烈，這讓他感到了一種由衷的憤怒和羞辱。他知道，將來太子和秦王為了爭奪皇帝的寶座，極可能進行一場血腥的殺戮。儘管他自己也是在殺了親兄弟之後才登上王位的，但他仍舊在竭力維持他們之間的平衡，因為他知道，這樣的平衡意味著效忠與安全，所以他的臉上反而露出笑容，「一個人證和一本帳冊根本說明不了什麼，人證可以偽造，帳冊同樣可以，太子，你不該這樣輕信別人，更不該隨便懷疑你的弟弟。」

太子的臉在這一瞬間變得雪白，口中訥訥不能言，他知道自己該退出去，可是這好不容易得到的證據讓他不願意就這樣輕易地放過秦王，所以他大聲地道：「父皇，當初的事情並不是無跡可尋，兒臣相信一定不只是林文淵，沒有主帥的支持，他怎麼敢——」

「太子！」皇帝疾言厲色地喝止了他，太子住了口，眼睛裡充滿驚懼。

皇帝在心裡嘆了口氣，若論起剛毅，太子不及秦王，若論起智慧，太子不及燕王，可他是自己的嫡長子，更重要的是，他還有一個聰明有智慧的兒子，想到這裡，皇帝嘆了口氣，表情恢復平靜，「你下去吧。」

太子無奈地退了出去，他從皇帝冷漠的表情意識到，所有人都緊緊盯著大殿裡那張閃著奪目光彩的龍椅，卻忘記了他們的父皇還精神振奮地活著，他儘管憂慮疲憊，卻沒有迅速衰老，歲月給他添加的最多的東西是多疑，而這種多疑讓他根本不肯信任任何人，尤其是自己這個太子。

送走了太子，皇帝感到疲憊，在這樣的時候他總是會想起玉妃，所以玉妃被召了過來。

玉妃確實很得寵，皇帝甚至容許她在適當的時候出入御書房，玉妃知道，自己的年輕知禮，甚至不知不覺之中流露出的那種帶著孩子氣的稚嫩和天真，在皇帝的眼睛裡都是很可愛的。而她也知道什麼樣的情況下，自己要以什麼樣的面貌出現。她一踏進去，便看見皇帝獨自一人對著一盤昆山美玉製作的棋盤默默沉思。

皇帝撫弄著手中的棋子，面上露出難色，眼看自己的期盼已成困獸之爭，手中的棋子當真下也不是，不下也不是，思來想去，不禁惱怒，「真是豈有此理！」他把棋子往棋匣裡一擲，顯然心情極為不佳。

玉妃知道他心情很差，稍微想了想，便從旁邊的內監手中接過三絲燉燕窩，親自捧到皇帝面前。

皇帝抬起頭，微微詫異，她微笑著道：「剛才在宴會上，陛下都沒有動筷子。」

皇帝露出笑容，眉頭也舒展了許多，「妳真是細心。」說完，就著玉妃的手嘗了一口，點頭道：「朕自己都沒有留意到，妳卻放在了心裡。」

玉妃微微一笑，溫順和婉地道：「陛下的心思在萬民福祉裡，在治國之道裡，卻唯獨不在您自己身上，您時時委屈了自己，卻不知道臣妾是怎樣為您掛心……」

皇帝的笑容更深了些，輕輕伸出手，攬住玉妃的纖腰，欣慰地道：「朕知道妳貼心。」

玉妃容色婉轉，笑容嫵媚地道：「能夠陪伴在陛下身邊，是臣妾的福分。」她的腦海中，不由自主浮現出之前母親進宮的那一幕，在屏退了宮人之後，曹夫人湊到她耳邊，交代道：「趁著陛下寵愛妳，妳要為妳的弟弟謀一門好婚事……」

曹夫人的意思是希望玉妃尋個合適的時機向皇帝進言，請他為曹榮賜婚，以公卿之女許之。公卿之女……父母和弟弟還真敢想，曹家是什麼樣的人家，不過是憑藉了自己得寵才得上青雲，所謂的國丈、國舅也不過是戲稱，這世上誰才是真正的國丈，只有皇后的父親才有這樣的殊榮，可自己的家人卻將這一切當成了理所當然的事情。當然，玉妃很清楚地知道，曹家無異於是新貴，然而在傳統的世家中卻只是被人瞧不起的暴發戶。用與公侯之間的聯姻來鞏固地位，於曹家大為助益，對自己也很有幫助，可是曹家這樣的地位，要娶公卿之女恐怕很難。

所以，她從來不敢向皇帝提起這樣荒謬的言語，生怕因此招來禍患，但弟弟曹榮卻親自進了宮，將一件事情告訴她，這才讓她對此事有了些把握。

她輕柔細語地將自己的請求說了出來。

「妳弟弟？」皇帝將燕窩突然擱在了桌邊，目光中流露出一絲審視。

玉妃的心中十分警戒，臉上的笑容卻很和煦，「是臣妾的弟弟曹榮，陛下上次還見過的。」

皇帝淡淡地問道：「他為何突然求娶兵部尚書之女？」

玉妃知道，如果自己讓皇帝覺得曹家是看中了林文淵背後的鎮國侯府，他一定會生出不好的想法，所以她微微笑著，不動聲色地敘說著曹榮無意之中見到林元柔，又是怎樣被她的風姿所迷惑，兩人又是如何的一見鍾情。青年貴族男女私相授受，原本是不被容許的，可是深知皇帝性格的玉妃知道，說這樣的話反而更容易獲得諒解。

皇帝沉默了很久，盯著玉妃一言不發，最後目光落在棋盤上，半晌，只微微一笑，「妳是說，他們是彼此有情？」沒等到她開口回答，他的面上已經帶了一絲嘲諷，「一個兵部尚書的千金，會隨便與一名男子產生情愫？妳怎麼會相信這樣荒謬的話？」

玉妃的臉上露出惶恐，「臣妾原本也是不信的，只是臣妾那愚鈍的弟弟竟然拿出一雙繡鞋來……說是定情信物，由不得臣妾不信。」

「玉兒啊……」皇帝聞言，並沒有抬頭看她，只是嘆息，良久終於輕聲道：「朕和妳說過，朕活著一天，妳們曹家就會有一天的風光，便是朕百年之後，也會為妳作出妥當的安排，妳不必這樣心急。」

顯然，皇帝並不相信自己的說辭，很快懷疑到了利益之上。玉妃一怔，心頭一熱，頓時幾分委屈，卻也無從分辨，因為她又何嘗沒有此心，只是當著皇帝的面，這是決計不能承認的。

「您誤解了，臣妾並非為了曹家，只不過想成全弟弟的一片癡心罷了。」玉妃的淚水流下來，緩緩地流淌過美麗的臉頰，滿臉的愧疚與驚惶，「臣妾亦有自知之明，曹家很是微末，林小姐卻是出身公侯之家，雖非鎮國侯的女兒，卻也是高不可攀。臣妾原本心中一直惴惴，不敢向陛下請求，可實在抵不過弟弟的哀求，如今這番請求，實在憐憫他的一片真心……」一言至此，她跪倒在地，低頭道：「原先只是想，易求無價寶，難得有情郎，家世再好也比不過兩情相悅，如臣妾這樣陪伴在陛下身邊，便是身為女子最大的福氣了，沒想到陛下誤會……」說到這裡，語聲微帶苦澀，「臣妾惶恐，讓皇上為難了。」

皇帝一愣，臉上的笑容反而柔和了些，上前扶住她，低聲道：「起來吧，妳不必想太多，朕沒有別的意思。」然後，沉吟片刻，又道：「這事朕放在心裡，尚需考慮一二。」

玉妃心中一喜，臉上卻不敢流露出來，小心翼翼地道：「臣妾謝過陛下。」

皇帝笑道：「好了，不提這些事情，來陪朕下棋吧。」往棋盤上一指，笑道：「朕要考考妳，妳看下一步該如何？」

玉妃向棋盤上迅速掠了一眼，道：「陛下運籌帷幄，臣妾豈敢妄言？」

皇帝微微一笑，道：「無妨，妳且下來。」

玉妃反覆看了看，最終抬起手，輕輕拈起一子，就落在棋盤一處，皇帝一怔，而後大笑道：「好！好！愛妃這一子走得甚妙啊！」

玉妃這一顆棋子下去，原本被圍困的棋局頓時解了圍，呈雲開月明之勢。

玉妃謙卑地笑，「陛下別笑話臣妾了，不過是無心為之。」

「難怪人家說，有心栽花花不發，無心插柳柳成蔭，愛妃這一次的無心之棋，倒讓朕的心中豁然開朗。」皇帝的笑聲越發洪亮，玉妃微笑地看著他，臉上還是一派平靜，眼睛裡卻流露出疑惑。

不過是無意中的一手棋，就能讓皇帝這樣高興嗎……

明遠堂

林元柔將那晚發生的一切告訴了蔣氏，哭訴道：「娘，您要為我做主……」

「妳們下去。」蔣氏揮手屏退眾人，林元柔哭得更傷心，又道：「娘，她欺負我，不就是欺負您嗎？您想想看，她現在是老太君跟前的紅人，比我們這些正經孫女還要金貴些，如今府裡頭的下人哪個不說她端莊溫柔，大家風範，誰心裡還有我這個大小姐？」

「不過是寄人籬下，還能翻出天去？」蔣氏笑道：「妳也太多慮了！」

林元柔哼了一聲，「娘，可不是女兒說她不好，她昨晚說爹爹是庶子，為什麼要死賴在鎮國侯府不走，為什麼不分府單過，還說咱們就是覬覦鎮國侯的位子，罵咱們才是真正不受歡迎的人！」

她壓低幽怨的聲音：「我只是氣不過，歐陽暖羞辱我就罷了，為什麼還要羞辱爹娘？」

蔣氏眉頭皺緊，臉上終於露出一層薄怒，「她當真這麼說？」

林元柔目光一轉，肯定地道：「女兒絕對不敢胡說，當時兩個丫鬟都在，她們也都親耳聽見了！娘，我知道您不屑與她為難，但她如今可是得寸進尺地爬到咱們頭上來了，如今長房得勢，指不定她有多麼得意，娘，這種人可不能任由她這樣猖狂啊！」

蔣氏冷然道：「妳要我現在就動手？」

林元柔不置可否，只是接著道：「娘，歐陽暖口出狂言這件事咱們暫且不論，她正是年輕貌美，老太君又那麼偏愛，只怕將來還不等我嫁給秦王世子，她反倒攀上高枝了……」

蔣氏一愣，不由自主冷笑道：「她想得倒美！」

「女兒知道如今說這些太早了些，只是……」林元柔嘆了口氣，「她生得妖嬈，又工於心計，只要林元馨嫁給了皇長孫，她再跟著沾些光，不愁嫁不得親王世子……」她看了看蔣氏的神色，又狠了狠心，面上作出忐忑的模樣道：「其實女兒還有一句話沒敢告訴娘，歐陽暖她昨天還說，娘您是內閣家的女兒沒錯，卻也不過是個……」她說到一半，不再往下說了。

蔣氏心中一動，立刻問道：「是個什麼？」

林元柔忙接著道：「娘，她說……您不過是個庶女！」

蔣氏的神色大變，站起來惡狠狠地道：「她竟敢這樣說！」

林元柔點點頭，似乎十分惶惑，「她還說，爹是個庶出的，娘您也是，我這樣的身分自然也高不到哪裡去……」就說到這裡，蔣氏猛地將桌子上的一整套瓷杯全部摔在了地上，嘩啦一下變得粉碎。

「這丫頭太無禮了！」蔣氏怒聲道，高傲的眉眼流露出憤恨的神情。

在她而言，人生最大的隱痛就是庶出，偏偏又嫁了個庶子，歐陽暖簡直是欺人太甚！暴怒之下，她已經顧不得去看林元柔嘴角的冷笑，只來回在屋子裡踱著步子。

林元柔再接再厲地道：「她心眼毒辣也就罷了，偏偏還有眾多人替她出頭。娘，您想想看，林之染對她簡直是千依百順，林元馨也是三天兩頭往夢雨樓跑，簡直像是著了魔一樣，如果任由這種情形發展下去，咱們還有立足之地嗎？」她這番話說得似是而非，真真假假，明明邏輯上很有問題，然而蔣氏卻深信不疑。

「我想她歐陽家好好的千金小姐不做，反倒在老太君跟前裝乖？原來是個暗藏禍心的主！」蔣氏雪白的牙齒咬著嘴唇，眉梢已露狠色。

林元柔道：「娘，歐陽暖不僅有禍心，性子還極為狡猾，她在府裡一日，咱們要千萬小心。」

蔣氏點了點頭，正要說話，就在這時候，林文淵突然怒氣沖沖地從外面走進來。

蔣氏皺皺眉頭，示意林元柔不要再說了，很快換了一副笑臉迎上去道：「老爺，今天怎麼這麼早回來？」

林文淵卻不理她，兀自去桌子前面坐下，猛地看見地上一地的碎瓷片，臉色更加陰沉，厲聲道：「這是幹什麼？」

蔣氏看了一眼，笑道：「只是柔兒說錯了話，我心中不快，才……」

林文淵充滿怒意地瞪了林元柔一眼，那目光似有無限怨毒，林元柔嚇了一跳，不知道自己做錯了什麼事情惹怒了對方。

蔣氏看情形不對，臉上的神色刻意放緩，語氣也十分溫柔，軟聲說：「您今天是怎麼了，女兒又沒有得罪您，怎麼眉毛不是眉毛眼睛不是眼睛的……」

「怎麼了？哼！」林文淵的目光幽冷，猛地盯著林元柔，那目光極為可怕，「有人來向妳的好女兒提親了！」

「好哇，秦王這麼快就提親呀！」蔣氏剛要高興，突然想到了一點，不由自主皺起了眉頭，「可是……世子的婚事，不是要等陛下賜婚嗎？」

「是曹家！」

「哪個曹家？」

「曹榮！當今聖上寵愛的玉妃的弟弟！」林文淵的這句話是從牙齒裡一個字一個字蹦出來的。

「這怎麼可能？」林元柔驚呼一聲，曹家怎麼可能來向自己提親？這簡直是匪夷所思！

「我還當是怎麼了，原來是為這件事！老爺何必動怒，這樣的跳樑小丑，怎麼配得上咱們柔兒？您找理由回絕就是了，還怕找不到藉口嗎？」蔣氏的眉頭舒展開來，帶著笑意道。

「說得容易，總要再三思慮，權衡利弊……」

蔣氏瞪大了眼睛盯住丈夫，她記得清清楚楚，不久前丈夫還對自己嘲笑那曹家不過是仗著裙帶關係才會青雲直上，叫人瞧不起，怎麼今天口氣卻變了？

「您這是怎麼了？」

「曹家畢竟後面有玉妃撐腰，我們要拒絕，總得有個像樣的藉口。」

「這有何難？八字不合，齊大非偶，多的是法子！」林元柔突然幽幽地說了一句。

蔣氏雖帶笑容，眼睛卻不笑了，「父母議論婚事，哪兒有妳女孩家說話的地方？還不退下！」

林元柔看了父親陰沉的臉色一眼，行了禮後乖乖出去了。

「沒那麼容易，曹榮雖蠢，他爹卻不是蠢人，若沒有把握，他根本不會開這個口，我只怕是……他們還有後話。」

蔣氏不笑了，認真地道：「那老爺快去請秦王儘快向陛下提世子的婚事吧！」

「當真是婦人之見，目光短淺！」林文淵拂袖而起，「妳當我不知道嗎？只是秦王殿下近日連連受到陛下斥責，卻又不明緣由，他這個時候怎麼會去觸霉頭？唉，都是妳這女兒不好，沒事出去亂跑，叫這樣的登徒子看到，簡直是傷風敗俗！」林文淵並不知道，林元柔的繡鞋已經落在了曹榮的手中，他若是知曉，只怕更要氣死。

「這能怪柔兒嗎？許是上一回大公主的賞花宴去了不少人，被那人看到了也不一定。」蔣氏的細眉皺了起來，「秦王不行，也可以讓別人開口向陛下提起。徐貴妃是秦王的親生母親，不如請她開口……」

「不妥！不妥！」林文淵背著手，站在那裡連連搖頭。

「有什麼不妥？這可是天大的好事，若是您不早點下定決心，陛下起了旁的心思，這世子妃可就落不到咱們女兒頭上了！」

林文淵的眼睛裡剎那間閃過一道光亮，又很快消失，仍在緩緩地搖頭。

蔣氏生氣得直跳起來，用低沉的語調急促地說：「您裝什麼啞巴？明明心裡什麼都明白，就是不肯講，還要逼著我講……咱們大房和二房之間勢如水火，那老太君盡力維持大哥的性命，又談何容易？您的才能早為皇上認可，欠缺的只是親王的支持了。把柔兒嫁過去，從今往後就能得到秦王的鼎力支持，您還會在兵部尚書的位置上做一輩子嗎？」

林文淵看著蔣氏，精明的眼睛裡卻是閃爍不定，他在猶豫這個時機開口是不是最好的，「再等等吧，再等等看！」

蔣氏壓不住火氣，一手指著他，氣得說不出話來，又坐回椅子上，冷冷地說：「隨您吧！如今連您那個外甥女都嘲笑到咱們頭上來了，說您我都是庶出的，柔兒也高貴不到哪裡去！哼，您還要讓人家看多久的笑話？您還要我們母女承受多少的羞辱？沒用的男人！早知如此，我嫁豬嫁狗也不會嫁給您！」

林文淵猛地一轉身，一雙眼睛氣得血一樣紅，突然狂怒地衝到蔣氏跟前，一把揪住她繡著金梅的前襟，掄開巴掌，啪的抽了她一耳光。

蔣氏驚呆了，她雖然是庶女，嫡母卻沒有親生女兒，便將她養在膝下，從小懂事以來，也沒人敢動她一手指頭。

她登時就要大怒起來，可是只對林文淵看了一眼，便愣了。林文淵的臉上充滿了憤恨，那「庶子」兩個字深深刺痛了他的神經，他的面孔被這種憤怒刺激得幾乎變了形，大口大口地喘氣，全身在微微發顫。

霎那間，蔣氏的怒火平復了下來，她慢慢走到丈夫面前，輕輕地拉了拉他的衣襟，小聲叫道：「文淵，對不起，是我錯了……」

林文淵看著她，目光冷凝，卻一個字也不說。

蔣氏哭泣，「這都是被歐陽暖那個賤人氣的，她嘲笑咱們的親生女兒，欺負她羞辱她，我是心裡難受啊！」

「歐陽暖！歐陽暖！她竟敢說出這樣的話！」林文淵的身體慢慢平靜，臉色卻變得更加蒼白，陰沉的眼睛裡頭似乎有一團火焰在燃燒，「妳瞧著吧，很快我就讓她再也說不出話來！」

蔣氏猛地抬頭，驚駭地看著林文淵……

對於鎮國侯林文龍，歐陽暖早已沒有太多的印象，她只記得他性情溫和，行事卻和老侯爺一樣剛正不阿，很小的時候總是喜歡將她抱在懷中，教她看字帖，對她的疼愛幾乎超過了親生女兒林元馨。她知道，其中多少有些移情的作用，然而直到她傷重，也沒有能再見到他，足見得他真的病得很重。然而，六月十四是鎮國侯的壽宴，他必須出席。這不只是為了鎮國侯府的聲譽，也是為了震懾住在不知名的深處湧動的暗流。

六月十二，鎮國侯府從宮中請來了一位太醫。這次，寧老太君帶了歐陽暖一起去了靜心閣。靜心閣是林文龍養病的地方，歐陽暖扶了寧老太君一步步行來，卻不知靜心閣裡面是這樣的幽深，她們通過層層的門才到了內室，剛一入內，就聞見揮之不去的藥香，沉沉緲緲似一縷嘆息，無端令人心境轉冷。

沈氏迎上來，突然看見歐陽暖，目光微微閃動，寧老太君拍了拍她的手，她嘆息一聲，終究沒有說什麼。歐陽暖對沈氏的遲疑視若不見，只低聲請了安，便和林元馨站到了一起去等候著。

最後一層煙羅紗帳後面，燭光轉柔，映出一個朦朧人影，太醫正隔了帷幔為林文龍診脈，一面細問病情。太醫將林文龍的病情與起居向婢女們逐一問清楚，又拿了以往的藥方子來看，出來時卻是面色凝重，良久未發一語。

林元馨在旁看得心驚，沈氏皺起眉頭，寧老太君卻慵慵地閉起眼，彷彿全不在意，這一切讓歐陽暖心中升起了不好的預感。

沈氏快步走上去，歐陽暖只聽見她身上環佩之聲凌亂搖曳，心中不由嘆息，關心則亂，大舅母完全不顧素日儀態，可見她是整個心思都放在了舅舅的身上，只聽到沈氏語聲急切：「李太醫，如今怎樣，您且照實說！」

李太醫的臉上，露出欲言又止的表情，「這……侯爺依賴藥石過久，尋常藥已對他的病症無效，我只能開幾服溫中補養的方子，然而他身體虛損，恐再難抵受，一旦肺腑俱損……」太醫額上不由自主冒出豆大汗珠，不敢將凶言出口。

「究竟還能熬得多久？」寂靜的屋子裡突然響起寧老太君這樣一句話，令人驚心。

沈氏顧不得避忌，再三追問：「請您直言吧。」

太醫惶然道：「少則三月，多則一載。」
眾人心中雖有準備，仍是如遭雷擊。
只有寧老太君，長長嘆一聲氣，語聲沙啞地緩緩追問：「沒有別的法子嗎？」
「這……」李太醫再三沉思，終究是搖了搖頭。
屋子裡一下子陷入沉寂，歐陽暖一言不發，暗影遮蔽了臉上的神色，使得她此刻靜謐得彷彿一尊黑暗中的玉像，她算計得了人心，卻算不了天命，這一切和前生一樣，終究不能避免大舅舅的早逝……
天上似有一雙無形的手，扼住了她的咽喉，叫她難受得說不出話來。
就在此刻，林元馨握住了歐陽暖的手，緊緊的，像是要將她的手嵌入掌中。歐陽暖看向她，只見她對著自己勉強一笑，眼中卻有淚水滾落。歐陽暖別過臉，一時間手足冰涼，遍體都似冰刀在割，痛入骨髓，卻流不出一滴血，再不忍看那悽楚笑容。親人的生離死別，足以痛入骨髓，林元馨這樣的笑容，笑得令她揪心地難受。
青衣的婢女走出來，面容肅穆，「老太君、夫人，侯爺請妳們進去。」
寧老太君對著沈氏點了點頭，沈氏急忙擦去了眼角的淚水，匆匆整理了一下微微亂了的鬢角，這才和眾人一起進去。
簾幕被輕輕掛起，歐陽暖終於見到了臥床不起的林文龍。他靜靜倚在靠枕上，並不似她以為的那樣奄奄一息，反倒有些笑容，只是臉色蒼白如紙。他的目光在她們的臉上一一望過去，竟然先對著歐陽暖招了招手，「妳是暖兒吧？」
歐陽暖站在原地，忘記了自己應該走過去，林元馨輕輕放了手，「暖兒，我爹在叫妳。」
歐陽暖一怔，不知為什麼，走過去的時候雙腿有些發軟，林文龍的眼神有一瞬間的明亮，像是即將熄滅的星火最後的燦爛，然後他伸出手，輕輕握住她的手，臉上的笑容很平和，「妳和清兒長得真像啊！」

這樣的一句話，讓沈氏不由自主看了寧老太君一眼，夫君與小姑是嫡親兄妹，自小感情極為要好，寧老太君在這個時候讓歐陽暖來見林文龍，是想要安慰他嗎……

林文龍的雙手很修長，指尖有微微的薄繭，想來也曾握過筆執過劍，此刻卻消瘦如削，蒼白肌膚底下隱現血脈。歐陽暖握住他的手，只覺得他的手冰涼冰涼的，而且軟綿綿的沒一點力氣。

林文龍目光流露出一絲哀傷，良久，終於顫聲開口：「可憐的孩子……」

歐陽暖聽他提起母親的名字，又說自己可憐，有一股熱流驟然湧上，眼底喉間盡是澀痛，她狠狠咬唇，苦鹹滋味漫進唇間，竟不知何時落下了淚。看見林文龍，不由自主便想起林婉清，第一聲哽咽之後，再不能自已，諸般隱忍都成了枉然。

「舅舅……」歐陽暖的聲音支離破碎，夾纏了哽咽，浸透了淚水，字字句句都是悽楚，聽著竟不真切。

默默站在最後的林之染心頭一跳，眼裡心裡只是她的淚顏，她竟如此悲傷嗎？林之染走上去，想要扶起她，歐陽暖陡然一驚，拂去了他的手。此刻，她的聰慧、淡定、驕傲盡化泡影，她驚慌失措，在林文龍悲憫的眼神之中顯出狼狽原形，也不過是個低微的弱小女孩。

林文龍笑了一笑，陡然緊抿了唇，胸膛劇烈起伏，將一陣嗆咳極力隱忍下去，然後，他勉力伸出手摸了摸她的頭，如同在撫摸一個哭泣的孩子，「不要哭。」他只說這麼一句，林元馨卻一下子撲倒床邊，緊緊拉住林文龍的袖子，「爹爹！」她的眼淚比歐陽暖的還要肆意，彷彿要將一切悲傷都哭出來。

「一個都不許哭！」就在這時，所有人聽見寧老太君的聲音冷冷地響起。

歐陽暖一驚，下意識地轉過頭，怔怔地看著寧老太君。

「像什麼樣子？都把眼淚擦乾淨！」寧老太君的眼神黑沉沉的，帶著一種令人心驚的嚴厲。這是外祖母第一次對自己這樣嚴厲，歐陽暖明白，因為自己失態了。身為一個名門閨秀，哪怕是泰山崩於面前，也不可以放聲大哭，這不僅僅關係到儀態，更是世家女子的氣度與驕傲。

她默默擦乾了眼淚，拉著林元馨站到一邊去。林元馨的眼淚還在流著，卻已不敢發出聲音。

「之染，你過來。」林文龍的眼神很眷戀的在歐陽暖和林元馨的身上停留了片刻，最後停留在林之染的身上，輕聲說道。

沈氏的眼淚還留在眼睛裡，不敢落下來，寧老太君卻已命令所有人退出去，讓他們父子說話。走出內室的時候，歐陽暖隱約聽見林之染說著「太子」、「燕王」、「林文龍」云云……恍惚似芒刺入耳，她微微定了定神，快步走了出去。

說完了該說的話，林文龍突然問道：「你的婚約呢？」

林之染凝神看著他，臉容上浮現了一絲抵觸，極其輕微。

「我這一生，沒能擔負起自己的責任。」林文龍微笑地說，林之染的面孔刷的白了，神色逐漸哀戚，只覺得父親的話如同一把匕首刺進了自己的胸膛，分明覺出骨肉劈裂，血霧噴濺。林文龍卻恍若未覺，只是微笑著說下去：「答應我，你會做到。」

林之染遲遲沒有回答。

林文龍突然定定看著他，目光變得越發嚴厲，猶如藏了幾十年的利刃陡然出鞘，照人雙目，在那一瞬間，林之染的頭輕輕低落下去，他並非懾於父親的威勢，而是他深深知道，眼前這個人已經時日無多了。

「是。」他聽見自己這樣回答，然而聲音冰涼，卻渾然不似從自己的喉嚨之中發出來的。

從靜心閣出來，林之染閉門不出，在墨玉堂足足待了三日。林元馨看在眼裡，急在心裡，兩次上門去都被婉拒。她不知道父親究竟和大哥說了什麼，心中很是疑惑憂慮，每當這個時候，她便會去夢雨樓。

「暖兒，妳說父親究竟和大哥說了什麼？為什麼他這幾日如此反常？」林元馨穿著玉色繡折枝堆花的春裳，濃密的髮絲輕輕挽起，髮髻上只有一支通體晶瑩的碧玉鳳釵，看起來明豔動人，只是她臉上的神情卻帶了說不出的困惑。

歐陽暖坐在窗下，身著淺淺的湖綠色春裳，領口繡著淡淡的一朵白色玉蘭花，整個人沐浴在明媚的陽光裡，帶著一絲清麗動人的氣息。她原本正在撫琴，聞言也沒有回答，只淡淡撥動了一根琴弦，古琴發出動聽的一聲，隨之流暢的樂曲從她瑩白的指尖流淌而出。

「暖兒，妳怎麼不回答我？」林元馨皺起眉頭，目光之中的疑惑更深。

歐陽暖微微笑了，手下的曲子放緩，慢慢變得柔和悠揚，帶著一種古樸的氣息。她抬起頭看著林元馨，微微吟道：「投我以木瓜，報之以瓊據。匪報也，永以為好也。投我以木桃，報之以瓊瑤。匪報也，永以為好也。投我以木李，報之以瓊玖。匪報也，永以為好也。」

林元馨的心中一動，想起這首詩的意味，不由開口道：「妳是說，我爹和大哥談的是他的婚事？」想了想，又搖頭道：「這不可能，大哥的婚約是早已訂下的，若父親果真提起，他又為何不高興呢？」

歐陽暖手中的琴音一頓，林元馨向她望去，她卻垂下眼眸，輕聲嘆息道：「這一點，卻是我也捉摸不透的了。」

人心難度，她縱然猜得出大舅舅的心思，卻未必猜得到林之染為什麼不高興。畢竟大舅舅命懸一線，心中牽掛的難免是子女的婚事，可是林之染呢？又為什麼不悅？

就在此時，紅玉掀開珠簾，進來稟報：「大少爺來訪。」

歐陽暖和林元馨對視一眼，目光之中都有些微的疑惑。

林之染從外面大步走進來，依舊是錦衣玉冠，器宇軒昂，身影在明亮的陽光下顯得格外高大，卻不知為什麼，俊逸的面容卻比往日多了幾分心事重重。

林元馨站起來，看著自己的大哥，不知道為什麼，有一瞬間說不出話來。

林之染淡淡地看了她一眼，目光之中流露出些微的溫情，「剛剛遇到母親，她在到處尋妳。」

林元馨剛想要說什麼，林之染的語聲已經帶了一絲疲憊，「快去吧。」

林元馨站在原地，不自覺地看了歐陽暖一眼，她的面色如常，只是眼中也和自己一樣，微微露出疑惑。林元馨並不遲鈍，她看出大哥要和暖兒單獨說話，心中突然升起了一種奇怪的念頭，然而這樣的念頭卻讓她驚惶，所以她強笑著，快步走了出去。走過珠簾的時候，她藉著紅玉為她撥開珠簾的瞬間，悄悄回頭看了一眼，卻見到林之染已經走到歐陽暖的身邊，她心中一驚，幾乎覺得自己窺破了什麼祕密，加快腳步走了出去。

「暖兒，這把琴用得可還順心？」林之染看著歐陽暖，漆黑的雙目中浮現出複雜之色，語氣卻很淡，淡得讓任何人都聽不出絲毫的情意。

這一把海月清輝是前朝的名琴，琴身刻寸許行草「海月清輝」四字，造型渾厚優美，漆色璀璨古樸，斷紋隱起如虬，銘刻精整生動，金徽玉軫，富麗堂皇，琴音更是響亮鬆透饒有古韻，非凡琴所能企及。

歐陽暖看著林之染的手落在琴弦上，便自然地收回了手，笑道：「當然，多謝表哥的美意。要尋這把琴，只怕費了你不少心思。」

林之染垂首，目光專注地落在琴身兩旁刻紋上，那上面用隸書刻著「巨壑迎秋，寒江印月。萬籟悠悠，孤桐颯裂」十六字，他低聲道：「不過是表達心意罷了。」

歐陽暖一震，只覺得他的話中有話，瞬間想到他這幾日的反常和此刻的表現，心中不由得一驚，幾乎要立刻站起來，卻只能強自按捺，露出勉強的笑容，「表哥為爵兒找到一把名弓，又對我如此厚愛，我們姊弟當真銘感五內。」

這話說得客氣疏離，林之染凝神瞧著她，眸中有流光閃過，大有傷神之態，手不自覺地抬起，似要撫上她的鬢髮。

歐陽暖一怔，感覺一陣熱血湧上心頭，臉突然就紅了，只覺得周遭那樣靜，偶爾風吹過，幾乎可以很清楚地聽見彼此的心跳聲，她突然之間什麼都明白了。在那一瞬間，歐陽暖下意識地輕輕避開了他的手。

林之染聰明至極，也驕傲至極，他看出了歐陽暖的退縮，亦懂得了她的避忌，手停在她髮上一寸，終究落不下去，久久，手握成拳。

歐陽暖聲音清冷，帶著難以捉摸的寒意，「鄭小姐溫柔體貼，素有才名，當是表哥的良配。」她想要用和婉的語氣將這句話說出，因為在明白林之染心意的此刻，她雖感激，卻絕不可接受。這一生一世，身體髮膚早已不屬於自己，這樣一想，她的語氣變得冷了許多。

「妳果然猜到了。」林之染凝望她的目光多了幾分眷戀與癡意，然而終究被牢牢地壓抑住，「可是我沒有見過她，也不喜歡她。」

「但你們早有婚約，她註定是你的妻子。」歐陽暖的聲音已經恢復了往日的平靜，剛才的冷意彷彿只是林之染的錯覺。

他輕輕點頭，語氣裡帶了一絲自嘲：「是祖父為我選定的妻子，不是我心愛的女子。」

林之染從來都是風度翩翩，萬事在握，意氣風發，歐陽暖從未聽過他用這樣的語氣說話，可她聽著，卻緩緩生出一絲悔意，其實自己早該察覺的，他與她原本只是親人，是兄妹，是盟友，他何時竟對自己起了這樣的心思呢？也許，她根本就不該來鎮國侯府養傷，這兩個多月的時間，竟然給了他這樣的錯覺。

歐陽暖看著他，目光冷淡，「表哥若有心愛的女子，將來可以納她為妾。」

林之染的目光突然轉冷，「她——絕不會為人妾室！」

歐陽暖輕輕「哦」了一聲，嘆了口氣，「那只能說，你和那位女子沒有緣分了。」

林之染望著她，語氣淡淡的，卻有一種難以想像的執著，「我會向鄭家退親。」

退親？歐陽暖心頭猛地一跳，眼中蘊了一點震驚之色，深深望進他的眼中，卻見到他的眼睛裡清晰地倒映出自己的影子。她半晌默然，林之染的性格她很清楚，他的抱負她也很明白，向鄭家退婚的後果是什麼，他一定預料得到，可他卻還是說出了這句話，在重重考慮之後……縱然心如鐵石，她的心底卻也因為這樣堅定的決心漾生出一點稀薄的暖意。經歷了前一世蘇玉樓的無情，歐陽暖對於男子已經不再仰望了，婚姻對她而言，只是一件將來可以晉身的階梯，這樣的自己，早已無力負擔如此的真情。

她心念一定，臉上反而露出笑容，「看來表哥真的很喜歡那名女子，你退親之後，是要娶她為妻嗎？」

林之染定定地望著她，目光無比專注，「是，我要娶她。」

歐陽暖輕輕一笑，笑容中卻帶了一絲淡漠，「我很同情那名女子。」

林之染目光一凝，幾乎帶了失措，「為什麼？」

「因為表哥並非真心愛她，而是害她。」歐陽暖停一停，認真地瞧著林之染，「愛之過度則為害，更何況，表哥用錯了方法。」

林之染瞧著她，靜靜地道：「我錯了嗎？」

歐陽暖點點頭，肯定地道：「表哥退了鄭家這門親事另娶，會有三個害處。一是無緣無故退婚，流言蜚語四起，鎮國侯府正值風尖浪口，萬不可引人非議。二是男子薄情退婚，女子卻極易被人懷疑，表哥，你若退了鄭家的婚事，別人也許不會過於苛責你，卻會懷疑那鄭小姐，說她德行有虧或是身染惡疾，否則你怎麼會突然退婚。三是無故退婚，上下失和。大舅舅身染重疾，老太君年事已高，便是口中不說，心中也會對表哥愛慕的那位小姐存了隔閡，你願意讓她一進門，就面臨家人離心，滿城風雨的局面嗎？你若真心喜愛她，該如何面對她？這豈不是一種莫大的傷害？」

林之染的目光漸漸涼下去，唇角卻依舊含笑，「暖兒，妳很聰明，卻涼薄如斯。我不明白，妳為何什麼都知道，卻還說得出這樣的話？」

歐陽暖心中一震，臉上雖然還是帶著笑容，清麗的臉龐卻被倏忽之間滑進的陽光照得明暗未辨，她看著林之染，緩緩搖頭，「表哥，我是為你好，為那個女子好，也為鎮國侯府好。若是大舅舅身體康健，表哥的心意自然會被成全，你的抱負自然也可以徐徐圖之。如今大舅舅身染沉痾，危在旦夕，暖兒說一句忤逆的話，一旦他身去，表哥你又犯了大錯，大房自然會被奪爵，爵位最後會落在誰的身上，全憑上意。若是聖上屬意林文淵繼承爵位，到時候你如何自處？你口口聲聲說真心愛那位小姐，又能給她什麼？已故鎮國侯爺長媳的身分嗎？」

林之染默然頷首，眼中多了幾分風霜之色，「妳說的沒錯，我什麼也給不了她。」

若是他拒絕了這門婚事，興濟伯府一旦鬧起來，於他的名聲大有損害，到時候得益的只有林文淵，這一點，他比誰都清楚……他微微閉目凝神片刻，陡然睜開，卻是一片銳利的冷芒，「我可以令鄭家自動退婚！」

一時之間，廳內幾乎是一片死寂。

歐陽暖的心口沉沉的發燙，喉頭微微發痛，說不出一句話來。

林之染看著歐陽暖，目光冷然，可是他的心意卻毫無阻隔地傳到了她的心中。她知道，對方是認真的。林之染並非魯莽之輩，他若說有法子能令鄭家主動退婚，就一定有把握。主動退婚……什麼樣的情況下堂堂興濟伯府會主動退婚？除非是女子名譽敗壞，不堪良配……她知道，林之染從不是心慈手軟的人，他若做，就一定會做到無可轉圜的地步。若換了其他女子，有人肯為她不惜違背良心道義，行逆德損壽之事，可能會欣喜不已，然而他卻不知道，這句話在她心中引起一陣淡淡的隱痛，幾乎令她站立不穩。心思迴轉，剎那分明，焉知當初蘇玉樓不是為了成就他和歐陽可的婚姻，才設計陷害自己，只是他們的手段更惡毒，硬生生斷送了她的性命。林之染若果真做出這種事，和蘇玉樓又有何差別？她縱然冷血無情，卻還沒有到漠視無辜女子重蹈覆轍的地步。

歐陽暖坐回椅上，身上一陣陣發冷，聲音嘶啞，沉沉地道：「表哥是想要逼死鄭小姐嗎？」

林之染目光雪亮如刀，卻沒有絲毫的憐憫，「為了得到心中所愛，我是不得已。」

不得已？為了你們的心頭愛，就可以逼死無辜的女子？

歐陽暖笑道：「恕暖兒多嘴，表哥，你有問過你喜歡的那位女子她的意思嗎？」

林之染的目光沉靜到底，恍若幽深古井。他牢牢地盯著她，一字一字地道：「若我有心，她必下嫁！」

他竟然如此篤定？歐陽暖轉過頭，看向在風中微微顫動的珠簾，那重重的簾影猶如一顆顆淚珠，悄無聲息地流淌了一地，她隨手捋平自己的衣帶，緩緩地道：「她不願意！」

林之染便是一怔，目光之中的寒意陡然大盛。

歐陽暖猛地起身，她的眼中有晶瑩的淚光，聲音卻堅定無比：「歐陽暖若是那名女子，定不希望自己的婚姻尚未締結，就沾染不祥之兆！」

林之染的面龐上漸漸浮起一層譏誚之色，「看來，小小的鎮國侯府，表妹還是看不上了！」

歐陽暖平靜抬頭注視著他，眸色如波，「恰恰相反，鎮國侯府和老太君在我的心中，比歐陽家要重要百倍，正是因為珍視，我才不能輕易毀去表哥的前途，毀掉所有人的期望！」

林之染輕輕地笑了，那笑容帶了幾許自嘲，顯然是並不信任。

歐陽暖看著他，句句發自肺腑：「若是表哥喜愛的那位姑娘心無掛礙，能求得一心人，白首不相負，比任何的榮華富貴、名利地位都必要令她心動，但是，若她肩上另有重擔，心中另有別情，自然不能接受表哥的這番心意。能得到表哥厚愛，她若得知也必將心中感動，然而這世上並非只有男女之情，更有兄妹之愛、親人之愛，若表哥真的愛護她，就請表哥像是愛護馨兒表姊一樣的去愛護她吧！」

林之染沒有再說一個字，他已經很清楚歐陽暖的選擇，他的情意，她毫不猶豫地拒絕。他的驕傲令他說不出任何一句話，只有離開，只能離開。

歐陽暖看著林之染挺得筆直的身影，輕輕地嘆了一口氣。若能嫁給林之染，她相信他會好好珍視她、愛護她，也許她不會再重複上一世的悲劇，可是……遲了，太遲了，在她的心中，早已沒有兒女情長，只餘恨意與悵惘，午夜夢迴，終究難忘。

屋子裡，紅玉一直悄無聲息地站著，她雖然並不算極為機靈，卻還是聽懂了小姐與林之染的對話，她聽見歐陽暖的嘆息，不由低了頭，眼睛裡含著一點憐憫與同情之色，「小姐，您若是嫁到侯府，上頭還有老太君護著您，日子一定會快活的。」

歐陽暖無聲無息地一笑，「不，現在的局面才是對我們彼此最好的。」

林元馨嫁入太子府，林之染也急需要尋求一樁門當戶對的親事，當今聖上對興濟伯十分信賴倚重，林之染娶了他的愛女，自然對前途有益，而他肯定也是明白這一點的，卻在最終抉擇後選擇了自己，平心而論，她不是不感動的，但越是感動，越是要為大局考慮，為彼此考慮。他們之間只能互相幫助，絕不能自毀城牆。退一萬步說，林之染是個野心勃勃的人，若是自己真的答應了他，將來難保他不會後悔，若到那時候，自己又該如何自處？而現在拒絕了他，因為得不到，他對她反而能留下一絲眷戀，這一層眷戀，於爵兒、於他們彼此的盟約，有益無害。歐陽暖撫著窗邊新換的一盆蘭花，悄無聲息地笑了。

林元馨原以為自己窺見了兄長心中的祕密，然而出乎她意料的，林之染在去了夢雨樓之後，整個人卻恢復了平常。她心中疑惑，越發在意兄長與歐陽暖的言談，試圖從中找出蛛絲馬跡驗證自己的猜測，可林之染的表現一如往常，對待歐陽暖像是對待自己一樣親切隨和……唯一不同的是，只有他在看向歐陽暖的時候，眼中多了一層鬱色，微不可察，為此，林元馨感到了一種深深的迷惘……

六月十八，鎮國侯壽宴

這一日，鎮國侯府門前車水馬龍，人來人往，流水樣的禮物絡繹不絕地送了進去。各大王府、豪門世家紛紛派人前來祝壽，不僅如此，連皇帝都派了皇長孫肖衍前來，給了無數賞賜不說，禮物之中還有一顆稀世明珠，光輝燦爛，令人目眩，皇帝還笑稱皇家搶了鎮國侯府一顆明珠，要還給林文龍一顆。一時之間，眾人豔羨的眼神幾乎將林文龍淹沒。

堂上，肖衍身著華服，面帶微笑，「侯爺，這顆稀世明珠乃是南邊海域小國上貢而來，父皇十分珍愛，今日卻賜給了貴府，足可見他對侯爺一片厚意啊！」

林文龍面色蒼白，氣度風姿卻絲毫不遜於一旁冷面如霜的林文淵，他站起身，恭敬地向他遙拜，「請殿下放心，林家定不負聖意。」

滿堂賓客，言笑晏晏，誰也不知道林文龍已經病入膏肓，最多只有一年的性命了，所以他們高聲談笑，讚嘆連連，為林家的好運氣羨慕嫉妒不已。

林文淵的嘴角勾起一絲冷笑，他的目光落在那塊明黃絲緞包裹的稀世明珠之上，淡淡一笑，「兄長可知道，這明珠或許大有來歷？世間早有傳聞，南海有一種鮫人，水居如魚，不廢織績，其眼能泣珠，這稀世明珠既然從南方小國上貢而來，極有可能是就是鮫珠啊！」

肖衍聞言，微微一笑，「林尚書說的對，這一顆正是鮫人淚，乃世所罕見的明珠。」

一旁的肖重華獨自坐著飲酒，並不參與別人的高談闊論，只是當林文淵突然說起鮫人淚珠的時候，他黑曜石似的眼瞳泛起微淡的漣漪，很快消失不見。

林文淵的臉上露出微笑，「老太君一向很喜歡明珠，府中更是珍藏了各式寶珠，唯獨沒有鮫人淚，不如將這物品送去給內院宴請的夫人們觀賞一番？」

皇帝賜下來的禮物，多是要當寶貝一樣供起來的，旁人想要看一眼都是難事。眾人聽到他說的話，紛紛點頭讚許。林文龍微微蹙眉，只覺得他此言別有深意，一時之間卻也找不出什麼把柄，只笑道：「那便送去吧，只是此物是聖上所賜，千萬小心。」

鮫人淚被送去了內院，其他人坐下來繼續飲酒。

席間，林文淵笑著向肖衍敬酒，不動聲色地道：「兄長體弱，不能飲酒，便由我代替吧。」

肖衍看了他一眼，目光之中劃過一絲冷意，臉上的笑容卻依舊和煦，「林尚書說的哪裡話，這一杯該我敬你才是，畢竟……將來侯爺和我都是一家人。」他說著話，卻沒有舉起杯子，顯然是含了微微的諷刺，林文龍即將成為皇長孫的岳父，可是林文淵你又是什麼人，憑什麼代他來敬酒？

林文淵目光微微一凝，笑容卻一如往常，手中的酒杯不著痕跡地放下了，面上絲毫也看不出尷尬的神情。

林文龍知道，若是不敬肖衍，無論如何是說不過去的，所以他淡淡地笑道：「二弟過分憂慮了，我雖體弱，卻也不是幾杯酒都禁不起。」說著，端起酒杯敬了肖衍一杯。酒杯空了，林文龍向一旁的丫鬟點了點頭，那丫鬟便要上來替他斟滿酒杯。

林文淵卻在此刻站起來，滿面春風，「今天在座的都是貴客，讓我親自為各位斟一杯吧。」說著，接過丫鬟手中的酒壺，笑著道：「大家不知道，我們侯府的酒也大有典故。」

「哦，尚書大人不妨說說看。」一身淡紫華服的肖天燁微微挑起眉頭，似乎頗感興趣的模樣，今天他是代表秦王前來祝壽，所以也是坐在主桌。

林文淵的笑容很溫和，慢慢為肖衍倒了一杯酒，然後將酒杯雙手遞過去，才笑道：「當初皇后降生之時，她的舊居井內忽有一隻金鳳飛出，人皆奇之，譽為金鳳井，此事大家都早有耳聞吧？」眾人紛紛點頭，林文淵又緩緩倒了一杯酒給肖重華，道：「此井水甘而冽，醇甜無比，香氣四溢，後被人用來釀酒，據說釀出的酒馥郁清香，令人沉醉。」

允郡王肖清寒在家被關了數日，這一次好不容易才求得周王妃被放了出來，正想著待會兒要偷偷進內院去見歐陽暖，很不耐煩聽這些，隨口道：「這些早已是眾人皆知的事情了！那金鳳井早已在十年前乾枯，那酒水也因此沒了，是不是？」

肖清寒天性率直，這話說出來更是帶著淡淡的嘲諷，肖清弦狠狠瞪了他一眼，轉過臉去的時候已經帶了笑容，「您不必管他，請繼續。」

就在這時候，外面有人來稟報說，燕王派來使者要見明郡王，肖重華微微皺起了眉頭，起身向眾人打了個招呼，便快步走了出去。

林文淵並不在意，臉上的笑容也沒有絲毫的改變，他順勢倒了酒給幾位皇親貴胄，慢慢一圈下來，走到林文龍的身旁，口中道：「大家只知道金鳳來處，卻不知牠飛向何方。據傳說，這金鳳是飛到了天笠山的一口泉水之中，並化作了一尊鳳凰像，這泉水後來也被人用來釀酒，卻比當初的井水更甘甜十分，釀出來的酒也更加香醇。」

他彎起身子，順勢將右手小指的指甲在酒杯的邊緣微微一碰，讓指甲邊緣的粉末在微不可察的片刻落入了微涼的液體之中，就勢將酒杯遞給了林文龍，自然流暢，如同他在心中演練過無數遍的那般。

眾目睽睽，滿堂高客，誰也想不到他會有這樣的膽量下手。這一切，不過是因為他不願意等待了，不論是一年，還是幾個月。若是等林之染迎娶了鄭家女，長房自有嫡子繼承爵位，這侯爺的位置還能輪得到自己嗎？

林文淵這樣想著，以平靜的聲音說道：「這種酒便是今日大家飲用的陶然酒，有名馳三千里，味占第一春的美譽。」

眾人點點頭，越發細緻地品起手中的酒來。

這時候，肖衍端起酒杯，向林文龍敬道：「侯爺，我該敬你一杯。」

林文淵聞言，笑容更深，反而端起酒杯向旁邊的人敬酒，眼角的餘光掃到林文龍端起酒杯一飲而盡，心中的那一塊重石終於落了下來。

酒宴過了半晌，肖清寒彷若突發奇想，「聽聞侯爺書房有一幅當年老侯爺親手畫的山水圖，不知道可否讓我一觀？」

肖清弦心道：你不就是想要藉機會去內院看歐陽暖嗎？卻找出如此拙劣的藉口！誰不知道你不愛文墨，不喜書畫的事情，這樣問反而惹人疑竇，這樣想著，心下嘆了口氣，道：「老侯爺的書畫，確實當世一絕，不知我們可有這樣的眼福能夠一覽。」

林文龍的臉色越發蒼白，身體似乎有些支撐不住，卻只是淡淡一笑，道：「有何不可？來人，去取那幅字畫來。」

「侯爺不必如此客氣，我自己去就行了！」肖清寒滿面高興地站起來，肖清弦不由得撫額嘆息了一聲，隨即也站了起來，道：「侯爺不必過於擔憂，我們不會隨處亂走衝撞了女眷的。」

林文龍看了肖衍一眼，表情有些微妙，肖衍竟也站起身，道：「既然如此，各位長輩在這裡飲酒，請林公子陪著我們去書房觀賞就可以了。」他雖然慣於應付這種場面，但心中對咄咄逼人的林文淵實在無感，所以乾脆站起身，表示自己也要一起去。

這一次，各位親王都只是派人送來賀禮，並未親自到場，在座便以皇長孫為尊，他都站起來了，秦王世子肖天燁、晉王世子肖凌風、周王世子肖清弦、允郡王肖清寒也都隨之站了起來。

肖衍望向剛剛回到座位的肖重華，笑道：「你與我們一起去嗎？」

肖重華黑曜石般的雙眸劃過一絲淡漠的笑意，極深極靜地看了在座的林文淵一眼，薄薄的嘴唇角微微抿起，「皇長孫相邀，自然要去。」

內院之中，林元馨身為鎮國侯的嫡女，原本要出席陪伴諸位夫人小姐，但眾人都知道她即將嫁入太子府，也就不強求她一定要在座了。她在自己的樓裡枯坐一個時辰，只覺得煩悶，恰好丫鬟說表小姐來了，她高興地立刻迎了出去。

歐陽暖一身白底撒紅芍藥白紗褙子，下著大紅撒墨黑團花紋藕荷長裙，烏黑的髮間少有的戴了一支卷鬚翅三尾點翠銜單滴流蘇的鳳釵，看起來比往日的清麗多了一份喜色。

林元馨拉著她的手笑道：「女孩子家就是要這樣打扮，看起來才有喜氣。妳平日裡穿的衣服顏色都太素雅了，我就說妳穿鮮豔的顏色更好看。」

歐陽暖看著林元馨，微微一笑，「表姊拿我取笑了，妳這身姣月軟緞牡丹細繡的春裳才是最美的呢！」

林元馨今日穿了玉色印暗金竹葉紋的中衣、姣月軟緞牡丹細繡的春裳，額上掛著露垂珠簾金抹額，腰間綴著五彩絲攢花結長穗宮條，看起來美貌端莊，豔麗無匹。她聽到歐陽暖這麼說，心中不禁鬱悶，「打扮得再漂亮也不能出去，有什麼用？」

歐陽暖笑道：「誰說不能出去？大舅母請了最有名的戲班子來表演，要請表姊一起去看呢！」

林元馨眼前一亮，「真的嗎？」

歐陽暖點點頭，「老太君說內院都是夫人小姐們，她們也想請妳出去見一見。」

林元馨臉一紅，見一見是假，想要藉機攀附調侃倒是真，只是她實在煩悶，便點頭道：「好。」

出了林元馨的院子，兩人走到荷花池中間的木頭浮橋上，林元馨吩咐所有的丫鬟退開，這才笑著去拉歐陽暖的手，「暖兒，他和妳究竟說了什麼？」

歐陽暖知道她是問林之染，心道她果然還是懷疑了，只好佯作疑惑道：「哪個他？」

林元馨「呀」了一聲，笑道：「妳別裝傻了，我說的是大哥！」

歐陽暖淡淡地笑了，「表哥嗎？他特意吩咐了我幾句話，託我轉告於妳。」

林元馨一愣，「什麼話？」

歐陽暖微微笑道：「表哥說，嫁過去以後，若是皇長孫欺負表姊，妳盡可以回來向咱們說！他縱然是皇長孫，鎮國侯府卻也不是任人欺凌的！」

話還沒說完，林元馨不許她說了，嬌聲喝斥道：「別亂說，他才不會欺負我！」

「啊，表姊心疼的話，那我就不說了！」歐陽暖似笑非笑地看著林元馨，對方的臉頓時紅成了番茄似的。

「哼，哪裡有千金小姐在背後這樣議論的？真是想嫁人想瘋了！也不怕被人聽見，笑話妳們沒家教！」忽聽有人在背後嘲諷地嗤笑了一聲，「還沒嫁過去，就把自己當皇長孫的正妃了，背後如此談論男人，真是不知羞！」尖銳刻薄的話，一句接著一句地傳進她們的耳中。

兩人回頭一看，是林元柔帶著丫鬟站在不遠處，一身緋色短襟衣上繡著對稱的鳳仙花圖案，下面配著彩粉水墨山水長裙，頭上戴著紅翡滴珠鳳頭釵，簪著雲腳珍珠卷鬚華盛，她正凝目望著她們倆，眼中飽含嘲諷與不屑，語氣帶著毫無遮掩的鄙夷。

林元柔遠遠走過來，只看到林元馨和歐陽暖並肩而立，一個明豔照人、一個溫柔親切，一個光彩如丹陽高升、一個皎潔似皓月初明，偏偏兩人的感情還如此要好，形影不離，怎麼不叫她看了更加來氣，所以毫不猶豫地出言諷刺。

「柔表姊。」歐陽暖將心中的不悅化為了笑容，深藏在心底。

「別張口閉口姊姊，歐陽暖妳不必假惺惺，我可是父母的獨生女兒，什麼時候冒出來妳這麼個妹妹？」林元柔依然毫不留情地說道：「妳最好早點識相地離開咱們侯府，否則別怪我對妳不客氣！」

她兀自說著，毫不掩飾眼中的鄙夷。從前世開始，林元柔就不喜歡自己，歐陽暖也很清楚這一點，然而這一世她卻是變本加厲。她知道，自己越受別人的關注，林元柔就越是忌恨。或許在她的眼中，自己本該處處低她一頭，最好低到塵土裡去，她才稱心如意。

「妳說我什麼也就罷了，我都不會和妳計較，但妳沒資格趕暖兒離開！這鎮國侯府，可不屬於妳！」林元馨踏前幾步，微瞇雙目，一字一頓地說著，儼然一副保護者的姿態。

「妳——」林元馨的態度和語氣都從來沒有如此強硬過，林元柔似被她喝住，先是呆愣了下，而後面色發白，惱羞成怒地上前猛推了她一把，「別擋道！」

林元馨原本正站在荷花池的浮橋上，猝不及防之下，身子被推得一個踉蹌，下意識地伸手去抓一旁的木欄杆，然而卻落了個空，整個人倒退一步被甩了下去，懸空掛在浮橋上。

歐陽暖一個箭步衝上去抓住她的手，「表姊！」

林元柔嚇了一跳，顯然沒有想到林元馨這麼容易就摔下橋去，頓時呆住了。

歐陽暖回頭大聲道：「還不來幫忙！」她用盡全力，想要將林元馨拉上來，卻在眼角的餘光中瞥見對岸站著一群人，將這裡發生的一切都收入眼底，當先一人是皇長孫肖衍！

歐陽暖心念一轉，刻意壓低聲音道：「放手！」

林元馨正要拉住她的手上來，卻只覺得歐陽暖手上一鬆勁，撲通一聲，便掉進池中。心中一陣驚惶失措，冰涼的池水立刻沒有遮掩地嗆進了她的口鼻中，她劇烈地咳了幾聲，幾乎要透不過氣來，身子慢慢地往池底沉去。正在她強自鎮定，想要游上去的瞬間，恍惚中，一雙有力的臂膀緊緊地摟住她，帶著她浮出了水面。

「林小姐，林元馨……」有人輕拍著她的臉頰，著急地叫喚著。

她緩緩睜眼，對著眼前的男子虛弱一笑，「我沒事……」然而她的目光，卻沒有落在肖衍清冷的面上，而是看向一旁的歐陽暖，她突然明白了剛才歐陽暖為什麼要放手。

林元馨的身子瑟瑟發抖，肖衍率先解下披風，將她整個人裹好。

歐陽暖臉色慘白地走過來，抓住她的手道：「表姊，都是我不好，若我力氣大一點……」肖衍清冷的面容掃過林元馨蒼白的臉，眼睛裡閃過一絲憐惜，再看到旁邊的歐陽暖，似乎有些吃驚。

林元馨原本就不會有事，因為她是懂水性的，「我沒事……」她雖然臉色蒼白，仍是驚魂未定，卻已經明白了歐陽暖的用意。

林之染匆匆趕到，沉下臉對林元柔厲聲喝道：「妳太不像話了，居然將自己的妹妹推下湖！」

所有人都冷冷地望向林元柔，他們遠遠看見有兩位千金小姐過來，為了避忌，只能站在對岸，等她們離去之後再行過橋，卻沒想到親眼看到林元柔推林元馨下橋，天下竟然有這樣刁蠻的千金，當真豈有此理！

林元柔見浮橋上一瞬間多了這麼多皇孫貴冑，堂兄又對自己怒目而視，早已嚇得瑟瑟發抖，訥訥不敢發出聲音。

「我……我不是故意的！」林元柔沒想到自己一向保持的端莊形象會在眾人面前露餡兒，頓時面紅耳赤，心中暗暗將歐陽暖罵個半死，若不是她沒抓好林元馨，也就不會出現這樣的局面了！

「不，這不怪姊姊……」林元馨面色微微緋紅，髮上沾滿晶瑩水珠，在陽光下璀璨瑩亮，越發襯得她秀髮如雲，膚若映雪，一瞬間將歐陽暖的清麗、林元柔的嬌俏全都壓了下去，「不關柔姊姊的事，是我沒有留意腳下，才會跌入湖中……」

肖清寒怔住了，「可是，我們剛才方才分明看見……」

「真的不關她的事，是我自己不小心！」林元馨柔聲說著，深深低下頭去。

肖衍略帶驚訝地看向林元馨，沒想到她不但沒有藉機會告狀，還替林元柔遮掩。她竟然如此大度！一時之間所有人譴責的目光都落在林元柔的身上。

「表哥，我帶表姊去換乾淨的衣裳。」歐陽暖率先出聲，打破了眾人的僵持。

林之染點點頭，道：「快去吧。」說著，目光冷冷地盯住林元柔，看得她如芒在背，幾乎要落荒而逃。

歐陽暖扶著林元馨走過眾人身邊，林元馨半靠在她身上，有些怯弱不勝的模樣，更添幾分盈盈美態。

肖天燁眼波流轉，嘴角淺淺帶笑，竟隱隱露出一股邪氣，暗笑道：「還真是一點機會都不肯放過啊！」他說這話的時候，歐陽暖已經目不斜視地從他身旁走過去了，經過肖重華身邊的時候，她微笑道：「請郡王讓一讓。」

肖重華臉上帶了幾分說不清道不明的笑意，黑色錦衣上那華貴的金線織繡的花紋熠熠生輝，擦過他身側的時候，他微微側過身子，眉間風輕雲淡，那瞳子卻比烈烈的火還要熱，只一眼就洞徹了一切。

歐陽暖陪著林元馨回去，重新幫著她換了衣裳，然後屏退了丫鬟，親自為她梳頭。

歐陽暖雖然說要親自動手，一旁的丫鬟們卻半點也不敢離開。剛才她們被大小姐的人攔在外頭，竟然沒能第一時間衝過去救下林元馨，若是事後侯爺夫人追究起來，一百個她們都不夠死的，此刻又怎麼敢懈怠。於是，山菊捧著妝匣，桃夭捧著胭脂水粉，蘭芝侍奉茶水，小竹輕手輕腳地端來精緻糕點，一時屋子裡衣香鬢影，錦繡環繞。

林元馨坐在銅鏡前，肩上披著一條專為梳頭用的玫瑰紫繡巾，歐陽暖拿著梳子為她挽髮。

「剛才，妳這丫頭是故意的吧？也不提早說一聲，幾乎把我嚇死！」林元馨嗔道。

歐陽暖那雙黑亮沒有情緒的眼睛微微一動，卻不開口，專心地梳理著林元馨烏黑的秀髮。

「妳老實說，什麼時候看見那些人站在那兒的，還有……還有他……」

這個他，說的自然是皇長孫了！歐陽暖微微一笑，從盛放著首飾的匣子裡挑了支珍珠步搖，長長的珠串垂下，歐陽暖將它在林元馨髻上比了一比，只覺得過於華貴，便丟下步搖，在她頭上簪上一支五彩絲攢花結水晶的孔雀釵。林元馨說話之間，串著水晶的五彩絲在她烏黑的髮間驟起驟伏，十分耀眼。

歐陽暖慢吞吞地道：「表姊可是想太多了，我哪裡知道他們會站在那裡，又怎麼計算得出皇長孫居然也在，我又不是神算子！」

「那妳還放手！」林元馨愕然。

「表姊，妳會水的呀，若是一直拉著妳，這不上不下的豈不是更難看？」

林元馨：「……」

旁邊的丫鬟紛紛笑起來，林元馨惱怒地盯了她們一眼，眾人立刻屏氣斂息地低下頭去。林元馨瞇起眼睛，上上下下地打量歐陽暖，「哼，我都聽見妳說放手兩個字了，現在還想瞞著我！」

歐陽暖避而不答，看著鏡子裡的美人，帶了一絲疑惑，道：「表姊，妳最近是不是胖了？」

林元馨一愣，表情立刻緊張起來，對著鏡子認真看了半天，才道：「哪裡哪裡？」

歐陽暖「嗤」一聲笑，用手指刮她的臉道：「剛才我用力拉著妳，幾乎用了全身力氣卻還拉妳不住，這不是胖了是怎麼回事？」

「瞎說！」林元馨手中的美人團扇重重在歐陽暖的手臂上拍了一下，歐陽暖哎呀一聲，道：「要不就是人說的心寬體胖，表姊要嫁人了，自然就了了一樁心事，自然而然胖了許多！」

「妳還說呀！」林元馨一張粉臉漲紅得如鴿血紅的寶石，起來要抓她，她卻笑著逃開了。

若是當時林元馨沒有掉下去，僅僅讓眾人看到姊妹爭執，便是錯全在林元柔，別人也會對林元馨生出不好的印象，最好的辦法自然是讓她變成受害者。今日所為，雖然冒險，卻是兵行險招，連消帶打，只要運用得當，既能讓眾人對林元柔生出厭惡，又能讓皇長孫對馨表姊有了憐愛。只是這些，歐陽暖並不打算說出來。

兩人正說笑著，外面丫鬟來稟報說：「二夫人和大小姐來了。」

林元馨手中的團扇重重拍在梳粧檯上，神色頓時陰沉下來。

歐陽暖微微沉吟之間，林元馨已經冷聲道：「我倒是要聽聽她們還有什麼話好說！」

蔣氏進來的時候一臉笑容，林元柔則期期艾艾，彷彿帶了些愧疚。

蔣氏一進來，就上前拉過林元馨的手，上上下下看了半天，十足憂慮的模樣，「好孩子，可嚇壞我了，還以為妳有什麼損傷呢！」說著，不僅語氣惶急，更是紅了眼眶，「老太君和大嫂都在陪客人，一時半會兒走不開，我就自告奮勇先來看看。說起來，這事情全都是我們柔兒不好，可苦了妳了。」

剛才被人推下湖，林元馨心中難免有幾分芥蒂，歐陽暖的表情卻像是完全沒有放在心上，恭敬地站在一旁聽她說話。

蔣氏瞪了身後的林元柔一眼，「還不快向妳妹妹賠罪！」

林元柔掏出袖裡的帕子，似乎十分愧疚地掩了掩眼角，擦去原本就不存在的淚水，滿是歉意道：「害得妹妹落水，實在是姊姊的不是！希望妹妹妳大人大量，不要和我計較，我在這裡向妳賠罪了！」

她自己親口承認不是，還上門來道歉，林元馨原本壓抑在心中的怒火自然發不出來了，她看了面容平靜的歐陽暖一眼，深深吸了一口氣，微笑道：「姊姊說的哪裡話，不過是姊妹之間絆了幾句嘴，我自己不小心掉進水裡去了，也不是什麼了不得的事，哪裡用得著妳親自來道歉？倒叫我不好意思了。」

蔣氏笑道：「這也就是馨兒仁厚，若換了旁人可絕不會輕易原諒的！柔兒，從今往後妳可再也不許任性！妳是姊姊，馨兒是妹妹，妳們都是侯府的女兒，才是真正的一家人，跟那些外面來的丫頭可不是一路的，別聽信那些個小人的話，把好好的親生姊妹反倒疏遠了！」說著睇一眼一旁默不作聲的歐陽暖。

歐陽暖聞言，猛地抬起頭，林元柔得意地望向她，卻看到歐陽暖滿臉笑容，「二舅母坐下說話吧。」又對一旁的山菊道：「快去倒茶，怎麼傻站著呢？」

看到山菊應了一聲「是」，快步離去，蔣氏一愣，林元柔咬緊了牙關，歐陽暖居然指使得動林元馨的丫鬟，林元馨臉上還掛著笑容，竟一點異議都沒有，此舉分明是在告訴她們，這裡誰才是外人。

不管蔣氏安的是什麼心思，她畢竟是二人的長輩，如此做小伏低來致歉，已經是很難得了，她們便是再氣憤，也只能壓著，請蔣氏和林元柔坐下，又特地奉上了幾碟精緻的糕點。

歐陽暖笑道：「各家的夫人小姐們都在，舅母到這裡來方便嗎？」

蔣氏眉眼中劃過一絲異色，笑容卻很溫和，「那邊正在唱戲呢，實在吵得慌，我也是藉這個機會來這裡躲躲清靜。」

既然她都這樣說了，自然是要留下。歐陽暖和林元馨對視一眼，目光之中都有些奇怪，卻只能按捺下來，耐著性子陪著她們二人說話，表面上平和親熱……

時間一點一點過去，氣氛慢慢緩和下來，林元柔也不再句句帶刺，令人討厭，反而三句話捧一捧林元馨，也不忘記帶一句歐陽暖，十分討人喜歡，其實她若是不刻意與人為難，倒是個惹人喜愛的美人。歐陽暖剛剛這樣想著，就聽見蔣氏說：「柔兒，妳不是說還帶了賠罪的禮物嗎？」

林元柔期期艾艾地道：「我怕兩位妹妹嫌棄，不肯收下。」說著吩咐旁邊的香秀道：「把我準備的禮物給兩位妹妹看看。」

香秀捧著托盤上來，林元馨猶豫了片刻，便伸出手去揭開上面的紅紗，卻原來是兩個香囊，一個是金累絲繡牡丹的，一個是銀累絲繡蓮葉的，下端都繫著珠寶流蘇，觀之非常可愛。

「這香囊是我以前繡的，原本就想送給兩個妹妹，一直沒有機會送出手。後來我看到老太君對妳們那樣好，心裡不免就有些嫉妒，這才一時糊塗做錯了事。如今我真的知道錯了，現在將香囊送給妳們，雖然不是值錢的東西，卻也是我親手做的，妹妹再也不要生我的氣了，咱們以後好好的，行嗎？」林元柔說得很可憐，一雙杏眼忽閃忽閃，盈盈帶了點淚光。

林元馨驚訝地看著她，她只充滿期待地望著她。林元馨看著那香囊，猶豫了一下，道：「既然是姊姊親手做的，自然要留著，我們不敢收下的，妳還是收起來吧。」

蔣氏看向林元柔，林元柔會意，立刻站起身，真誠地將那金累絲繡牡丹香囊推到林元馨面前，「妹妹不肯收，就是不原諒我！」說著，主動將林元馨身上的香囊解下來，隨手交給旁邊的山菊，然後親自為她戴上自己送的那一個。

林元馨被她這個舉動驚愕住了，怎麼也想不到林元柔居然做小伏低到了這個地步。

林元柔的眼睛亮晶晶的，嘴唇緊抿著，很是固執，不容拒絕。

蔣氏也笑著道：「姊妹之間要親親熱熱的，這樣才對！看到妳們如此，我也放心了！」

林元柔見林元馨推拒不了收下了香囊，臉上露出笑容，轉而對著歐陽暖道：「暖兒，妳也佩上吧，這香囊可是我親手做的呢！」

歐陽暖看著她的笑容，表情淡淡的，轉臉看著那盤子裡的香囊，不辨喜怒。林元柔立刻咬緊了嘴唇，似乎有些自尊心受創的模樣。林元馨也不想局面太僵持，畢竟她還希望暖兒在侯府開心地多陪伴她一些時日，便輕輕扯她的衣袖。歐陽暖看了她一眼，臉上的笑容慢慢浮了起來，卻是四兩撥千斤地道：「既然如此，就恭敬不如從命了。」說著，讓紅玉將香囊收了起來。

她雖然沒有佩戴在身上，卻到底是收下了。

蔣氏輕笑，那雙閃爍著無數的精明與厲害的眼睛微彎，「這樣才好。」說著，站起身，對林元柔道：「妳們姊妹坐在一起說話，我先走一步，去園子裡看看。」說完，看了林元柔一眼，微微笑著扶住丫鬟的手離開了。

歐陽暖看看蔣氏離開的背影，沉吟片刻，笑道：「兩位姊姊在這裡坐一坐，我去去就來。」說著，起身作勢要離開。

林元柔立刻站起來，「等等！」言語之間竟然有三分急切。

歐陽暖瞅著林元柔笑了一笑，林元柔心裡打了個突，一時之間說不出話來。

「柔表姊這是怎麼了？」歐陽暖裝作沒看見她的異常，奇怪地問道。

「暖兒……這是去哪裡？」蔣氏特意囑照過，要她從現在開始片刻不離歐陽暖的，她現在這樣起身走了，萬一計策不成，豈不是要壞了大事？林元柔這樣想著，眼睛裡的急切便更濃了些，歐陽暖看在眼裡，目光微凝。

歐陽暖笑意謙和，不疾不緩地回道：「無功不受祿，我收下了表姊的禮物，自然要回去拿點東西來送給表姊的。」

回去夢雨樓？林元柔的臉瞬間就白了，立刻開口道：「什麼要緊的東西要親自走一趟？暖兒讓身旁的丫鬟去取來也是一樣的。」

歐陽暖猶帶笑意，聲音不疾不徐，「這物品十分貴重，丫鬟們不知輕重，萬一碰壞了豈不是可惜？」看著林元柔越發古怪的神色，又笑道：「柔表姊好像是怕我跑了一樣，這是什麼緣故？」

林元柔到底年輕，處事不如蔣氏手段圓滑，聽了這話就是一愣，半天才強作笑容，「我……我……我只是和妳們剛剛和好，想要多說兩句話罷了。」

歐陽暖觀她的神色，微微點了點頭，故意從紅玉手中拿過那個香囊，在手中把玩了一番，果真見到林元柔的臉色變了。她淡淡一笑，故作沒有察覺，又將香囊遞給紅玉收起來，鬆口道：「既然表姊要留我說話，那我就不去了。紅玉，妳將我房間裡那個紫檀木錦繡匣子拿過來。」她說話的時候，背對著林元柔的方向，手中捏了捏香囊，作出一個奇怪的手勢，紅玉會意，迅速點點頭，恭敬地道：「是。」

林元柔這才鬆了一口氣，林元馨坐在一旁看著，也不由得露出驚奇的神情。

林元柔原本也不想讓紅玉離開，可是她覺得真正狡猾需要防備的人是歐陽暖，也就沒有過多理會紅玉。

歐陽暖並不拆穿林元柔，只是看著林元馨笑道：「馨表姊，這香囊……」她主動走上前去，轉眼看到林元柔還一動也不動地坐在位置上，半點也沒露出焦急的模樣，這才止住了步子，作出端詳的模樣道：「的確十分漂亮。」

接著，三人便坐下來喝茶。過了一會兒，就看到紅玉手裡捧著匣子進來，恭敬地將匣子遞給林元柔。林元柔什麼好東西沒見過，她壓根兒就不放在眼裡，此刻不在意地打開隨眼望去，卻是眼前一亮，「暖兒，這個妳要送給我嗎？」

匣子裡，赫然是一朵冰雕般的水晶牡丹花，觀之燦爛奪目，動人心魄，縱然她見過無數美麗的飾物，卻也不禁眼前一亮。

歐陽暖笑道：「是，這花朵戴在頭上猶如真花一般，還能散發出陣陣清香，令人聞之欲醉，不知道柔表姊喜歡不喜歡？」

林元柔頓時露出笑臉來，「喜歡！怎麼會不喜歡？」看到歐陽暖含笑看著自己，立刻擺出矜持的面孔，命旁邊的香秀收下，那模樣像是生怕歐陽暖反悔一般。

「表姊不妨戴起來？」

林元柔眼珠子一轉，看著歐陽暖道：「那暖兒也把我送給妳的香囊佩在身上吧。」

歐陽暖點點頭，吩咐紅玉將香囊取來，自己佩在了身上。林元柔不疑有他，也將水晶花簪在自己髮間，又特意走進內室，對著鏡子打量了一番，露出滿意的模樣。

林元馨越看越奇怪，不知道歐陽暖究竟在做什麼，香囊又不是值錢的東西，為什麼要用貴重的水晶花來換呢？簡直是暴殄天物！

紅玉看著歐陽暖，微微笑道：「小姐，奴婢進來的時候碰見了鄭嬤嬤，說是老太君要請妳們一起去飲宴。」

「這個……不太妥當吧？」林元柔從內室走出來，露出不悅的神情，「馨兒馬上就要出嫁了，若是此去被誰衝撞了反倒不美，不如我們一起留下說說話也好。」

她言談之間，竟然是想要讓歐陽暖也留下不離開，這就讓人更加生出疑惑了。

林元馨思忖片刻，微微笑道：「那我留下吧，妳們去便是。」

蔣氏說過，她到時候安排好一切會來通知，林元柔擔心時辰太早，還要說什麼，歐陽暖卻已經挽起林元馨的手臂，笑道：「都是內眷，說什麼衝撞不衝撞的呢？馨表姊和我們一起去吧！」

林元柔的表情微微一僵，不便再說什麼了。

# 柒之章

◆

# 明珠蒙塵露賊心

諸位夫人小姐們的宴席設在花園裡，原本是一邊聽戲一邊吃喝談笑，後來寧老太君說唱戲唱得頭疼，眾人便停了戲，坐在一起說話。歐陽暖還沒走近，就聽見花園裡語笑喧譁，環佩叮噹，穿過花枝，便看到一群年輕美貌的小姐們坐在樹下，叫人不覺眼花繚亂。

看見她們過來，南安公府的徐明熙眼波盈盈，手中的薄紗牡丹團扇輕輕搧了搧，笑道：「今日宴客，妳們三位可是主人家，怎麼一溜煙都不見了，倒叫我好生好奇。」

林元柔一愣，臉上有些紅，生怕她繼續追問，趕緊道：「這不是來了嗎？」

朱凝碧興致盎然，仍在不住稱讚：「妳們來晚了，先前我們在觀賞聖上賜給侯爺的那顆鮫人珠，妳們都沒看到呀，那顏色真漂亮，光滑又正，白日裡竟然也熠熠生輝，比我見過的那些個夜明珠都要美麗得多，當真難得！」

徐明熙笑話她：「一個多時辰前的事情妳還念念不忘，妳真是的！」

歐陽暖聽到這裡，看向紅玉，紅玉微不可察地對她點了點頭，她心中頓時明悟，不由自主的，眼底浮現出一絲冷笑。

林元馨和歐陽暖按位次坐下，一旁的林元柔眼睛還緊緊盯著歐陽暖，這時候，那邊的崔幽若笑著向她招手，示意她過去坐下，她卻視而不見，反而對歐陽暖道：「我和妳們一起坐吧。」

這話一說，引得其他小姐們紛紛奇怪地看過來，誰都知道，鎮國侯府大房和二房之間的爭鬥多年不休，林元馨和林元柔之間的關係也很是不睦，怎麼突然之間變得這麼友好了？

正位上，寧老太君正在和幾位公侯夫人說話，似乎是不經意之間，向她們這裡看了一眼。

旁邊的周老太君問道：「今天怎麼不見三夫人？」

沈氏看了目光轉向小姐們那邊的寧老太君一眼，代為回答：「孟家老太太去世了，三老爺便帶著三夫人和子女一起回去奔喪，本想趕回來，卻沒來得及。」

那一邊，林元馨對提出要求的林元柔笑道：「這裡已經很擠了，妳去崔小姐那裡坐吧。」林元柔的笑容一僵，暗暗在心裡，把她罵了一通，悻悻然去了崔幽若所在的座席。

小姐們的驚訝只是一瞬間，很快便坐在一起談笑起來，朱凝碧正說起上月武國公府的陳蘭馨出嫁的事情，忽地外面起了一陣騷動。

鄭嬤嬤從花園外進來，面色有些沉，語聲卻紋絲不亂：「老太君，二老爺帶了很多客人向這裡來了，還有……還有不少侍衛！」

聞言，蔣氏的臉上露出一絲不易察覺的笑意，口中嗔怪道：「老爺這是怎麼了，這裡都是女客，他帶著那麼多男子進來，豈不是糟糕？」

沈氏冷冷地看了她一眼，揚聲道：「不如請他稍等，讓各位夫人小姐們迴避吧。」

「一個都不准走！」正在此刻，突然聽見一個極為嚴厲的聲音在不遠處傳來，歐陽暖一抬頭，便看到林文淵氣勢洶洶地走在最前面。他的身後是面色凝重的皇長孫肖衍等人，最後面竟然還有無數帶著佩劍的侍衛。

眾位小姐們哪裡見過這樣的陣仗，正在說話的朱凝碧驚得一抖，手中杯子裡的花釀灑了一地，其他人不由得議論紛紛，竊竊私語，不明白究竟發生了什麼事情。

一片慌亂中，歐陽暖端起酒杯，輕抿了一口。

林元馨拉了拉她的袖子，低聲道：「暖兒，妳看究竟是怎麼回事？」

歐陽暖微微一笑，主動為林元馨斟了一杯，目光盈盈地道：「這花釀是加入數十種珍貴花卉，經過千日的醞釀才能得到，數百朵的鮮花也不過幾滴，表姊可千萬不要浪費。」

林元馨被她平靜的神情感染，心中也慢慢安寧了下來。

林元柔在一旁看到，冷笑一聲，心道：待會兒有妳好看的！

「究竟是怎麼了？這裡這麼多女客，你怎麼這樣無理？」寧老太君臉色一沉，聲音嚴厲。

林文淵向她告罪後，向在座的各位夫人小姐們大聲道：「打擾各位，實在情非得已！聖上今日賜給侯府一顆稀世明珠，剛才大哥命人送來給各位觀賞，再送回去的時候發現明珠竟然已經被人掉了包！剛才我們已經封鎖了前院，所有男賓已經搜查過了，明珠一定在後院！」他環視了一眼眾人，一個字一個字地道：「一定在妳們某個人的身上！」

「荒謬！」定遠公府周老太君頓時大怒，「你的意思是，我們是賊了？」

寧老太君忙道：「老姊姊切莫生氣！文淵，你也太放肆了，這裡坐的很多都是你的長輩，有什麼事輪得到你胡言亂語，你大哥呢？」

林文淵嘴角露出一絲冷意，面上卻是淡然，「老太君，大哥剛才飲了酒，身子不適，說要去休息，這裡只能由我來主持！各位夫人小姐，這顆明珠是聖上親賜，貴重無比，剛剛入府就被盜，這盜竊聖物可不是小罪！如果是哪位小姐一時見了喜歡拿去玩賞，就趁著現在儘快還回來，如若不然，待會兒要是在誰的身上找到，我必將稟報陛下，絕不輕饒！」

眾位夫人小姐看著被圍得水洩不通的花園，臉色慢慢變得驚恐，她們都想不到，只是來觀賞了一顆珠子，竟然會出這種事。

「既然大家都說沒有……」林文淵這才不緊不慢地說道：「那就請皇長孫在此為我做個見證，到時候查出來明珠的下落，可別怪我林家無情！」

眾人都是一驚，盜竊聖物的罪名可大可小，在場誰能承擔得下？一時之間，連剛才滿面怒容的周老太君都不說話了。

聽到這裡，朱凝碧偷偷對旁邊的朱凝玉道：「我不過是摸了摸那珠子，不會怪罪在我身上吧？」

朱凝玉笑容一怔，「這……不會吧。」

「朱小姐何必擔心，真正該擔心的是那個賊人！」林元柔偏頭斜瞥她兩眼，不冷不熱地說著。

歐陽暖恍若未聞，低頭只管喝花釀。

林文淵高聲說道：「既然如此，若有得罪之處，還望各位見諒。」說著，也不等眾人說話，便朝侍衛一使眼色，那些人便要動手搜查。

寧老太君猛地將酒杯往地上一摔，啪的一聲脆響，碎片四濺，怔得那些侍衛都止住了腳步，她低喝道：「大膽！鎮國侯府是什麼地方，豈容你說搜便搜？在座的全都是女賓，你敢搜一個看看！」

在座的不是公侯夫人，就是貴族千金，怎麼肯容男子輕易近身？

林文淵並不慌忙，冷冷地道：「那請各位入內室，由丫鬟搜身便可。」

眾人面面相覷，站在人群中的林之染冷聲道：「在座的夫人小姐都是貴重之軀，豈是那些粗鄙的下人可以碰觸？二叔要求似乎過分了！你將女眷們都當做賊人，若是被外人得知侯府如此無禮，將來誰還敢來做客！」

林文淵微微一笑，不慌不忙道：「這明珠可是在侯爺的眼皮底下被偷的，聖上到時候追究起保管不力，輕蔑聖意的罪名，你們擔待得起嗎？」

歐陽暖聞言冷笑，原來如此，林文淵打的是這樣的主意！他心心念念的都是爵位，然而長房有子，侯爺有後，爵位輕易怎麼輪得到他？只有長房獲罪被奪了爵位，他才有機會得到鎮國侯的位置！皇帝所賜，必將終生供奉，居然在當天就遺失了，長房最少也要落個保管不力的罪名，罰輕罰重都在皇帝一念之間，到時候……得益的可是他！

肖衍皺眉道：「林尚書，你今日所為的確不妥。」

林文淵早料到他會反對，故作沉吟道：「這樣……便折中一個法子吧，來人，帶獵犬過來。」

諸人聞言，不禁相顧失色。

肖天燁冷笑不語，他隱約之間猜到了林文淵要玩什麼把戲，只是他這時候還以為，眼前的一切，不過是他為了得到爵位故弄玄虛罷了。

肖清寒輕聲問肖清弦：「大哥，你看怎麼辦？」

肖清弦看了一眼表情淡漠的明郡王，淡淡地道：「等。」

丫鬟們忙碌著，匆匆設下椅座，被林文淵邀請來看這一幕戲的尊貴男賓便都遠遠隔著女賓坐了下來，幾乎成了對峙之態。

肖衍面上雖然還帶著淡淡的笑意，眼睛裡卻已經是冰冷一片，「你看，這是什麼戲碼？」

肖重華的眼睛微微閃過一絲淡淡的嘲諷，「這……皇長孫可能要去問林尚書本人了。」

過了一盞茶的功夫，獵犬便被人牽著帶了過來，是一隻半人高的，渾身皮毛烏黑發亮的狗。林文淵拍了拍手，旁邊的侍衛便將曾經裝有明珠的匣子給它嗅，過了片刻，便牽著它去尋明珠上的那種香氣。

獵犬烏黑的鼻子從每一位女客身旁嗅過去，突然對著朱凝碧兇猛地叫了起來，朱凝碧驚呼一聲，幾乎要暈倒，旁邊的朱凝玉趕緊解釋道：「我姊姊只是摸過那明珠，許是那時候留下了氣息！」

眾人一陣哄堂大笑，肖清寒看到朱凝碧花容失色的表現，笑得最大聲，引來朱凝碧惡狠狠的瞪視。肖清弦拍了拍他的手臂，提醒他適可而止，他吐了吐舌頭，表示自己很無辜，卻又忍不住笑得更大聲。

當獵犬停在歐陽暖身邊的時候，犬吠的聲音更大更厲害，林文淵冷冷一笑，蔣氏隨即心中歡喜，林元柔強自按捺臉上的笑容，故意驚呼道：「這是怎麼了，難不成明珠在妳的身上？」獵犬還在對著歐陽暖不停地叫著，蔣氏裝作無意之中發現了什麼，失聲道：「暖兒，好像那狗是在對著妳的腰間叫呢！」

林元柔彷彿抓住了她致命的弱點，朝著歐陽暖露出刻薄殘忍的笑容來。

林文淵走到歐陽暖跟前，傲慢地道：「暖兒，妳腰間佩著什麼？」

歐陽暖微微一笑，悠悠地說道：「這是今天柔表姊送給我的香囊。」

林文淵挑眉望向一邊的林元柔，她高聲道：「是的，我送了兩個香囊，一個是送給馨兒，一個給了暖兒，只是，怎麼狗只對著暖兒叫呢？」

所有人懷疑的目光都落在了歐陽暖的身上，那目光一道道帶著說不清道不明的情緒，叫人心中起了寒意。

肖清寒率先道：「你們都這樣看著她幹什麼，歐陽小姐絕不會是賊人！」

這聲音在死寂的花園裡引起一聲迴響，讓肖清弦有一種想將他立刻打昏帶走的衝動。

林文淵冷笑道：「只是香囊嗎？我看，暖兒，妳還是將這香囊拿出來吧。」

林元馨聞言大驚失色，這香囊是林元柔送的，如今竟然鬧出明珠失竊的事，林文淵又是這樣的咄咄逼人，一系列的事情全都聯繫在了一起，她突然意識到，這一切都是算計好的！

她一把抓住了歐陽暖的手臂，瑩白的指尖微微顫抖起來，心中的惶急通過指尖成功地傳遞給了歐陽暖。歐陽暖看了她一眼，安撫地一笑，轉而抬起頭，站起來，淡淡地道：「這麼說，二舅舅是懷疑我偷了東西？」

寧老太君惱怒地道：「林文淵，你到底要幹什麼？」

「只是以防萬一罷了，若暖兒心中沒有鬼，何必在意？把香囊拿出來就是！」林文淵完全不理會老太君的憤怒，步步緊逼，一隻手已經堂而皇之地伸到了歐陽暖的面前。

那隻手掌紋交錯，滿是習武之人風刀霜劍磨練出來的繭子，帶著不達目的誓不甘休的勁頭。

歐陽暖看著這隻手，微微一笑，道：「二舅舅，這香囊是柔表姊送的，您說這話的意思，豈不是連她一起懷疑了？」

林文淵的目光宛如利劍落在歐陽暖的身上，「禮物既然已經佩戴在妳自己身上，難不成別人還能做手腳嗎？」

他果真是早有準備，成竹在胸，設好了圈套，只等著她落下陷阱。一旦從自己身上搜出了明珠，就落實盜竊的罪名，到了皇帝那裡便是勉強脫罪也要落個名聲盡毀。明珠既然已經賜給了鎮國侯府，保護明珠就成了林文龍分內之事，到時候秦王再參鎮國侯一個護寶不利的罪名，皇帝若是怪責下來，十個林文龍也吃罪不起。

望著他駭人的神情，歐陽暖輕笑出聲，「二舅舅何必惱怒？要看就看吧。」說著，解下香囊，隨意地丟給林文淵。

林文淵冷笑，將手中香囊整個翻了過來，卻驀地呆愣在原地，「這、這怎麼回事？」他失措地低喃，因為香囊之內只有一枚白玉蘭花朵，其餘……什麼也沒有。他不敢置信地將香囊反覆翻了幾遍，面色越發白了，那邊的林元柔也快步走過來，想幫著他一起翻看那香囊。

香囊裡面曾經裝過寶珠，自然會留下一絲氣味，這獵犬想必是因為這個才盯上了自己，然而他們卻沒想到，什麼也沒有搜出來，這還不氣斷了肚腸。

「爹……肯定有啊……」林元柔這樣說道，突然發現全場目光落在自己身上，頓時紅了臉，道：「我是說，既然獵犬叫得那樣厲害，自然是有問題的！」

「搜完了吧？」歐陽暖淡淡地看著林元柔，目光犀利異常，瞧著她額上已沁出了點點冷汗，便笑道：「二舅舅，這回可以證明我的清白了吧？」

林元柔還在翻那個香囊，幾乎把每一根絲線都拉出來了，也沒有找到那顆明珠，就在這時候，一道黑影突然掙脫了侍衛手裡的繩子，猛地向林元柔撲了過去。她絲毫沒有防備，整個人被撲倒在地，頓時尖叫一聲，所有人都被這一幕驚呆了。

「爹爹，救命，救命啊！」

獵犬在林元柔的頭上拚命地踩著，幾乎將她一頭如雲秀髮都踩成了雞窩。眾人哄堂大笑起來，笑得最起勁的莫過於剛才丟過臉的朱凝碧，幾乎要失去了貴族千金的儀態。

林元柔驚呼不停，蔣氏驚慌失色地站起來，林文淵已經大喝一聲，將那獵犬強行拉開。旁邊的香秀和春蘭立刻衝過來扶她，林元柔這才跌跌爬爬地站起來，因為整個髮髻全都散了，一時釵環全都摔在地上，那獵犬嗷嗚一聲，又要撲過來，好在侍衛將其牢牢拉住，再不肯讓牠嚇人。只是這樣一來，所有人的目光都看向地上的那堆釵環，忽然聽見朱凝碧驚呼出聲：「妳們看！」

林元柔正低頭整理衣裙，突然聽見眾人發出陣陣驚呼，她抬起頭，完全糊塗了，根本不知道究竟發生了什麼事，為什麼所有人都用那樣驚異鄙夷的眼神盯著自己？便順著她們的視線向地上望了一眼。

卻看到那一堆釵環之中有一朵水晶花被摔了個粉碎，一顆明珠滾了出來，靜靜躺在陽光下，散發出柔和的光輝。

「這怎麼可能！」林元柔披頭散髮，幾乎失態地大聲叫了出來。怎麼可能？她明明將明珠放在了那個香囊裡頭，怎麼會出現在這裡？

「是她！是她送我的水晶花！」林元柔驚聲道，指著歐陽暖的方向就要撲過去。

肖衍突然冷聲道：「林尚書，你家的小姐剛才推了我未來的妃子下水不說，現在還這樣瘋癲，你就這麼容許她放肆嗎？這就是你的家教和規矩？」
林文淵和蔣氏對望了一眼，臉上都露出驚駭的表情。
林文淵聞言立刻反應過來，大聲喝斥道：「還不快扶住妳們小姐！」
一旁的香秀和春蘭立刻撲過去，盡力抓住林文柔的胳膊，迫使她冷靜下來。
蔣氏快步走到林元柔面前，厲聲道：「柔兒！」
林元柔終於稍稍冷靜了些，她指著歐陽暖道：「是妳送給我的水晶花！是妳冤枉我！」
歐陽暖聞言一愣，頓時露出委屈的神色，林元馨怒聲道：「柔姊姊怎麼這麼說？妳送我們香囊，我們回贈妳一朵水晶花，只是聊表心意，現在出了事，怎麼能怪在暖兒的身上？」她口口聲聲的我們，已經是毫不猶豫地和歐陽暖站在了同一戰線上。
歐陽暖從來都是孤身面對敵人，這種局勢任何人摻合進來都會被懷疑，林元馨卻連想也不想就站在了自己的身邊，歐陽暖的心中湧過一陣熱流，握了握林元馨的手，昂頭對林文淵道：「禮物既然已經佩戴在自己身上，難不成別人還能做手腳嗎？這話言猶在耳，怎麼換了表姊，舅舅就要出爾反爾？」
林文淵沒想到自己說過的話竟然被歐陽暖用來堵自己的嘴，頓時氣得面色鐵青道：「妳是說我偏袒自己的女兒？」
這時候，只聽見寧老太君冷笑一聲，道：「暖兒是我請來的客人，你這樣冤枉她就算了，怎麼真凶已經抓住了，還要抵賴不成？林元柔是你的女兒，這真是做賊的喊抓賊！你做的什麼兵部尚書？捉的什麼賊？」
那話語裡面的寒意令林文淵身上一緊，頭皮發麻，盜竊明珠的罪名可大可小，若是聖上怪罪下來，自己絕對吃不了兜著走。他冷冷地看了林元柔一眼，當機立斷決定棄卒保車。

林元柔看見父親陰冷的目光盯在自己身上，幾乎嚇得軟了腿。

就在這個時候，蔣氏的聲音突兀地響起：「老爺，我有話要說！」

所有人都看向蔣氏，她的臉煞白煞白的，嘴唇咬得幾乎出血，腰背卻挺得筆直。見到她是這樣一副表現，寧老太君瞇起了眼睛，沈氏暗自搖了搖頭。

林文淵勃然大怒道：「滾下去，這裡輪不到妳說話！」他知道蔣氏為了林元柔什麼話都能說得出來，生怕她把自己抖出來。

蔣氏快步走過去，將幾乎沒了反應能力的林元柔護在身後，接著猛地抬起頭來，挺高胸脯，大聲說：「這件事情是我做下的，跟柔兒沒有關係，你們有什麼就衝著我來吧！」

所有的人都倒抽了一口涼氣，不敢置信地看著她。

蔣氏冷冷地看著林文淵，多年的夫妻，在那一瞬間她就知道，丈夫要將一切推到女兒的身上。柔兒才有多大，今天如果坐實了她盜竊的罪名，哪怕聖上不怪罪，她的名聲也就徹底完了，一輩子都毀了。想到這裡，她惡狠狠地瞪了歐陽暖一眼，彷彿一切都是她造成的一樣，恨不得活活吃了她。

林元馨被那眼神看得心中惶惑，直覺挽住了歐陽暖的手，心中擔憂不已。

歐陽暖卻冷冷地回視著她們，那眼神冷幽幽的，帶著一種刻骨的寒意。

就在這時候，林之郁從人群中奔出來，一把跪倒在蔣氏面前，泣不成聲道：「娘，妹妹犯了錯，怎麼能讓您承擔啊？」他性情溫和軟弱，平日裡有什麼事情林文淵夫婦從未告訴過他，所以連他都以為是林元柔盜了那寶珠，這時候看見蔣氏衝出來頂罪，他幾乎沒了魂魄，一下子撲了出來抱住蔣氏寬大的裙襬。

肖衍輕咳了一聲，「林夫人，我們知道妳愛女心切，可是也不能代女受過啊！」

「聽見沒有，快滾到一邊去，再護著這個孽女，我連妳也不輕饒！」林文淵的臉色鐵青，在他眼中，他還有兩個兒子，女兒又算得了什麼，放棄林元柔是最好的選擇，蔣氏的行動在他看來簡直是愚蠢至極。

蔣氏冷冷地盯著他，半點也沒有退縮的意思，反而揚聲向著眾人道：「這寶珠的的確確是我拿的，為了防止被人發現，我才特意放在柔兒的身上，如今所說的話句句屬實，絕沒有替她掩飾的意思！」

林文淵聞言氣急敗壞，指著蔣氏怒聲道：「賤人，妳再說一句試試？」

這時候，寧老太君看了蔣氏一眼，淡淡地道：「什麼話該說，什麼話不該說，妳自己掂量掂量！盜竊聖上賜下的寶物罪名不小，妳可知妳說的這些話會帶來多大的麻煩？就算咱們不忍心將妳送去制裁，只怕家中以後也容不下妳，妳這個尚書夫人還做得成嗎？」她說的話十分嚴厲，已經是在警告蔣氏。

蔣氏的表情越發冷漠，「老太君，什麼話該說，什麼話不該說，我比誰都清楚！事情是我做的，跟柔兒沒有關係！妳們想想，她一個姑娘家，哪裡來這樣的膽子和謀略敢盜竊寶珠？誰又會聽她的？她又哪裡來這麼深的心機去藏匿寶物？」說著淒涼一笑，「我本來想著萬無一失，誰想竟會被人發現？柔兒是我的親生女兒，我不能眼睜睜看著她受到我的連累！」

肖清寒愕然地看著這一幕，悄悄問旁邊的肖清弦：「這……這怎麼回事？」

肖清弦淡淡地搖了搖頭，目光望向露出一臉泫然欲泣的林元柔的身上，又看看滿面剛強的蔣氏，半晌默默無語。

母親愛護子女之心，是天下間最真摯的情感，這一齣戲碼當真是讓人感動，可惜，若不是自己將林元柔拖下水，只怕今日被逼得無路可走的人就是自己，所以這兩個人，一絲一毫都不值得旁人同情。

歐陽暖靜靜地看著這一幕，眸子裡的凌厲漸漸褪去，剩下的只有說不清道不明的冷漠。

林之郁生怕別人相信了蔣氏的話，大聲道：「娘，我知道您疼愛妹妹，但一人做事一人當，您替她頂罪倒是保全了她，那我怎麼辦？培兒怎麼辦？我們也是您的親生兒子啊，您要捨下我們嗎？」情急之中，他幾乎快要落下眼淚。說完，拚命對著坐在一旁面色凝重的肖衍重重地磕了兩個響頭，高聲道：「殿下，我娘不過是一時糊塗才亂說話，根本不是她做的！」說完，又重重推了一把林元柔，「快承認是妳自己做的，不要連累娘！」

林元柔沒想到連自己的親哥哥都不肯保護她，不由伏地大哭，全然不顧名門千金的儀態。

瞧這一家子，父親急著要維護自己的威信，毫不留情地大義滅親；母親愛女心切，情願自己擔著罪名；長子倒是孝順，拚命把罪名推在妹妹身上；妹妹自私自利，只知道哭天抹淚。肖重華看著這一幕，只覺得說不出的嘲諷，他的目光落在那邊靜靜地坐著的歐陽暖身上，漸漸帶了一抹沉思。

林元柔死死地拉住蔣氏的裙襬，淚流滿面，「娘，您要救我啊，一定要救我！」

蔣氏的確愛護女兒，然而還有一個十分重要的原因，那就是她比林文淵更瞭解自己的女兒。如果她不站出來，柔兒這樣的性格，遲早為了保護她自己將所有人攀咬出來，既然如此，她只能站出來承擔，若是叫她說出林文淵是幕後主使，那二房全都完了，到時候自己的兩個兒子也會跟著倒楣。這一點，蔣氏比誰都要明白，所以她大聲地道：「我不是亂說，我有證據。」

她看了一眼悲痛欲絕的長子，口中淡淡地道：「當時明珠從前院被送進來，各位夫人小姐都爭著觀賞，我就找機會將它與我墜子上的那顆差不多大小的珠子掉了包，各位夫人小姐也根本辨不出真假，就算看出來了，誰也不敢質疑這珠子是假的。接著我將明珠用帕子包住藏在身上，以避免沾了那顆明珠的氣息，然後就和柔兒一起去了春分閣，陪著馨兒、暖兒一起喝茶聊天，停留了有小半個時辰。原本我想將明珠留在那裡，在所有客人走了之後我再找機會去取回，沒想到因為人太多，我一直不便下手。沒有辦法，我就又帶著明珠回到了宴會上，後來我看到崔小姐說柔兒的水晶花十分美麗，並且拿下來觀賞了一番，我便讓丫鬟魏紫藉機會將明珠藏在水晶花內……」

被點到名的崔幽若嚇了一跳，她剛才是想要拿水晶花來看的，只可惜林元柔生怕她碰壞了，只是拿下來在她跟前晃了晃而已，根本沒有讓她碰到，聽見蔣氏這樣說，她才道：「剛才我的確……是看見一個丫鬟走過來和林小姐說話的，她具體做了什麼，我倒是沒有看見。」

那是丫鬟魏紫奉命去向林元柔確認歐陽暖中途有沒有離開過，實際上根本不是去藏明珠的，夫人這麼做，不過是為了讓大小姐脫罪罷了……魏紫嚇得一下子撲倒在地上，叩頭不止。

蔣氏看著眾人目露懷疑，又冷聲道：「當時幫助我換了寶珠的僕人，我都可以一一指出來！」當時的確是自己偷偷換了寶珠，全程都是自己出面，林元柔並沒在明面上參與其中，沒人能說出個不字來。

林文淵心裡鬆了口氣，目光卻始終陰冷，一句話也不說。

寧老太君嘆了一口氣，道：「柔兒，妳娘說的是真的嗎？」

林元柔忐忑地看向蔣氏，擦了擦眼淚，低聲道：「是……是真的。」

林之郁看到這種局面，頓時惱怒地盯著林元柔，像是要將她美麗的臉盯出一個窟窿來。

林元柔害怕地向後縮了縮，林之郁極端憤怒地道：「胡說八道！妳怎麼敢讓娘替妳頂罪？」

「住嘴！」林文淵衝上去重重甩了兒子一個耳光，「你馬上滾下去，要是再多說一句，我連你一起趕出家門！」

肖衍淡淡地道：「林尚書，貴夫人已經承認了罪名，是你親口說的，盜竊聖上所賜的罪名很大，你看，要如何處置？」

「我……」林文淵看向目光冷淡的蔣氏，額頭上有冷汗滲了出來，幾乎說不出話來。原本他想的是，寶珠丟失，大房多少要擔著保管不利的罪名，最後由自己捉到兇手，為鎮國侯府戴罪立功，沒有想到最後捉到的是自己的妻子……他環視了一圈周圍，只覺得每個人的表情都帶上了一種說不出的嘲笑與冷漠，他知道，這些人全都在等著看他的笑話，他不能栽倒在這裡，絕不能！

想到這裡，他橫眉豎目地對蔣氏道：「我是缺妳什麼還是短妳什麼了，妳要這樣丟我的臉！」一邊說著，一邊重重一腳將蔣氏踹倒在地。

蔣氏軟倒在地上，面色慘白，冷汗涔涔，捂住腰間冷聲道：「老爺，您打死我吧！我瞞著您做這件事是我不對，但我為什麼這麼做您想過嗎？我在這裡生活這麼多年，就因為您是個庶出的，這鎮國侯府的人都瞧不起我們，侯爺的位置輪不到您，兒女的婚事也要低人一等！哪怕是為了讓那些瞧不起我的人好看，我也非做不可！」說到最後，聲音已經近乎淒厲。

歐陽暖微微閉目，她這樣說，無非是為了讓人以為她只是出於憤恨針對大房而盜竊明珠，如此一來就算不能讓林文淵的嫌疑洗清，也要讓眾人沒法將此事公然推到對方身上，這樣二房才能保住，她的兒女也才能平安無事。左右做錯事的人是她，縱使連累了二房的名聲，也比林元柔將一切供出來大家一起死的好。

林文淵顯然也明白蔣氏的意思，索性又要做出一副大義滅親的樣子狠狠教訓她一頓，剛抬起腳……

「不要！爹，不是娘的錯！」林之郁撲過去護住蔣氏。

蔣氏用力推他，「你快走開，別為了我惹怒你父親！」

林之郁不避不讓，睜眼看著林文淵，「爹要動手，就打死兒子吧，我不能眼看著您教訓娘啊！」

蔣氏和林元柔抱著頭哭成一團，林之郁拚命磕頭，寧老太君看著眼前這一幕，心裡對這一家人的嘴臉厭惡到了極點，偏偏臉上還要不動聲色，冷聲道：「全都住口！你們鬧成什麼樣子？這裡還有這麼多客人，當真要丟盡全家的臉面嗎？」

旁邊的周老太君笑容有些莫測高深，「林尚書，你自己的妻子犯了錯，這回如何處置呢？」

林文淵咬牙，「不勞大家費心，我自己會綁著她送去官衙，讓她承認盜竊聖物的罪名！」

肖衍淡淡地一笑，道：「夫人畢竟身分貴重，這樣多有不妥，不如請林尚書先將夫人拘起來，我去請皇祖父儘量寬恕她的罪過，你看這樣可好？」

由皇長孫去說，還不知道他會說出什麼來，這一回當真是搬起石頭砸了自己的腳，林文淵的臉色越發難看，卻也無可奈何，只能揮著手讓人將蔣氏帶下去關起來。

事情鬧到這個地步，客人們紛紛要起身告辭，寧老太君臉上的神色十分哀戚，「出了這種事，我家真是沒臉留下諸位了，如雲，送各位夫人小姐回去。」

沈氏站起來，臉上保持著得體的微笑，一一送夫人小姐離去。

「暖兒……」林元馨見到身邊的人都走了，這才心有餘悸地望著歐陽暖，「那香囊之中……」

歐陽暖望著她，漫不經心地反問道：「表姊不是已經猜到了嗎？」

「果真如此，真是欺人太甚！二房平日裡已經夠驕橫了，如今竟然還要將盜竊的罪名誣陷在妳的身上，當真可惡至極！哼，如今他們在那麼多人面前栽了個大跟頭，真是痛快！」林元馨仔細想了想，不由得笑了起來，「還好妳聰明，竟能夠猜出那香囊中有問題！對了，妳是怎麼猜到的呢？」

歐陽暖淡淡地道：「我原先只以為林元柔在浮橋上推妳那一下是為了洩憤，現在想來只怕是早就設計好的，先是林元柔來挑釁，接著她們母女藉此機會親自上門道歉，故意贈送香囊給我們。」

「這怎麼可能？她是絕不會在眾人面前丟臉的啊！」

歐陽暖淡淡笑道：「這是因為她算準了咱們，卻算不準皇長孫他們會在那時候出現在對岸，這就是意外！妳想想看，從收下香囊開始，林元柔就一步不停地跟著我，甚至不允許我離開她的視線範圍，而對於妳，她倒是很無所謂，我剛才故意去碰妳的香囊，她半點反應都沒有，那時候我更加確信，送給我的那個香囊必然有問題！」說完，看向紅玉。

紅玉微笑著低聲道：「小姐在將香囊遞給我的時候，就向我做了一個仔細檢查的手勢，還趁著妳們都沒注意，在我手上劃了一個『替』字，我猜小姐是想要藉機會讓我把香囊裡頭的東西換給柔小姐，便藉著回去取東西的機會，悄悄將那從香囊中取出來的明珠用絲線串在水晶雕花上頭，這才逃過一劫，否則他們來捉人，發現明珠在小姐身上，那才真是要人贓俱獲了。」

歐陽暖冷笑道：「在這個過程中，林元柔只顧盯著我，卻沒有防範別人，若是她連紅玉一起防範，這一局我就可能會輸！」

林元馨不由得面露驚嘆，「我真是想不到……暖兒，妳怎麼知道那香囊裡是明珠？」

歐陽暖搖搖頭，道：「不，我並不知道香囊裡是什麼，我只是吩咐紅玉將香囊裡的東西換給林元柔。表姊，妳想想看，那對母女向來視我們為眼中釘，忽然示好，定有所圖，我怎麼可能這麼輕易就相信她呢？」

「那妳為什麼剛才不將這一切說出來呢？」林元馨繼續追問道：「若是妳將一切都說出來，豈不是可以坐實他們的罪名？」

「無憑無據，我不能隨便開口，更何況……讓她自己站出來承認盜竊不是更好嗎？」怨、憎、恨……所有的積鬱的情緒，此刻在歐陽暖的臉上融成了淡淡的笑容。

林元馨覺得她雖然在笑，眉眼之中卻含著一種淡淡的哀戚，不由自主便伸出手握住她的手，「總之，妳沒事就好。」

心頭湧現一片暖意，歐陽暖對她點了點頭，就在這時，一個丫鬟走過來，笑著道：「表小姐，大夫人請您去一趟。」歐陽暖點點頭，向林元馨點點頭，便轉身向沈氏所在的方向走去。

這時候，大部分的女眷都已經離去，倒是皇長孫他們三三兩兩站著說話，歐陽暖繞過他們的時候，肖清寒想要上去說兩句話，被肖清弦拖去了一邊。

就在這時，有人突然擋在了歐陽暖面前，輕聲問道：「剛才歐陽小姐是在為林夫人傷心嗎？」

歐陽暖沒想到肖重華竟然攔住了自己，她克制住神情，淡淡地道：「您說的林夫人是我的舅母，她出事，我自然是傷心的。」她微微側目，儘量不與他目光相觸，睫毛不時眨動著，顯得她神情柔軟，柔軟如同不解世事的孩子，「有勞郡王費心了。」

肖重華的聲音中有一絲難以察覺的探尋，「為什麼我覺得，今天這件事與歐陽小姐有關呢？」

他眼中隱隱顯現的幽光，讓歐陽暖有種被寒刃剖開的錯覺。她低頭細細品味他這句話，這意思是他對自己產生了懷疑，她微微一笑，輕輕道：「是郡王多慮了吧。」

他看著歐陽暖清麗的面孔，嘆息輕得似颳過耳邊一縷清風，「不管妳出自什麼原因要這樣做……」他搖搖頭，「都要當心。」

歐陽暖挑起眉，微微露出疑惑的神色，肖重華看了正陰沉地向這裡望過來的林文淵一眼，在這一瞬間，歐陽暖就明白了他的意思，她抑住蹙眉的衝動，唇角仍是若有若無的一縷笑，「人無傷虎意，虎有傷人心，若是不把猛獸的獠牙拔除，他終有一天會再傷人。」她笑意淺淺，優雅而自若，款款顧盼間，眸中似有一簇極明亮的火光。

兩人的距離並不近，可是她身上的清淡香氣，仍舊幽幽地一層一層，浸得他額角抽痛。她的目光似一把寒光閃閃的匕首，帶著一種強烈的入侵感，令肖重華不禁微微側目。

沒有等他回答，歐陽暖已經從他身邊走了過去，舉止如行雲流水，不落半分留戀，他不由自主地轉過頭，遠遠望著她，微微出神。

她說話的時候，聲音很溫柔，卻沒有溫度，正如她的心，彷彿永遠也溫暖不了。

沈氏送完了女客，轉頭正在柔聲安慰林元柔，看見歐陽暖過來，忙笑著道：「暖兒，妳姊姊哭個不停呢，妳快幫我勸勸她。」說著，對歐陽暖眨了眨眼睛。

歐陽暖看了猛地抬起頭盯著自己的林元柔，未語先盈盈而笑，眉目彎彎，天真柔和的模樣道：「柔姊姊快別傷心了，二舅母犯了錯，回頭我們再好好想法子就是了，妳這樣傷心也於事無補，反倒累壞了自己身子。」

林元柔冷冷地盯著她，揚唇一笑，說不出的譏諷，「歐陽暖，妳真是好手段！」

歐陽暖的眉尖微微地蹙了起來，似乎是一忍再忍的模樣，「姊姊這麼說，就是在氣妹妹了！唉，我真不知道哪裡得罪妳了，但凡我有得罪姊姊的地方，還請看在妹妹年紀小不懂事的分上，不要怪罪才好。」

「妳——」林元柔猛地站起來就要向歐陽暖撲過來，歐陽暖身後默默站著的菖蒲一個箭步衝上來捉住她的肩膀，歐陽暖微微一笑，輕輕靠近，抬起手慢慢為她整理亂了的雲鬢，外人遠遠望去只覺得姊妹情深的模樣，「我要是妳……」看著眸子憤恨無比的林元柔，歐陽暖瞇起了眼，輕聲細語地道：「就會裝得像沒事兒人一樣！還是說，妳也想重蹈妳娘的覆轍嗎？」

林元柔的眼睛突兀地睜大，像是無限的驚恐，歐陽暖隨後軟軟地加了一句：「扮豬吃老虎，妳也配！」

林元柔不敢置信地盯著歐陽暖，像是第一次認識她。

歐陽暖輕輕地拍了拍她身上的灰塵，道：「姊姊，願妳從今往後，學乖些吧。」說完，便對菖蒲道：「放開她。」

菖蒲鬆了手，林元柔跌坐在椅子上，目光仍舊緊緊盯著歐陽暖，這一回，含著無限的恐懼。

就在這時候，一個丫鬟匆匆從園子外面奔進來，跪倒在沈氏的面前，歐陽暖遠遠望去，只見那丫鬟剛說了幾句話，沈氏臉上的笑容都消失了……這所有的變故不過發生在一瞬間，快得讓歐陽暖的心驟然就沉了下去。

那是靜心閣的大丫鬟珊瑚，歐陽暖不由自主望向遠處的林文淵，卻見到他朝著自己露出笑容，那種笑容陰冷毒辣，叫人忍不住頭皮發麻，歐陽暖突然醒悟過來，原來……原來不止是內院，還有大舅舅那裡……林文淵也下了手！自己只顧著脫身，竟沒想到原來他還有下一步！一瞬間，她垂在袖子裡的手不由自主捏得死緊，覺得鋪天蓋地的寒冰迎面襲來，從心到身，連同魂魄都是冰涼。

匆匆跨進靜心閣的門，與外面的朗朗春日截然相反的靜謐讓歐陽暖猛地一個寒顫，她快步走了進去，就聽見林元馨那種抑制不住的哭聲低低傳來，不由得一時手足無措，竟然失去了往日的冷靜。

「人還有口氣，哭什麼哭……」寧老太君嚴厲地喝斥，她環視在場的眾人，最終目光落在珊瑚的身上，「到底怎麼回事？」

珊瑚跪於地上，怯怯回稟：「早晨侯爺還是好好的，從宴席上回來後，忽然說透不過氣來，胸悶、頭暈……奴婢請了大夫來，大夫說……大夫說侯爺的情形很嚴重，奴婢立刻便去回稟了大夫人……」

寧老太君望向床上，林文龍面容扭曲，呼吸急促，整個身子幾乎縮成一團，大夫仍在詳細地診脈，寧老太君隔著簾子叫道：「張大夫。」

紗簾一掀，張大夫走了出來，道：「老太君……」

老太君向他看去，眉心皺得死緊，道：「如何？」

張大夫道：「這病症來得太急，又不像是之前的舊疾……我一時也束手無策……」

沈氏面上浮現出憂慮，顧不得儀態，焦急地問道：「怎麼這麼突然？早上人還好好的，您快想想法子啊！」

原先宮中太醫已經開了藥方，並且保證過，只要按照藥方定時服用，至少可保三、四個月無虞，到時候，林元馨和林之染的婚事都不會受到影響，可是這樣一來……

林之染冷笑出聲，「這事情真是蹊蹺，父親好好去參加宴會，回來就倒下了，還這樣痛苦不堪……」他固然紅著眼圈，聲音裡卻帶了一絲凜然之氣，他頓了頓，上前幾步，直視著寧老太君，一字一頓地說：「老太君，我懷疑有人動了手腳！」

沈氏驚駭地看著他，一時之間說不出話來，林之染接著道：「父親一去，我和妹妹的婚事必然耽擱，那人這樣的用心，不可謂不歹毒！」

對待一個本來就要死去的人，林文淵還要下這種狠手，歐陽暖只覺得腦子裡無數聲音轟然而響，緊接著就是一片自己無法控制的空白。

林元馨遲疑道：「可是，宴會上有貴賓，所有的飲食都是經過檢查的，何來毒藥？」

林之染冷冷地笑了，「百密一疏，旁人終究有疏忽的時候！」

寧老太君盯著張大夫，「可是中毒？」

張大夫道：「這個……恕老夫才疏學淺，看不出來這是什麼原因所致，好像……不是毒藥。」

歐陽暖的胸腹中彷彿被挖空一般的痛，她緩緩開口，因為灼燒的痛，聲音有幾分發僵：「張大夫，如今舅舅還能支撐多久？」

張大夫看向床內的林文淵，無奈地搖了搖頭。

親生兒子馬上就要殞命，寧老太君終於承受不住，硬生生地把臉轉向一邊，咬牙道：「去請皇長孫來！」

林元馨死死咬住嘴唇，彷彿忍受著心口巨大的疼痛，雙肩極細微的顫抖著。

林文龍能撐多久？

也許還有一個時辰，又或許就是下一刻，他就會死去。

歐陽暖知道，死神正在向林文龍一步步迫近，她彷彿看到一道黯沉的黑影，逐漸遮蔽了她眼前所有的光，令她無法動彈絲毫，她想要強迫自己鎮定下來，然而她的身體卻在發抖，細微地止不住地顫抖，她輕聲道：「外祖母，您的意思是……」

寧老太君卻望向窗外，微微閉起眼睛，「先等一等。」

等？現在舅舅還有時間等待嗎？歐陽暖看向床的方向，耳中聽著那陣陣痛苦的呻吟，眼睛裡劃過一絲不忍。

肖衍很快趕到了，令人驚奇的是，他竟然還帶來了肖重華。

肖重華面色如淺玉，眉間眼底如深潭，他快步走進來，看了歐陽暖一眼，率先走向床的方向，仔細檢視了一番林文龍的症狀，片刻後回過頭來，臉色微微發沉，「侯爺是誤食了一種草藥。」他的聲音很低很沉，卻帶著一種自信的篤定。

林元馨怔怔地輕聲道：「難道真的是二叔……」話只說了一半，便自覺失言就收住了，剩下的話被她緊緊咬進唇中，原先微微發白的唇此時添了一片紅色。

肖衍看了她一眼，低聲答道：「不要擔心，我會想法子。」

林元馨對上他的眼，只覺得那雙清冷的眼睛此刻帶了絲絲關切之意，毫無掩飾。

「來人，先送二小姐回去。」沈氏擦了眼淚，沉聲道。

林元馨馬上要嫁入太子府，這個時候留下多有不妥，肖衍卻抬手阻止，「事急從權，凡事都有例外，不必遵循那些死禮！」說完，再次看向肖重華道：「你確定？」

肖重華點點頭，對眾人道：「侯爺的耳後有一個不引人注意的紅點，如果我沒有看錯，那應該是一種植物的花粉所致，名叫番木鱉。這種花粉每到春天就會隨著風到處飄散，尋常人誤食自然沒什麼事，但是身體虛弱的人一旦誤食，就會出現頭痛、頭暈，最後窒息而死。嚴格說來，這只是一種很尋常的花粉，說不上毒藥，用銀針是無法驗出的，但是侯爺這樣身體虛弱的人，只要沾染一點，就會送命。」

「怎麼可能？若真是如此，老夫怎麼可能沒見過？」張大夫驚詫地道。

肖重華望向他，淡淡地道：「很少有人知道這種花粉的功效，軍中曾經有不少原本受了傷的士兵誤食這種花粉，導致喪命，一般人是絕不會認得這種東西，更不會懂得使用！」

「是他！一定是他！」林之染心中的懷疑得到確定，轉身快步往外走去。

寧老太君大聲道：「快回來！」

林之染卻半點也沒有理會，就在此刻，一個人影擋在他身前，「表哥，你沒有證據，這樣去找他也沒用！」

歐陽暖的聲音很冷漠，冷漠到近乎無情，然而她的聲音卻是微微發抖，眼睛裡也是含了眼淚，只有靠她如此之近的林之染才能看見。

他深深望進她的眼睛，幾乎要被她的傷痛所打動，最終他深吸一口氣，快速回轉身來，大聲道：「明郡王，可有什麼法子？」

肖重華看了一眼面色雪白，第一次在他人面前失去冷靜的歐陽暖，靜靜地道：「侯爺身子虛弱，別無救命之法，只能用千年靈芝吊著命。」

「能支持多久？」寧老太君凝聲問道，目光裡含著一絲深重的悲傷。

「幾日。」肖重華話說到了一半，抬眼看到歐陽暖更加蒼白的神色，剩餘的話就沒有說出口。

「幾日？」寧老太君的手指越攥越緊，緊到了手都開始微微顫抖，終於末端的指甲吃不住力，咯一聲折斷在手裡。只是這一點聲音，卻好像雷聲轟鳴，震得歐陽暖一時胸口發疼，她快步走到老太君的身邊，「外祖母，您千萬保重……」

那邊沈氏已經語氣急促地吩咐丫鬟去取千年靈芝來，寧老太君疲倦地搖了搖頭，突然猛地抬起頭，對著肖衍鄭重行了一禮，肖衍嚇了一跳，忙道：「您有什麼話直說就好了，不必如此！」

寧老太君輕輕一笑，那笑容卻猶如萬年冰封的湖泊，滿目寒氣，「求殿下將婚期提前吧。」

婚期？就在一旁的林元馨聞言，眼中有一閃而逝的痛意，只覺得連呼吸中都是苦澀的味道，哽住了喉嚨，聲音已然嘶啞：「祖母……爹爹生死未卜，我怎能……」

歐陽暖及時抓住了她的手臂，制止她再說下去。

肖衍沉思片刻，鄭重地對老太君點了點頭，「您放心，聖上那裡由我去說。」

婚期是經過欽天監核准，一旦訂下，非遇大事不可隨意更改，肖衍作出如此的承諾，必定是有克服一切困難的準備。歐陽暖看著這個男人，第一次對於林元馨的這場婚姻有了些許信心。

「如此，我在這裡拜謝了。」寧老太君不顧肖衍阻攔，再施一禮。

沈氏小心翼翼地開口：「鄭家那裡……」

歐陽暖聞言，心中雖然也驚跳了一下，卻更為細緻地觀察起林之染的神情來，然而他的神情卻十分淡漠，簡直像是娶親跟他半點也沒有關係似的，「鄭家那裡……我會另託德高望重的人去說項。」

爹爹生死一線，這裡的至親優先考慮的不是如何治療，而是拖著他一口氣，趕緊將兒女的婚事辦了，對此林元馨雖然理解，情感上卻無法接受，不由得悲從中來，用帕子悄悄掩住面孔，無聲地哭了。

歐陽暖同樣是滿心悲傷，眉尖卻一絲漣漪也無，她走近林元馨的身邊，無聲地將她攬住。父母死去，兒女守喪，這樣一來，林元馨嫁入太子府，林之染娶鄭小姐，都不得不延後，這是很實際的問題，歐陽暖比誰都清楚。這一切都是林文淵蓄意謀劃的，越是如此，越是不能讓他的陰謀得逞。想到這裡，她喉間乾澀，嘴唇微微翕動，勉力保持著聲音的平靜：「表姊，我送妳回去……」

林元馨迷茫地看了她一眼，茫然地搖了搖頭。歐陽暖嘆了口氣，不再勸說。

「那……爹爹的仇呢？難不成任由真凶逍遙法外？」林元馨情不自禁地問道。

「這最後的當口，絕不可以出事。」寧老太君目光堅定地道。

「您要息事寧人？」沈氏不敢置信地望向寧老太君。

「是。」寧老太君沉吟片刻，果斷地說下去：「這件事無憑無據，誰能證明是他做的？若是在此刻逼得他狗急跳牆，只怕這一雙兒女的婚事……也要被他破壞！」

林之染目露寒光，「您要草草壓下此事，就這樣讓爹爹枉死？」

寧老太君聲音陰冷，「這筆帳先記著，總有一天要和他算！」

再次從靜心閣出來，眾人都沒有了說話的心思，歐陽暖走在最後，走下臺階的時候，突然一個不穩差點摔倒，一個手臂及時扶住了她，「小心。」

原本走在前面的肖重華竟然扶了她一把，歐陽暖直直看著他，突然一笑，沒有婉轉嫣然，有的只是幾分悲哀。

肖重華一愣，輕聲道：「妳——」不過是舅舅而已，竟也如此悲傷嗎？

「郡王，今天您看到了我的處境了嗎？若不是我機警，現在被關押起來等待發落的就是我，身敗名裂的也是我，我時時刻刻面對這一群豺狼，您不是也看見了嗎？」說完，垂下眼，烏黑濃密長睫在臉上投下絨絨的影，可那眼淚還是流了出來，大滴大滴慢慢滲進她的前襟，再無蹤跡。

「妳想讓我為妳做什麼？」肖重華心中一頓，看著她，眼神平常。

「若是將來有一天能夠為我舅舅復仇，我請郡王您能站出來作證。」

肖重華緩緩收手，倒似有些不可置信地笑了出來，「妳果真對我另有所求。」

他一瞬不瞬地盯著歐陽暖，眉頭不由皺得更深些，一雙子夜般的眼眸幾乎瞇成一線，仍舊掩不住眼底四射的精光，「求皇長孫不是更好？」

歐陽暖輕聲道：「不，找到病因的人是您，這件事只有您能做。」

肖重華凝著冷光的眼瞬息轉動，倒是笑了，「想要我幫妳，就說出一個能讓我幫的理由。」

「我沒有足夠的理由勸服您，不過請您憐憫罷了。」歐陽暖靜靜地看著他，又垂下睫毛，淚再一次潸然而下。

肖重華看著無色的液體在她的衣衫上緩慢暈散，像一隻無形的手，茫茫然抓住了他的心。

她清清楚楚地聽見肖重華冷靜的聲音對她說：「我答應妳。」

「我會記住，欠郡王一個人情。」歐陽暖抬起頭，聲音放得輕緩，語調中甚至沒有一點起伏，輕描淡寫地說著，彷彿這是一件很平常不過的事情。

「我答應妳，是因為這是妳第一次在我面前落淚。」儘管早已知道，妳是別有所圖，肖重華微笑，「如果為了妳自己，是不會求人的吧？鎮國侯對妳真的這樣重要？」

歐陽暖緩緩搖頭，渾身顫抖，不能自抑道：「你不懂……」

許多年以後，他都記得她說這句話時候的神情，清晰的記得那三個字：你不懂。

「將來，我一定會懂。」他笑笑，轉身離去。
當夜，肖衍連夜進宮，次日，三道聖旨接連頒下。
冊封鎮國侯嫡女林元馨為皇長孫側妃，准其提前完婚。
聞鎮國侯病重，皇長孫請求冊封嫡長子林之染繼承爵位，准奏。
賜婚曹榮與兵部尚書之女林元柔，擇日完婚。
這三道聖旨一出，京都上下，震動非常。

兩年後。
壽安堂
歐陽暖一路走來，遠遠的就有小丫鬟向她請安，撩簾子。
一進門，便看見李姨娘坐在羅漢床邊的小杌子上，正陪著老太太李氏說話。
李氏一看到歐陽暖進來，臉色雖然還是陰沉的，眉宇卻顯然舒展了很多，笑著衝她招招手，道：「快過來！」
李姨娘立刻站起來，滿臉的笑容，「大小姐。」
歐陽暖對她微微一笑，十分和善，隨之緊挨著李氏坐在羅漢床上。
李氏拉著她的手，帶著笑容道：「可去看望過老太君了？她身子可還好？」
歐陽暖柔和地道：「老太君一切都好，勞煩祖母惦記了。」
「唉，一晃眼，妳大舅舅都去了兩年了，老太君白髮人送黑髮人，實在是可憐，好在長房一雙兒女都很有出息，聽說妳那大表兄襲爵後在聖上面前也很得力，再加上他妹妹又是皇長孫愛重的側妃，老太君也算是老懷安慰了。」李氏感嘆道，一雙精明的眼睛裡滿滿都是豔羨。

「您說的是。」歐陽暖低頭垂下了濃密的長睫，掩住了淚光，神態端然，可掩在袖下的手死死攥住，心跳還是慢慢地沉重起來。在李氏看來，寧老太君福祿雙全，富貴無邊，又怎麼會想到她老年喪子的痛苦呢？

李氏猶自不覺，還在感嘆：「說起來，妳大舅舅也是個有心的，苦苦撐著，直到兒女婚事都成了才閉眼，著實難得。」

歐陽暖鴉翼似的睫毛微微顫動了一下，淡笑道：「是，雖說百日裡也能趕著將婚事辦了，但鎮國侯府畢竟不是一般的人家，說出去到底不成體統。若是大舅舅早先去了，表哥和表姊的婚事要耽擱三年，說起來，這也是舅舅最後對他們的照拂。」

李氏點了點頭，道：「終究還是妳外祖母有福氣啊，不過我的孫女，到底也是不差的……」說著，目光落在歐陽暖的身上，渾濁的眼睛劃過一絲笑意，「月娥，妳說是不是？」

歐陽暖很快就要及笄了，這也意味著，她在李氏的眼睛裡變得更有價值，李姨娘看向歐陽暖，她還是坐在那裡，眼睛是低垂的，睫毛細密地覆蓋下一片淺淡的陰影，勾勒在臉龐深處，面容白玉一般，眼珠子卻黑漆漆的，明明帶著笑容，眼睛裡卻有一道異樣的深沉。

李姨娘陪笑道：「這是自然的，咱們大小姐貞嫻雅靜，氣韻無雙，這般的才貌，莫說尋常官宦人家，便是王妃也做得！」

面對這半奉承半試探的鬼話，歐陽暖淡淡一笑，玉色的面頰帶著薄薄光暈，看起來像是有些害羞，實際上眼底卻一片陰霾，她不著痕跡地笑道：「祖母和姨娘就知道連起來欺負我，妳們再這樣，我就不陪妳們說話了！」

「好好好，不說了不說了，省得妳害羞！」李氏笑著拍拍她的手，這才轉向李姨娘道：「剛才妳說到哪裡了？接著說吧。」

李姨娘神色一肅，原先笑著的臉立刻就端莊了起來，「老太太，您是知道的，夫人自從那件事以後就一直心氣不順，這些日子鬧得越發厲害了，經常吵著要見二小姐……」

歐陽浩死後，為了懲治警告林氏，也為了安撫歐陽暖，歐陽治將林氏關進了福瑞院，而且專門派了人看守。林氏老實地待了三個月後，特地收買了看守她的丫鬟，派人送信出去給林文淵，然而密信卻到了李氏手中，李氏十分震怒，索性命人在福瑞院正屋的窗上釘上厚木板，只留一些透光的空隙，大門上還掛上了三道鐵鍊鎖，嚴格規定白天下鎖，晚上上鎖，沒得到李氏的許可，林氏不得出入大門，只能在屋子裡走動。

歐陽治原先想要吏部尚書的位子，千方百計討好林文淵，想要關一段日子就把林氏放出來，然而鎮國侯府由林之染繼承了，林文淵不知為何也在皇帝跟前坐了冷板凳，廖遠的升遷竟然轉瞬間沒了影兒，歐陽治看情況不妙，就再也不提將林氏放出來的事了，林氏只能繼續待在福瑞院裡頭潛心思過，痛改前非。

這時候，聽到李姨娘提起林氏，歐陽暖面上依舊淡漠，只一雙晶亮的眼似是深不見底，陽光下流轉動人。

「她要怎麼鬧，隨她鬧去！」李氏冷聲道，一絲一毫的憐憫都沒有。

「可是，昨兒個開始，夫人不進飲食了，說是……說是……」李姨娘說著，目光裡頭突然有了一些忐忑，眼神悄悄向歐陽暖的方向飄去。

歐陽暖卻似乎沒有在聽她說話，而是凝視著香爐中升起的裊裊青煙，兀自出神。梨花形的檀木窗上，一絲陽光的淺暈瑩在她的面頰上，恍惚間她的嘴角掛起幾許笑意，李姨娘欲細看時卻已經斂去了，彷彿從來不曾存在過，那邊李氏已經高聲問道：「說什麼？」

李姨娘的臉上立刻露出很惶恐的神色，「說是要讓全京都的人都知道，老太太活活把歐陽家的主母……虐待……致死！」

「放肆！」李氏劈手摔了茶杯，茶水全都灑在地上，濺濕了李姨娘雪青色的裙襬，她趕緊低下頭，及時掩住了唇畔的一絲笑容。

「幾頓沒吃飯了？」李氏摔了茶杯，下一句突然這樣問道。

李姨娘一愣，有點意外，「有一天了。」

「哦？她這是在擺主子的譜嗎？還是嫌棄送去的飯菜不好？」

「這個……」李姨娘垂下頭，自己的確是剋扣了林氏的飯食，有一回還特意讓人送去餿了的飯菜，但她實在是恨透了對方，飯餿了怎麼的，她沒送砒霜進去就是對得起她了！

「這就是嬌氣的壞毛病，我瞧她是吃飽了撐的，餓兩頓也好。」李氏冷笑道，眸子裡劃過一絲幽冷的光芒。

「老太太，這怕是不妥吧……」李姨娘明明很高興，卻故意皺起眉頭道。

「有什麼不妥？」

「萬一夫人真的餓死了，傳出去不太好聽，最重要的是，您將她交給我照看，我實在擔不起這個責任！」李姨娘試探著望向李氏。

「妳擔心這個啊……」李氏冷冷地道：「妳放心吧，無論她出什麼事兒，都不用妳擔待！」

歐陽暖聞言，轉頭看著李姨娘，臉上還掛著一絲淡淡的笑容，李姨娘只覺得被那清冷的目光看透了似的，臉上的笑容一下子有些訕訕的……

福瑞院

林氏躺在床上，兩眼緊閉，想到中午送來的那頓豬食，心裡恨到了極點，咬著牙齒不出聲。從昨天到今天，她已經躺在床上一天多，除了喝一點水，一口飯也沒吃。

丫鬟畫兒走近床邊，低聲細語地勸著林氏：「夫人，您千萬保重身體，以後日子還長著，便是為了二小姐，您也要吃一點。」

林氏厭惡地轉過身，索性將臉對著床裡面的雕花，根本不理畫兒。畫兒心裡無趣，卻也不敢走。就在這時候，外面突然傳來喧譁聲，門砰的一聲被撞開，歐陽可氣勢洶洶地闖了進來，她看見畫兒在床邊，林氏躺在那裡一動也不動，上來便劈手給了畫兒一巴掌，「讓妳伺候我娘，妳怎麼伺候的，她怎麼成了這個樣子？」

「二小姐息怒，奴婢……奴婢也是沒法子……」畫兒撲通一聲跪倒在地上，低下頭戰戰兢兢地解釋道，如今夫人和二小姐都失了勢，可到底是主子，積威還在，林氏活著一天，都是歐陽家的正頭夫人，她一個丫鬟怎麼敢隨便欺侮，如今不過是林氏自己想不開不肯吃飯罷了。

這時候，外面負責看守的程嬤嬤慌慌張張跑進來，一見到這情形立刻就變了臉色，「二小姐，您快出去吧，老太太知道了可不得了！」

歐陽可揚起眉頭，冷聲道：「妳要去告訴她？」

程嬤嬤一愣，頓時感到為難，「二小姐，老奴不是故意要跟您作對，實在是老太太吩咐……」

「哼，程嬤嬤，妳也不必唬我，老太太那裡只要沒人去說，她根本不會知道，端看妳肯不肯幫我們母女！」歐陽可的臉色微微緩和，對旁邊的夏雪道：「去，把禮物給程嬤嬤！」

夏雪立刻送上一個繡荷花的錦囊，程嬤嬤作出為難的樣子不肯收下，夏雪硬是塞進了她手裡，她訕訕一笑，手底下暗自掂了掂，心道：二小姐最近出手可是越來越小氣了，看來很快就要榨不出油水來了！她這樣想著，臉上卻帶了點笑道：「二小姐，您有什麼話可快著點說，您知道的，老太太盯得緊……」

「好了好了，妳快出去吧，我有話要和我娘說！」歐陽可厭惡地揮了揮手。

程嬤嬤走出院子，一旁的丫鬟趕緊湊上來道：「嬤嬤，您怎麼不把二小姐拉出來，要是讓老太太知道，咱們可就完了……」

「妳懂什麼！」她冷笑一聲，主子們再怎麼鬥，那跟奴婢們可沒多大關係，瘦死的駱駝比馬大，萬一夫人將來翻身呢？替別人留後路，就是給自己留後路，她才沒那麼傻！

林氏聽見歐陽可的聲音，一直裝作沒有反應，直到程嬤嬤和畫兒都關門走了出去，她才轉過身從床上坐起來，「可兒！」

「娘！」歐陽可衝上去拉住她的手，「我聽說您不吃飯了呀，怎麼能這樣，當初不是您自己跟我說的麼，留得青山在，不怕沒柴燒！您不替自己想，也得替我想想，您要是不在，那些人還不知道怎麼欺壓我……」

「妳瞧瞧我如今這樣子，只怕比死也強不了多少！」林氏冷冷地丟下一句，看著歐陽可的目光也不如以往那樣慈愛。

歐陽可心裡一震，自從歐陽浩死後，林氏心裡對自己就有了隔閡，這一點她也是知道的。只是自從林氏被關了起來，自己在這家裡的地位也跟著一落千丈，她思來想去，只有林氏重振精神，才能幫助自己擺脫這種困境，她想到這裡，趕忙道：「娘，您不是嫌飯食不好嗎？我帶了吃的來！」說著，讓夏雪把食盒送上來。

林氏卻看也不看，推在了一邊，「我不想吃。」說著，抬起眼睛盯住歐陽可，「我上次吩咐妳去給王嬤嬤立個牌位，妳做了沒？」

歐陽可一愣，頓時有點語塞：「我……我……」在她心裡，王嬤嬤不過是個奴才，死也就死了，有什麼了不起的，哪裡值得花這樣的冤枉錢？她看著林氏沉下臉，立刻道：「娘，您知道的，如今除了家裡，祖母尋常也不讓我出去，實在是沒有法子。」

林氏聞言，臉色又冷沉了兩分，此刻的她，兩眼沉陷，眼下烏青，皮包骨頭，看起來委實沒有幾分活人的氣息，歐陽可看到她這個模樣，繼續勸說道：「娘，您得撐住了，要是舅舅看見您這個樣兒，不知多難受呢！」

「妳見著他了？他派人來救咱們了？」林氏一聽林文淵，顯然非常亢奮，心裡的絕望一下子全消散了，情不自禁地問著對方。

「沒見著，可是舅舅託人送信來給我了！」歐陽可想到此行的目的，趕緊從袖子裡掏出一封信來，道：「娘，快點看完我去燒了。」

林氏枯瘦的手指抓著信箋，像是抓住了救命的稻草，一目十行地看完，終究舒展了一口氣，眉心也慢慢鬆開了，「妳舅舅的意思是，讓我再忍耐忍耐，他一定會想法子救我的。」

歐陽可一聽，頓時來了精神，用力點頭道：「娘，舅舅說的對，等他替咱們做主，您自然就能翻身了，到時候再叫那歐陽暖吃不了兜著走！」

「唉，可是話說回來，妳舅舅這話也不過是寬我的心，要是他真的能耐，怎麼不把二嫂從廟裡頭接出來。」林氏想到這裡，目光中凝聚出一絲恨意，「我真是太小看了妳那個大姊，手段心機樣樣不輸人，簡直就是惡鬼投胎來向咱們索命的！她在家裡弄得我不人不鬼，在鎮國侯府待了三個月就將二嫂弄到廟裡思過，這一思過就是兩年，當真是厲害至極！」

稀世明珠被盜的事，歐陽可也聽說了，林文淵生怕皇帝怪罪，四處周旋不說，還不得不把蔣氏送入廟裡思過，都已經兩年了，也不敢接她回來。

歐陽可想到這裡，不由自主心裡發寒，「娘，二舅母那是盜竊聖物，聽說秦王也去求了情，不然就是個死罪，這樣還是從輕發落了！」

「從輕發落？若真的是從輕，那皇帝怎麼把妳表姊嫁給了曹榮？曹家是個什麼樣的人家，這就是懲罰，這是皇帝在變著法子出氣呢！」林氏咬牙切齒道，抖了抖手裡的信，「妳舅舅如今也遭了冷遇，要不然他怎會眼看著這幫人這麼欺負我？妳太糊塗了！」

「娘，要不您軟一軟，再去求求祖母，先放您出來再說！」歐陽可滿心就是期盼林氏被放出來，因為這樣蘇夫人才能上門，她才有機會見到蘇玉樓，只是這種心思，她半點也不敢在臉上流露出來。

「求她？依著她心思，恨不得把我撕碎了餵狗才開心！」

「娘，不會這樣嚴重的，祖母也許是一時氣不過，覺得在人前丟了臉，等她氣頭過了，就把您放出來了，她要是真敢要您的命，為什麼不動手呢？現在多的是機會呀！」

「妳以為……哼！」林氏冷笑一聲，「妳這丫頭真是不長腦子，這是因為有人還不想我死！」

「誰？」歐陽可驚怔地望著林氏，那邊的夏雪垂下頭，彷彿什麼都沒有聽見。

「妳那好大姊！」林氏的臉色越發蠟黃，看起來十分可怖，「她不想我死，是怕便宜了我！要不然，送點毒藥，三尺白綾，怎麼不是個死？她就是要留著我的命，讓我自個兒一點兒一點兒腐爛！這個毒蠍子，還有壽安堂那老東西，早知道她這樣狠毒，老早我就弄死她！」

林氏咬牙切齒地發怒，歐陽可正聽得出神……

李氏突然到來，內外看守的嬤嬤丫鬟們嚇得戰戰兢兢，一個個趴在地上，連頭也不敢抬。

「好啊，這裡倒真是母慈女孝，當真動人得很！」李氏不立刻進門，卻站在窗子外面聽了一陣子，聽到林氏咬牙切齒的怨恨，她轉頭看了臉色平穩毫無波瀾的歐陽暖一眼，這才不緊不慢地說。

林氏一聽到這句話，臉色立刻變了，歐陽可的身體不由自主顫抖起來。

「我真小瞧妳們了，本以為這裡清靜得很，誰知妳們都母女團聚了……」李氏冷冷地盯著林氏，臉上擠出嘲諷的笑意，「一路上我還琢磨呢，是不是送來的飯菜太差，才讓妳說我虐待妳！」

林氏剛要開口，突然看到李氏身後的李姨娘和歐陽暖，那眼神就怨毒得像是要撲上去將她們一口吞下去。李姨娘刻意避開了她的眼神，歐陽暖卻抬起眼，似笑非笑地望著她，像是在欣賞她此刻的狼狽與痛苦。

「祖母，求您饒恕！」歐陽可低聲道：「是我……我聽說娘身子不好，像是病得很嚴重，這才一時心急闖了進來，沒想到……」

「沒想到妳娘沒被我活活虐待致死，對不對？」李氏看向穿著豔麗春裳，眉眼精緻的歐陽可，心想：妳也太大膽了，居然敢這樣就跑進這裡來！口中卻道：「妳們在這兒商量著什麼好事兒？是不是在說讓我早點死，妳娘也就能被放出來了，是不是？說出來我聽聽！」

歐陽可看著李氏陰沉的神色，越發恐懼，「孫女沒有，孫女絕對沒有半點咒祖母的意思……」

「住口！」李氏冷冷地盯著她，聲音裡沒有一絲人情味兒，「妳翅膀硬了，嫌棄我在這裡礙手礙腳的，巴不得我死了！哼，妳和妳娘都不是什麼好東西，忘恩負義的賤人！」李氏越說越氣憤，伸手就重重給了歐陽可一耳光。

歐陽可捂著臉，心裡有說不出的羞辱，她憤恨地垂下頭，不敢出聲，林氏心裡恨透了李氏，冷笑道：「老太太，您究竟想要把我們母女怎麼著？是打死還是殺了，您乾脆給個痛快話！」

她的目光冷厲，分明是吃準了對方不敢對她如何，李氏沒想到她到了這個地步還敢這樣張狂，指著她大罵：「都是妳這個賤人，把我好好的孫女兒拐帶壞了！」

她舉手要打林氏耳光，沒想林氏非但沒討饒，也沒躲閃，反倒挺起胸，仰起脖子，迎著她的巴掌。李氏氣得渾身哆嗦，整個人一個踉蹌搖搖欲墜。歐陽暖唇邊凝了一抹冷笑，連忙扶住她，輕聲道：「祖母，有什麼話都可以好好說，千萬別動怒，小心身子！」

看到林氏這副痛苦的模樣，歐陽暖突然升起一種想法，就此置她於死地。這種念頭一旦冒出來，就如同一顆毒花在心底深處開放，毒氣瀰漫，滲透全身，渴望得連心臟都在生疼。然而她看到旁邊的歐陽可，不由自主露出微笑，這只是開始，剛開始而已，將來林氏就會知道，現在她以為的痛苦，不過是滄海一粟而已，什麼是人生最痛最痛的事，她還沒有親眼看到，親身嘗到……

想到這裡，歐陽暖微微一嘆，語氣裡有著難以言喻的愁緒：「娘，您也別跟祖母對著來，您是要活生生氣死她老人家嗎？這可是大不孝啊！」

「大不孝？我是妳的繼母，又是妳的親姨娘，妳是怎麼對我的？妳才是大不孝！」林氏毫不懼怕，目光陰森。

看著林氏，李姨娘眸子裡的恨意化作一縷寒冰，語氣卻十分柔軟：「夫人，您這是何必呢，非要跟老太太對著來？您是知道的，王嬤嬤是您身邊的人，她犯了那樣大的錯，老太太也不過是將她杖斃，並沒有怪罪於您，您如今怨恨老太太又責罵大小姐，何苦來哉？」

林氏望著越發嬌媚的李姨娘，心中妒恨難忍，當面啐了她一口。

李姨娘驚呼一聲，倒退半步，連聲道：「夫人，夫人，夫人……」

「來人！」李氏看著林氏，想起她剛才口口聲聲叫自己老東西，又說要弄死自己，不由得更加氣上心頭，叫聲剛剛落地，四名嬤嬤魚貫而入。

「將她拉下去，重打四十棍！」李氏指著林氏，惡狠狠地對張嬤嬤說。

「這……」張嬤嬤有些猶豫，歐陽暖看了她一眼，淡淡道：「祖母，是不是罰得有些重？」

李氏恨恨地看著林氏，道：「一個想著咒我死的兒媳婦，便是打死了也不可惜！還不動手？」

張嬤嬤一驚，忙命人上去將林氏拖出去。

「就在大院裡打！」李氏命令道：「讓福瑞院的奴婢全上這兒來，讓她們在這裡看著！」

歐陽可害怕得渾身發抖，連一句話都不敢說，甚至不敢求情。林氏看了她一眼，只覺得滿心絕望，她厲聲道：「我到底是歐陽家的夫人，老太太，您打的不是我，是你們歐陽家的面子！您可要想想清楚了，別到時候後悔！」

李氏猛地一愣，立刻就有些猶豫，就在這時候，歐陽暖看見林氏手中滑落一張紙片，她輕輕推了李姨娘一把，李姨娘反應過來，快步走上去搶過來一看，竟然是林文淵寫給林氏的信箋。她看了一眼，臉上立刻露出驚訝的神色，李氏冷聲問道：「說的什麼？」

李姨娘滿臉為難，半晌後才輕聲道：「是……林尚書請夫人暫且忍耐，說很快會有法子讓她出去……到時候再跟咱們算總帳……」其實林文淵的信裡說的是歐陽暖，李姨娘故意將這一句隱去，只撿著厲害的說。

李氏聽了果然惱怒到了極點，「好啊，原來我不傷妳，妳反倒想著找我算帳！好，這可是妳自找的！張嬤嬤，妳站在這兒發什麼傻，還不給我拖出去！」

林氏本以為剛才已經嚇住了李氏，沒想到她竟真的下了狠心要當著下人的面打自己，這樣一來，便是將來自己再得勢，在這些人面前也永遠抬不起頭來，「等等！」她大聲叫著。

「妳還想說什麼？」

「我錯了，兒媳對不起您，我只是餓糊塗了，腦子不清楚才胡亂說話！老太太，求您看在我伺候您這麼多年的分上饒了我吧，我再也不敢了！」林氏撲通一聲跪倒在地上，眼淚嘩的一下就流了出來，態度瞬間軟了下來。

「早知今日，何必當初？現在知道求饒了，晚了！張嬤嬤，快拖出去！」

林氏聞言，頓時感覺到自己渾身上下沒有一處不是在顫抖，抖得她連五臟六腑都抽搐著，雖然她極力掙扎，卻還是被四個嬤嬤拖了出去。門外院子裡，幾名嬤嬤七手八腳將林氏按在條凳上，掀起她的裙袍，當下結結實實地打下。李氏讓福瑞院所有的丫鬟、嬤嬤們都親眼看著，她要警告所有人，凡是與她作對的人，絕不會有好下場。

李姨娘聽著外面打板子和林氏的慘叫聲，臉上不由自主浮現出冷笑，她看著還跪在那裡的歐陽可，心道：真是個蠢人，若不是大小姐親自吩咐了放行，妳以為那信箋能到妳手裡頭？

李氏剛出了一口惡氣，對歐陽可也就沒那麼惱恨了，只冷冷地看了她一眼，低聲喝斥：「還不滾出去！」

歐陽可如蒙大赦，站起身飛快地往外走，因為走得太急，那姿勢一瘸一拐的，十分可笑。

歐陽暖卻將一切都看明白了，林氏很聰明，她剛才那樣囂張，不過是為了轉移李氏的怒氣，不想讓她遷怒歐陽可，然而這片慈愛之心，她這位自私自利的女兒絲毫也沒有感受到，恐怕今天來也不是為了看望母親，而是為了她自己。

走過院子裡的時候，林氏猶自掙扎，對著歐陽暖拚命地喊：「歹毒的丫頭，妳不得好死！妳不得好死啊！」一邊喊，一邊口中不斷吐出血沫兒。

歐陽暖垂眉凝眸，仍是微笑著，她款款走過，唇畔的笑意亦漸漸加深。

回到壽安堂，李氏幾乎喝光了半碗茶才喘出一口氣來，剛要和歐陽暖說什麼，這時候，玉梅從門口進來，手裡捧了一張燙金花帖子，臉上的笑容燦爛討喜，她行禮後，恭敬地將帖子遞上來，對李氏道：「老太太，皇長孫側妃給咱們大小姐下了帖子，要請她去赴宴。」

李氏一聽，原本緊皺著的眉頭立刻舒展開來，老臉笑得像是一朵花兒似的，開口道：「瞧我，都被這幫人氣昏了頭！暖兒，妳趕緊收拾收拾好赴宴去吧，千萬別耽擱了時辰！」太子府的宴會，那可不是尋常人能去的，李氏心中十分高興，她隱隱有一種想法，自己的孫女將來極有可能藉著皇長孫這陣東風扶搖直上，到時候，歐陽家可就跟著享福不盡了。

想到這裡，她覺得有必要提醒一下歐陽暖，便看了一眼張嬤嬤，張嬤嬤立刻將丫鬟們都領了出去，李氏迫不及待地道：「暖兒，有句話，祖母不知道當說不當說。」

歐陽暖坐在她身旁，雙手隨意似的擱置在膝蓋上，眼底帶著說不清的靜，望向李氏：「祖母，您和我之間還有什麼不能說的呢？」

茶杯在李氏的手中旋轉，她看著歐陽暖，若有所思地道：「妳和妳表姊的感情一向很好吧？」

歐陽暖一愣，隨即輕輕頷首。

李氏瞇了瞇眼，神色越發的溫和，然而歐陽暖卻覺得，她要說的話絕非如此簡單，片刻後，李氏緩緩道：「林小姐嫁過去兩年，至今尚無所出，這件事，暖兒，妳也是知道的。」

歐陽暖猛地抬起頭，猝不防及兩人目光對視，歐陽暖忙垂下眼簾，避開李氏的目光，她的心在這一瞬間狂跳起來。

「唉，皇長孫身邊佳麗無數，便是得到恩寵，也不過是一時的，身為一個女子，將來可以長久依傍的，就只有孩子了。」李氏似感嘆，似提醒地說道。

這兩年，歐陽暖的容貌出落得越發清麗了，就連自己，有時候看見她這張標致的臉都會恍惚，更何況是男人？皇長孫也是男人，她就不信，時時見到這樣美麗的少女，他能夠不心動？想到這裡，李氏一瞬間氣息凝滯，但很快又笑起來，「妳經常去太子府，要多陪陪妳表姊，勸解勸解她吧，凡事想開些，孩子麼，總有一天會有的。」她看著歐陽暖，臉上的笑容越發親熱。

「是。」歐陽暖垂下頭，掩住眸子裡的厭惡，神態恭敬。

李氏生怕她聽不明白，又微笑道：「不是她邀請妳才能去，既然那樣要好，只要妳想去，什麼時候都可以。」

歐陽暖依舊淡淡應了一聲，李氏瞧她神情，實在猜不出她的心思，不由自主瞇起眼睛道：「說起來，妳比妳那表姊要出色得多，可惜啊，咱們家的門庭比不上人家，倒叫妳這麼好的孩子受委屈了。」

歐陽暖目光幽靜，熒然含光，唇際只略有笑意，「不，能生在這樣的家庭，有祖母和爹爹那般關愛，暖兒已經幸運至極。」

「暖兒，妳當真聽不懂祖母在說什麼？」李氏不信歐陽暖如此聰明，會聽不出自己的弦外之音，「妳就不為自己鳴不平？」

李氏的目光，帶著老狐狸的算計，歐陽暖在這樣的目光下緩緩垂下頭，沉默了片刻，說：「暖兒愚鈍，請祖母恕罪。」

「我看妳真是太糊塗，竟不知道藉著機會為自己打算。」

李氏的佛珠啪嗒一聲磕在椅子上，聲音不大，但張嬤嬤屏息靜氣，低著頭不敢看兩位主子。一時之間，屋子裡靜謐得呼吸可聞。

李氏終究沒有發怒，卻陡然輕笑一聲，對歐陽暖說：「你們姊弟，我一直盡心盡力護著，那些欺負你們的人，我也一直幫著你們懲治出氣，暖兒，祖母對妳沒有別的要求，只希望妳能知恩圖報！」

這聲音極為溫和，然而聽在歐陽暖的耳中，卻是極端的冷酷無情。

眼前的這個老婦人，兩鬢已是盡染霜色，眼角紋路如同菊花，心心念念的卻是榮華富貴，攀龍附鳳……歐陽暖心中冷笑，這就是她的祖母，這就是李氏今天懲罰林氏背後的真正目的，向自己示好，也在警告自己，她能捧一個人上天，也能讓那個人摔得粉身碎骨。前生，她沒有這麼好的利用價值，李氏根本不屑於在她身上花這麼多心思，然而現在，李氏已經將慈愛的面目徹底撕開，只餘下自私與冷酷。

她扯開唇，緩緩起身，慢慢跪在李氏腳下，低聲道：「孫女明白了，請祖母放心。」

李氏點點頭，笑著將她攙扶了起來，「真是個好孩子。」語罷，輕笑了一聲。

歐陽暖對著她，亦是輕輕一笑，笑意分外溫柔，袖中的手卻驟然收緊，這一瞬間，她的手指很燙，彷彿有火焰慢慢地沸騰，幾乎要將指骨捏碎。

秦王府

林文淵進書房時，秦王正逗弄著一隻饒舌的綠毛鸚鵡。看到林文淵，秦王淡淡地看他一眼。

「王爺，求您開恩！」林文淵撲通一聲就在地上跪下了。

秦王冷冷地望了他一眼，並不開口，然而林文淵卻被那一眼看得心口不由一窒，他深深知道，眼前這個人並非自己可以隨便糊弄的，秦王曾經力平叛亂，決戰山壑，統帥數十萬大軍肆意馳騁，赫赫戰功絕非徒有虛名，心思早已不可琢磨。

果然，秦王的神色十分平淡，「文淵，幾枚棋子而已，不用那麼在乎。」

「殿下，您要是再不管，天下大亂呀！」林文淵哭喪著臉，「太子一下子參了屬下手底下最得力的五個人，皇上當時就命人擬旨，並蓋上玉璽，將他們全部革職了啊！」

秦王早已得知了這個消息，但是他的臉上卻見不到一絲的震怒。

「好了，你先起來吧。」秦王皺了皺眉，不冷不熱地說道。

「王爺，那五人可都是跟隨王爺多年，忠心耿耿的，若不是我攔著，他們都要來叩見王爺，要當面求您做主！」林文淵大聲道，他見秦王臉上不辨喜怒，一時摸不清他心裡究竟怎麼想，只能硬著頭皮跪在那兒不肯起來。

「你想跪就跪著吧，這天下是皇上的天下，他已經決定的事，你想讓我怎麼辦？替那些蠢東西求情嗎？這一回若不是他們行事太過張揚，也不會犯在老大手裡頭！」秦王說的老大，自然是太子。

秦王向來說一不二，他這麼說，也就是不會管這件事了，大為失望的林文淵又想說什麼，秦王卻揮了揮手，道：「你不說我也知道，你本就不是為了他們求情來的，你是怕皇上下一步會動你！」

「殿下，既然您心裡什麼都清楚，我也就不瞞著您了！我多年來跟著您轉戰南北，有今日的軍功，是靠殿下的提攜，可您也知道，我身上到處都是傷痕，為這大歷朝說得上是嘔心瀝血，可是聖上是怎麼回報我的？他下了道密旨，把我的妻子關進了尼姑庵裡頭，又把我的女兒嫁給了最有名的紈褲子弟，曹家是個什麼玩意兒，他曹榮又是個什麼東西！把我變成了全京都的笑柄還不夠，如今太子更是步步緊逼，幾乎將我身邊的人斬殺殆盡，殿下，皇家是想要逼反我嗎？」

「住口！」秦王聞言臉色丕變，手中原本餵水的玉杯子啪的一聲滑過林文淵的額頭，帶來一陣鋒利的銳痛，林文淵卻像是豁出去了，大聲嚷道：「殿下！」

秦王重重呼吸著，猛然盯住林文淵，眉下深黑的雙眸如幽潭一般，「文淵，你怎麼如此糊塗？我早就跟你說過稍安勿躁，靜心等待，你卻那樣心急，早早動手，這才被父皇察覺了！現在不過這麼點小風浪，你就這麼經不住事，你這樣，還像是以前跟著我出生入死的威武將軍嗎？」

林文淵猛地一震，不敢置信地盯著秦王殿下，已經有多少年了，他沒有再提起過威武將軍這個稱呼？他心中一顫，不由自主低下了頭去。

秦王的神情隱在綿密的陰影之中，看得不甚分明，「回去吧，好好想清楚，什麼該做，什麼不該做，若是想不清楚，就再也不必來了。」

林文淵心頭巨震，這些日子以來糾結在心頭的狂怒與恨意一下子被這句話驚醒，他突然意識到，自己在意了那麼多年的鎮國侯位，在秦王殿下的眼中不值一提，只要跟著殿下打下了江山，莫說是侯爵，將來封王又有何難？妻子可以再娶，女兒也可以再有，她們算得了什麼？怎能因為一時的得失而發狂……自己當初，實在是急昏了頭，才會做下那樣的蠢事！

半晌之後，他低了頭，沉聲道：「我明白了，請殿下放心，從今日起，再不會犯糊塗了！」

# 捌之章◆窺探虎口種緣由

歐陽家的青棚馬車蒙上了一片彩雲似的錦繡，車上的流蘇和風鈴在風中微微擺動，發出音樂般動聽的響聲李氏的心思，歐陽暖當然猜得到，尤其是當她看到重新裝飾過的馬車的時候，這種預感更加明確。

一身夾紗常服的歐陽爵看著這輛馬車，目光裡露出驚異，隨即看向姊姊，「姊，這是……」

歐陽暖一身淡綠色的素羅衣裙，裙襬猶如一波又一波泛起漣漪的碧水，裙面串著若隱若現的珍珠，髮上只簪了一支白玉纏枝的簪子，簪面上嵌著一顆幽冷的藍寶石，更襯托出她面容清麗，身若柔柳，整個人有一種清新而淡雅的自然之美。

歐陽暖看著如今已經現出俊俏少年模樣的歐陽爵，微微笑了笑，「爵兒，這是祖母的心意，不必多想。」說完，便扶著紅玉的手上了馬車。

歐陽爵想了想，面色慢慢舒展開來，也快步上了馬，一路伴隨著馬車駛向太子府。

歐陽暖來得很早，剛到的時候門前馬車還不多，一路被人引著走過遊廊曲橋，只見到一樹樹長柳臨水而立，枝頭葉底，迎風微顫。歐陽爵被人引入偏廳喝茶，歐陽暖則由人引著進入內院。

慢慢走過花園，逐漸近了林元馨所在的墨荷齋。墨荷齋坐落於整個府邸的西側，迎面是碧波蕩漾的湖水，湖中種植著無數株荷花。正值盛夏，花朵盛放，露珠滾動，如一匹靡麗的畫卷在歐陽暖的面前霍然抖開，無數馥郁芬芳的花香撲面而來。歐陽暖略略放緩了腳步，因為她已經看見了林元馨就靠在齋前的欄杆上，拿了細餌撒在池子裡，逗那些藏在翠綠的荷葉下游動著的錦鯉。

歐陽暖看見對方，清淡的面上浮出了一抹笑容。

林元馨身邊的丫鬟山菊先看見了她，立刻輕聲提醒了猶自出神的林元馨。林元馨向這裡望過來，一看見歐陽暖，臉上立刻流露出喜悅的神色，起身快步向這裡走過來。

歐陽暖微笑著向她行禮，林元馨無奈地笑了笑，自從她成為皇長孫的側妃，就再也不能像往常那樣隨意了，「起來吧。」她微笑著伸手虛扶了一下，等到進了墨荷齋，她立刻輕輕挽住歐陽暖的手臂，拉著她進了內室。

墨荷齋裡，陽光自明亮的銀紅窗紗透進屋裡，內室顯得格外窗明几淨。一旁的案几上，一浮鮮豔的荷花盛放在汝窯圓波小缸中，那鮮妍的色澤令人望之愉悅。

「可算盼到妳來看我了！」兩人在繡凳上坐下，林元馨的臉上掩飾不住的歡喜，兩年來，她每隔半個月就會邀請歐陽暖來陪伴她，可是歐陽暖卻格外恪守禮儀，要麼是來參加宴會，要麼是陪著沈氏一起來，這樣算起來，邀請十次她也不過來一兩次。

桃夭捧著托盤走上來，盤子裡是江南特貢的茶，白玉的碗壁，澄澈的茶葉，那清香的味道，即便不喝，只捧在鼻下細細地聞著，也不禁令人神思舒暢，然而林元馨早已對這一切視若無睹，臉上有著淡淡的落寞。

「表姊，要是大舅母看見妳這樣，又該說妳了。」歐陽暖笑著搖了搖頭，聲音如水般清涼，卻帶著一絲難以察覺的溫柔。

林元馨挑起長眉，眼神清亮亮的，「那是因為母親根本不知道我在這裡的日子是什麼樣的。」歐陽暖看了山菊一眼，見到她已經將所有的丫鬟都遣了出去，並且輕手輕腳地放下了珠簾，這才看著林元馨道：「表姊，皇長孫待妳不好嗎？」

「不，他待我很好，可他待誰都是一樣的好。」林元馨看著歐陽暖，眼睛裡說不出的靜，令歐陽暖不由得心裡一驚。

林元馨想起周芷君嫁進府中的時候，自己悄悄去新房觀禮，漆泥金雕花三屏風式的妝臺上銅鏡映著紅燭，燭光嫣紅若晚霞鋪陳開來，她只見到新娘子一身的正紅色禮服，烏黑的髮上戴著赤金的鳳冠，胸前繡著繁雜富麗的圖案，那絢麗的紅色令人頭暈，那時候她才突然明白對方和自己的區別。作為正妃，周芷君可以身著正紅色禮服，而她自己的禮服縱然華麗，卻也不能是正紅色的，這種令人目眩的正紅，代表誰也無法撼動的地位。

「暖兒，我實話與妳說，這兩年來，他身邊已經有了一位正妃、一位側妃、四名侍妾了，還有不少各級官員送來的美人。」林元馨微微一笑，撥弄著茶盅蓋子，徐徐道：「他身為皇長孫，必要做到雨露均霑，一個月到這墨荷齋，終究來不到幾次的。」她說這話的時候，語氣並不悲傷，只是淡淡的，反倒讓歐陽暖生出一絲愕然來。

歐陽暖看了看內室的精緻奢靡的擺設，輕聲道：「姊姊得到皇長孫的青睞是好事，可是登得高難免會有小人忌恨，他這樣做，對妳也是一種保護。只是他言談舉止之中，終歸會流露出一些真情，否則姊姊住的也不會是墨荷齋，這裡的布置也不會是內院中數一數二的精緻。」

林元馨輕笑道：「妳素來聰敏慧黠，猜得縱然不說全對，卻也不差多少了。他雖然並不時常來，但對我還是十分憐惜照顧的。」想了想，微微一笑，已是舒展的神情，「暖兒，不要總說我的事情，再過五個月，妳也要及笄了吧，可有什麼打算。」

歐陽暖微微一愣，一言不發。

林元馨不以為杵，只含笑道：「妳有祖母、父親，原本輪不到我來替妳擔心，但是他們那樣的性情，哪裡會真心為妳考慮？妳自己還應當多想想出路才是……」說到這裡，突然認真看著歐陽暖，道：「妳想要嫁入皇室嗎？」

歐陽暖淡淡地道：「表姊，我並無攀附之心。」

林元馨看著她，黑亮的眼睛澄澈一片，「暖兒，妳這幾次來，皇長孫哪怕再忙，也是每次必到，妳沒看出來嗎？他是真心喜歡妳。」

歐陽暖不卑不亢道：「姊姊，妳還記不記得當初祖母曾經讓妳我共同挑選春裳的事情？」

林元馨不知道她為什麼突然提起這個，面上有了一絲疑惑。

歐陽暖淡淡地道：「當初的那件春裳十分美麗，暖兒也很喜歡，但那是姊姊所鍾愛的，但凡姊姊喜歡的，我絕不會碰一下的。」

林元馨一愣，目中浮現出感動之色，口中慢慢道：「暖兒，我剛才說的話絕非是在試探妳。妳我之間，根本用不著說那些虛話。妳的心思，我全都明白。我知道，妳若嫁進來，也一定會幫著我的，可我還是不希望妳嫁給他。」

歐陽暖的眼中浮現笑意，這時候她只以為林元馨是出自一顆女子的心在拒絕，然而林元馨卻繼續說了下去：「暖兒，皇長孫再喜愛一個女人，也不會為她不顧一切。他這樣的男人，根本沒辦法捂熱妳的心，沒法給妳幸福。最重要的是，我已經陷進這片沼澤來了，我不希望連妳都出不去。」

歐陽暖怔怔地望著林元馨，心中的情緒翻滾，臉上的笑容在那一瞬間全都不見了，她再次意識到，眼前這位性情天真、本性善良的表姊，是這樣的可親可愛……想到這裡，她不由自主地伸出手去，握住了她的。

皇長孫的心思，歐陽暖也有察覺，每次自己到訪，他都會來這墨荷齋，初時她以為是偶然，次數一多，她便也什麼都明白了。只是，他不過陪著她們笑語兩句，大多數時候只是遠遠坐著，像是在靜靜地觀賞，反倒叫她不好把拒絕的話說出口。平心而論，依自己的身分立場，能嫁給皇長孫已經是很好的出路了，但哪怕是為了表姊，她也不願意。她們是在這世上僅有的互相依靠的親人，她不願意冒一點點失去她的風險。更何況，她說的沒有錯，皇長孫這樣的男人，可能喜歡一個女子、欣賞一個女子，但絕談不上寵溺和疼愛，這樣一來，自己的弟弟也不過是他眾多妻弟之中的一個，又能得到多少照拂呢？

所以，對於歐陽暖而言，皇長孫並不是最好的選擇。

「我經常邀請妳過來，一方面是讓妳陪我說說話，更重要的是，讓所有人都知道妳是我親近的表妹，將來妳嫁出去，他們看在皇長孫的面上，誰也不敢欺辱妳。」林元馨認真地說，身上的紫色鳳凰絳綃薄裳熠熠發光，卻怎麼也比不上她眼裡的光華奪目。

歐陽暖笑得溫和，眼中泛著不易察覺的淡淡溫情，「這些暖兒都明白，多謝表姊為我掛心。」林元馨體貼關愛自己，她何嘗不明白，正因為如此，她才不願意一直往太子府跑……

「林妃，到了入宴的時間了。」山菊輕聲提醒道。

林元馨微笑著站起身，對歐陽暖道：「咱們走吧，可別遲到了。」

兩人相攜而行，邊談笑邊欣賞景致，一路亭臺樓閣，玉橋橫臥，精緻富貴非比尋常。走過一道假山的時候，林元馨卻突然停住了，目光凝滯地向前方望去。

歐陽暖順著她的目光看過去，卻瞧見蓉郡主著淺櫻紅縐紗上衫、銀白勾勒寶相花紋的長裙，整個人如同一株動人的碧桃花，正含笑站在一棵柳樹下與一名男子說話。此時此刻，她身上的長裙迎風擺動，恍如漣漪，更加映襯得人比花嬌。

歐陽暖只看了一眼，便認出那名華服男子是皇長孫，她擔憂地看了林元馨一眼，卻見到她面容平靜，唇畔的笑容十分恬淡。

蓉郡主眼波盈水，不笑便如同一副笑模樣，一副風流婉轉的情態，肖衍面對這樣的美人，自然也是千般萬般的耐心，兩人正親密地說著話，卻被驀然而來的一聲輕呼截斷：「殿下！」

蓉郡主一愣，微微側首，看見涼亭一側的湖石假山旁邊站了兩個年輕女子。

在那一瞬間，肖衍臉上的笑容更深，蓉郡主看了她們一眼，臉上也隨之露出自然的笑容。陽光落在她漾著笑意的眉目間，彷彿連她的笑都漾著光華，耀目地讓人睜不開眼。

在這一瞬間，歐陽暖敏銳地感覺到，林元馨明亮的眼睛黯淡了下去。

肖衍快步走了過來，看著林元馨，笑道：「馨兒來了。」說完，看向旁邊的歐陽暖，眼神瞬間有一絲欣喜閃過，「歐陽小姐，妳可真是太難邀請了，馨兒一直都盼著妳，卻請不來啊！」

他的眼底似乎有種莫名的責怪，歐陽暖微道：「殿下愛護表姊之心，真是令人羨慕！」

肖衍眉頭微微皺起，顯然對這樣避重就輕的回答不太滿意，但他清楚現在不是說話的時候，只是笑笑，對林元馨道：「馨兒，妳幫我招呼蓉郡主吧，前廳來了很多客人，我要先走一步。」

林元馨微笑著恭敬地行禮，道了聲：「是。」

這時候，蓉郡主已微笑著走上來，「皇長孫不必擔憂，林妃和歐陽小姐早就與我熟悉了。」

肖衍便笑著對她點點頭，再次深深看了歐陽暖一眼，轉身快步離去。

蓉郡主盈盈含笑道：「兩位，多日不見了。」

林元馨臉上的笑容很淡，卻沒有一絲不周到之處，「蓉郡主在宮中，自然不是尋常可以見到的，能有這樣的機會邀請到您這樣的貴客，自然是我們的榮幸。」

蓉郡主笑意款款，眉目濯濯，別有一番動人心處，她微笑道：「這也是太后見我在宮中日久，怕我煩悶，所以才特許我出宮的，倒是不想在這裡遇見了歐陽小姐。」

歐陽暖笑道：「郡主見笑了，我只是一同來湊熱鬧而已。」

蓉郡主的笑容若有若無，「不知歐陽小姐有沒有看到蘭馨的婚禮，可惜了她嫁在千里之外……對了，前些日子她還寄來了一封信給我……」說到這裡，她的話頭突然打住了，臉上似笑非笑地看著歐陽暖。

歐陽暖雙眸微睞，輕輕笑道：「郡主說笑呢，我足不出戶，怎麼能去參加呢？好在陳小姐雖然嫁得遠，但聽說夫家待她極好，這也算是嫁得其所了吧！就是不知陳小姐信中說些什麼……」說著微微一笑，目光似無意掃過她，「總不會說對這樁婚事不滿意吧？」

蓉郡主一愣，竟是毫不變色，笑靨如花道：「歐陽小姐真會說笑，哪戶人家的小姐敢說對自己嫁的夫家不滿呢？」她驚奇道：「難道歐陽小姐知道什麼內情？」

歐陽暖笑道：「郡主與陳小姐交好都不知道，更何況我與她不過數面之緣，又哪裡知道些什麼呢？聽郡主這樣說，倒讓暖兒十分好奇呢。」

林元馨在一旁默默聽著，臉上露出了沉思的神情。這時候，歐陽暖如閒話家常一般，淡淡地道：「說起來，婚姻大事乃是父母之命媒妁之言，滿意也好，不滿意也罷，斷然沒有小姐自己說話的餘地，更加不能自己去謀劃，蓉郡主，您說對不對？」

蓉郡主立刻警覺，神情猛地一凜，不復剛才的鎮靜，慢慢地道：「歐陽小姐果真是知書達理，秀外慧中，說出來的話，叫人挑不出一點毛病呢！」

歐陽暖恍若無意般道：「只是聽郡主說起陳小姐的事，有感而發罷了。」

蓉郡主凝目看著歐陽暖，明知她是在點破自己剛才蓄意接近皇長孫的事，偏偏發作不得，所有的情緒都化作了淡淡的笑容，「歐陽小姐如今名滿京都，自然不愁找不到合適的人家。」她卻不同了，今年已經十八了，便是再不願意，也不得不為自己謀劃，依照她的身分，若是進了太子府，便是周芷君也要讓位，所以，她刻意接近肖衍，又有什麼錯呢？

歐陽暖寧和微笑道：「身為女子的確十分不易，時時事事都要小心謹慎，若是一步行差踏錯就是萬劫不復，所以……越是急切，越是要謹慎。」

林元馨微微動容，「暖兒說的對，一切皆是天註定，不是妳想怎麼樣就能怎麼樣的。」說著，看向蓉郡主，目光含笑。

蓉郡主的目光微微一顫，竟已是低下頭去。她何嘗不知道，她又何嘗願意？太后許她一個空頭承諾，硬生生讓她等了幾年，可是現在她等不下去了。今天她們兩人對自己說的話，未必沒有提醒的意思，只是她柯蓉這樣的才貌，如果要嫁給一個平凡的男人，她怎麼會甘心呢……

三人來到宴席上，不少客人都已經到了，蓉郡主先去了自己的席位，隨後林元馨向歐陽暖微微一笑，悄悄指了指一旁的座位，示意她坐在那裡，自己便去了皇長孫的身旁。歐陽暖遠遠看去，只見到肖衍身邊坐著一個眉如翠羽，肌如白雪，面容秀麗，氣質出眾的美人，一支樣式精巧的花釵步搖在她烏黑青絲中密密閃爍，出人意料的是，她竟是全然的素面，臉上半點脂粉未施。歐陽暖立刻便認出，這位就是肖衍的正妃周芷君。此刻，她靜靜地坐在肖衍的身旁，眾人便只看到了她，足可見其氣質淳雅，容色驚人。若說蓉郡主是花園裡豔麗的牡丹，那麼周芷君就像是養在空谷裡的幽蘭，直到嫁給皇長孫，隨之出席各式場合，人們方才驚呼，原來周家竟有個如此的美人兒，卻硬是藏了那麼多年不叫別人瞧見，當真是令人驚嘆了。

看著林元馨悄悄在周芷君的下首坐了，一副垂頭低首，笑容微斂的模樣，歐陽暖說不出此時的心情到底是喜是悲，只覺茫茫然一片白霧蕩滌心中。馨表姊這樣的好的女子，一旦嫁入皇家卻只能這樣謹慎小心地活著，不敢有一絲一毫的越禮，甚至要看正妃的臉色行事。若是她能找個尋常的人家，何至於此……

歐陽暖正兀自出神，一雙亮晶晶的眼睛意外地出現在她的面前，「歐陽小姐！」

肖清寒的聲音十分驚喜，那模樣倒像是久在旅途中的人突然見到老鄉一樣，十足的熱情，讓歐陽暖一時不知道該作何反應好，生怕過於冷淡，傷了這年輕郡王的心。

「歐陽小姐，我就知道妳這次會來！」肖清寒一副激動的模樣，正要說什麼，卻聽到有一道聲音諷刺道：「允郡王，怎麼周王叔不關著你，逼你好好念書了嗎？」

魯王世子肖漸離十分熟稔地笑著摟住肖清寒的肩膀，一對飛揚的眉毛帶了三分桀驁，「怎麼這麼有空跑到歐陽小姐這裡來獻殷勤？」

肖清寒暗暗撇了撇嘴，什麼獻殷勤？他剛說了一句話這人就來了，叫他連一句獻殷勤的話都沒說出口。上次他接近歐陽暖就是這人搞破壞，非拉著歐陽暖去下棋，後來還把肖重華招來了，現在居然又出現了，當真是陰魂不散。

肖漸離不管他突然陰下來的臉色，英武的相貌帶了幾許笑容，「歐陽小姐，好久不見。」

這開場白和肖清寒幾乎一樣，歐陽暖被他們有趣的模樣逗得想笑，終究只是微微點了點頭。

「歐陽小姐很少出門，連這樣的宴會都不常參加，平日裡在家中都有什麼消遣？」肖清寒不甘示弱地甩開肖漸離的束縛，認真問道。

歐陽暖微笑，剛要回答，肖漸離笑道：「聽說小姐身子不太好，不知是不是哪裡不舒服？」

兩年過去，歐陽暖心口的傷處只留下淺淺的痕跡，然而身體卻不如以前健康，變得畏冷畏寒，所以冬天幾乎是不出門的，歐陽暖笑道：「不過是一些舊疾，不礙什麼的，勞煩世子擔心了。」

「女孩子家不出門也是對的，何況歐陽小姐馬上就要及笄了，惹來那些沒正形的登徒子可不好。」肖清寒搶著道：「歐陽小姐還是該先行調養身子才是。我有一支可遇而不可求的千年人參，最是滋補身體的。另外，在我京都郊外的別院裡還有個溫泉，常浴此泉可益氣補神，養身健體，護膚美顏，歐陽小姐若是有意，可以和令祖母一起過去住一段時日……」

他這個建議一出，肖漸離立刻冷了臉，「允郡王太卑鄙了吧，竟然邀請人家一個未出閣的小姐去住你的別院，傳出去像話嗎？你該不會是故意在敗壞歐陽小姐的名聲吧？」

「肖漸離，你說話越來越討厭了，我都說了是請歐陽老夫人和小姐一起去，我若是別有所圖會這麼做嗎？況且別院空著也是空著，借給歐陽小姐是我的事，跟你有什麼關係？反正我是成天沒事幹的閒人，你魯王世子可不同，魯王最近不是一連交辦了好幾件差事給你嗎？」肖清寒冷笑了一聲道：「你還不去做你的事，我和歐陽小姐說話跟你有什麼關係？你非要在這裡站著，不覺得自己礙眼嗎？」

眼看著兩人快吵起來，歐陽暖忙微笑道：「郡王的好意我心領了，只是大夫說我身體弱，不能妄自進補，那千年人參是何等寶物，不要白白浪費了。至於別院的溫泉，若是有機會再去吧，多謝您的關心了。」

菖蒲悄悄和紅玉咬耳朵：「他們都在討好小姐啊！」

紅玉看她一眼，第一次贊同地點了點頭，菖蒲的臉上頓時露出憧憬的神色。

見歐陽暖拒絕了，肖清寒面上忍不住露出失望的神色，肖漸離卻大喜過望，微笑道：「聽說林妃的祖父，當年的老侯爺一手書法冠絕天下，留下的筆跡中有一本手稿，為他一生書法之大成，是真正的傳世之作，只可惜上次我向侯爺提出要借來一觀，卻得知這本書稿已經不在侯府內，我想見也見不到了。」

他說的侯爺便是林之染了，歐陽暖不禁目光閃動，輕聲問道：「世子說的是《漢中集》嗎？」

「是！是！」肖漸離觀察歐陽暖的神色，道：「我一直在找，怎麼小姐也看過嗎？」

歐陽暖點點頭，笑道：「原稿雖已丟失，但我那裡還有一本手抄本，若是世子喜歡，改日我讓爵兒送到府上。」

「這怎麼可以？不行不行！那是小姐心愛的書稿，我怎能橫刀奪愛？」肖漸離連連擺手，「還是我登門拜訪吧，正好還有一些書法上的問題想要向妳請教。」

他不肯收下書稿，反而要主動登門，分明就是以此為藉口，想要登堂入室。肖清寒看看情況不對，不禁有些著急，忙道：「我也有這方面的問題要請教歐陽小姐！」

這話一出口，連歐陽暖的臉上都露出詫異的神情。京都誰不知道肖清寒什麼都喜歡，就是討厭讀書寫字，他一時嘴快說錯了，頓時面紅耳赤，說不出話來。

菖蒲嘿嘿一笑，眉毛下眼睛閃閃，小心地在紅玉耳邊輕聲道：「允郡王是在說謊呢！」

紅玉：「……」

這邊說得正熱鬧，那邊的肖凌風將這一切看在眼裡，一貫帶著笑的臉越發從容愜意，他對這一旁的肖天燁道：「你的歐陽小姐可是十分的受歡迎啊，怎麼，你不擔心嗎？」

肖天燁啜了一口美酒，「你說什麼笑話，她那樣的毒辣陰險，給我提鞋都不配！」接著，笑著一指肖凌風身邊的美貌女子，「我瞧你身邊的世子妃就比她強幾倍不止。」

肖凌風身邊坐著的是他的正妃，武靖公家的嫡長孫女趙芳儀，此刻她聽到肖天燁說這話，頓時輕笑道：「我怎麼能與歐陽小姐想比？她雖然很少出門，卻當真說得上京都數一數二的美人了，就連蓉郡主，近年來都有些隱隱不及之勢。」

肖凌風不由笑道：「妳別聽他瞎說，他是看到那兩人去獻殷勤，心裡吃味罷了。」

肖天燁更是笑，「罷了罷了，你既然非要這麼說，我也沒辦法。」

「天燁，話說回來，要是我的話，寧願選擇溫柔體貼的女子，你這位心上人看起來柔弱，心腸卻比男人還要堅強，真是一點也不可愛！」肖凌風的笑容十分促狹。

「太柔順的女人沒意思，越是這樣烈性的女子，越是讓人覺得有趣味，難道不是嗎？」

肖凌風大笑道：「看看，才三兩句話你就露餡了！說到底，你遲遲拖著不肯娶正妃，還不承認是在等她嗎？不是我要開你的玩笑，只怕這位歐陽小姐心裡主意大得很，未必看得上你秦王世子呢！」說完，別有深意地看了正座一眼。

肖天燁順著他的眼神望去，見到肖衍的目光也淡淡地望著歐陽暖所在的方向，似乎很在意。

肖天燁垂下眼睛，喝了一口酒，才慢慢地道：「她是不會看上肖衍的。」只這樣說了一句，便暗暗轉頭，強行抑制住情不自禁要看向歐陽暖的目光，入喉的美酒只覺得一片涼意，什麼滋味也品不出來。

正在這時候，明郡王肖重華穿一襲暗紫團蝠便服，頭戴赤金簪冠，長身玉立，丰神朗朗，緩緩從外面走進來，在明亮的日頭之下十分奪目，一下子就引來無數的目光。

席上的錢香玉目光輕輕一轉，盯著他，面上似有無限癡迷，目光移不開半分。

崔幽若清脆笑了一聲，纖細白皙的手指握著一柄象牙骨的美人扇有一搭沒一搭地搖著，輕聲道：「明郡王當真是俊得天下少有，難怪錢小姐看呆了。」

錢香玉回過神來，立刻紅了臉，旁邊的小姐們紛紛竊笑起來。

徐明熙亦笑，「錢小姐性情倒真是率真得很。」這裡看重明郡王的女孩子多了，卻沒有誰像她這樣沒規矩地盯著一個男人猛瞧的，心裡這樣想著，口中卻道：「聽說有一次明郡王去赴宴，錢小姐當眾彈奏呢，這可真是出自一片赤誠之心了。」

崔幽若故作驚訝的「啊」了一聲，耳邊的翠玉柳葉墜子輕輕晃了晃，隨即笑著用絹子掩住了唇邊的笑容，道：「錢小姐真是癡情呢……」

錢香玉冷哼一聲，不以為意。

就在這時候，皇長孫肖衍拍了拍手，宴會開始。

一個少女懷抱著琵琶，從簾子後面走出來，輕輕坐在繡凳上。歐陽暖向她望過去，卻只能看見她纖細的手指輕輕撥動著琴弦，便聽見水色華音從她的指下緩緩流淌而出，那琵琶曲悠遠清朗，婀娜搖曳，令人心醉。

單說琵琶，她彈得並沒有多麼高妙，可是當她展開歌喉之時，卻似吹過荷塘的微風，清新婉轉，十分動聽，有一種敲晶破玉之美，讓人聽到的時候，彷彿全身上下每一個毛孔全舒展了開來，溫溫涼涼說不出的舒服愜意。歐陽暖凝神細細聽去，只覺得生平從未聽過如此美妙的聲音。

「她是京都最紅的歌女妙音，聽聞連教坊司的伶人都比不上她呢！」

崔幽若悄聲和歐陽暖說，歐陽暖聞言點了點頭，道：「歌聲的確非同凡響。」

就在這時候，只聽見錢香玉低呼一聲道：「妳們快看！」

對面的席位上，一名男子竟失魂落魄，不顧禮儀地站起身來，連筷子掉在地上也不知道，只朝那叫做妙音的歌女直勾勾亂看。

眾人都吃驚地向他看去，歐陽暖只看了一眼，便認出此人就是曹榮。她下意識地看向對方身邊坐著的華服美人，果真是一身雲霞色水紋凌波襇裙的林元柔。

妙音的曲子彈奏完了，站起身來行禮，曹榮突然跌跌撞撞就要向她走過去，林元柔面色難看地拉了他一把，他這才猛地站住，臉上露出猶豫不定的神色。

肖衍看了曹榮一眼，淡淡地笑道：「曹公子這是怎麼了？」

曹榮看了那妙音姑娘一眼，臉上露出期期艾艾的神情，妙音也含情脈脈地看了曹榮一眼，但在看到林元柔冰冷的臉色時，臉色刷的白了。

看到這情形，肖衍笑了笑，道：「曹公子有什麼話，但說無妨。」

曹榮一狠心，大聲道：「這位妙音姑娘是我的相好，我早該娶她做妾的，可惜夫人不准，這才讓她一直無處著落，今日正好請皇長孫成全！」

這話一說，林元柔臉色立刻紅得要滴出血來，只覺得難堪無比，她早就知道自己嫁的男人不是什麼好東西，卻沒想到他根本就不是個人，在這樣的場合居然說得出這種無恥的話，害她變成全京都的笑柄。

肖衍是知道鎮國侯府的糾紛的，有心替林元馨出氣，便笑道：「男人三妻四妾是常理，貴夫人怎麼能不許呢？大歷朝哪條律令上有這樣的規矩了？」

堂下一陣哄堂大笑，男賓門笑曹榮無能，女賓們則紛紛掩住了唇邊的嘲笑。林元柔從來都是扯高氣揚的，最後竟然嫁給了這樣的丈夫，當眾跟歌女眉來眼去不說，還在眾人面前不給妻子留一點餘地，真是丟盡了她的臉面。

林元柔冷冷地道：「殿下有所不知，這叫做妙音的女子可是賤籍，我怎麼能任由夫君娶這樣的女子進門？」

林元馨一直沉默不語，這時候看了肖衍一眼，淡淡地笑道：「既然如此，我今天倒要為曹家姊夫說個情，柔姊姊既然擔心這個女子的身分有辱門第，殿下不如銷了她的賤籍，賜她進曹家為妾，豈不是兩全其美？不知殿下意下如何？」

歐陽暖微微一笑，暗地裡搖頭，誰說馨表姊不知道怎麼欺負人來著，這不是做得很好嗎？

肖衍喜道：「這個主意好！」

那一邊，林元柔猛地站了起來，似是要當眾發怒，卻終究不敢，只能硬生生忍下來，幾乎要咬碎了一口銀牙。

然而，這時候，一旁的周芷君卻淡淡地道：「殿下是一片好意，我也為曹公子高興。不過，林妃所言，我覺得有些不妥。」

肖衍一愣，不由自主道：「有什麼不妥之處，妳說說看。」

周芷君道：「妙音姑娘的出身，無論如何總是有些不體面。剛才林妃說要銷了她的賤籍，這樣她便能名正言順地侍奉曹公子，哪怕做一個奴婢，對她來說已是少有的恩典，這原是件極好的事，但若是直接讓她為妾，曹夫人如今又不同意，這一來殿下的好意豈不影響了他們一對和美的夫妻。最重要的是，這天下總有貴為正妻賤為妾室的道理，什麼樣的身分就該在什麼樣的地位上，切不可一時高興不顧天下的綱常，給旁人開一個不好的先例。我說得魯莽，殿下恕罪。」

這幾句話，明裡是在說妙音姑娘，實際上卻是在說林元馨，提醒她只是一名側妃，時時刻刻都不要忘記自己的身分。歐陽暖聽到，心中一沉，不由自主看向林元馨，只見到林元馨的一雙美眸微微含了朦朧的淚意，低下了頭去。

一個念頭方未轉完，肖衍已經笑道：「芷君說的對，既然如此，就削去她的賤籍，至於以後為婢為妾……」他看了林元馨一眼，微微一笑，「就由曹公子自己決定吧。」

曹榮得意地坐下，林元柔整個人都僵硬了，原本驕傲的神色慢慢變得頹敗，她下意識地向遠處望去，正好撞進歐陽暖平靜無波的眼睛裡，不由得心中微微一動，壓低聲音對曹榮道：「你若是允我一件事，我就答應你，讓妙音進門。」

曹榮一愣，頓時露出詫異的神情，他順著她的目光朝對面看去，卻看到容色清麗脫俗的歐陽暖，一張臉上頓時變得憤怒起來，就是那個女子，害得他以為林元柔是個傾國傾城的大美人，千方百計才求來了賜婚，卻在掀開蓋頭的那一刻，發現一切都是一場騙局。自己娶進門的哪裡是什麼大美人，分明是個母夜叉！想到這裡，他不禁瞇起眼睛，狠狠望著歐陽暖，道：「妳要做什麼，我都配合妳！」

林元柔望著恍若一無所知的歐陽暖，臉上的笑容慢慢變得冷酷，這兩年來，她一直在找機會報復，今天……當是最好的時機，想到這裡，她冷笑了一聲，道：「待會兒你一切都聽我的吩咐……」

女客們繼續飲宴，男賓們按照慣例下場比賽射箭，一試身手。

歐陽爵向歐陽暖微微一笑，便起身下臺，挽弓試了試弦力，隨即從箭壺裡抽出三支長箭，銜了兩支用牙咬住，舒臂張弓，啪啪啪三箭連發。

崔幽若探起頭，往靶上一看，驚道：「三箭均中紅心！」

眾人一時之間都露出驚異的目光，當年不少公子都去參加過歐陽家的宴會，大家都還記得歐陽爵一副拉不開弓的蠢樣子，誰也想不到不過短短兩年，他的弓箭之術竟然有如此突飛猛進的變化。

徐明熙亦不覺讚嘆：「歐陽少爺年紀小小，竟有這樣的箭術，真叫人刮目相看！」

錢香玉慢條斯理飲了一盅酒，如絲媚眼中有一絲尖刻的冷意，「只可惜出身平平，比皇孫貴冑差得遠矣！」說罷，有意無意地看了歐陽暖一眼。

歐陽暖根本沒有將她的嘲諷放在心上，只盯著場下的歐陽爵看，她對人群的歡呼渾然不覺，看到歐陽爵飛箭離弦，向著遠處鮮豔的紅心刺去。

「中的！」每一聲高唱過後，那飛揚的箭尖就在她的心上，帶來一陣又一陣的歡喜。

眾人的目光都集中在年紀小小卻極為出色的歐陽爵身上，誰也沒有看到，這時候一個人搭起長箭，拉開弓弦，只聽到「嗖」的一聲，弓箭如同流星一般，氣勢洶洶地直奔歐陽暖而去……

那長箭來得又猛又快，根本不給人躲避的機會，說時遲那時快，只聽到一聲呼嘯厲響，一件物事正好擊中了箭身。

「叮噹！」

紅玉的驚呼被生生吞進喉中，歐陽暖剛才只覺察出一陣寒氣向自己襲來，根本沒有閃避的機會，轉瞬之間卻見到那寒光陡然跌落在桌上，「砰」的一聲將酒杯擊得粉碎，酒液四下濺出，將她的衣裙打濕了一片。

她看著一片狼藉的桌面、跌落在腳邊的長箭和已經粉碎的玉佩，臉色不變。若是沒有這玉佩的阻攔，剛才這長箭將會直接射穿自己的頭顱，讓自己命喪當場。

眾人眼見這突如其來的一幕，只覺得驚魂未定，好半天也沒反應過來究竟發生了什麼事情。

肖衍勃然大怒，騰的一下子站起來，怒喝道：「什麼人如此大膽！」

眾人聞言，都向場中望去，卻見到十數人都站場中，手持弓箭向這邊望過來，臉上的表情或無辜或驚愕，一時壓根兒分不清究竟是從誰的弓上射出。

林元柔遠遠看著，怨毒的眼中滿滿都是失望，她下意識地向場中的曹榮看去，那目光似乎變成道道利芒，要將他砍成千片萬片。怨不得她憤怒，就差一步了，明明就差一步，要是他的動作能再快一點，不給任何人機會阻止，歐陽暖不死也要破相，可惜，竟然功虧一簣。

歐陽爵一把丟了弓箭，飛快地跑過來，滿面驚惶之色，「姊姊，妳沒事吧？」

歐陽暖微微點頭，「我沒事，不必擔心。」然後斂衽起身，向肖重華的方向遙遙施了一禮，輕聲道：「歐陽暖多謝明郡王出手相救。」

肖重華目色深深，臉上絲毫也看不出救人後的自得，道：「歐陽小姐不必多禮，湊巧罷了。」

錢香玉此刻看到如此場景，深恨那箭頭不是射向自己的，不然也就能和明郡王說上話了。

地上那塊碎成幾瓣兒的玉佩乃是一等一的水玉雕成，色澤通透溫潤，價值連城，這樣摔碎了真的很可惜。歐陽暖只看了一眼，便微微一笑，「郡王過謙了，若是沒有這枚玉佩……」她的臉頰或許因為日光照耀的緣故，微微浮起淺紅，「歐陽暖可能要命喪當場了，只是終究毀了郡王的玉佩……」

她正要說下去，卻聽到肖衍笑道：「我那裡還有一塊比這玉佩成色好的，待會兒取來送給明郡王就是了，歐陽小姐不必自責。」

周芷君聞言，眉頭微微皺了皺，很快又恢復了笑容。

那邊的肖凌風看著手握成拳的肖天燁，笑道：「天燁，這一回你可失算了，若是這救美的活兒能由你來做，得到美人心豈不是要容易得多？」

他的話說了一半，卻看到肖天燁臉色鐵青地坐著，原本握成拳頭的手突然鬆開，撫住心口，面色十分難看，他急聲道：「你怎麼了？心疾又犯了嗎？」

肖天燁緩緩搖了搖頭，從懷中取出一個瓷瓶，服用了兩粒藥丸之後，痛苦緩沉下來，這才慢慢吐了一口氣，道：「無事。」他的目光看向歐陽暖，那個千鈞一髮的時刻，他的心跳突然失衡，手上的動作也慢了半拍，否則……

肖衍的聲音就在此刻沉穩地響起，帶了幾分冷凝：「來人，將剛才所有人的箭囊仔細查驗，一定要查出這支箭究竟是哪裡來的！」

宴席上的氣氛一下子緊張起來，眾人都有些不知所措地望著這一幕，不知道說什麼好。

這時候，周芷君淡淡一笑，口中道：「殿下不要這樣緊張，會嚇壞這裡的貴客們。若人家是故意的，怎麼會讓一塊玉佩就阻了來勢？可見不過是一時射偏了方向，乃是無心之過罷了。好在歐陽小姐無事，若那位莽撞的箭手傷了她分毫，只怕林妃非要抓住那人拚命不可！」

莽撞？只怕不是莽撞，而是蓄意而為。這裡是太子府，何人敢在此處如此放肆？周芷君所言，分明是說這不過是件無傷大雅的小事情，不必大驚小怪罷了。林元馨猛然抬頭，眸子亮晶晶如黑色的寶石，隱隱有黯淡的光彩流動，她剛要說什麼，卻看見歐陽暖對自己微微一笑，大聲道：「您說的對，不過是場誤會罷了。說起來，還真是慶幸這人將箭射到了我這裡來，若是誤傷了皇長孫或是兩位妃子，才真叫是大事了。」

幾句話，不動聲色之間告訴別人，一是這箭手可未必是衝著自己來的，說不準是藉機夾在賓客之中意圖行刺；二是皇長孫的這位正妃恰恰因為自己不是受害者，所以才能說得這樣輕描淡寫，毫不在意。果然，眾人看向周芷若的神情就有了幾分微妙，肖衍的眉頭也深深皺了起來，雖不信有人敢在府中行刺自己，卻也對這個箭手在如此場合搗亂起了幾分厭恨。

周芷君卻微微一笑，緩緩斟了一盞酒，清冽的酒汁傾落於白玉酒杯中，燦爛生輝，她起身，一步步送至歐陽暖面前，笑容美麗端莊，「歐陽小姐，請妳來作客，卻讓妳受了這樣的驚嚇，的確是我們的疏忽。來，這一杯酒暫且給妳壓壓驚。」她的聲音雖清冷似冰珠，卻帶著濃濃的笑意，親切而悅耳。

歐陽暖看了林元馨一眼，對方唇邊的笑意隱隱有一絲憂色，她知道，她是在為自己擔憂。歐陽暖微微一笑，笑靨卻和夏日的初荷一般明豔奪目，叫人為之目眩，「歐陽暖身分微薄，怎敢勞動您呢？」說完，便端起她送來的酒杯一飲而盡。

周芷君其人，非但容色出眾，更兼心計深沉，馨表姊只怕……歐陽暖只是這樣一想，抬眼卻看見周芷君笑意盈盈地望著自己，眼睛似一對黑曜寶石，暗暗流光溢彩，柔聲道：「歐陽小姐真是個有意思的人，與我很是投緣呢！」

投緣嗎？歐陽暖暗自冷笑，只是短暫的交鋒，她便已經知道，眼前的周芷君和自己是同一種人。若是沒有林元馨，她們彼此可能成為惺惺相惜的朋友，可惜，彼此的身分和立場，註定了她們絕不可能有那一天。

蓉郡主始終默不作聲，看著這不動聲色暗地裡已經一個回合較量下來的兩人，面上微微笑了。這場宴會還真是有意思，有意思得很哪……

林元馨看了面色有些發白的歐陽暖一眼，咬了咬牙，沉聲道：「殿下，射箭太過危險了，這裡女眷又多，不小心傷了誰，咱們都不好向人家交代，您看是不是換別的玩法……」

肖衍點了點頭，道：「那便改成投壺吧。」

這樣的宴會上，投壺與射箭同樣受人喜愛，相比射箭來，投壺追求一種人與人的相互禮讓與虔敬，提倡以君子之風相處相爭，同時起到愉悅身心、豐富宴會的作用，更能讓諸位小姐們一同參與。所有人都贊同這個提議，原先下場射箭的人也紛紛收了弓箭，重新回到宴席上。

丫鬟們很快捧著精美的玉壺上來，壺高一尺二寸，頸長七寸，口徑二寸半，壺中盛以紅豆，使箭矢投入後不至於彈出。而投壺用的矢是用柘木製成，上面雕刻著古樸的花紋。

肖衍微微一笑，「剛才射箭是公子們為先，這一回投壺便讓小姐們來吧。」

「我來！」徐明熙率先站起來，從丫鬟手中接過一支矢，瞄準了位置，手腕輕輕一顫，矢晃晃悠悠地飛出去，距離玉壺一丈有餘，還是墜了下來。眾人大笑，徐明熙便也嬌俏地笑道：「就差一點點了！」

錢香玉精挑細選了一支矢，看似不經意地向壺中投去，只聽到「砰」的一聲，矢正入壺中，眾人皆拍手叫好。

小姐們投壺，看的不是中不中，而是投壺時候的春光明媚，嬌容俏麗，這一點，在座的小姐們心裡都很清楚，所以她們也絲毫不在意輸贏，反倒是挨個上去投壺，權作一時消遣。

最後那矢落在蓉郡主的手中，卻見到她微微一笑，將手微微一抬，竟是以手隔了數十步之遙驟然發力把矢擲向玉壺，此舉大出人意外，崔幽若驚呼道：「這怎麼可能投中！」

然而只聽到「砰」的一聲，矢不偏不倚地落進了玉壺之中，力道之大，震得玉壺滴溜溜轉地上轉了三圈。一時之間，眾人皆愕然，紛紛向蓉郡主望去，卻見到她一張美豔的臉因微汗而更明豔，她向著肖衍，淡淡地笑道：「殿下看我這投壺之術，可還成嗎？」

肖衍只看一眼，點頭向她道：「郡主的確是技壓群芳，在場恐怕沒有小姐超過妳了。」

蓉郡主欠一欠身，「讓殿下見笑了。」

旁邊的小姐們看見她這樣出彩，心中或多或少都有繼續嫉妒，不知是誰低聲道：「這話說得太早了吧，歐陽小姐還沒有投呢！」

這時候眾人才想起歐陽暖，只向她的座位望去，卻見那裡只留下兩個丫鬟，不由都露出吃驚的神色。

菖蒲笑嘻嘻地道：「我們小姐的衣裙剛才被酒杯打濕，她隨林妃去換衣裳去了。」

眾人點點頭，便也不再追問，重新開始投壺。在座諸位女子，周芷君空谷幽蘭，氣質脫俗；蓉郡主嬌豔絕色，傾國傾城；徐明熙明眸善睞，妙語連珠；崔幽若寧靜幽雅，才華橫溢；錢香玉細腰如束，柔美無比……在座的各位千金，不是姿色出眾，就是能言善道，各有打動人心之處，一時之間雖大家心中惋惜少了一位清麗逼人的歐陽暖，卻也不覺得有多大遺憾，便連向來只盯著歐陽暖的肖清寒，都看投壺看得忘了一切。

墨荷齋，原是肖衍特地撥給林元馨的居所，雖然景色美麗，環境優雅，但因為地處西園，所以較為僻靜，少有人來人往。歐陽暖知道，這種安排不僅僅是對鎮國侯府的敬重，更是對林元馨的保護。人越多的地方，是非越多。

林元馨看著歐陽暖換上一身裝扮，繡著白色牡丹的上衫、月白水紋百褶裙，以朦朦的翠綠渲染裙襬，將歐陽暖身上的清麗脫俗、玲瓏精緻展現的淋漓盡致，更多了一分風流飄逸，不由點點頭，道：「當日做這條裙子的時候我就說，暖兒比我更合適，所以就一直留著沒有穿，不想今日卻派上了用場。」

歐陽暖看著林元馨坐在繡凳上，累珠疊紗的袖子嫻靜地順著桌邊流蘇垂下，心中十分柔軟，輕聲道：「表姊應該在殿下跟前，讓人領我來換衣裳也是一樣的。」

林元馨一怔，「他身邊已經有周芷君了。」

歐陽暖一愣，隨即淡淡笑道：「算了，表姊不想去就不用去了，咱們在這裡說說話也很好。」

林元馨聞言，眼中卻有一絲深深的失落，道：「今日妳瞧見這位正妃了吧，她的風采，我是萬分及不上的。」說著微微一笑，「雖然我比她先進門三個月，但如今在皇長孫的心中，她的分量也是越來越重。有一件事，外面還沒有傳開，她剛剛有了兩個月的身孕。」

歐陽暖一驚，不覺一怔，「孩子？」

林元馨略低了低眼睛，掩住了眸子裡的情緒，「是，陛下知道後，賞賜了不少貴重的東西。」

歐陽暖的神色寂寂，她看著林元馨，心裡為她感到悲傷，表姊明明先周芷君進門，偏偏周芷君先懷了身孕，換了其他人，心裡也一定很難過，「表姊，妳且放寬心，妳年輕體健，將來一定會有孩子的。」

林元馨嘆了口氣，悠悠道：「希望如此吧。皇長孫厚待鎮國侯府，自然不會虧待我，只是她懷了身孕，就不可能一碗水端平了。」

歐陽暖頓了頓，「表姊竟這樣沒有信心？」

「我不過是有感而發罷了。」林元馨已然笑道：「我曉得妳擔心我，但事情總是兩說，總不會因為我生不出孩子，就不許旁人生孩子了。」她說話的時候，鬢髮的華簪上有明珠垂落耳際，閃爍著溫軟的光澤。

歐陽暖蹙眉道：「我與這位正妃只是匆匆見過幾次，並未說過多少話，但光從今天她的一言一行，足可見其用心之深，妳萬萬要小心。」

林元馨溫柔的笑容下眉目斂然，輕聲道：「我從來都是小心謹慎，沒有得罪過她，料想她也不至與我為難才是，暖兒，妳不要為我擔心。」

事情要是真像她說的這樣簡單就好了，鎮國侯府深受器重，林元馨的地位又僅次於周芷君，更比她早幾月進門，對她的威脅很大，若是周芷君善良溫厚，兩人正好共同協助皇長孫，然而就今天看來，周芷君的心機深沉，極難捉摸，恐怕不是善良之輩……這樣一來，林元馨的處境就堪憂了，可是這些話，歐陽暖不能對溫和善良的表姊說。

她停了片刻，靜靜地問道：「表姊和太子妃的關係怎麼樣？」

林元馨一愣，隨即笑了，「我聽妳的話，對太子妃十分恭敬孝順，她也很是喜歡我，再加上我比周芷君早進門，太子妃對我，倒比對正妃更滿意幾分。」

歐陽暖在心底輕輕吁了一口氣，點頭道：「表姊，有太子妃為妳做主，在這府裡，日子總是要好過許多的。只是，還是要多多提防周芷君才是。」

不知為什麼，她總覺得表姊至今沒有孩子，和周芷君有某種關係。也許是因為……她和周芷君同樣都是心狠手辣之輩，若換了她處在對方的位置上，也絕不會讓側妃先於自己有孕。

「暖兒，妳說的話我都明白，之前……」林元馨看了周圍一眼，輕聲道：「母親也懷疑過，只是墨荷齋除了我從鎮國侯府帶來的自己人，其他人是沒有資格進入內室的，一應吃穿用度我們也都檢查過，實在找不出什麼旁的緣故，我想……可能是我自己福氣薄，才遲遲沒有孩子。」說到這裡，手中原本擺弄著的桌上那支蘭花越擰越彎，只聽「啪嗒」一聲，根莖已是折為兩截了。

蘭花枝葉斷裂的聲音在寂靜的屋子裡很是驚心，林元馨猛地一警神，卻是無奈笑了。

歐陽暖默然半晌，靜靜地望著林元馨，一時竟不知道說什麼好。難道她要說，與其坐在這裡猜忌別人會不會對自己下手，不如施展渾身解數打得對方無還擊之力？這樣的事，歐陽暖可以做一千次一萬次，在溫柔善良的林元馨面前，卻一個字都說不出口。

就在這時，丫鬟進來稟報道：「林妃，皇長孫到處找您，請您快回去宴會上。」

歐陽暖笑道：「既然如此，表姊快去吧。」

林元馨望著她，奇怪道：「暖兒不和我一起去嗎？」

歐陽暖微微一笑，「不，我覺得那裡太吵鬧，想要在這裡休息一會兒。」

林元馨想到剛才那一幕，以為她是嚇著了，便輕輕點點頭，囑咐道：「那好，只是別留得太晚。妳放心，爵兒在宴上，我會照顧的。」

歐陽暖笑著答應了，親自將她送出門口，這才四下打量起這個房間。只見內室與外室用花梨木雕海棠花碧紗櫥隔斷，布置得十分雅致。她細細觀察了每一樣物品，又再三想了想，始終猜不透周芷君到底是如何下的手。就在這時候，她的目光落到外室正堂懸掛的一幅觀音送子圖上，看到那觀音溫和慈祥，姿態優美，腳步不由自主就停了，輕聲問道：「桃夭，這幅畫是表姊特地求來的嗎？」

桃夭一愣，隨即答道：「回表小姐，林妃一直無孕，我們也十分著急，聽蘭芝說，很多女子為了祈求上天賜子，去水月庵中求了福祉，很是靈驗，於是林妃也去了，並且請了這幅觀音圖回來。」

「嗯。」歐陽暖點點頭，不再特別關注那幅畫，可是等她走過了三步，卻陡然回頭，目光像是利箭一樣盯住了那幅畫。

桃夭嚇了一跳，「表小姐，您怎麼了？」

「這香爐點的是檀香？」歐陽暖問道。

桃夭面色惶恐，趕忙道：「是的，也是從水月庵一起帶回來的。」

歐陽暖點了點頭，道：「把這幅畫取下來給我看一看，好嗎？」

身後突然有個男子的聲音響起：「歐陽小姐這麼喜歡書畫？」

歐陽暖心中猛地一跳，這個時候出現在這裡的人……

她立刻回身，屈膝福了一福，淡淡地道：「殿下。」

肖衍長身玉立，神清氣爽，輕輕點了點頭，和言道：「不必多禮。」

林元馨明明已經去了宴席，皇長孫怎麼會出現在這裡？難道剛才那不過是將表姊支開的手段？歐陽暖微抬目瞧他的服色，肖衍似乎是發覺了，笑道：「的確是我讓人請走了馨兒。」

歐陽暖心中一沉，有林元馨在的時候還無妨，自己孤身一人與皇長孫見面，卻是十分不妥，於是退遠兩步，欠一欠身道：「既然表姊不在，歐陽暖不好久留，這便回去宴席上了。」

肖衍看著她，目光中似有深意，略想了想，「妳是不想單獨和我在一起？」

歐陽暖淡淡地道：「的確不方便。」

肖衍沒想到自己會被對方直接拒絕，不由微微一愣，立刻笑道：「我只是……想起曾經在外面見過妳，那時候，妳穿著一身男裝，我還以為妳是個美少年。」

歐陽暖的神色仍然冷淡，眼中自始至終有一種淡淡的疏離，「是，那次表姊也在場，應當是您與她第一次見面吧。」

她竭力避免和自己搭上關聯，肖衍也聽出來了，但仍舊和顏悅色地道：「聽說歐陽小姐當初留在鎮國侯府是為了養傷，如今身子可好些了？」

「有勞殿下費心，我已好多了。」歐陽暖恭敬地道，便要告辭。

肖衍怎麼會這樣輕易就讓她離開呢，他一眼瞥見那觀音送子圖，含笑問：「暖兒還沒有嫁人，就想要這幅圖嗎？」

竟然叫她暖兒，這話已經有一種顯而易見的親暱之態了！

歐陽暖微微皺眉，向後退了一步，「殿下，請您自重。」

肖衍略一怔忡，揮退了旁邊的丫鬟，只微微笑道：「我並不是與妳取笑，若是妳願意，我會立刻向陛下提出封妳為側妃，與馨兒並列。」

側妃？歐陽暖心中猛地一跳，不敢置信地盯著肖衍，她沒有想到，這個男人竟然敢明目張膽地向自己提出這種要求。她冷冷地看了他一眼，道：「殿下，歐陽暖不比表姊出身高貴，不敢高攀殿下。」

肖衍眸中一冷，涼聲道：「妳可知道，我若非尊重妳的意思，壓根兒不必過問妳，可以直接請陛下賜婚。我如今先來問妳，不過看在馨兒面上罷了。」

肖衍是皇長孫，位高權重，他想要什麼樣的女人，只要張張嘴，對方自然會乖乖來到他的身邊，甚至於根本不需要招手，就有人爭著吵著巴結討好。他對自己說出這樣的話，只是將她當做一朵可供觀賞的鮮花，只因為美麗便被他看中，預備養在花園裡，只供他一個人賞鑒。這樣的喜歡，沒有半點的尊重。

歐陽暖心中越想越是惱怒，冷冷地道：「殿下，您既然要來問暖兒的意見，歐陽暖只能回答您，我不願意。」

肖衍沒想到竟會得到這樣的答案，他從來沒被任何女人拒絕過，當下有些驚愕，「為什麼？」

歐陽暖斂容，重重行了一禮，輕聲道：「殿下身邊已經有了端莊美麗的正妃和善良可人的表姊，並不需要歐陽暖。更重要的是，我與表姊感情很要好，不希望將來有反目的那一天。」

肖衍一愣，隨即笑道：「正是因為妳們感情要好，妳和她一起陪在我身邊，不是很好嗎？」

歐陽暖微微搖了搖頭，黑盈盈的目光之中已經有淡淡的淚光，「不，一旦成為殿下的妃嬪，很多事情和選擇就會身不由己，歐陽暖不希望有那樣的一天，更不希望在表姊的臉上看到痛心失望的神情。」

肖衍盯著她，目中竟越發堅定，「若我非要妳不可呢？」

歐陽暖聞言，臉上綻放出淡淡的笑容，聲音裡流露出一絲冰寒：「若真是如此，歐陽暖情願自毀面容！」說這句話的時候，她飛快地拔下頭上的玉簪，猛地向左頰劃去。

肖衍心神巨震，動作迅速地攥住了她的手腕，緊緊的，驚魂未定。

肖衍難以置信地看著歐陽暖，就在她拔出玉簪的時候，他幾乎以為她是要刺向自己，好在發現方向不對這才立刻出手，若是遲了一步，只怕歐陽暖美麗的面容就此要留下一道可怕的疤痕。

對自己這樣狠的女子，他還是第一次看見！

歐陽暖盯著肖衍的眼睛，一字一句地道：「殿下，您看中歐陽暖，不過是憑著這張臉。倘若這張臉毀了，殿下還會去求皇帝陛下賜婚嗎？」她說的話，隱隱透露出一種決心、一種剛烈，幾乎令肖衍剛才堅定的心意感到動搖，他沒有想到，歐陽暖竟然有這樣的勇氣，毫不猶豫地就要毀掉自己的臉。若是他慢了一步，眼前這個清麗絕俗的少女就要毀容了……

他怒聲道：「妳即便要拒絕我，也不必用如此激烈的手段！身體髮膚受之父母，妳這樣，豈不是要讓他們傷心？」

歐陽暖一點一點地從他的手中抽出自己的手腕，露出淡淡的笑容，像一道劃破濃霧凌於天空的耀目陽光，竟讓人無法直視，她慢慢地道：「只要殿下不再強求，歐陽暖自然會好好保重，絕不會做出如此自殘的舉動。」

肖衍冷冷地望著她，「這算是威脅？」

歐陽暖輕輕搖了搖頭，「不，殿下並不是那種強人所難的權貴，您位高權重，志向遠大，更能明白，強留一個無心於此的女子，等於留下一個木頭美人，又有什麼樂趣可言。」

肖衍退後了一步，清冷的臉上有了一絲傲然，「妳確定不會後悔？」

「歐陽暖不會後悔。」她輕聲的，卻堅決地道。

肖衍點了點頭，慢慢地道：「妳走吧。」

歐陽暖再施一禮，隨即向外走去，走到門口的時候，突然回身道：「殿下有憐香惜玉之心，不如憐取眼前人……」

肖衍的背影陡然一頓，猛地回頭看她，她卻已經推開門快步走出去了。

等她走過花園，這才猛地想起那幅畫還沒有取下，心中微微一震，想要回去取回，卻不想再碰見肖衍。他若是想要她，她自然不能拒絕，歐陽家也不會允許她拒絕，所以必須要他打消這個念頭。若是不然，她也不會用那樣激烈的手段。

她這樣想著，一路走過浮橋、薔薇花叢，不知不覺竟發現自己走入花園深處，此處與墨荷齋距離很遠，周圍寂寥無聲，不見人影，繡鞋踏在鵝卵石小道上，連著裙襬碰觸到一旁矮小的花草，發出沙沙輕響，歐陽暖的心底漸起涼意，剛才為了避免引起眾人的注意，她將紅玉和菖蒲留在了宴席上，本來應該由墨荷齋的丫鬟護送自己，然而卻被皇長孫打斷了……

「啊！」樹叢後忽然傳來一道女聲，歐陽暖腳步一頓，立刻皺起眉頭。

一旁的假山下，一個年輕女子正靠在山石上，嬌喘連連，嗔道：「剛剛納了個美人兒，怎麼還有臉來找我？林妃屋子裡今天是我當值，馬上又得回去。」

男子喘著粗氣道：「妳管那麼多幹什麼？現在不管是誰來了，我都不理！」說著雙手伸入女子衣間，上上下下摸索著。

歐陽暖向來不關心與自己無關的事情，剛要舉步離開，卻突然覺得這年輕女子的聲音特別熟悉，熟悉到令她的心一下子提了起來。

那女子冷聲一笑，扭著腰肢躲閃。

男子將她抱住，「好蘭芝，我的心肝寶貝，妳就從了我吧！」說著便欲去解那女子的裙帶。

蘭芝這個名字在歐陽暖的腦海中一下子炸開，帶來一陣陣的冷意，蘭芝……分明是馨表姊的四個大丫鬟之一！她原本要離開的步子，頓時止住了。

蘭芝冷哼一聲，一把將他推開，「少來，曹公子，你可是有嬌妻又有美妾，你之前許諾過我的，將來會納我為妾，怎麼現在提也不提了？」

說話的男子正是曹榮無疑，只聽到他訕訕笑道：「我的好蘭芝，妳先別急，只要妳好好幫我做事，將來有的是好日子！」

蘭芝顯然不信，「二夫人想方設法將我送到小姐身邊本來是為了監視她，可是如今兩位小姐然都各自出嫁了，再不相干，你們又何必對她下手？難道說……和那人有關？」說完，突然聲色一變，「是周——」

曹榮忙上前摟住蘭芝，指天發誓：「傻丫頭，如今委屈妳暫且待在林元馨的身邊做個丫鬟，將來自然有妳的好處，至於旁的……妳就別再問了！」

蘭芝十指纖纖，點了點他的胸膛，嬌聲道：「就怕你到時候完全將我忘了！」

「怎麼會？我自是要與妳廝守一生，永不相負的！若有違誓言，叫我天打雷劈，不得好死！」

歐陽暖聽著這樣的對話，盛夏竟有一種冰水浸心之感，腦海中飛速轉動起來，馨表姊一直信賴身邊的人，卻想不到從小伺候她的蘭芝竟然是蔣氏多年來埋伏在她身邊的探子，想必是她在馨表姊的身邊動了手腳，原先她只以為此事和周芷君有關，可是如今看來，竟然連林元柔夫妻二人都牽扯其中……

「好，我就不問究竟是誰了，反正你也不會說！我就問一個你能回答的，那幅畫究竟有什麼名堂呢？」蘭芝嬌聲道。

「好好好，告訴妳也無妨，那幅觀音送子圖是專門請人畫的，墨汁裡頭摻了一種藥粉，待林元馨將畫掛起來後，每天焚起香爐。半月之後，這畫裡的毒性便會被香氣漸漸逼出來，人居其中，時常吸入其氣，剛開始只是身體虛弱，無法受孕，日子久了……必患不治之症，無疾而歿！」

歐陽暖喉頭驟然一涼，呆在原地一動也不動，就在此刻，蘭芝突然驚呼起來：「有人！」

歐陽暖陡然一驚，卻見到對面假山上，自己的影子印在上面，她還未來得及後退，一把銀亮的薄鋒小刃已無聲無息貼在頸邊。

曹榮冷笑道：「原來是熟人啊！歐陽小姐，別來無恙嗎？」

蘭芝大驚失色地穿好衣服，顫聲道：「表……表小姐……」她的表情十分驚恐，撲過去抓住曹榮的袖子道：「怎麼辦？」

「怎麼辦？」曹榮臉上露出兇狠的神色，「這把刀可不是擺設，歐陽小姐若不小心叫起來，我手裡的匕首也會不小心割斷妳的喉嚨，妳大可以試試看！」

歐陽暖怒極反笑，身子紋絲不動，「何必嚇唬我？你們選在這裡幽會，既偏僻人又少，當然不怕有人過來！」說到這裡，厲聲喝道：「蘭芝，妳若是真心喜歡曹公子，自然可以求馨表姊做主讓她將妳許給他，何必在這裡偷偷摸摸的？傳出去連馨表姊的名聲都要受損，當真是無禮至極！」

蘭芝聽她說得疾言厲色，卻只提自己與人幽會，半點也沒有說起自己背叛主子的事情，立刻以為她根本沒有聽到那些話，臉色頓時好看了許多，柔聲道：「表小姐說的是……都是、都是奴婢的錯！還希望您大人大量，饒恕奴婢這一回，奴婢再也不敢了！」

歐陽暖對著曹榮冷聲道：「還不放開！」

曹榮一愣，蘭芝已經握住他的手臂，哀求道：「快放開表小姐吧。」橫豎只要歐陽暖沒聽到那些要緊的話，旁的她自然有辦法應對。

曹榮在她的拉扯之下，猶豫地鬆了手，只是看著歐陽暖的眼神，依舊有些怨恨。

歐陽暖逼迫自己靜下心神，微微含笑，「蘭芝，妳既然與曹公子情投意合，我會向馨表姊求情，讓她將妳送給他，只是將來如何，還要看妳自己的造化了。」

蘭芝低眉順眼地道：「多謝表小姐美意，奴婢只是捨不得小姐，想要再陪伴她一段時日，等時機到了，奴婢自然會稟報她的。」

歐陽暖淡淡點了點頭，冷淡地道：「曹公子，你也快回宴會上去吧，現在大家該到處在找人了。」說完，便轉身向外走去。

一步、兩步、三步、四步、五步……走到第八步的時候，身後有一陣冷風吹過，她已經被曹榮死死抓住了手臂，她心中猛地一跳，回過頭去的時候帶了三分憤怒，「曹公子這是做什麼，不知道男女授受不親嗎？你怎敢對我如此無禮？」

蘭芝急切地快步上來，「曹公子，快放開表小姐，你這是幹什麼？」

「無禮？」他冷冷地道：「妳害得我娶了那個母夜叉，一天到晚要為她疲於奔命，妳我之間還有這筆帳沒算！」

歐陽暖神色微微一變，眸中的騰騰墨色越發深沉，淡淡望住他，「事情已然過去，你已經是我的表姊夫，若因當初的一件誤會而傷了和氣，未免太不值得。」

歐陽暖話音未止，曹榮神色倏然大變，怒道：「最毒婦人心！妳可知道妳這個該死的表妹是個什麼貨色？」他一口唾在地上，「早知道如此，我哪怕一輩子娶不到老婆也不娶她！妳說，妳將那個美人藏到哪裡去了？」

歐陽暖一愣，突然意識到他說的人是肖天燁，一時之間不知道是哭還是笑好，只道：「你若是放開我，我自然會尋來那位小姐交給你。」

「不必了！」他猛地靠近她，唇角扯出一絲狠決之意，「既有妳這樣的大美人在，我又何必再去另尋？」他的眸中，慢慢都是惡意，「我以前可真是蠢笨，竟然沒敢碰妳一個指頭，還硬是被妳擺了一道……」說完，對蘭芝道：「這個丫頭可是壞得很，妳別以為她容易對付，我敢打賭，剛才我們的話，她全都聽見了，卻故意裝作什麼都不知道的樣子，好哄騙咱們放走她！」

「真的？」蘭芝驚疑不定，突然想起在鎮國侯府之中林元柔幾次來找麻煩，都被歐陽暖反過來收拾一頓的事情，頓時相信了曹榮的說辭。

既然已經被他們發現，歐陽暖也不再狡辯，她冷聲道：「蘭芝，馨表姊那樣信任妳，妳為什麼要背叛她？」

「我？」蘭芝冷笑一聲，不以為意地仰起線條優美的脖子，「我的美貌又比那些小姐們差多少，只可惜生來就是個丫鬟。原本二夫人讓我盯著小姐，我還覺得於心不忍，可是後來小姐嫁過來，竟然要將我配給一個管事，我為什麼要嫁給管事？我是陪嫁丫鬟，她卻硬是不肯給我出頭的機會！我去伺候皇長孫沐浴，她還將我責罵了一頓，別人也都譏笑我癡心妄想！呸，她若真為我考慮，就該讓我成為殿下的侍妾，為什麼要讓我嫁給低賤的下人？我背叛她，不過是教世間少一個偽善的人罷了！」

為了自己攀龍附鳳之心，竟然滿口胡言亂語！

歐陽暖咬緊嘴唇，袖子下的雙拳緊握，「妳竟因為這個就想要她的命！」

「到這種關頭還想著別人，歐陽小姐真是不怕死！」曹榮冷笑一聲，心念微微一動，手指放肆地摸上了歐陽暖的臉……

歐陽暖側頭避開他的手指，冷聲道：「曹公子，你別忘了這是什麼地方，由得你放肆嗎？」

曹榮微微一怔，眉間微有猶豫之態，很快掩飾了下去，道：「這裡偏僻無人，妳若死了，也就一了百了，事後我若無其事地回到宴會上，難道還有人懷疑我不成？」

「我是什麼人？你又是什麼人？」歐陽暖輕聲道：「你殺了我，鎮國侯一定不會放過你，林妃也會求皇長孫為我做主，你豈非一下子得罪了兩個不能得罪的人？你姊姊玉妃得到聖寵，宮中多的是怨恨她的人，你還怕他們查不出來嗎？好好想想，你們曹家好不容易才走到今天這一步，你若對我動手，所有的榮華富貴豈不全都付諸東流？」歐陽暖心下一沉，面上強自鎮定道：「你若不信，大可以試試看！」

曹榮一愣，手指頓時僵硬起來，頗有些猶豫不決。

蘭芝心中十分恐懼，剛才她以為歐陽暖並不知道自己陷害林元馨的事情，自然不在意她離開，可是現在不同，對方已經知道了真相，依照她和林元馨的關係，將來會輕易放過自己嗎？肯定不會！背主的罪名壓下來，自己只有死路一條，她一把抓住曹榮的袖子，「不，絕不能放過她！她和林元馨感情要好，一定會把一切都告訴對方，到時候咱們倆誰也跑不掉！」

曹榮聞言，眼底驟然閃過一絲凶光，他盯著歐陽暖，開始快速思考起來。他早就對歐陽暖有意，奈何對方太狡猾，一直不給他機會親近，這次難得有機會，讓她落到了自己的手中。如果現在得到她，然後再不知不覺地殺了，直接埋入池水中，誰會發現？就算真的追究起來，這宴會上男人這麼多，還能一個一個調查不成？一時之間，曹榮心中轉過無數念頭，眼睛裡慢慢出現邪意。

歐陽暖發現他目光詭異，隱約察覺他的意圖，頓時戒心大起，然而此刻後面是假山石，前面是一把雪亮的匕首，她進退不得。

在短暫的僵持中，曹榮已經下定了決心，乾脆一不做二不休，做了再說。

「曹少爺，快殺了她！」此時，蘭芝快速推了曹榮一把。

曹榮心裡的念頭在蘭芝面前到底有些尷尬，匕首卻半點未鬆，「我還有事兒，妳先回去！」

蘭芝一愣，立刻猜到了什麼，隨即望向歐陽暖，臉上隱有妒意，「歐陽小姐的確生得漂亮，可你別忘了現在是什麼時候，事不宜遲，趕緊把她殺了就好，不然鬧出事兒怎麼辦？」

曹榮看了蘭芝一眼，笑道：「別亂吃醋，我心裡若是沒有妳，何苦特地攬了這差事藉機來見妳？都是歐陽暖這個賤人害得我娶了個母夜叉，如今不過是嚥不下這口氣，向她討債罷了！蘭芝，今日妳只要成全了我的好事，以後一定不會辜負妳！」

「可是……」蘭芝還在猶豫，她只是想要謀個好前程，對曹榮本人卻說不上多麼喜歡，況且歐陽暖馬上就是要死的人了，對她也沒什麼威脅，她的猶豫不過是怕耽擱時間，影響了全盤計畫，但是她也知道，曹榮並非自己能左右的，所以只能咬牙道：「好，我在外面給你守著，快著點！」說著，快步走去假山盡頭守著。

曹榮把心一橫，一把將歐陽暖抵在假山上，丟了匕首，便去扯她衣結，只聽到「啪」的一聲，腰間用雙挽扣子結成的腰帶已經自他的手中解開。那聲輕響如同一聲雷鳴，驟然擊入歐陽暖的腦海，她清楚地明白將要發生什麼，那讓她噁心的唇正試圖在她頸項肌膚上舔摩，一隻手也不規矩地摟住了她的腰。她面上漸漸顯出一種淒厲神色，下意識地想要咬斷自己的舌頭，可是緊要關頭，她在猶豫，她竟然在猶豫。如果她此刻死了，再沒人將一切告訴馨表姊，再沒人護著可憐的爵兒，林氏和歐陽可又有了出頭的機會，前生的仇恨……她的仇恨……

念及此，她激烈地反抗，想要從他的桎梏中掙脫出來，可曹榮更緊地抱住了歐陽暖。他感覺到了懷中女子在掙扎，她竟然瘋了一樣在踢打他，但是他絲毫不怕。他身體中不斷膨脹的那種不顧一切的慾望讓他克服了天性中的怯懦，既然到了這種地步，他就再也不能退縮，便任憑歐陽暖在他的懷中掙扎著，踢打著，他輕笑道：「妳該慶幸自己長了副好相貌，不然我立馬就會要了妳的命！」

此時此刻，歐陽暖覺得好像是被一條冷冰黏膩的毒蛇纏住了身體，不能動彈，好噁心的感覺！此刻她的心，已非恐懼、害怕、震驚這些詞可以形容——世上已無任何字眼可以形容她的憤怒。她伸手用力地抓著，指甲掐進了曹榮的肉裡，抓得他一張臉血肉模糊。

曹榮鉗制住她的雙腕扭到背後，他手勁奇大，歐陽暖幾乎聽見自己腕骨的格格響聲，似欲碎裂。她隱忍著，但雙目便已有了淚光。

曹榮剛要得意，卻覺得肩膀上傳來一陣尖利的痛楚，竟是歐陽暖一口咬住了他的肩膀，那潔白的牙齒在嘶咬著他，像野獸一樣惡狠狠地啃著，似乎要把他碎屍萬段。曹榮的臉痛苦地扭曲了一下，他的手抓了歐陽暖的頭髮，彷彿要將她的頭髮全部扯斷。她不得不順勢仰起臉，一泓青絲揚起一道無可奈何的弧度，心中的絕望將她整個人徹底淹沒。突然，她只感覺到那雙手陡然停了，曹榮整個人僵立不動，砰的一聲栽倒在一邊。重物落地的聲音響起，她心中一鬆，有人來了嗎？她睜開眼睛，看見的卻不是別人，而是一臉狂怒的肖天燁！

歐陽暖完全愣住了，只覺得肖天燁那副神情像是發了狂，臉上的表情駭人得像是要連她一起宰了。她驚懼地看著對方一腳踢開暈過去的曹榮，快步向她走來。

緊接著，一件外袍輕柔地裹在她身上，她整個人被包起來，然後瞬間被捲進他溫暖的懷裡，「沒事了！」

歐陽暖想要說話，卻只覺得渾身顫抖得厲害，連一個字都說不出來。

「現在才知道害怕嗎？要是我晚來一步……」肖天燁飽滿的額、挺直的鼻竟是近在咫尺，一雙春水般的眼睛裡滿是憂慮。歐陽暖並不知道肖天燁現在心裡還在害怕，那一幕差點讓他心臟停止跳動，但凡晚一點點……他控制自己的思緒，不再想那時的情景。

他的下巴正好抵在她的額上，他的呼吸帶著溫熱的氣息掃過她的髮鬢，他的手哄著嬰兒般拍著她的後背。這一刻，他抱住她，完全顧不得彼此的立場，也顧不得她對他有多麼的厭惡。很快，他突然覺得有冰冷的水珠，一滴一滴落在他的身上，彷彿穿透衣衫，燙在了他的心上。

他別過臉，聲音隨著歐陽暖眼中滾落的水珠，慢慢地道：「有我在，誰也不能再欺負妳，所以，妳別怕，我絕不會讓任何人發現今天的事情！」

歐陽暖吃力地將他話中一個個支離破碎的字眼在腦中拚出意思，茫然的眼睛慢慢恢復了清明。在她明白過來的瞬間，毫不猶豫地輕輕推開了肖天燁，陽光照在她的身上，眸光流轉間，透出難以捉摸的光。肖天燁竟不敢再看她，轉頭掩著嘴咳嗽了一聲，才道：「整理好妳的衣裳。」

肖天燁背過身去，歐陽暖低下頭，將衣裳一點一點整理好，甚至於將裙襬的每一絲褶皺都撫平了才停下來，她的眉頭微微皺著，不知道在想些什麼。

「世子爺，衣裳還給您。」她終於開口，將肖天燁的外袍還給了他。

他轉身接過，見她的神情已經恢復了往日的平靜，不由自主問道：「現在，妳要怎麼處置他？」他指了指被打暈的曹榮。

事關歐陽暖的名譽，絕對不可以讓任何人知道剛才的事情，然而就這樣簡單放過曹榮，肖天燁顯然不甘心。

「世子爺覺得呢？」歐陽暖的聲音淡得聽不出任何情緒，冰涼得讓肖天燁不禁生出一個冷顫，然而他卻聽出了那其中竭力掩飾的一絲顫抖。

她不可以對任何人說，為了維護女子的名譽，只能打碎牙齒往肚子裡嚥。

「就這麼算了？」肖天燁盯著她，語氣格外陰冷。

歐陽暖淡漠的神色像一潭沉積萬年的死水，沒有任何變化。她的口氣聽起來清淡得連一絲起伏都找不到，卻隱隱帶著一種強烈的恨意，「放過他？」她清麗的臉上，突然浮起一抹詭異的笑，一個一個字地道：「世子爺，請您割了他的舌頭！」

肖天燁一驚，不明所以地望著她。

歐陽暖的眼中清澈地映著他，其中卻分明有著一絲令人哀憐的乞求，「請世子爺幫我。」

肖天燁默然不語地望著她，隨後鄭重地點頭，甚至沒有問一句為什麼，轉身快速撿起地上的匕首，將曹榮的下巴抬起來重重一捏，就是一道血光乍起。原本昏迷過去的曹榮猛地驚醒，驚叫一聲，口中鮮血直流，倒在地上哼哼不已。

肖天燁冷哼一聲，又從曹榮下腹某處狠狠踩過，還刻意用腳狠狠碾過去。曹榮哪裡受得住這樣一腳，加上口中劇痛難忍，眼睛一翻，再次暈了過去。

「這樣可以了嗎？」肖天燁黝黑深沉的瞳仁一瞬不瞬地望著歐陽暖，臉上露出笑容。割掉了舌頭，曹榮沒法胡言亂語，他剛才又踩了他的命根子，那一下，估計是斷了吧……總的來說，這樣的折磨對於一個男人來說，可比任何懲罰都要嚴重了。

肖天燁見歐陽暖望著曹榮，目光閃爍不定，他走過去用手碰了碰她的手，道：「咱們走吧。」他離得太近了，那隻手燙得直欲燒人，溫熱的氣息撲在耳邊，歐陽暖後退了一步，臉上不由自主微微發白，「等一等，還有一個人。」

肖天燁皺起眉頭，大步走過去從假山後面拖出一個人來，「剛才我怕她喊叫，就從後面打昏了她，結果她好像不小心撞到什麼上面了……」這時，他突然頓住了手，向蘭芝望去，臉上不由得露出微微的詫異。蘭芝的頭上，有一個巨大的血窟窿，顯然是撞上了假山石上某處凸起的鋒利處所造成的，肖天燁摸了摸她的鼻息，皺起眉頭道：「真沒用，竟然這樣就死了！」

歐陽暖看著蘭芝頭上的傷處，滿臉淡漠，目光恍惚，不知在想些什麼。剛剛眼前發生的一切，也彷彿半分也未看見。她的皮膚本來就白，此刻不知為何，兩頰染了兩片潮紅，看去倒像抹了一層胭脂，只是眼睛黑漆漆的，看著有一絲駭然。

「別看了，死人有什麼好看的！」肖天燁奇怪地道。

歐陽暖猛地一驚，已然下定了決心，她快步走上來，俯身從曹榮的嘴巴上沾了很多血，然後仔細地抹在蘭芝的唇邊，又捏住她的下巴，用力掰開她嘴巴，將血全部抹在她牙齒之上，在做這件事的時候，她的神情冷漠，半點沒有對死人的恐懼，反倒讓肖天燁不由得疑惑起來。

尋常人家的千金，看到這樣一個死人，不是要驚慌失措嗎？為什麼她的神情這樣冷漠，動作如此鎮定呢？

饒是他再聰明，也絕想不到，歐陽暖什麼都可能怕，卻唯獨不會怕一個死人，因為她自己早已是死過一次。

「妳到底在做什麼？」肖天燁這樣問道。

歐陽暖猛地抬起頭來，四目相接，肖天燁只覺得那雙美目中虛無冰冷，心不由得一片寒涼。

歐陽暖並不回答，反而低下頭，用力撕開蘭芝的前襟，只聽到刷的一聲，蘭芝的上裳就分成了兩截，露出底下潔白細膩的身體。肖天燁看著眼前這一幕，突然明白了過來，他微微一笑，用腳將那半根鮮血淋漓的舌頭一腳踢到了蘭芝的身旁，還覺得不夠像，索性用匕首將那舌頭上又做了點手腳，讓它看起來像是被人的牙齒咬斷的，而非是鋒利的匕首割斷。

歐陽暖的眼中露出了深深的憎恨，她眨了眨眼睛，將這樣強烈的怨恨化為淡淡的笑，俯身向肖天燁認真地行了一禮，「多謝世子爺今日對歐陽暖的幫助，他日若有可能，我一定會回報世子爺的恩德。」

這是她第一次如此和顏悅色地與他說話，肖天燁反而有點不習慣，他俊秀至極的容貌在瀲灩閃耀的陽光下有了一種困惑。這時候的他，不像是別人口中陰毒狠辣的秦王世子，反倒十分稚氣，像是個孩子一樣。

歐陽暖看著這裡的情景，眉頭微微一皺，「世子爺，可以再幫個忙嗎？」

肖天燁只看了一眼，便明白她在想什麼，「妳放心，我會將他們轉移到更合適的地方。」

這地方，當然要隱蔽，卻更要容易被人發現。

歐陽暖點了點頭，再次向肖天燁施了一禮，輕聲道：「多謝世子爺。」

肖天燁微微一笑，陽光映著他的臉，純然孩子氣的笑容。得到歐陽暖的誇讚，他像個小孩得到甜蜜的糖，連瞳孔都是閃亮的。

歐陽暖一怔，只覺得任是誰看到此刻的肖天燁，都無法相信此人就是手段狠辣的秦王世子，也許從第一次見面開始，他們給彼此留下的印象都太差了，以致於難得的和睦相處，彼此都有些無所適從。

「記得去把手上的血洗乾淨。」肖天燁停了片刻，提醒道。

歐陽暖認真地點頭，轉身快步地離去。她一路避開人多的地方，匆匆回到墨荷齋，丫鬟桃夭嚇了一跳，趕緊將她迎進去，道：「表小姐這是去了哪裡，剛才林妃都差人來問過了！」

歐陽暖腳步一頓，將右手掌心攤開給桃夭看，臉上露出吃痛的表情，「我走到拐角的地方，看到牡丹花特別美麗，便想要去近處欣賞，沒想到反而沒站穩，差點摔了一跤，好在我抓住廊柱才沒事，只是手還是蹭破了，妳去拿點水來替我清洗一下。」歐陽暖的手的確蹭破了一點，是在假山上擦傷的，可是手上的血卻並不都是自己的，這一點，她不預備讓別人知道。

桃夭點點頭，快步去了。回來的時候不但端了盆水，還特地拿來了傷藥。

就在這時候，卻聽見門被人輕輕推開，歐陽暖吃了一驚，猛地從繡凳上站了起來，卻看見林元馨快步走進來，這才鬆了一口氣。

林元馨看見歐陽暖還在屋子裡，頓時鬆了一口氣，道：「妳怎麼到現在還沒回去宴上？」就在這時候，她看見了歐陽暖手上的傷口，頓時驚呼：「這是在怎麼了？」

歐陽暖微微一笑，將剛才對桃夭說過的事簡單解釋了一遍。林元馨臉上露出責怪的神情，接過桃夭遞過來的帕子，親自為她包紮傷口。帕上似特地沾了酒，有些涼，帶著一縷若有若無瑞的甘香氣息，林元馨嗔怪道：「還好只是擦破一點皮，女孩子家，若是留了疤怎麼辦？」

歐陽暖的笑容更深了點，帶著些許感動地說：「表姊，妳對我真好。」

林元馨笑著搖了搖頭，「妳一向是最沉穩的，今天怎麼這樣像個孩子？」

歐陽暖笑了起來，可是笑著笑著，潤黑幽深的眼眸中卻慢慢浮起了一絲不被任何人所察覺的哀傷，她看向那幅觀音送子圖，笑道：「表姊，祖母一直要讓我畫一幅觀音送子圖，可惜我找了很久也沒找到面容特別慈和的……可不可以將這幅圖先借給我臨摹，等……」

林元馨一愣，隨即道：「妳要就請去吧，我會再向水月庵請一尊。」

歐陽暖連忙道：「這倒不必，表姊誠心誠意請來的菩薩像，怎麼能隨意就送人？我臨摹完了就送回來給妳。」

林元馨點點頭，對桃夭道：「既然這樣，妳就幫表小姐收拾一下，送去歐陽家的馬車上，等她走的時候一起帶走。」

桃夭應了一聲是，立刻上去將那幅畫取了下來，收進了盒中。

歐陽暖微微鬆了一口氣，道：「表姊，咱們回去宴席上吧。」

林元馨這才想起了最重要的事情，連忙拉著歐陽暖站起來，「對，咱們得趕緊，太子妃也來了，要請大家去看她培育的十八學士呢！」

歐陽暖點點頭，輕聲道：「那便不要耽擱了，咱們走吧。」

兩人走到花園，迎面看見太子妃正被一大群人簇擁著走過來，忙齊齊拜倒。

「起來吧。」太子妃微笑著伸手虛扶了一下，隨後對著她們招了招手，「馨兒，帶著妳表妹過來讓我瞧瞧。」

林元馨的臉上露出燦爛的微笑，立刻態度恭敬地上前去扶住了太子妃的手臂，比起皇長孫，她在太子妃身邊留的時間更長，比起旁人顯得要更親暱，她對著歐陽暖介紹道：「這位是我的表妹，吏部侍郎的千金歐陽暖。」

太子妃面容端莊，眼神柔和，看起來並不像是高高在上的貴夫人，倒像是尋常人家的母親，與盛氣凌人的大公主完全判若兩人，她認真打量了歐陽暖一番，笑道：「這孩子真是漂亮呀！」

此時，肖衍的面色卻十分冷淡，竟然看也不看歐陽暖一眼，淡淡地道：「母親，前面就是十八學士了，大家都在等著呢！」

太子妃奇怪地看了他一眼，對著歐陽暖慈愛地笑了笑，「孩子，妳也來，和我們一起去看。」歐陽暖低低應了一聲，眾人的目光紛紛落在她的身上，帶著各色的探詢、嫉妒、豔羨，終究歸於說不清道不明的複雜。

十八學士是天下獨一無二的極品茶花，一株上共開十八朵花，朵朵顏色不同，紅色、粉色、紫色、藍色、青色……無一不是顏色純正，而且十八朵花形狀朵朵不同，各有各的妙處，開時齊開，謝時齊謝，當真可稱得上一時奇景。眾人看在眼中，嘖嘖稱奇。

這種茶花極難培育，全天下便也只有這一盆。

周芷君的微笑十分得體，「娘，聽說您喜歡茶花，芷君從別處又給您尋了一盆來。雖然比不上這盆十八學士，卻也是極品茶花了。」

說著，她拍了拍手，丫鬟捧上了一盆花，周芷君笑道：「這一盆叫八仙過海，花開八朵，顏色各異。這種茶花十分難得，必須用兩年的時間才能根入泥土，第三年方才吐蕊，而花開卻只有短短兩天。」

太子妃微微一笑，露出耐人尋味的笑容，雙眸炯炯地看著周芷君，「很不巧，我已經剛得了一盆，是馨兒前兩天送給我的。」說罷，便命人將茶花取出，眾人一看，果真同樣是八色異花，花朵盛開，燦爛非常。

周芷君迎視著那盆花，眼底的幽暗似有火光流動，片刻之後也噙著一點笑意，道：「確實很巧，只是這一盆是八寶妝，並不如八仙過海珍貴。」

蓉郡主微微笑道：「這兩盆花有什麼不同嗎？」

周芷君笑道：「大家看我這一盆，這裡深紫的一朵是鐵拐李，淺白的一朵是何仙姑，只有這兩種顏色都有，才是真正的八仙過海。」

眾人看著林元馨送的那一盆，果然是缺少了這兩種顏色，不由紛紛點頭。

林元馨一愣，隨即露出赧然的神情，「娘，對不起……我以為……」她到處搜羅茶花珍品，想要讓太子妃高興，卻不料出現了這樣的誤差。

歐陽暖目視著周芷君，嘴角勾起一絲冷笑，太子妃愛護茶花眾人皆知，她怎麼會不知道這兩者的區別？周芷君心裡定然也清楚這一點，只是在眾人面前，必須要想方設法壓過林元馨一頭罷了！這是她不得不說的話，不得不做的事！

果然，只聽到太子妃淡淡地道：「旁的倒是不重要，關鍵是心意。」她識人無數，多少大風大浪都過來了，比起心機深沉的周芷君，反倒更喜歡溫柔善良的林元馨。

這樣明目張膽的偏幫，周芷君臉上的神情依舊得體。肖衍不由自主拍了拍她的手，周芷君微微一笑，眉眼之中並沒有絲毫怨怒，肖衍看在眼中，微微點頭。

就在此時，肖天燁從一旁的假山後頭慢慢蹭過來，微笑著站到了肖凌風的旁邊，肖凌風奇怪地看了他一眼，剛要問他剛才跑到哪裡去了，他卻四處看了一眼，問道：「肖重華呢？」

「你又不是不知道，他是個大忙人，早就有事先走了。」肖凌風回答道。

就在這時候，眾人突然聽見尖叫聲，肖衍面色一變，低聲喝斥道：「去看看出了什麼事！」

這一波一波的事情不斷發生，令他感到納悶不已，不知道究竟又發生了什麼事情。

很快，曹榮已被眾人七手八腳綁起來，捆得嚴嚴實實，送到太子妃面前。

「啊，這是怎麼了？」林元柔驚慌失措地問道，沒有人回答她，因為所有人的臉色在這一刻都變了。

一個管事嬤嬤跪倒在地，「稟太子妃，剛才有人發現此人暈倒在假山後面，身邊還有一個已經死了的丫鬟，假山上還有血跡……那丫鬟是……」她看了太子妃一眼，有些忐忑地道：「是林妃的丫鬟蘭芝。」說完，拍了拍手，便有僕人將蘭芝抬了過來，怕驚擾到眾人，在很遠的地方就停住了。只是那場景仍舊十分嚇人，崔幽若尖叫一聲，整個人向後倒了下去。

林元馨不敢置信地看著蘭芝的屍體，又看看被捆綁的嚴嚴實實的曹榮，驚聲道：「這……究竟發生了什麼事？」

太子妃溫和的神情全變了，她指著曹榮，聲音無比冷酷：「快，用水潑醒他！」

一盆冷水從頭淋到腳，冰涼刺骨，曹榮猛地驚醒，瞪大眼睛，看到了眼前的一群人。

肖衍的面色變了，冷聲道：「說，你怎麼會在這裡？你對那丫鬟做了什麼？」

曹榮死命想要說話，無奈舌頭割斷，語句含糊，他臉色灰白，雙腿顫抖，嗚嗚咽咽說不出話來。無可奈何之下，只能眼珠子四下尋找蘭芝，盼望她來解釋，可蘭芝已經變成了一具屍體，壓根兒沒有人再替他澄清一切。

一個管事嬤嬤冷聲道：「殿下，肯定是此人趁著人多，混進來輕薄蘭芝。她抵死不從，這惡賊便想胡來，蘭芝才咬斷了他舌頭。奴婢們發現蘭芝的時候，她滿嘴都是血，衣裳也全都是凌亂的，身上還有好多擦傷。」

林元柔早在發現死去的丫鬟是蘭芝的時候，就一下子警醒起來，她的心臟怦怦直跳，聲音尖銳得幾乎要刺破眾人的耳膜：「不要胡說八道！不過是一個丫鬟，他就算想要，明面上來討就行了，何至於用這種手段？這……這一定是遭人誣陷的！」

林元馨並不知道蘭芝背主，只以為曹榮凌辱了她的丫鬟並且置她於死地，心中實在惱怒到了極點，猛地跪倒在地，沉聲道：「太子妃，蘭芝是我身邊的丫鬟，從小伴著我一起長大，雖然她只是個奴婢，情分卻非同一般！我原先想著給她許一個好人家，讓她有所依靠，可沒想到竟然這麼年輕就遭此噩運！今日我若是任由她這樣不明不白地死了，別人定會覺得堂堂太子府竟無法庇護一個奴婢！馨兒求太子妃，為蘭芝做主！」

奴婢是主人的私有財產，蘭芝是林元馨的陪嫁丫鬟，沒有獨立戶籍，列入太子府中。若是曹榮看中了蘭芝，大可以向皇長孫開口，如果皇長孫和林元馨都同意將蘭芝送給他，尚需要西市署出公券，引驗正身，明立文券，才能將人領走。曹榮在主人沒有同意的情況下，公然侮辱太子府的丫鬟，不僅僅是損害太子府的財產，更重要的是，當眾打了太子府的臉面，便是太子妃向來溫厚平和，也不禁動了怒，她親手來攙扶林元馨，安慰道：「馨兒，妳先起來！此人竟然敢在太子府胡作非為，當真是膽大包天！妳放心，我不會就這樣饒恕他的！」

林元馨白了一張臉，猶豫再三，還是順從地點點頭，站起來立在一旁，歐陽暖悄悄走上去握住她的手，只覺得觸手冰涼，心中微微沉了沉。表姊不知道蘭芝早已背叛了她，還在為這個丫鬟的死傷心，當真是太不值得了！

各式各樣的眼光落在林元柔的身上，同情的、鄙夷的、嘲笑的、驚奇的，林元柔此刻恨不得一腳踹死這個害她丟人現眼的丈夫，可她不能，甚至不能在眾人面前流露出一絲一毫的不信任，她只能咬牙道：「太子妃，曹榮雖然膽大妄為，尚不敢這樣無禮，求太子妃給個恩典，徹查此事，還他一個公道！」

曹榮滿口血汙，話都說不出來，遑論解釋，他惡狠狠地盯著站在人群中的歐陽暖，心中實在恨到了極點。

「把他先押起來，稍後等我稟明了皇祖父再行處置！」肖衍並不理會林元柔，只是揮了揮手，毫不留情地說道。

看著曹榮掙扎著被強行拖下去，整個太子府此刻如同一片死寂，只聞唏噓，並無人語。

林元柔的臉色慘白如紙，她立刻意識到，皇長孫這樣做，擺明了是不肯善罷甘休，這樣一來，她豈不是……她迅速看了周芷君一眼，然而對方卻像是毫無所覺，臉上一點異樣也沒有。林元柔迅速低下了頭，仔細思索了片刻，隨後便面露羞慚之色，向眾人告辭。

肖衍面色冷淡地看了她一眼，明知道她是要回去請玉妃出面，卻也沒有出言阻止，只是道：「既然曹夫人著急回去，我們就不多留了，請便吧。」

林元柔走得飛快，裙襬帶起一陣微風，她剛一離開，人群中便傳來竊竊私語。

「以前聽說曹家出了個忤逆子，我還以為不過是風流多情了點，卻沒想到這樣不像話！」

「是啊，這可真是大醜聞！」

「娶了個兵部尚書的千金又姬妾成群，居然還敢尋芳尋到太子府，簡直是太不成體統了！好在太子今日進宮去了，若是知道還不定怎麼震怒呢！」

「是啊是啊，這一回曹家可要倒楣了！」

「噓，小點聲，宮裡頭還有個玉妃呢！說不定人家吹吹風，陛下就放了他也不一定……」

一片竊竊私語中，太子妃臉上露出疲憊的神情，「我累了。」

周芷君連忙上去攙扶她，「娘，我送您回去。」

太子妃淡淡地道：「不必了，妳還要留下招呼客人。」說著，看向站在一旁的林元馨，似不經意地道：「馨兒，妳過來。」

這一刻，大家的目光都落在周芷君的身上，她卻微微一笑，柔聲對林元馨道：「既然如此，就有勞妹妹了。」說完，又笑著看向眾人，「前面還有幾株極品山茶，諸位請隨我來吧。」

眾人會心一笑，便都跟著離去了。

歐陽暖遠遠看著周芷君臉上平和的微笑，想起那副掛在正堂的觀音圖，只覺得心中一陣陣的發寒。這時，林元馨卻拉了她一把，歐陽暖微微吃驚地看向她，林元馨奇怪道：「傻丫頭，在想什麼呢？太子妃在跟妳說話。」

歐陽暖一愣，轉頭看向太子妃，卻見她對自己露出微笑：「孩子，妳也一起來吧。」

（未完待續）

作　　　者　秦簡
封面繪圖　若若秋
責任編輯　施雅棠
副總編輯　林秀梅
編輯總監　劉麗真
總　經　理　陳逸瑛
發　行　人　凃玉雲
出　　　版　麥田出版
城邦文化事業股份有限公司
104台北市中山區民生東路二段141號5樓
電話：（886）2-25007696　傳真：（886）2-25001966
發　　　行　英屬蓋曼群島商家庭傳媒股份有限公司城邦分公司
104台北市中山區民生東路二段141號2樓
客服服務專線：（886）2-25007718；25007719
24小時傳真專線：（886）2-25001990；25001991
服務時間：週一至週五上午09:00~12:00；下午13:00~17:00
劃撥帳號：19863813；戶名：書虫股份有限公司
讀者服務信箱：service@readingclub.com.tw
麥田部落格　http://blog.pixnet.net/ryefield
香港發行所　城邦（香港）出版集團有限公司
香港灣仔駱克道193號東超商業中心1樓
電話：852-25086231　傳真：852-25789337
E-mail：hkcite@biznetvigator.com
馬新發行所　城邦（馬新）出版集團【Cite (M) Sdn Bhd】
41, Jalan Radin Anum, Bandar Baru Sri Petaling,
57000 Kuala Lumpur, Malaysia.
電話：(603) 90578822　傳真：(603) 90576622
Email：cite@cite.com.my
美術設計　洸譜創意設計股份有限公司
印　　　刷　鴻霖印刷傳媒股份有限公司
初版一刷　2013年5月16日
定　　　價　250元
I S B N　978-986-173-912-0

漾小說 71

# 高門嫡女

國家圖書館出版品預行編目資料

高門嫡女 / 秦簡著. -- 初版. -- 臺北市 :
麥田, 城邦文化出版 : 家庭傳媒城邦分公司發行,
2013.05
冊；　公分. --（漾小說；71）
ISBN 978-986-173-912-0（第3冊：平裝）

857.7　　102006263